本书得到陕西师范大学优秀著作出版基金、陕西师范大学陕西文化资源开发协同创新中心资助出版。特此鸣谢！

守持与创造

——文学理论的知识生产与创新

李西建 等 著

人民出版社

目　录

绪论 文学理论的知识创新如何可能

文学理论的知识创新，是进入新世纪伴随全球性文化软实力的提升和人文学科的发展所凸显的一个具有重要理论和实践意义的研究命题，已引起学界多年来持续性的探索与关注。随着当代中国社会整体发展战略目标的形成，以及对作为具有基础意义与引领价值的思想和观念创新的高度期待和依赖，人文学科的知识创新已显得越来越重要和迫切，甚至已成为整个社会知识创新的关键所在。在进入新时代这样一种意义非凡的特定文化背景下，提出文学理论的知识创新如何可能这一问题，是力图通过现代思想视域下知识学的深刻反思，从本体创新及视界开放的方面，较为整体地勾勒和呈现出本论著对文学理论知识生产和创新的基本理解，并在此基础上逐步展开对这一重要问题的深入探索和阐释。

一、现代思想视域下的知识学反思

进入 20 世纪后，对知识问题的研究和反思已成为思想及学术界关注的一项重要内容，这对思考和探讨当代文学理论的知识生产与创新问题提供了多方面的启示。

马克斯·舍勒（Max scheler）作为 20 世纪著名哲学家和知识社会学的重要代表，在《知识社会学问题》一书中系统探讨了知识的社会学本性以及如何实现知识与社会的良性互动等一系列重要问题。关于知识社会学的本性，舍勒指出，"全部知识的社会学本性以及所有各种思维形式、直观形式、认识形式的社会学本性，都是不容置疑的；……从这些法则出发也可以得出下列结论，即人们用来获得知识的各种心理活动的形式，从社会学角度来看都必然始终受到共同的制约，也就是说，受到社会结构的共同制约。"①
在该著中，他还强调说，"从社会学的观点来看，存在于其他知识类型之中
的形而上学，是某种学术精英所具有的一种知识类型。……此外，形而上学
从本质上说属于一个文化领域、甚至时常与一个民族的精神联系在一起，因
而与具有分界线的各种国际性科学学说相比，具有更多的、无与伦比的特
殊性。"②

　　米歇尔·福柯（Miche Foucault）是 20 世纪公认的重要思想家，在《知
识考古学》中，他以考古学的方法梳理人类知识的历史，发现了知识作为
话语"言及之物"的丰富层次及变化的规律，进而提出了反思人类知识的
重要思想。关于知识与思想史的问题，福柯指出，"思想史的任务是要贯通
那些现存的学科，研究和重新阐述它们。那么与其说它构成一个边缘的领
域，不如说它构成一种分析的方式，一种透视法。它包揽科学、文学和哲学
等历史领域；但是它在这些领域中描述的那些知识是为后来的形式化作经验
的未加思考的背景；它试图发现话语记载的直接经验；它关注在固有的或者
取得的表述的基础上将产生体系和作品的这种起源。反之，它指出这些建立
起来的重要的形态是怎样渐渐地解体，即：主题是如何展开并继续它们孤立
的生命，又如何被废弃或又在一种新的方式上重建的。因此，思想史是一门
起始和终止的学科，是模糊的连续性和归返的描述，是在历史的线性形式中
发展的重建。"③福柯的这一分析已讲的明白无误，所谓知识本质上是指思
想史链条中的基本构成要素，它不仅关联于诸多人文学科形态的思想共同
体，衔接着它们内在的价值取向，使某种学科的知识形态超越自身的有限性
而同人类总体的思想史的主题紧密结合起来，进而在思想生产及价值构造的
重要方面重建学科知识的本体内涵及地位。

　　对知识的现代反思，福柯还提出了知识型的概念。作者指出："事实上，
知识型是指能够在既定的时期把产生认识论形态、产生科学，也许还有形式
化系统的话语实践联系起来的关系的整体；是指在每一个话语形成中，向认
识论化、科学性、形式化的过渡所处位置和进行这些过渡所依据的方式；指

---

① ［德］马克斯·舍勒：《知识社会学问题》，艾彦译，华夏出版社 1999 年版，第 66 页。

② ［德］马克斯·舍勒：《知识社会学问题》，艾彦译，华夏出版社 1999 年版，第 105—106 页。

③ ［法］米歇尔·福柯：《知识考古学》，谢强、马月译，三联书店 1998 年版，第 175 页。

这些能够吻合，能够相互从属或者在时间中拉开距离的界限的分配；指能够存在于属于邻近的但却不同的话语实践的认识论形态或者科学之间的双边关联。知识型，不是知识的形式，或者合理性的类型，这个贯穿着千差万别的科学的合理性类型，体现着某一主体、某种思想、某一时代的至高单位。它是当我们在话语的规律性的层次上分析科学时，能在某一既定时代的各种科学之间发现的关系的整体。因此，知识型的描述呈现许多基本特征，它打开了一个取之不尽的领域，它永远不会是关闭的，它的目的不是重建某一时代中所有知识所遵循的公设的系统，而是要贯穿关系的不定范围。……而且，它与所有其他的知识哲学的分界线是它不把这个事实归结于对某个可能在先验的主体中建立事实和权利的原初的馈赠的审定，而是把它归结于历史实践的过程。"①

综合如上观点看，无论是舍勒对知识的社会属性的探讨，还是福柯所提出的知识型、知识与思想史的关系等，其实质均在于阐述和揭示了知识生产的丰富内涵和极具基础地位的本体性规定，诚如舍勒所讲的全部知识的社会学本性是毋庸质疑的，因为这是知识产生的基础和前提，一定时代的知识生产总是受制于这个时代的基础和上层建筑的关系状况，并和这一时代的社会存在、文化结构、精神现象及价值秩序密切相关，文学理论作为一种关联着人的存在和精神状况的人文知识形态，其生产的社会学本性尤为突出。知识与思想史问题的提出极为重要，某种程度看构成知识生产的核心与关键，甚至决定知识生产的价值选择和取向。人文知识生产的最大价值在于对意义的确立和发现，即在于提供一种完善存在、守护真善美价值的思想观念与体系，而文学理论的知识生产也概莫能外。因而，从哲学层面看，知识创造的最高境界无疑是思想与方法的内在融合，即智慧的产生。这便是德国哲学家伽达默尔所讲的哲学诠释学的基本特征，即"真理与方法"的统一，它构成了一切具有人文阐释内涵的理论学科的基本特性。所谓诠释即是对存在的理解，海德格尔所谓的真理是指人的存在所达到的澄明境界，而所谓的方法则是人如何理解和把握存在，海德格尔把这两大问题通过艺术体验和思的过程内在地联接起来，从而使理解、阐释及艺术和审美的体验自发转变为一种生存的哲学。人通过审美体验与思的活动过程有效筹划当下与未来的存在。

---

① ［法］米歇尔·福柯：《知识考古学》，谢强、马月译，三联书店1998年版，第249—250页。

这样，伽达默尔秉承海德格尔的本体论转变，把诠释学进一步发展为哲学诠释学，诠释学决不是一种方法论，而是人的世界经验的组成部分。在《真理与方法》第 2 版序言中，伽达默尔写道："我们一般所探究的不仅是科学及其经验方式的问题——我们所探究的是人的世界经验和生活实践的问题。借用康德的话来说，我们是在探究：理解怎样得以可能？这是一个先于主体性的一切理解行为的问题，也是一个先于理解科学的方法论及其规范和规则的问题。"[①] 由此看来，阐释学对人类此在的分析表明：理解不仅属于主体的行为方式，更是此在本身的存在方式。这似乎也从根本上规定了文学理论知识生产与创新的哲学本性，必须立足于以人的存在为核心的文学的世界，确立和构建文学理论的话语生产和创新。

其次，文学理论的知识生产和创新应重视"知识型"的作用，因为"知识型"是指知识的集合体或系统，是基于一种学科的整体性和关联性，从更为内在的人文互通、价值共享及语义互渗的方面体现知识的本体内涵及存在价值，从而促使我们在话语规律上理解知识的丰富构成性及文化社会真谛。结合当代社会文化的总体状况看，所谓"知识型"是指特定时代知识系统所赖以成立的更为根本的话语关联总体，正是这种关联总体为特定知识系统的产生提供背景、动因、框架或标准。由此观之，知识型就不只是一个学科自足性的概念，而是一种既与学科的知识谱系密切相关，又包含和融汇着其他学科的思想、观念、理论与方法的多元知识系统。这种系统有丰富的思想取向、文化场域与相对稳定的学理基础，既是多种要素的有机结合，又源于知识实践活动中的不断积累与建构。由此看，"知识型"作为特定时代众多知识系统所赖以构成的更为基本的话语关联总体，将决定知识系统的状况及其演变，并且在特定知识共同体成员的知识创造与传播活动中显示出来。

事实上，如果以文学理论发展的历史形态为参照，中西方文论程度不同体现出自身知识生产的演进规律。比如西方文论从古典到现代，其理论的发展基本上与哲学阐释理性的特征保持大体的同步和一致，学科自足特征的显示相对少了许多，而 20 世纪作为一个批评的时代，其文论的知识生产除了

---

① ［德］汉斯·格奥尔格·伽达默尔：《真理与方法》（上卷），洪汉鼎译，上海译文出版社 1999 年版，第 6 页。

在观念上与现代、后现代哲学保持有深刻的关联性外，学科形态的东西也逐渐丰富起来，诸如批评流派繁多，批评观念更迭迅速，批评方法多元互补，并且相互影响和吸收，呈现出"纷纭复杂和丰富多样"的整体面貌。而中国传统文论知识形态演变的规律和特点，除了与时代精神、文化建构保持较多的联系与同步外，起步伊始对审美和艺术化介入方式的关注，无疑是其知识生产的显著特点，比如从先秦时代对"道"与"文"的重视以及诸子百家学说的创生与建立，到两汉时期对"气化""自然"诸多审美性观念的生产，再到魏晋时期以《文心雕龙》为代表的理论创造自觉时代的到来，尤其是唐以后随着"意象""意境"及"境界"诸多概念的广泛使用和推广，以概念和范畴群为标志的文论及审美的话语系统逐渐完善和丰富起来。由此观之，如果从一种更加全面和更为系统的视角看，中西方文论知识形态的演进，无疑是一个与社会文化及思想生产相互依存、介入及渗透的过程，其中必然携带和缠绕由此所引发大量问题性的东西，与中国文论相对自足而厚重的文化背景相比，所谓"西方"的概念，也许只是一种研究者的假想与预设。西方文论的生成既携带了太多的古典文明的因子，又经历了现代多元思想的融合与杂交。多元异质内涵的冲突与碰撞，促使 20 世纪西方文论不断地超越与变动，从而也显示出一种"求新""求变"的文化品格，不同程度影响了批评"范式"的凝结与形成，这对进一步思考现代中国文论知识形态的创构及其知识生产和创新的发挥无疑将产生十分重要和深刻的影响。所以说，文学理论的知识生产与创新，不能单纯依赖知识学的更迭和范式的不断翻新，还得依赖哲学思想、审美精神及理论智慧的创造，这正是文学理论作为"文化诗学"、作为运动着的美学和"诗与思"的结合所显现的突出特征，也是文学理论的知识生产和创新需要秉承的基本原则和精神。

本论著所讲的"当前"实则是指涉人类共同面临的"后理论时代"这一特定文化语境，它构成文学理论知识生产与创新问题研究的基本论域。面对"理论的死亡""反理论"等多种质疑性论断与人文科学所面临的危机状况，从价值论角度深入思考当前中国文论发展中的基础性问题，探讨"后理论时代"文学理论如何践行其知识生产的使命，如何以科学的价值选择提出面向中国现实文化境况与文学场域的重要命题，进而找到理论创新的思想依据与价值基点，为中国文论的创新与发展提供有意义的价值参照，便成为我们探讨文学理论的知识生产和创新的关键所在。

　　客观而论，国内外学界对文学理论的知识生产与创新的研究已有不少成果，从这些成果所涉及的问题域看，有对"理论之后"及其价值取向的阐释，对"后理论时代"文论新动向的分析，对文论知识生产中的价值选择及其发展创新的探讨等。就国外研究看，从 20 世纪 80 年代始，保罗·德曼曾发表《对理论的抵抗》，斯坦利·费什提出"理论无用论"之观点。新千年伊始，伊格尔顿发表《理论之后》，面对一代思想大师的离去与新理论缺席所形成的人文危机，作者深入思考当代思想生产和理论创造的出路及价值取向等关乎人文学科发展的重大问题，是研究"后理论"时代文学理论知识生产和创新的重要文献。在拉曼·塞尔登等撰写的《当代文学理论导读》最后一章"后理论"中，作者集中探讨"理论终结"后文学理论发展的深层问题，提出回到人文价值、回到文学经典、回到审美精神的生产等重要观念和主张。在尼连宁·卡宁汉《理论之后的读解》（2002）、让 - 米歇尔·拉巴尔特的《理论的未来》（2002）、特里·伊格尔顿的《后理论：批评的新方向》及《理论还剩了什么》（2000）等相关文献中，思索后理论时代文学理论的基本走向与价值选择，无疑是西方学界关注的焦点。而国内学界对"后理论"问题的关注虽然与移植西方话语有关，但这一命题的提出却从根本上契合了中国文论发展面临的问题与困境，把对中国文论的发展与创新纳入"后理论"语境下探讨，更能显示这一命题提出的当代视野及理论高度。在近年发表的研究成果中，王宁对"后理论"时代文化理论功能的思考，盛宁对"理论热"的消退与文学理论研究出路的辨析，周宪对文学理论、理论、后理论的分析，姚文放对文化政治与文学理论后现代转折的阐释，汤拥华对理论如何反思的追问，周启超对在反思中深化文学理论研究的思考，陶东风对文学理论为何与何为的比较，宋伟对后理论时代来临当代社会转型中的批评理论重构，金永兵对后理论时代中国文论建设的论述，段吉方对中国当代文艺学知识建构中的焦虑意识及价值诉求的解析等，均在不同层面对"后理论"时代的文化内涵、特征以及对文学理论发展产生的影响等问题予以不同程度的解答，为该问题研究的深化提供了重要参考和借鉴。

　　新时期以来，中国文论在借鉴西方形式主义、语言学转向、后现代思潮及文化研究多种理论资源的过程中，亦不断寻找属于自身的主体位置与发展路径。20 世纪 90 年代始，狄其骢提出"走向综合一体化"的主张，钱中文倡导走向"交往对话"时代与新理性精神，王元骧强调"走向综合创造之路"，以及文论界提出的传统文论现代转换的观点，重建中国文论话语体系的主张，创建中国文论学派的呼吁，建立有中国特色的马克思主义文艺理论当代形态的构想等，充分体现了中国文论面临新的时代变化，通过深度综合推进文学理论的知识生产与创新的基本诉求。本书的基本任务正在于，立足人类思想文化存在的整体背景，面向中国文论发展的实际及中国话语体系建构的目标，坚持以马克思主义和现代人文思想为指导，提炼出具有当代意识与思想前瞻性、符合中国文化根性和当代审美需要的观念和理论命题，在文明互鉴和中西文论的交流对话中深化中国文论的知识生产和创新，以从根本上找到促进中国文论建设与发展的有效途径。

据此，本论著将以如下逻辑展开对文学理论知识生产和创新问题的探讨与论述：在绪论部分，通过现代思想视域下的知识学反思，本论著把对该命题探索的焦点纳入知识学的核心、即"本体论创新与视界开放"这一整体的思想框架中进行分析和透视，它构成阐释与理解文学理论知识生产和创新问题的价值论基础与逻辑前提；第一章描述文学理论知识生产和创新的宏观背景，无论是"消费社会""后理论"，还是"审美回归"与"文学精神的重构"，它们均从不同方面清晰展现了我们这一时代的特征、风貌及文化镜像与状况，客观构成人文学科研究面临的基本文化语境，也为本问题的研究提供了一种极其重要的思想与现实依据。第二章分析文学理论知识生产和创新的人文取向，人文学科的基本要务是对存在意义和真理的思索，这既是人文学科思想创造的目的，也决定了文学理论知识生产和创新的根本方向，结合中国特定的社会精神状况考虑，当代文论知识生产和创新所依持的人文取向，应更多地注重文化自觉、价值取向、思想生产及观念创造诸方面的深刻改变。第三章辨析文学理论知识生产与创新的价值选择，本论著坚持以马克思主义为主导价值选择，运用马克思主义构建理论生产和创新的基础，深入思考马克思文艺思想的现代人文意义，马克思主义与传统中国思想的会通，马克思主义话语生产的当代价值，马克思主义"政治批评"的问题与意义，以最大程度发挥马克思主义作为思想与方法的积极指导作用。第四章思考文学理论知识生产和创新中的中国文论的话语重构，话语作为看待世界的一种方式，构成对文学经验的组织或再现，与意识形态一样，话语致力于使思想、价值和意义的合法化，为文学理论的知识生产提供制度化的逻辑框架。本章倡导回到中国文化的根基和精神结构中，以中国文论的话语创构经验为范本，发掘有益于当代文论话语生产所需要的智慧和价值。第五章阐释文学理论知识生产和创新的范式创造，"范式"作为建立在知识型基础之上有助于话语系统产生的理论模型，是对文学活动理性认识实践的一种较高程度的科学抽象和思想凝结，如何在吸收多元思想资源与思维方法的前提下创造具有民族文化身份特点的范式理论，既是中国文论建设的基本任务，也是当前文论知识生产与创新的核心所在。第六章探讨文学理论知识生产与创新的空间拓展，存在就意味着拥有空间，"空间转向"作为 20 世纪后期人类社会与政治文化领域中具有重要意义的事件，它为当代人文学科的知识生产和学术研究提供了一种新的研究语境和向度，也在思想范式、理论形态、问题意识及提问方式诸方面有助于深化对文学理论知识生产与创新问题的思考及探索。在结语部分本书提出了"新时代与中国文论的知识创新"这一具有鲜明时代精神的重要命题，本书在吸收马克思主义文艺思想中国化的历史成果和"人类命运共同体"思想基础上，进一步探讨"新时代中国特色社会主义文艺思想"对推动文学理论知识生产与创新的积极的意义和价值。

二、文学理论的本体创新与视界开放

在当代社会人文与科技彼此交叉融合、文化软实力不断得到提升的背景下，对作为一种人文阐释的理论学科来说，如果仅仅囿于学科体制内的定型化思维，从文学理论自身的知识生成中逻辑化地进行理论的演绎和定位，恐怕难以把握知识生产与创新的根本所在。文学理论作为一种现代知识形态，其学科性的命名与确立，固然需要专业化、制度化的学术认同及建构，需要学科理论与学科知识方面的系统化生产与表述。但从哲学的观念层面分析，一种科学而有效的人文学科形态的完善与发展，似乎并不完全在于一味追求学科范畴的完整性、知识构成的系统性和理论体系的包容性，而主要在于它所拥有的文化立场与价值向度；在于它所显示的捕捉与提炼问题、阐释与评估现实的效果与能力；在于该学科在观念与方法论层面上所体现的人文意识、科学精神与开放程度。基于这种考虑，我们认为文学理论作为一种人文性的现代学科形态，其知识生产与创新的核心，主要体现于该学科在本体论创新与视界开放方面所达到的程度。

本体的重要对于人文学科来讲是不言而喻的。一方面本体问题关系于对事物所植根的价值本源的终极性探寻，另一方面也是对它所直面的人生状况与社会文化现象的复杂性所展开的哲学性反思与阐释。就西方哲学的发展而言，从柏拉图的"理念论"始，中经康德的"批判哲学"，直至黑格尔的"思辨哲学"，以形而上学身份出场又号称"第一哲学"的本体论哲学，在历经无数智者之思的理论演绎，极强地显示了他们对本体问题的高度关注。传统的本体论哲学之所以不断地探寻和思考本体问题，是由于本体代表了事物最为内在的方面和最为根本的价值向度，表示事物质的规定性和本源，是决定事物何以存在的基本依据。尽管西方现代哲学史上也出现过本体论的危机，但这种危机不是对本体问题的放弃或拒绝，而是对本体问题的形而上学的探究与本体被遮蔽等状况的哲学性批判与反思。诚如有论者所分析的，综观西方哲学，其本体论的危机虽然在当代爆发出来，但它的根源早已存在于古希腊哲学的理性主义之中，这种理性主义被极端工具化而发育为近代工具理性，理论中的方法作用日益凸显出来，遂而酝成了当代的本体论危机。在这种理性主义的框架中，人们固然可以大谈特谈本体论，但所描述的本体无一不是凌空虚设的抽象，诸多论述有一个共同之处，这就是作为本体的"自在之物"总是一如既往永恒不变地存在着，也笼罩着一切，推动着一切，而不为之所动。① 因而，"本体"概念的实体化、终极化，"本体思想"的逻辑化、体系化和"本体意义"世界的超绝性、普适性，形成了旧形而上学本体论的主要特征②，也是导致现代以来本体论危机的根本所在。其实，所谓本体和本体论，无非是指人类在自身发展的历程中，从观念与精神层面对自身存在的真谛等根本性问题所进行的一种价值探寻与哲学反思的过程。本体论的追问即是对本体发展的求索，本体的内涵是随着人类生存状况的变化而不断发生转换。"作为建立在存在与本质统一基础上的对本体认识的本体论，究极而言是取决于本体论者对人生终极关切问题、人生价值问题、对人的生命的看法。可以说，本体从来不是僵死不变的，本体不是已成之物，而是未成之物。"③ 这便是我们倡导文学理论的知识生产应坚持本体论创新的重要依据。

如果再以中国哲学的观念来审视，本体的重要以及对文学理论本体论创

---

① 成中英：《本体与诠释》，三联书店 2000 年版，第 126 页。

② 旷三平：《马克思哲学：思维方式变革与本体论重建》，《新华文摘》2003 年第 7 期。

③ 王岳川：《本体反思与文化批评》，辽宁人民出版社 2001 年版，第 9 页。

新的启示，其意义无疑十分明显。成中英在其重要论文《从真理与方法到本体与诠释》中讲，"本体"是中国哲学中的中心概念，兼含了"本"的思想与"体"的思想。本是根源，是历史性，是内在性；体是整体，是体系，是空间性，是外在性。"本体"因之是包含一切事物及其发生的宇宙系统，更体现在事物发生转化的整体过程之中。就其质所言本体是气，就其秩序言本体则是理。显然，这些中国哲学词汇都有内在的关联而相互解说，形成一个有机的意义理解系统。在此一意义下，我们可以说本体就是真理的本源与整体、真理就是本体的体现于理、体现于价值。而值得注意的是，此一系统是一个开放的动态的系统，具有丰富的融合与包含能力。因之，我们不能说它没有再发展以涵盖方法与科学的潜能。①

据此判断，我们不难发现本体其实就是真理的本源与整体，是事物的内在性与根源，它是一种开放、动态的意义系统。文学理论作为人文性的现代学科形态，理应展开本体性的思考，适应学科的现代性诉求与实践变革的需要，在真理的探寻与意义的建构方面不断走向更高的境界。无论人们以何种视点观察和解释文学理论的知识生产与创新，其中有一点却是肯定的：文学理论既植根于人文思想的背景中，关联着人类的文化精神，秉承哲学的气质与智慧；又依存于人类特定的文学创造与审美活动，关联着人类的情感、心智和形象，具有审美价值与文化生成的品格和属性。文学理论的这些特征，无疑将推动该学科在行使自身的文化职责，进行理论思考与价值判断的过程中，更加准确地把握文艺现象与人类审美活动的深层意蕴与价值之根。由于艺术本体与人类本体相关联，艺术与审美中一切带根本性的问题无不同本体相联结。"艺术是实现了的哲学"，在文艺与审美的时空维度中，有人类生存样态及其真谛的显现，因而，回到本体论创新之路，回到本体与方法结合的方面来，成为包括文学理论在内的一切人文学科的价值自省与文化的自觉。缺乏这种价值自省与文化自觉，文学理论的知识生产与创新将丧失其存在的合法性，这是我们倡导文学理论坚持本体论创新的重要依据。

文学理论如何推进和实现本体论创新，首先需要确立的一个重要逻辑前提是，文学理论知识生产所关注的重心，应当从以往注重对学科自身本体构成的阐释与研究，注重对学科内部知识形态的生产与完善，转移到对该学科

---

① 成中英：《本体与诠释》，三联书店 2000 年版，第 5 页。

人文价值意向、美学思想资源的生产及运用的方面上来。更多地探寻文学理论的知识阐释与生产，如何发挥和展示其独特的人文价值意向；如何在复杂多变的文化背景下达到思想与审美的高度；如何反映或体现人类文化精神的真实状况；如何发现或揭示文艺活动与人类审美实践的内在规律，进而揭示文艺现象所承载的审美含量与意义深度，并以其独特的思想生产与价值阐释的效果，促进社会审美文化的进步与人的内在提升。据此我们认为，探求文艺世界与人的审美实践中富于生成性的文化精神与审美价值，解析其中所蕴含的文化含量与审美意识，发现和创造有利于当代人生存的文化智慧和文明的因子，应成为文学理论本体创新的根本所在。哲学解释学的任务与其说是方法论的，毋宁说是本体论的。对于哲学解释学来说，问题并不在于我们做什么或我们应该做什么，而只在于，在我们所意愿和所做的背后发生了什么。因此，只有当我们使自己从充斥于近代思想中的方法意义及其关于人和传统的假定中解放出来，解释学问题的普遍性才能够显现。①

综合如上观点，我们对文学理论本体创新的基本理解是，文学理论作为现代人文学科形态，作为哲学与艺术、思与诗相融合的理论性学科，其本体创新的实现应特别重视对学科自身参与和评估审美文化实践能力的建构，重视学科理论的价值运用。按照我们对文学理论学科性的理解，文学理论固然保持着较高的哲理思辨的品位，固然具有把对美的哲学思考与艺术活动实际经验的具体分析结合起来的特点，也固然兼容于演绎的、思辨的、自上而下的与归纳的、经验的、自下而上的等多种方法，但这些属性仍是构成该学科人文阐释的基本要素和条件，而决定该学科人文阐释的价值性及其内在依据的东西，仍取决于该学科所具有的思想生产的水平和能力，以及在理论的阐释和生产方面所显现的人文性与审美性的价值内涵与程度。

人文性是人类文艺与审美活动所具有的普遍属性。按照哲学的理解，人文性是由人文学家阐释的、用以描述价值系统整合性的一般模式和方向，它凝聚着一种文化的价值意向，代表了一种文化精神。同文化的存在一样，文艺及审美活动的内容也牢固地植根于人文性的根基之中，超越这种根基来理解艺术和审美是不可能的。从这种角度看，在人类文艺与审美的本体构成

---

① ［德］汉斯·格奥尔格·伽达默尔：《哲学解释学》，夏镇平、宋建平译，上海译文出版社1994年版，第1页。

中，决定其生命质量及其发展的关键要素，并不在于它们所展示的形式要素以及对外在生活形态的描摹与表现，而在于文艺与审美活动所承载、所揭示的人文深度与意义世界。作为特定时代人类不同生存样态与人生经验的形象化保留与再现，它是构成人类文艺与美学发展的一个十分重要的文化变量，但构成人类文艺活动主导性要素的东西，却是人文性及人类普遍的文化精神。这些要素既是本民族特定生存境界、人格理想与美学精神的结晶，又为世界各民族所共同崇尚、追求、享用与理解。从人类文艺与审美的发展历程看，表达崇高的生存理想和对真、善、美境界的追求；表达对人类生存苦难的同情和深厚的人道主义精神；高度关注与思索人类共同的精神困境与精神危机；表达人类面临的共同的文化主题和对人类未来生存远景的憧憬与期望，已成为人类文艺与审美活动所普遍关注的人文性主题。所以说，文学理论作为对文学与审美现象进行阐释的学科，其发展、进步与本体创新的实现，需要更多地依据人类共同的价值尺度与人文意识，需要站在更高的层面深刻揭示文化时代的共同主题，需要使其人文阐释的价值意向更为紧密地与人类的发展状况、与人的生存本体之间达到内在的统一与契合。

审美性作为文学艺术特有的一种属性，赋予文学理论一种审美阐释的品格。文学理论的审美阐释到底关注什么，似乎也是一个需要澄清的基本问题。从文学理论阐释性的演变历史看，传统理论阐释的重心似乎更关注文艺内部自足性等诸多特征，对所谓文艺的形象性、情感性、虚构性和形式化的东西情有独钟。自进入现代后，随着艺术生活化趋势的形成，以及作为战略需要全社会对提升民族文化软实力的积极推动，已极大地激发了艺术文化的创造力，也促使文学理论的知识生产自觉介入审美价值的创造和阐释，充分发挥其在社会文化发展中的价值判断和引领作用。由于审美价值渗透在艺术与人的生活的各个领域，"与其他价值相比，审美价值更明显地表现为它是以人自身为最高目的，以人的全面而完整的发展为最高理想、以满足人本身的自由生命创造为最高尺度的价值。"① 所以，从文化的功能性来看，人类的审美实践与人类的任何活动一样，都根源于人的需要，根源于人类对自身生命活动形态的观照。正像人类的历史必然趋向文明史一样，人类的文化和艺术也必然趋向美的领域。人类审美史的发展证明，审美实践是对人类整体

---

① 杜书瀛：《艺术的哲学思考》，辽宁人民出版社 2001 年版，第 252 页。

文化及精神结构发展的有效性补充，它符合人类生活与人的存在的某种本质的必要性，人类产生审美行为的根本动机，也是为了不同程度地满足主体的精神发展的需要，是人类力图超越自然生命、追求精神发展而产生的有效性手段。它对人类最直接的意义，表现在能自觉促使个体的不断完善，并使其精神与心理不断地从日常功利性、工具性行为的限定及束缚中解脱出来，升华到一种独立的、更高的人生境界，促进人的内在发展与提升。

由此可见，文学理论所倡导的审美性，不仅包含着深刻的人文内容，透露出善与爱的信息，教人不懈地向诗意的生存状态努力，从美的角度建设自己的生活，努力完善存在的意义。而且，它还特别强调应以审美价值为尺度，积极建构完整的艺术观念与意识，从根本上解决艺术生产的价值取向问题。而要适应这种审美价值转向与人文阐释的需要，文学理论工作者也必须努力建构和塑造自己，解决主体自身的审美追求、人格取向及情感态度等问题，并彻底克服平庸的、消极的、病态的、浮泛的、功利实用与孤芳自赏的等种种心态。完善和建构艺术生产与人文阐释者良好的人格和心理，是促进文艺学和美学本体论创新的基础。

视界开放作为文学理论知识创新的一个重要方面，其内涵是指该学科在知识构型、研究范式、阐释视野及理论品格等方面应体现的一种现代开放精神。这种开放既表明了多种价值资源与思想智慧在该学科理论构成中的贯通与融合，也表明了交流、对话与回归生活实践等人文阐释的原则在该学科方法论层面中的交叉与呈现。它是文学理论进行本体论创新依据的重要条件。英国文艺理论家阿拉斯泰尔·福勒认为，未来文学理论的特征之一是具有更广阔的视野。[①] 美国当代马克思主义理论家詹姆逊指出，文化研究的崛起是由于对其他学科的不满，它不仅针对其他学科的内容，而且也针对其他学科的局限性。文化研究应该欢迎混杂的"身份"。他提出用一种"协办关系网"来取代"单一作者"的概念。[②] 伽达默尔讲得更为明确，美学是解释学的一部分。理解无疑需要一种视域，而视域这一概念"它表达了进行理解的人必须要有卓越的宽广视界。获得一个视域，这总是意味着，我们学会了

---

① ［英］拉尔夫·科恩等：《文学理论的未来》，中国社会科学出版社 1993 年版，第 386 页。

② ［美］弗雷德里克·詹姆逊：《快感：文化与政治》，王逢振译，中国社会科学出版社 1998 年版，第 6—7 页。

超出近在咫尺的东西去观看，但这不是为了避而不见这种东西，而是为了在一个更大的整体中按照一个更正确的尺度去更好地观看这种东西"①。以上论述表明，视界的开放无疑是人文阐释的基本价值取向。而文学理论作为人文阐释的现代形态理应坚持这一原则，并更多地体现具有时代精神并符合现代性诉求的特征。在我们看来，实践性品格、问题取向意识及创造性的综合方法，是文学理论视界开放的重心所在。

美国著名人类学家马尔库斯与费彻尔在反思人文学科的危机时指出，现代人文学科存在一种表述的危机，"现时代的表述危机是一种理论的转变过程，它产生于一个特定的变幻时代，与范式或总体理论处于支配地位的时期让步于范式失却其合理性和权威性的时期、理论中心论让步于现实细节中心论这一过程有着密切的关系。其产生的前提在于人们越来越发现大理论无法解释社会现实的细节。"② 如上所反思的人文学科的表述危机，在我国以往的文艺学、美学诸人文学科领域内根深蒂固，它突出表现在过分迷恋学科知识形态的自足性建构，为繁衍庞大的概念体系与抽象的理论框架所包容，参与、阐释现实问题的能力普遍下降，与人类的生存及发展产生隔膜，日益失去人文性的智慧与理论活力，成为玄而又玄、仅为理论家自身所理解和熟悉的东西，以至于使这个有着显赫历史传统和庞大构成体系的领域在最近几十年竟显得什么问题也解决不了。究其原因，正在于对人类现实的审美实践及鲜活的文艺现象的日渐疏远。所以，文学理论要达到视界的开放，其实践性品格的确立极为重要，它既是对人文学科危机的有效抵制，也表达了当代人文学科研究的一种新的价值转向。即面向人的现实生存状况，面向人的感性生活世界，使该学科在人文阐释的向度方面，更加接近或达到本体论的层面。感性是一切科学的基础。科学只有从感性的意识和感性的需要这两种形式出发，才是真正的科学。感性是人的实践本体论第一个不可动摇的出发点③，而文学理论的本体论转向，正表现为对人的感性生命活动及人的现实生存实践的关注与思考。走向本体论的文学理论不再是指对实在的绝对本体

---

① ［德］汉斯·格奥尔格·伽达默尔：《哲学解释学》，夏镇平、宋建平译，上海译文出版社1994年版，第392页
② ［美］马尔库斯、费彻尔：《作为文化批评的人类学：一个人文学科的实验时代》，王铭铭、蓝达居译，三联书店1998年版，第30页。
③ 王岳川：《本体反思与文化批评》，辽宁人民出版社2001年版，第33—34页。

的探求，而是指对进入动态生成过程中的感性个体其生存实践与意义的追问与反思。其次，文学理论的实践性品格，亦表明了该学科在其知识形态与研究范式的构型中，有意识地放弃或超越传统形成的对"大而全"的理论体系的追求，不再封闭和包裹自己，更不搞真理的绝对化与理论堆积，而是自觉增强该学科与社会文化之间的有机联系，注重思想生产的效果，通过面向与介入人类的文艺审美实践，不断发展学科自身参与与解决现实问题的能力。

总之，要建立一种科学而有效的文学理论知识生产机制，就不能从某种先验的观念、原理出发，而应从最基本、最真实、最确定的事实出发，这个事实就是人类感性的审美文化现实及其实践。诚如马克思、恩格斯所讲，"我们的出发点是从事实际活动的人，而且从他们的现实生活过程中还可以揭示出这一生活过程在意识形态上的反射及回声"①。文学理论作为人文阐释的学科，其观念的开放性归根结底取决于与共同建立在感性经验基础上的生活世界的内在联系。所以说，如何把人类的文艺现象与审美实践看成一个开放性的过程或文本，一种包含着丰富社会、历史内涵的审美符号体系，并从中不断地寻求富于生成性的文化价值与审美精神，似乎是文学理论在体现其实践性品格时应特别关注的。

问题意识与问题取向，也是文学理论在视界开放方面应具备的特征之一。众所周知，哲学作为人类高级的精神活动，不是概念与理论的游戏，它所展现的是思的智慧，而思之过程正是以对问题的捕捉与提炼为前提的。所以，一部哲学史几乎可以看作是人类的问题史与提问史。但问题在于，传统哲学所追根究底的东西，乃是追求形而上学的本体世界，追求事物抽象而永恒的本质，并未回到事物本身，回到具体的、变动不居的现象域探寻与提出问题。这种倾向既导致了古典哲学的终结，也导致了美学的衰落。从柏拉图到黑格尔，传统美学因其在问题取向方面过分迷恋对美的终极本质的理论探讨，由此造成理念论美学步入穷途末路。美学的学科观念越来越封闭，日益成为自律性的艺术；美学的学科理论越来越抽象，日益失去生命活力；美学的学科内容越来越狭窄，日益为抽象的概念框架所包容。这种脱离人类的生存现状与问题的理论美学，虽为近代经验论美学所取代，但因其过多彰显技

---

① 《马克思恩格斯选集》（第 1 卷），人民出版社 1995 年版，第 73 页。

术化、形式化与心理化的倾向，并未从根本上改变传统美学的命运。海德格尔的一大功绩便是试图把近代方法论的解释学美学转变为本体论的解释学美学，从而开启了解释学美学的现代方向。其中最重要的变化是，美学的问题意识与问题取向，不再是为审美理论提供一整套具体方法和规则，而是从存在的角度来思考艺术哲学问题。美学之思从此便成为从本体论的角度揭示或发现事物所隐蔽于其中，或植根于其中的未出场的东西。因而，所谓问题取向与问题意识，它所强调和关注的正是对象的可开发性与可研究性，是事物丰富的场性效应与意义空间，是事物在其发展、变化的过程中所凸显的、还未被人们所认识的规律。

文学理论作为人文阐释的学科有较强的问题意识与问题取向，因为文学艺术与美的存在本身就是一种动态的、精神内涵十分丰富的文化现象与存在，它不仅内在地包含了人类活动的感性追求与理性智慧，成为多种文化要素的集合体；不仅在其表层形象的背后沉淀与凝聚着某种深层的价值内核，保存着一个民族进化历程中所遗留下来的文化基因，潜藏着文化结构中最丰富、最稳定的内容和价值，而且，人类文艺与美的实践总要受到诸如经济、政治、哲学、宗教、科学、伦理等多种社会文化因素的影响，体现或见出一个时代的文化印痕，受到一个社会总体的文化转型的制约，从而呈现出丰富的问题性。在当前所面临的全球化趋势及读图时代到来的文化情境下，文艺与审美对原有传统边界的超越，视像文化的扩充与蔓延，艺术生产的复制性与泛审美化倾向，新艺术形态的诞生与发展，艺术与审美的形式化与生活化趋向等等，如此众多的问题与现象，迫使我们不得不去思考并应对这些富于时代性的人类文艺审美实践的真问题。然而，无论文艺与审美的问题性如何丰富与复杂，其中有一点却是肯定的，那就是文学理论所真正关注的是人的现实生存现状，是与人类文化精神相关联的文艺现象，是人类特定的生存理想、审美境界、人格形态、文化心理及价值取向等在文艺活动中的表现或反映。

文学理论的视界开放还包括在阐释的视野与方法的选择方面，特别强调应打破涵盖一切的大一统的思维模式，尽可能建立多元对话的知识平台与交往语境，建构一种能充分体现其学科本性的、多维视野中的人文阐释的原则与方法。所谓多维视野中的人文阐释，是指文学理论作为一种集经验、思考、感受与判断为一体的理论形态，应跳出狭隘的学科限制，以一种融会中西、贯通古今的宏阔视野审视人类的文艺与审美活动，并把它所观照的对象放置到人类文化的总体格局中，借助哲学、美学、文艺学、历史学、心理学和现代语言学等多种人文思想资源进行把握和理解。在时间上，它注重联系，把文学艺术与人类的审美实践看成是一个彼此关联、相互制约并共同发展的有机整体；在空间上，它强调打通，即打通学科的人为疆界与壁垒，注意吸收和借鉴哲学、人类学、文化学、传播学等多种人文社会科学的思想智慧与资源，建立一种具有合理的文化生态精神、充满学科间性、体现出多元思想融合与共生的知识共同体或阐释的模式与原则。强调人文阐释中的多维视野，并非要抛弃学科的本性与特征。多维视野概念的提出，既与文艺与审美这一感性对象的文化全息性与丰富性相适应，又由文学理论这一学科构成的交叉性与复合性所决定，它具有阐释的无限可能性与理论创造的多样性。

从人文学科所具有的基本规定看，文学理论也是以人的现实存在和感性活动为本体的精神哲学，它既把人类的生命状态、感性经验、心理变化及精神现象作为自身研究和把握的基本对象，从而最大限度地观照与强化人类的生命，指导和促进人类的现实生活进程；又以这种独特的本质规定去建构相应的文艺观念与审美意识，使文艺与审美也能自觉体现人类存在的变化状况及本真内涵。文学理论既是一种形而上的、富有哲学品质的文化阐释，也是一种主体高度参与的价值理解过程。阐释是一种新意义的创造，是主体的积极的存在方式。海德格尔、伽达默尔一再强调阐释中的认同和参与，并将它作为意义实现的必要条件。这就意味着，人类文艺与审美发展中的问题性是层出不穷的，我们对其真理性的判断要在不断的理解中去确认。文学理论的知识生产和创新既紧紧关联着历史、现实和文学艺术世界的变化，又不断向作为生产主体的理论工作者的存在开放，所以，文学理论的知识生产与创新，依然是一项十分艰巨且永远在途中的文化创造活动。

第一章　文学理论知识生产与创新的宏观背景

　　随着新世纪全球化步伐的不断加快，人类存在和文化的面貌正在发生深刻的变化。诚如海德格尔所预言的，世界正在不断地展现出一个个新的图像或图景，从政治、经济、环境、教育、技术、社会及艺术的变迁，到消费时代、后理论、审美回归及文学精神重塑诸现象的来临，这一切已客观构成一种复杂多元的文化语境，它对人的存在及人类社会的发展形成新的挑战和影响，而当代文论的知识生产和创新亦毫无例外地处在这样一种特定背景之中。"文变染乎世情，兴废系乎时序"，刘勰对文学发展与时代关系的深刻论述，同样构成考察今日文学理论知识生产与创新问题的基础性前提。诸如消费时代的到来，代表了一种新的文化变迁和社会实践的变更，它使文学理论的知识生产和创新面临诸多的新问题和考验；后理论预示着人文知识生产一次巨大的转型和变化，是旧理论的终结和新的文化活力与生机的开启，对文学理论知识生产与创新的影响是深刻而巨大的；而当代社会的文化创意水平、审美创造能力及文学精神的重建等，作为最核心和最关键的要素，直接关系于民族文化软实力的提升，无疑构成当今文学理论知识生产和创新必须依赖的坚实基础和内在动力。

第一节　消费时代文学理论知识生产面临的问题性

　　消费时代的来临，对人文学科尤其是文学理论及美学的研究来说，既意味着一种新的文化场域与语境的产生，又预示着对传统学科体制、规范及其边界的解构，由此也衍生出一系列有关该学科研究的新的问题性，而文学理论的知识生产与创新毫无例外地处在这种复杂的文化变动之中。

一、消费时代的文化变迁

从人类思想发展的历程看，对消费时代的文化与文艺和审美问题的关注，不仅贯穿于 20 世纪西方美学、文艺理论的发展过程，引起西方马克思主义及后现代等重要思想家的不断思考与探索。而且，自 20 世纪 90 年代以来，消费时代的来临，亦不同程度引起当下中国文艺生产与接受状态的转向，引起人文学科生存语境及话语方式的变化。从某种意义看，当代中国人文学科的存在与发展，已无可例外地进入消费时代特定社会语境，并在很大程度上受这一文化背景的制约，客观地说，消费文化已构成影响文学理论知识生产与创新的重要场域和力量。

法兰克福学派以其独特的意识形态与文化批判理论，重新评价和认识进入资本主义即消费时代后，人类审美观念与文艺实践所发生的重要变化。阿多诺曾提出，消费文化的产生导致审美观念自律本性的消解，审美实践也由独特的精神生产蜕变成一种批量化生产与大众消费的活动，审美活动呈现出复杂性。本雅明认为，机械复制时代的到来，对传统的文艺与审美观念形成巨大挑战，由此导致传统艺术韵味的衰落与新的美学的开始，人类审美面临的问题性更为突出；与法兰克福学派相比，后现代理论家更加重视从理论层面系统研究消费时代所引起的文艺审美观念及其实践的变化。法国后现代思想家费瑟斯通、波德里亚等认为，后现代社会是一个消费社会，在这一社会，审美观念和艺术进入了一个被广泛扩张或泛化的过程，审美观念不再仅仅局限于传统的艺术领域，它已蔓延于经济、政治、文化和日常生活的各个方面，形成审美生活化趋势与消费意识形态。美国著名马克思主义学者杰姆逊指出，消费社会中人类的审美观念从自律转向感知领域，转向以视觉为核心的生产，美学的封闭性空间也转向开放的实践性空间，导致传统美学的终结，这是文化发展的必然逻辑。由此可见，消费时代所引起的消费文化形态的出现，正在深刻改变着这个时代的人类生活和人的现实生存，并在很大程度上迫使人类的生活观念、行为及价值取向发生实用与功利化的转向，它已极为真实地对人文学科的生存和发展提出相当严峻的挑战，而作为具有现代人文学科特质的文学理论来说，似乎应更加自觉、清醒地审视和应对这种境况的客观来临。

　　消费时代作为人文学科生存的一种特殊的文化语境，其体现的内涵与影响力是异常复杂的。一方面，它无疑极大地改变了人类审美的既成文化背景与传统，导致审美观念发生重大变革，形成新的消费意识形态，促使审美观念转向更广泛的文化、生活领域；但另一方面，消费时代的到来，也形成当代中国社会特殊的文化风尚、格调及状态，文艺与审美的功利性与实用化的特征将变得更加突出，也由此导致审美观念与文艺实践层面产生出大量新的矛盾与问题。诚如法兰克福学派所分析的那样，生活在丰富的消费社会中，人们的日常生活意识形态会受到商品交换逻辑的影响，服务于这种主导的社会消费意识，而且也促使大众默认和接受这种意识形态。杰姆逊曾十分尖锐地指出，在当今时代，文化逐渐与经济重叠，我们已经看到了后现代主义复制或再造—强化—消费资本主义逻辑的方式。"新的消费类型；人为的商品废弃；时尚和风格的急速变化；广告、电视和媒体以迄今为止无与伦比的方式对社会的全面渗透。"① "在这个新阶段中，文化本身的范围扩展了，文化不再局限于它早期的、传统的或实验性的形式，而且在整个日常生活中被消费，在购物，在职业工作，在各种休闲的电视节目形式里，在为市场生产和对这些产品的消费中，甚至在每天生活中最隐秘的皱褶和角落里被消费，人类开始生活在一个非常不同的时间与空间、存在经验及文化消费的关系中。"②

　　总之，全球化浪潮使当代世界身不由己地进入消费主义社会运转中。消费既是一种社会总体的价值趋向，又是当代人类在深层心理与潜意识中自觉认同的愿望与行为。正像莱斯理·斯克莱尔所分析的，资本主义现代化所需要的价值系统就是消费主义的文化意识形态。全球资本主义体系在第三世界以向人们推销消费主义为己任，这种时尚性的消费主义不断生产并"诱导出需求冲动"，并化强迫为主动，使得第三世界的人们去"消费"。因而，文化媒体帝国主义正在制造当代世界新的一元话语——全球化话语——全球资本主义即消费主义文化意识形态无限扩张的强势话语。这种扩张不仅在发达资本主义社会大幅度蔓延，同时也毫无例外地改变着当代中国的命运。随

---

　　① ［美］弗里德里克·杰姆逊：《文化转向》，中国社会科学出版社 2000 年版，第 19 页。
　　② ［美］弗里德里克·杰姆逊：《文化转向》，中国社会科学出版社 2000 年版，第 108 页。

着全球化趋势的到来与经济的高速发展，随着当代人生活水平的大幅度提高和改善，中国社会也正蔓延一种消费主义的意识形态，一种物质主义和享受主义的倾向。由于消费主义成为当今社会整体的文化语境，由此也导致我们这一时代的文艺生产、审美观念及其理性思考、价值判断等均发生了重大变化甚至倾斜。按照杰姆逊的说法，这是一个视像文化盛行和空间优位的时代。今天的美学生产已经与商品生产普遍结合起来，美的内涵已发生变化，美不再处于自律的状态，而是被定义为快感和满足，是沉浸在灯红酒绿的文化消费和放纵。杰姆逊的观点尽管过于危言耸听，但他确证了一种客观的文化存在及其规律：消费时代的确已成为人类生存的一种特殊的文化语境，而消费时代的文艺创造与文学理论的知识生产，也正在经历着一次重大的挑战与转变。

二、消费时代的问题呈现

面对这种挑战及转变，文学理论及美学学科已表现出诸多的焦虑与困惑，其中最突出的问题，即是由消费时代的来临所引发的学科身份的认同性焦虑与危机。如"失语症"的提出，新的美学原则的崛起，文学边界的移位与消失，以及文学创作的愈益萧条，文学市场的日渐萎缩，"纯文学"在整个流行文化面前所受到的空前冷落，还有文学终结论、艺术消亡论、"后理论"时代的到来及审美生活化等观念的愈演愈烈，文学艺术形态无可奈何地失去昔日在艺术大家族中的主导地位，也不再处于文化的中心地带。正像米勒援引德里达《明信片》中主人公所表述的那样，"……在特定的电信技术王国中（从这个意义上说，政治影响倒在其次），整个的所谓文学的时代（即使不是全部）将不复存在。哲学、精神分析学都在劫难逃，甚至连情书也不能幸免……"① 此论断虽然有些言过其实，但它真实体现了精神生产领域在特定时代所遭遇的一种衰败的命运。这种衰败的命运同样降临于文艺学学科，不仅表现在使传统意义上的文学理论之范围变得越来越宽泛，在某种程度上已为含义更广的批评理论所取代；也不仅表现于20世纪后期文化批评的崛起对文学批评构成的强有力挑战，使文学批评的传统模式不断受

---

① ［美］J. 希利斯·米勒：《全球化电信时代文学研究的命运》，见王宁编《全球化与文化：西方与中国》，北京大学出版社2002年版，第171页。

到消解与冲击；尤为突出的是，新时期以来西方形形色色的文论思潮与流派的大量传播与输入，造成中国本土文艺学理论的萎缩与失语，从 20 世纪 80 年代理论移植的乐此不疲，到 90 年代的应接不暇与漠然视之，无穷尽的理论追逐，已耗尽了人们对理论的基础性和本源性建设的内在热情，亦导致该学科不断处于一种无根的飘浮和转换之中。它似乎印证了米勒的预言，"文学研究的时代已经过去了。再也不会出现这样一个时代——为了文学自身的目的，撇开理论的或者政治方面的思考而单纯去研究文学。那样做不合时宜。我非常怀疑文学研究是否还会逢时，或者还会不会有繁荣的时期。"①

当然，米勒的预言真意并非如此，我们亦无法驾驭和控制人类"命运"的变化，但对文学理论的知识生产来说，如何应对并有效解决消费时代人文学科（包括文学理论在内）所出现的身份认同危机及理论生产的贫乏症状，并促使这一知识生产能自觉进入良性发展的轨道，这才是学科知识建构最为关键和重要的任务。从现代学术的基本规定性看，所谓知识形态不只是一个学科自足性的概念，而是一种既与学科的知识谱系密切相关，又包含和融会着其他学科的特定的思想、观念、理论与方法的多元知识系统。它所指涉的不仅是作为科学研究类型的学术型知识的积累，或以教材方式呈现的教育型知识样态，而是一种与该学科相关联的同质态学科的思想含蕴、价值功能及话语实践方式等相融合的综合性知识范型。由此观之，文学理论的知识形态有其特定的思想背景与文化场域，它更依赖于人的现实存在与实践方式，依赖与此密切相关的社会文化场域的转向与变化。在当代文学理论的研究中，之所以有学科身份的认同性危机，有理论"消亡论"与"终结论"的论调，或多或少与中国文学理论自现代以来在知识形态方面存在的问题及缺陷有关。其突出表现是我们始终未能找到真正符合文学理论学科身份规定性的价值根基，文学理论的知识形态转换过频，放弃过快，沉淀、积累与吸收又过少。应当说，在中国现代学术体制内，文学理论的知识形态化始终是一个被遮蔽的、未能获得彻底解决的问题。正由于此，在消费文化及读图时代到来的情境下，面对文学艺术对原有边界的超越，视像文化的扩充与蔓延，艺术生产的复制性与泛审美化倾向的出现，新艺术形态的产生，艺术与审美的形

---

① ［美］J. 希利斯·米勒：《全球化电信时代文学研究的命运》，见王宁编《全球化与文化：西方与中国》，北京大学出版社 2002 年版，第 183—184 页。

式化及生活化趋向的流行和挑战等，文学理论因其理论阐释力的疲软及墨守成规，始终未能对诸多现象做出富有说服力的解答和回应。

由此看来，知识形态的重构无疑是一次恢复文学理论生产能力，重建学科的价值根基及知识构成的合法性、系统性与有效性的基础性工程。我们期待文学理论真正地走自己的路。当代中国的文学理论要想有所作为，尤其是能够产生原创性的思想和观念，就需要努力转换其知识形态构成的重心与理论生产的方向，即从以往注重对学科自身本体构成的阐释与研究，注重对学科内部知识形态的生产与完善，转移到对文本世界的阐释方面，转移到对该学科人文价值意向、美学思想资源的生产及运用的方面来。只有这样，文学理论的知识生产才能有效介入并运用到文学艺术的实际中去。我们期待文学理论的知识生产能更多地关注、思考和探索人的现实存在与文学的世界，能够在学科的价值根基、知识形态等带有根本性的论域与问题上有所创新与突破。

第二节　"理论之后"文学理论的知识图景

"理论之后"命题的提出已有多年，这是进入新世纪后经西方理论家的鼓噪，又一次移入中国的一个重要学术话语。然而，与以往西方批评形态及研究模式的移植有所不同，"后理论"话语的提出更具全球性与根本性，它带有某种程度的价值定位与方向选择等方面的展望与规定。从伊格尔顿《理论之后》的出版，到拉曼·塞尔登等在《当代文学理论导读》一书中对"后理论"现象的专题介绍，再到国内学界对该命题的持续关注与探讨，种种迹象表明，在历经后现代主义大潮的冲击及"理论终结论"的影响后，文学理论也自然地进入一个相对迷茫、困顿和需要探求的状态，文学理论发展的前景与出路何在？我们是否还可以继续预测理论终结后文学理论知识生产的基本走向等等，这实际已成为国内理论界高度关注与深度思考的一个焦点性话题。正是基于如上背景，本节力图进一步分析和探讨"后理论时代"的文化场域与文学理论的知识图景。

一、"后理论"及其文化场域

依国内学界的看法，詹姆逊是最早发出理论终结"讣告"的预言家。

在 20 世纪的 90 年代初，在《德国批评传统》一文中，他曾不无惋惜地慨叹："今天在理论上有所发现的英雄时代似乎已经结束了，其标志是下述的事件：巴特、拉康和雅各布森的死；马尔库塞的去世；阿尔都塞的沉默；尼柯、布朗特日和贝歇的自杀为标志的'第一代'法兰克福学派的终结；甚至还有更老一代的学者如萨特的谢世等。所有这些事件都从不同的角度表明，结构主义的有所发明的时代已经过去了。我们不能再指望能够在语言的领域里找到堪与 60 年代的地震图标转移或结构主义诞生所引起的震动相比拟的任何新发现。"① 进入新世纪后，伊格尔顿以《理论之后》的出版，宣告了一个理论时代的终结和对一种新理论到来的期待。他不无悲观地指出："文化理论的黄金时代一去不复返了。拉康、列维-斯特劳斯、阿尔都塞、巴特、福柯开创性的著作距今已有数十年之久了。威廉斯、伊丽格瑞、布尔迪厄、克里斯蒂娃、德里达、西苏、哈贝马斯、杰姆逊和萨义德等人早先开拓性的著述也有数十年了。这以后并没有很多可与这些奠基者的雄心和独创性媲美的著作问世。他们中的一些人此后遭遇了不测。命运使巴特在巴黎的一辆洗衣行的车下命丧黄泉，福柯因艾滋病而备受痛苦，送走了拉康、威廉斯和布尔迪厄，阿尔都塞因弑妻被罚而关进了精神病院。看来，上帝并不是一个结构主义者。"② 伊格尔顿预言的依据是，一代思想家们的纷纷离去与新的理论思想的空缺及贫乏。值得注意的是，在新近由拉曼·塞尔登等学者编撰的《当代文学理论导读》一书的结论中，作者以"后理论"命名，进一步探讨了这一概念所包含的问题性。该著作认为，新千年开端的一些著述奏响了新的调子，一个新的"理论的终结"，或者说得模糊一点，一个"后理论"（After-or Post-Theory）转向的时代开始了。

且不论我们能不能有意义地进入"后理论"，我们最终发现，这一预告更像是在复位方向，而不像一个戏剧性的启示录。对许多人来说，来到"后理论"似乎意味着从文化研究与后现代主义控制的时代走出来。在这种情形下，文化研究或者说更一般意义上对文化文本（包括文学文本吗?）的研究以及当代的种种理论都处于视野之外。这种对最近的过去的弃绝是令人

---

① ［美］弗里德里克·詹明信：《晚期资本主义的文化逻辑》，陈清侨等译，三联书店 1977 年版，第 303 页。

② ［英］特里·伊格尔顿：《理论之后》，商正译，商务印书馆 2009 年版，第 3—4 页。

惊异的。难道这个时代有太多错误的构思吗？难道这类弃绝的术语不应该更仔细地思索吗？难道现在的任务中没有一项要重新承担起对文学和文化以及对当代的理论化，以便更完整地理解这些转型的或者说另一种思路的术语吗？①

拉曼·塞尔登等人的思考揭示了"后理论"时代所隐含的两个重大问题域，其一是我们如何对待"文化理论"与"后现代主义"的思想遗产；其二是理论之后的出路何在，我们是否需要理论以及需要什么样的理论等。而要对这些问题做出解答，则需要依据对"后理论"时代所呈现的文化场域的科学认知与理解。诚如伊格尔顿所指出的，"种种文化观念随着由他们所映照的世界的改变而改变"②。

"后理论"时代所依赖与生成的文化场域是复杂且极富悖论性的。这是一个"失与得"并存，文化多样性与文化乱象杂糅共生的时代。一方面是某种观念的快速生产与炮制，而另一方面是思想、价值等具有根基性的东西的衰落、遗忘与所遭遇到的前所未有的人文性危机。英国学者迈克·费瑟斯通把这一时代称之为消解文化整体性的时代，我们的文化形象已变得越来越复杂。与其说出现了统一的全球化，不如说全球化进程呈现出一个强劲趋势，即全球差异阶段的出现，它不仅开启了"文化的世界橱窗"，让相距遥远的异域文化直接比肩而存在，而且提供了一个场所，让文化的碰撞发出更嘈杂的音调。因此，全球化进程似乎并不是在制造文化的单一性；相反它是差异、权力争斗、文化声望的竞争将在其中进行到底的一个场所。③ 伊格尔顿的判断是，这正是一个消费社会蓬勃发展，传媒、大众文化、亚文化、青年崇拜作为社会力量出现，必须认真对待的时代，而且还是一个社会各等级制度，传统的道德观念正受到嘲讽攻击的时代。社会的整个感受力已经经历了一次周期性的改变。我们已经从认真、自律、顺从转移到了孤傲冷漠、追求享乐、拼命犯上。如果存在着广泛的不满，那么，同时也存在着虚幻的希望。从20世纪60年代和70年代起，文化也逐渐意味着电影、形象、时尚、

---

① [英]拉曼·塞尔登等：《当代文学理论导读》，刘象愚译，北京大学出版社2006年版，第326—339页。
② [英]特里·伊格尔顿：《理论之后》，商正译，商务印书馆2009年版，第24页。
③ [英]迈克·费瑟斯通：《消解文化——全球化、后现代主义与认同》，杨渝东译，北京大学出版社2009年版，第18—19页。

生活方式、促销、广告和通讯传媒。符号和景观逐渐充斥着社会生活。① 伊格尔顿的结论是，文化理论的黄金时代早已消失，后现代主义对规范、整体和共识的偏见是一场政治大灾难，其结果是造成了一种"遗忘的政治"。这些新的文化观念涌现于文化本身正变得日益重要的资本主义，这个发展非同寻常。"文化"表示的就是这样辉煌的综合，文化是摇摇欲坠的掩体，工业资本主义厌恶的价值观念和活力正好在此藏身。②

人文科学的生存窘境及其生产危机，也是形成"后理论"时代文化场域的重要根系与基础。早在 20 世纪后期，一些思想家就注意到了这种状况。美国人类学者马尔库斯、费彻尔在谈到人文学科的表述危机时指出："知识的现状，与其说是根据它们本身的情况，还不如说是依其所追随的事物来界定和解释的。"而人文学科"现时代的表述危机是一种理论的转变过程，它产生于一个特定的变幻时代，与范式或总体理论处于支配地位的时期让步于范式失却其合理性与权威性的时期、理论中心论让步于现实细节论这一过程有着密切的关系，其产生的前提在于，人们越来越发现大理论无法解释社会现实细节。"③ 这似乎是当代社会文化景观的一种真实写照，随着后现代文化的转向，许多时尚的、大众的、流行的、通俗的以及形式多样的文化样式已纷纷成为一种新的阅读文本。"事实上，后现代主义迷恋的恰恰是这一完整的'堕落了的'景象……"④ 在《理论之后》中伊格尔顿的分析更为深刻与彻底，"人文科学已经丧失了清白之身；它不再自诩不受权势的玷污。它如还想继续生存，停下脚步反省自己的目的和担当的责任就至关重要"⑤。人文学科或"文化"，是敏锐地显示现代性整体危机的所在。文化涉及礼仪、社群、想象力的创造、精神价值、道德质量以及生活经验的肌理，所有这些都陷入了冷漠无情的工业资本主义重围之中。科学、哲学与社会学似乎都已臣服于这野蛮的秩序。哲学沉迷于"什么都不重要"与"什么都非不

---

① ［英］特里·伊格尔顿：《理论之后》，商正译，商务印书馆 2009 年版，第 25—26 页。

② ［英］特里·伊格尔顿：《理论之后》，商正译，商务印书馆 2009 年版，第 25 页。

③ ［美］马尔库斯、费彻尔：《作为文化批评的人类学：一个人文学科的实验时代》，王铭铭、蓝达居译，三联书店 1998 年版，第 24—26。

④ ［美］弗里德里克·詹明信：《晚期资本主义的文化逻辑》，陈清侨等译，三联书店 1977 年版，第 154 页。

⑤ ［英］特里·伊格尔顿：《理论之后》，商正译，商务印书馆 2009 年版，第 27 页。

重要"的逻辑区分里，因而对改变世界不感兴趣。[1]

当然，伊格尔顿并非一个文化悲观主义者，后理论时代也预示着一种新的文化价值的生成与开启，依某些学者的看法，《理论之后》并不标志着理论的死亡，而是预示着一种新的走向。文化理论必须重新积极进取地思考，这并不是为了给予西方世界的生存以合法性，而是为了能够寻求新的价值方向。在"失与得"一章的结尾，伊格尔顿强调，"我们坚持的文化理论许诺要尽力解决一些基本问题，但总的来说却没能兑现承诺。在道德和形而上学的问题上它面带羞愧，生物学、宗教和革命问题上它感到尴尬窘迫，在邪恶的问题上它更多的是沉默无言，在死亡与苦难上它则是讳莫如深，对本质、普遍性与基本原则它固执己见，在真理、客观性以及公正方面它则是肤浅的。无论怎样估计，这都是人类生存失败的相当大的一部分。正如我们在前面所表明的，自己对这些根本问题建言甚少或无所建言，是历史上相当尴尬的一个时刻"[2]。作者的这一论断，既是对 20 世纪以来文化研究与理论生产中的某些重大失误的深刻反省与批评，也是对"后理论"时代人类的思想和价值创造所寄予的展望与期待，对新的时代语境下文学理论的发展及其知识生产是极富启发性的。

二、文学理论的知识图景

知识图景是沃尔夫冈·伊瑟尔在探讨文学理论的理论视角时所使用的一个重要概念，它表示理论构型的一种整体样态。"被表现的事物并不具有客体的性质，而是具有图式的性质。"知识图景的显著特征是显示思想的全景，它通过干预现实，对现存的事物进行重组，从而也提供了一种阐释方法的综合性框架。"如果理论框架是建构性的，则它实质上是加诸作品之上的一组坐标体系以对其进行认知；如果它是操作性的，则是为了解释事物的生成过程而构造的一套网络结构。"[3] 客观而论，知识图景与马克斯·韦伯所讲的"文化是富有意味的网"，福柯的"知识型"以及布迪厄的"场域"等，均是含义相近的概念，它表明了知识图景是特定时代知识系统集合而成

---

① ［英］特里·伊格尔顿：《理论之后》，商正译，商务印书馆 2009 年版，第 83 页。

② ［英］特里·伊格尔顿：《理论之后》，商正译，商务印书馆 2009 年版，第 102 页。

③ ［德］沃尔夫冈·伊瑟尔：《怎样做理论》，朱刚等译，南京大学出版社 2008 年版，第 168 页。

的一种更具根本性的话语关联总体，正是这种关联总体为特定知识系统的产生提供背景、动因、框架或标准。

由此观之，文学理论的知识图景就其本性看并非一种学科自足性的领域，而是一种既与学科的知识谱系密切相关，又包含和融汇着其他学科的思想、观念、理论与方法的多元知识系统。其中既有丰富的思想取向、文化观念与相对稳定的学理基础，又有审美与文学批评实践活动不断积累与建构的规则和经验。从这种界定来判断，我们所理解的后理论时代文学理论的知识图景，既不是基于"语言学转向"视域下的知识范式，也不是为"文化研究"所取代且脱离了文学性的理论形态，它呈现出或者具有如下特征：

首先，从文学理论基本的知识面貌看，大理论的消退与小写的、众多的"理论"形态的孵化与生成是一个重要的转向。伊格尔顿的观点是，文化理论的黄金时期早已消失，结构主义、马克思主义、后结构主义以及类似的种种主义已风光不再。不管怎样说，正是后现代主义的理论使我们确信，宏大叙事已经成为历史，后现代主义的思维方式很有可能正在走向终点。但是，我们永远不能在"理论之后"，而应以一种新的质疑提出自己的文化理论。如果说它注定要和雄心勃勃的全球历史紧密结合，它一定有着自己可以响应的资源，其深度和广度与自己所面临的局势相当。①

拉曼·塞尔登等人指出，1985 年到 2005 年之间的"当代文学理论"领域发生了许多动荡和变化，首先，单数的、大写的"理论"迅速地发展成了小写的、众多的"理论"——这些理论常常相互搭接，相互生发，但也大量地相互竞争。文学研究的领域充满复杂性与多样性，过去 30 年来的理论论争留下了不少重大的教训。这些教训是：所有文学批评活动总是要由理论来支撑；不论是什么样的理论都代表了一种意识形态的——如果不是明显的政治的——立场；而不是看起来哲学上绝对的；大写的理论不再显然是单一的、令人敬畏的；理论是要被使用的、批评的，而不是为了理论自身而被抽象地研究的。②

所谓"大理论"的消退，是指现代性宏大叙事的衰落，这种理论以雄

---

① ［英］特里·伊格尔顿：《理论之后》，商正译，商务印书馆 2009 年版，第 213 页。

② ［英］拉曼·塞尔登等：《当代文学理论导读》，刘象愚译，北京大学出版社 2006 年版，第 10—11 页。

心勃勃的创造解释一切，尤其是先验地预设文学理论的整体面貌与标准话语，在以往文学理论知识构成中，本质主义和普遍主义观念的流行，定于一尊的大原理与概论性书写，大都与"大理论"的思维模式息息相关。"作为一种知识的系统生产，'大理论'的知识构成往往具有一种'学科帝国主义'的局限性，其知识系统在急剧膨胀的同时，扩大了这一知识视域中的某些问题，而遮蔽了另一些问题。更重要的是这种'学科帝国主义'缺乏自身的反思批判性，因此需要调整知识生产的策略和视域并形成另类视域，而小理论则在某种程度上提供了这样的可能性。"① 所谓"小理论"是指具有反思性且面向文化与文学实践的理论，这些理论更应该被理解为一种行动而不是文本或立场观点；它"提供的不是一套解决方案，而是进一步思索的前景"；这种理论或许会重新奠定文学性的根基，回归诗学，甚至重新恢复文学与政治关系的生机，重建文学文化的公共领域。因此，伊格尔顿的"后理论"其实是"更多的理论"，是"在一种更宏伟、更负责的层面上，向后现代主义逃避的那些更大的问题敞开胸怀。这种问题包括道德、形而上学、爱情、生物学、宗教与革命、恶、死亡与苦难、本质、普遍性、真理、客观性与无功利性等。这就是说，他的这个宏大的新构想既包含了一种拓展的马克思主义，也包含了对自由主义某些原则的重新评价"②。其次，知识范式上的跨界性即跨学科性将愈来愈突出，从而为所谓"小理论"的生成提供学科的依据和学理的基础，有利于突破文学理论的单一学科化模式，强化与延宕理论的多元性、具体性和差异性。文学理论的特性之一就是它的跨界研究与跨学科性。卡勒对理论的界定有四点："1. 理论是跨学科的——是一种具有超出某一原始学科的作用的话语。2. 理论是分析和推测——它试图找出我们称为性、或语言、或文字、或意义、或主体中包含了什么。3. 理论是对常识的批评，是对被认定为自然的观念的批评。4. 理论具有反射性，是关于思维的思维。我们用它向文学和其他话语实践中创造意义的范畴提出质疑。"③ 在"后理论"一节中，拉曼·塞尔登等强调，后理论时代的理论，重要的不仅是理论的含义，还有那"某种东西"（"文学的""读解"

---

① 周宪：《文学理论、理论与后理论》，《文学评论》2008 年第 5 期。
② ［英］拉曼·塞尔登：《当代文学理论导读》，刘象愚译，北京大学出版社 2006 年版，第 338 页。
③ ［美］乔纳森·卡勒：《文学理论入门》，李平译，译林出版社 2013 年版，第 16 页。

"文化""政治")的含义以及如何理解这些术语之间的关系。一些新的批评还引进了一些更专门的领域，譬如与法律、生态、空间、地域等相关的话题与讨论。这类话题与讨论也常常被称作新的跨学科的创造，既不是狭窄的文本，也不是完全理论的，而是内在形式的精微与深刻之处以及当今社会与政治的介入。[①]

审视 20 世纪西方文论及批评方式的运用及经验，从知识范式的层面看，它所彰显的价值就在于跨界融合与跨学科的构型作用。20 世纪西方的诸种理论及批评实践，大体呈现为一种阐释性的话语系统，其特征是把某种具有构型性的学科观念与文本内涵有机结合，在与学科观念相统一的方法论的指导下，通过生成具有范导性的理论话语概念，从而创造出一种具有特定知识系统、方法论意义与阐释空间的话语模式，即文学理论与批评的"范式"创造。无论从学理的构成，还是从阐释空间的拓展看，诸多批评形态大都体现出重要的理论生成效果，起到类似詹姆逊所说的"元批评的作用"，这当然是跨学科互渗的结果。所以说，学科的范围不存在神圣的规定。如果历史驶入另一个阶段——如果传统的学科框架成为进一步认识的遮蔽，人们没有必要效忠于某种"学科领土权"而拒绝敞开边界。许多学科的疆域始终游移多变。从一个学科内部的积累到多学科交叉导致的视域调整，从社会需求的浮动到学院建制的改变，这一切均有可能成为重新勘定学科版图的理由。[②]但是，文学理论的跨界研究与跨学科互渗，绝不意味着文学性及其知识谱系的消解，作为文学理论知识形态自主性依据的学科理论范式层，似乎更应是这种跨界性与跨学科性所依持的圆心，而那些借助于某种思想与观念实施文学批评实践的诸多理论实验与探险则更多地游移于这一圆心的周围。

最后，鉴于对文化研究阐释经验的深刻反思，后理论已显现出回归文学的某种表征。戴维·凯洛尔和乔纳森·卡勒在 20 世纪 90 年代曾指出过，倘若文学经典的现状受到质疑，倘若文学、艺术和一般文本证据已经形成的完整性被内在矛盾、边缘性和不确定性等观念驱逐，倘若客观事实被叙事结构的观念取代，倘若阅读主体规范的统一性遭到怀疑，那就必然是，很可能根

---

① 〔英〕拉曼·塞尔登等：《当代文学理论导读》，刘象愚译，北京大学出版社 2006 年版，第 333—334 页。

② 南帆：《"跨界"的半径与圆心——谈鲁枢元的文学跨界研究》，《文艺理论研究》2011 年第 2 期。

本与文学无关的"理论"在捣乱。① 在一些学者看来，20 世纪 80 年代后对文化研究及其诸多理论的兴趣与依赖，似乎起到了一种更阔大的作用，但也可能让人感到的是对文学正业的一种偏离，一种令人畏惧的、受到挫折的偏离，或者是一种时髦的偏离。文学与文学性的显著标志被种族、性、性别的种种规范、律条遮蔽了，如卡勒所强调的，"在这种情况下，文学研究及其文本分析的方法就只能遵从社会学意味很强的文化研究的模式，沦落为文化研究的一种'症候式解释'"②。事实上，文学理论与研究已拓展的太远，它变成了自觉虚构的后现代文化的共同语。这样的拓展在卡勒看来，势必使文学的特征与批评锋芒丧失，因此，他合理地指出，也许该是在文学中重新奠定文学性根基的时候了，我们应该做的就是回归诗学，回到被理论"抛入外圈黑暗之中"的文本细读的传说……③按照我们的理解，"后理论"在关注大问题的同时，更应关注文学作为一种审美符号的艺术性建构，关注审美性经验及其阐释在文化研究中的归位。这种归位或者侧重文化诗学的理论取向，或者侧重一种元批评的阐释方法，或者更注重新构筑理论场域中的文学与审美的深度结合等等，无论理论与学科的跨界有多广，作为"与文本相关联的诗性（审美性）阐释理论"，它应始终保持审美性的质量，即通过审美价值判断，把生活与作品中蕴涵的美发掘出来，以超越人类的日常经验和社会生活的具体形态。

三、知识生产的路径及选择

"后理论"时代知识生产问题的提出极为重要且极为复杂，它无疑面临着诸多的困惑与焦虑，也面临着诸多的挑战与选择。诸如全球化语境所带来的文化身份的认同性危机与趋同现象，高度体制化的知识生产与消费语境的日渐确立，文化建构的日益功利化、世俗化与精神价值趋于消解的状况，理论生产的空前冷落以及无可奈何地被边缘化的现状。更为严重的是，"全球

---

① ［英］拉曼·塞尔登等：《当代文学理论导读》，刘象愚译，北京大学出版社 2006 年版，第 326 页。

② 参见［英］拉曼·塞尔登等：《当代文学理论导读》，刘象愚译，北京大学出版社 2006 年版，第 329 页。

③ ［英］拉曼·塞尔登等：《当代文学理论导读》，刘象愚译，北京大学出版社 2006 年版，第 329—330 页。

化经济活动中，物质商品与文化产品往往是共生的，经济的全球化时代要驱动文化思维、审美趣味的一体化，甚至文艺产品的克隆化。面对异土情调、异样风格的西方消费文化的大举挺进，第三世界往往显得惊慌失措，精神阵地溃不成军，其文化核心阶层大抵最后借助民族主义的政治权威或宗教信仰的道德律令作生硬的限制与抵抗"①。从文化与价值层面表现出的消解性危机，到精神生产领域内人文学科所呈现的时代性焦虑，再到文艺理论和文学研究的困惑与茫然，诸多现象无一例外地表明，面对后理论时代的知识生产的多重性危机和焦虑，只有科学的思考和探索知识生产的合理路径及其选择，才能找到文学理论发展的基本方向。

依照我们的理解，后理论时代文学理论知识图景生成的价值定位，将可能构成其知识生产特定取向与路径的关键所在，进而也成为当代中国文论需要深度反思及其认同性选择的重要面向。其一，与"大理论"消退及"小理论"的孵化与使用相关联，后理论时代文学理论的知识生产则更多地转向文化政治，强调理论生产应承担公共领域内更多更大的社会责任。在伊格尔顿看来，理论中缺失的"另一半"并不是文学、读解、文化或美学，而是政治。后现代主义对绝对真理和普遍性等概念的厌倦意味着它已经丧失了深度与雄心。后现代文化理论远非对晚期资本主义的批判，而更是其同谋、附丽于——正因为是资本主义——其侵略性、杂交性与多元性之上。至于价值问题，伊格尔顿评论说，对固定的等级制的解构"轻而易举地与人们熟知的市场对一切价值的革命性铲平同时诞生了"②。

如何走出这种困境，理论之后的价值选择是什么？伊格尔顿提出的补救办法是一种雄心勃勃的政治批评或文化政治。他说，"文化可利用它漂流在社会之中这一事实，超越社会偏狭的界限，探究那些对全人类至关重要的事件。它可以具有普遍性，而非仅局限于狭窄的历史性。它能提出终极问题，而不仅仅是那些实用的或狭隘的问题"③。"后理论"其实是"更多的理论"，是在一种更宏伟、更负责的层面上，向后现代主义逃避的那些更大的

---

① 胡明：《经济的全球化与文学的现代性——兼谈人的精神家园看守问题》，《文学评论》2000年第5期。

② ［英］拉曼·塞尔登等：《当代文学理论导读》，刘象愚译，北京大学出版社2006年版，第337—338页。

③ ［英］特里·伊格尔顿：《理论之后》，商正译，商务印书馆2009年版，第95页。

问题敞开胸怀。这些问题包括道德、形而上学、爱情、生物学、宗教与革命、恶、死亡与苦难、本质、普遍性、真理、客观性与无功利性等。"文化理论的作用就是提醒传统的左派曾经藐视的东西：艺术、愉悦、性别、权力、性欲、语言、疯狂、欲望、灵性、家庭、躯体、生态系统、无意识、种族、生活方式、霸权。无论任何估量，这些都是人类生存很大的一部分。要忽略这些，目光会相当短浅。"① 如上表述应看作是伊格尔顿"文化政治"观念的核心所在，即文学理论生产中的"微观政治"取向。

　　历史地看，面向社会文化公共领域，探讨社会发展中与人的存在息息相关的切身问题，是20世纪西方文论在知识生产的一个显著特征，它由此推动和形成了西方文论参与文化政治建构及新观念的不断生成。伊格尔顿作为政治批评的倡导者，坚信所有的文学批评都是政治批评。现代文学理论的历史乃是我们时代的政治和意识形态的历史的一部分，与人的意义、价值、语言、情感和经验有关的任何一种理论，都必然会涉及种种更深广的信念，涉及那些与个体和社会的本质、权力和性的种种问题。纯文学理论只是一种学术神话。② 时隔20年在对后理论时代的描述中，伊格尔顿秉承其"政治批评"的信念，继续依持那些形而上学的宏观政治的大问题，但却更加强调知识生产向文化政治的转向与渗透。所谓文化政治，即是指区别于具有宏大叙事特质的社会政治的一种微观政治。它更多地指向性别、种族、族裔、性、年龄、地缘、生态等文化权力关系。与社会政治相比，它更富于生存的具体性与文化意味，与文学有着千丝万缕的联系，往往被文化所规定和塑造。需要指出的是，文化政治是社会政治的实践性呈现与延伸，它构成了文学生存的栖息地，是文学理论面向公共文化领域的基本寓所。诚如伊格尔顿所认为的，"所谓微观政治现在就成了时代的命令。……如果所有的理论，就像有些人所怀疑的，天生就是总体化的，那种种新型的理论就得是一些反理论：局域性的、部门性的、从主体出发的、依赖个人经验的、审美化的、自传性的、而非客观主义的和全知性的。……代之者则将是那个流动的、不再居于中心的主体。不再有任何连贯的系统或统一的历史让人去加以反对，

---

① ［英］特里·伊格尔顿：《理论之后》，商正译，商务印书馆2009年版，第30页。
② ［英］特里·伊格尔顿：《二十世纪西方文学理论》，伍晓明译，北京大学出版社2007年版，第196页。

而只有一批各自分立的权力、话语、实践、叙事。"① 由此可见，后理论时代的文学理论可能将成为"众多的理论"，"差异的理论"，面向文学实践与文化问题的理论，这些现象和存在正是形成其理论的动力和价值的基础所在。

其二，与知识范式上的跨界性和跨学科性相适应，后理论时代文学理论的知识生产，应更加突出反思性与思想生产的深度融合，这无疑是文化研究面临的问题之一。为什么需要反思性，伊格尔顿的分析是，我们拥有一个不间断地在穿衣镜前表演的整体社会，把它所做的每一件事编织进一个巨型文本，每时每刻都在塑造着这个文本世界那鬼怪般的镜像，这意味着文化变得日渐狭隘，也变得日渐空泛，平淡乏味在偏狭盲从中找到了回音。因此，文化在认同意义上已变得更为迫切。由此可见，对我们的处境进行批判性反思，这是我们处境的一部分，是我们属于这个世界的特殊方式的一个特点。②

以这种观念来思考，后理论的真正使命即在于对迄今为止尚未触及和思考过的问题进行深度探索，而且这一工作也只有在反思的基础和条件下才能实现。那些被大理论和文化研究所遮蔽的大问题，反倒可以在理论之后的小理论的视野中凸现出来。华康德甚至认为，一种真正新颖的思维方式，即生成性的思维方式，其标志之一就是它不仅能超越它最初被公之于世时受各种因素限定的学术情境和经验领域，从而产生颇有创见的命题，而且还在于它能反思自身，甚至能跳出自身来反思自身。③ 只有这种反思性甚至批判性的价值取向，才为文学理论进入"深度综合"奠定观念基础。因为文化研究的"崛起是出于对其他学科的不满，针对的不仅是这些学科的内容，也是这些学科的局限性。正是在这个意义上，文化研究成了后学科"④。文化研究打破了各学科间的界限，促进了文学研究与文艺理论跨学科的知识整合，

---

① ［英］特里·伊格尔顿：《二十世纪西方文学理论》，伍晓明译，北京大学出版社 2007 年版，第 227 页。

② ［英］特里·伊格尔顿：《理论之后》，商正译，商务印书馆 2009 年版，第 48—49 页。

③ ［法］皮埃尔·布迪厄、（美）华康德：《实践与反思——反思社会学导引》，李猛、李康译，中央编译出版社 1998 年版，第 11 页。

④ ［美］F. R. 詹姆逊：《论"文化研究"》，见《詹姆逊文集》第 3 卷《文化研究和政治意识》，王逢振主编，中国人民大学出版社 2004 年版，第 2—3 页。

但文化研究不能取代文学理论。所谓文学理论的深度综合，既指思维形态与方法论层面的吸收与借鉴，也包括在思想根基与文学性向度方面的建基与会通。博采各种文论形态有益的资源与创见，在一种新的基点上进行创造性建构，是理论创造走向博大精深的一个必要环节。无论如何实施跨学科与跨文化，一个必要的前提是文学理论为跨界中的聚焦点与圆心，它既是一种广延性极强的人文科学理论，又是一种研究与阐释文学审美现象的自主性理论，它必须依赖特定的文学经验、形式、情感、心智与形象，类似于杰姆逊所讲的一种文学的"协力关系网"，拉尔夫·科恩所强调的文学理论应成为一种阐释的指南、贯通性的源泉、分析的基础，以便发现和开拓出生活与意义的某种可能性空间。拉曼·塞尔登等在《后理论》一书中指出，伊格尔顿敦促理论承担风险，他自己就承担了进入某些极端敏感的政治领域的风险，但是我们也注意到，尽管他的新构想包罗甚广，但却缺少了一个重要的话题或范畴，那就是"艺术"，也可以说是"文学"。在他的手中，"文化理论"似乎从文学或审美领域游离开去了，而其他人却寻求对文学和审美的结合，或重新构筑与它们的关系。① 这一评价是中肯且富有见地的。不仅是对"文化研究"现象的深刻反省，也包含了对当代文学理论过度推崇文化阐释的某种程度的批评。事实上，文学艺术领域中的文化与审美是不能决然分开的，文化政治也往往采取审美的方式，使之成为一种审美的政治。詹明信说，我历来主张从政治社会、历史的角度阅读艺术作品，但我绝不认为这是着手点。相反，应从审美开始，关注纯粹美学的、形式的问题，然后从这些分析的终点与政治相遇。不要急不可待地要求政治信号，而我却更愿意穿越种种形式的、美学的问题而最终达到某种政治的判断。②

文学理论所建构的"知识型"，既包含了"诗性""诗化"特征和审美经验的普遍属性，又因其理论本体的内在规定而具有哲学学科"思"的品性，"思的为诗的本质保藏着存在的真理的威能"。所以，从诗性维度守护艺术，从真理内涵理解艺术，是一种符合人的本真存在的价值向度。而当代文学理论的知识生产重申审美取向与艺术性的重要，恰恰体现了回归这种理

① ［英］拉曼·塞尔登等：《当代文学理论导读》，刘象愚译，北京大学出版社 2006 年版，第 338 页。

② ［美］詹明信：《晚期资本主义的文化逻辑》，陈清侨等译，三联书店 1977 年版，第 7 页。

论生产本性的基本诉求。在《现代西方文学观念简史》中，彼得·威德森进一步指出，20 世纪后期，"文学"作为一个概念和术语，已经大成问题了。一方面是由于意识形态的污染把它视为高档文化之典范；要么相反，通过激进批评理论的去神秘化和解构，使之成为不适用的，至少是没有拐弯抹角的辩护。这也就表明，需要将"文学"拯救出来，使之再度获得资格，这总比不尴不尬地混迹在近来盛行的诸如"写作""修辞""话语"或"文化产品"泛泛的称谓之中好一点，正因为这样，威德森才同意伊格尔顿的如下说法："文学的确应当重新置于一般文化生产的领域；但是，这种文化生产的每一种样式都需要它自己的符号学，因此也就不会混同于那些普泛的'文化'话语。"① 本文认为，回归文学的本体世界，坚持理论思考的审美价值取向和诗性品质，坚持如海德格尔所讲的诗与思的融合，是文学理论知识生产应把握的基本方向。作为最基本和最重要的知识生产原则，它使文学理论的知识生产从根本上区别于人文学科思想生产的普泛性。

综上所述，后理论时代给予我们的启示与思考是多方面的，而特别值得重视的是在知识生产的向度方面，对价值定向与理论深度整合的高度自觉。文学理论的知识生产也是一种观念的生产。历史地看，西方学术语境下的文学理论与批评，之所以是一门成熟且发达的学科，某种程度上与其始终以系统的哲学观念与明确的价值取向密切相关，其理论范式的形成大多是在特定哲学观念与学科思想的影响下，通过丰富的文学现象的分析和文本研究不断积累与完善起来的。它既达到了思想取向与理论构成的融合，也达到了哲学观念方法的内在统一。

由此可见，作为决定与主导文学理论知识生产根基的思想观念层，往往由文化系统内最具价值判断力和最能决定学科发展方向的哲学思想与审美意识等要素所构成，并从最根本的方面为文学理论的知识生产提供思想资源。文学理论作为具有哲学品质的人文学科，理应站在时代的高度，深刻提炼出文学现象中具有哲学意味的问题，以从根本上解决文学理论生产的价值取向。没有哲学思想与价值观念的主导，文学理论的知识生产只能始终处于一种无根的状态。而要恢复与建构文学理论中这种根基性的东西，就需守持人

① ［英］彼得·威德森:《现代西方文学观念简史》，钱竟、张欣译，北京大学出版社 2006 年版，第 2 页。

文学科的信仰与职能，适应现代知识生产的价值要求与文学实践变革的需要，在真理的探寻与意义的建构方面不断走向更高的境界，把文学理论知识生产的立足点转移到价值根基的建构与思想性的生产方面。文学理论作为一种现代学科形态，其发展必然需要人文性与价值性的自觉认同与建构，需要学科理论与知识的思想化生产及表述，当然更需要一种以人文阐释与审美判断相融合为特征的学科规则和形态，从而使这种有焦点的阐释学思想渗透、关注于理论内容的构成和批评的实践之中。只有这样，文学理论的知识生产才能充分体现出它捕捉与提炼问题、阐释与评价对象的能力，进而显示其区别于文化研究所具有的特定价值取向、理论活力及实践品格。作为阐释的文学理论绝不仅仅是一种客观性的描述，而应不断地参与到文学精神与文化意义的建构之中，在当前这似乎是中国文论走向良性发展的必由之路与必然的选择。

第三节　文化创意与当代审美观念的变革

文化创意时代的美学生产与文学理论创新，是一个面向知识经济社会值得深入探究的新问题。无论从推动文化产业发展、提升文化软实力的意义看，还是从文艺及审美介入当代社会所显示的影响力看，文化创意的重要已被越来越多的社会文化发展的事实所证明。在全球性的视文化为引导未来的重要力量，文化生产力日益作为影响社会发展的主导因素的背景下，文化创意已成为国家意志的体现，世界各国亦不同程度地把文化创意和观念创新，作为推动社会进步的重大战略选择与立国方略，确切地说，当代社会已步入以"文化创意"为核心的时代。

一、文化创意与审美观念的拓展

尽管学界对文化创意的理解，大多囿于文化产业与创意经济的范围，把文化创意作为文化产业发展的原动力，视其为创造社会财富、实现经济效用，促进文化产品和服务拥有竞争力的关键，强调文化创意是以知识为元素，融合多元文化，整合相关学科，利用不同载体而构建的再造与创新的文化现象，带有较强的现代性与产业性的特征。① 然而，文化创意的内涵事实上要广泛、深刻得多。从文明的发展看，文化创意无疑是人类创造行为的普遍特征与核心所在，其作用表现于人类实践的各个方面。作为一种历史发展的产物，文化创意体现于人类社会发展的各个阶段，是文化传承和文明积淀的动力之源。从原始时期的石器制造、彩陶文化、神话传说、图腾崇拜，到文明时代的科学技术、文学艺术、语言文字及工艺建筑等，均无一例外地深刻打上了文化创意的烙印，成为人类创造性智慧的结晶及标志。文明的生成与发展需要文化创意，文化创意也是在文化基础上所进行的新创造，它依赖于文化积累，又不断推进文化的发展和进步。

当今社会之所以被称为文化创意的时代，一方面是由于知识经济的发展对文化创意的高度依赖，另一方面则在于新美学时代的到来。与现代化早期工业社会的生产方式相比，知识经济时代的文化创意所体现的领域极为广泛而深入，它所触及的广泛性和深刻性已达到前所未有的程度。有学者分析指出，后工业时代的文化创意已成为社会的标签。文化创意不仅在经济上带动社会的发展，也从文化上促使社会充满人文关怀，使得社会上的每个人都能享受创意的成果，拥有发挥创造力的途径与机会。后工业社会的文化创意是经济与社会发展的必然产物，并与信息化、网络化及全球化浪潮紧密伴随，更具当代性色彩。它不仅与国家的发展战略紧密相关，也成为塑造与提升国家文化软实力的重要媒介与力量。② 自 20 世纪 90 年代以来，英国在世界范围内首次提出实施文化创意产业的计划后，伦敦市政府继而提出要维护和增强伦敦作为"世界创意和文化中心"的宏伟战略，新加坡启动了"创造新加坡成为世界文化创意之都和文艺复兴之城"的国家战略，韩国出台了以文化创意设计带动文化发展的国家战略，日本提出了"文化立国"的战略构想；我国北京、上海、南京、深圳等城市，也纷纷出台政策与措施，积极打造"创意之都"。③ 从党的十七大开始就已经将"提高自主创新能力，建设创新型国家"作为国家发展战略的核心，提出要坚持走中国特色的自主创新道路，把增强自主创新能力贯彻到现代化建设的各个方面，这表现了文

---

① 白庆祥、李宇红：《文化创意学》，中国经济出版社 2010 年版，第 8 页。
② 陈华文主编：《文化创意案例教程》，上海交通大学出版社 2013 年版，第 254 页。
③ 曾光：《创意产业城市集聚论》，《当代财经》2009 年第 9 期。

化软实力的重要，而文化创意无疑是建设创新型国家的重要组成部分，它构成了所有社会及理论创新的基础。

把文化创意称之为新美学时代的到来，是指知识经济时代美学生产力的无限扩展与跨界融合。早在 20 世纪 70 年代，美国未来学家托夫勒在《未来的冲击》一书中曾预言人类社会将出现一种"体验工业"："大部分文化工业致力于创造和上演特殊的心理体验。今天，几乎在所有的工业社会里以艺术为基础的'体验工业'都方兴未艾。娱乐活动也如此，大批娱乐场所、教育机构，还有某些精神病治疗机构，都参与可称为生产体验的活动。"[①]德国当代哲学家韦尔施曾描绘过后现代社会美学的新图景。作者认为，美学在当代社会中一方面危机深重，另一方面又前程无限。简单地说，美学应当在消解之后予以重构，应当超越传统上它同艺术结盟的狭隘特征而重申它的哲学本质，以便在多元文化时代发挥更大的作用。韦尔施说："今天，我们生活在一个前所未闻的被美化的真实世界里，装饰与时尚随处可见。它们从个人的外表延伸到城市和公共场所，从经济延伸到生态学。因此，作为审美的反思权威，美学必须在诸如日常生活、政治、经济、生态、伦理和科学等领域里，来寻找今日的审美方式。简而言之，美学必须考虑审美的这种新构造。"[②] 而这种新构造的含义就是指审美化的蔓延不再仅仅流于浅表，而涉及更深的层次，诸如涵盖日常生活、感知态度、传媒文化，以及审美与非审美领域等，这无疑确定了新美学时代到来最基本的内涵。也正如美国学者波斯特莱尔在《美学的经济》中所表达的，今天，美学变得如此重要，为了获得消费者的青睐，工程师、地产商、管理者都在重新审视美学沟通与美学趣味。21 世纪是美学经济的时代，而新美学经济时代的显著标志是多元风格的并存。[③]

再从文化创意产业的分类构成看，尽管不同国家与地区对此有不同界定与理解，然而，对审美与艺术创新的核心地位的肯定却是共同的。例如在英国政府将创意产业划分的 13 个门类中，其核心是广告建筑、艺术和文物交

---

① ［美］阿尔文·托夫勒：《未来的冲击》，孟广均译，新华出版社 1996 年版，第 192 页。
② ［德］沃尔夫冈·韦尔施：《重构美学》，陆扬、张岩冰译，上海译文出版社 2002 年版，第 109—110 页。
③ ［美］弗吉尼亚·波斯特莱尔：《美学的经济——美国社会变迁的 32 个微型观察》，马林海译，中信出版社 2013 年版，第 12 页

易、时装设计、电影、音乐、表演艺术、电视广播等；美国的核心版权产业是指文学、音乐、剧场制作、歌剧、电影与录像、广播电视等；新加坡的文化创意产业包括艺术与文化行业、设计行业、媒体业三大类；日本视文化创意产业为"感性产业"；台湾学界把文化创意产业定义为文化艺术核心事业，包括精致艺术之创作与发表，如表演艺术（音乐、戏剧、舞蹈）、视觉艺术（绘画、雕塑、装置），传统民俗艺术等，有学者甚至提出生活美学产业的概念，认为生活美学创意产业之范围极为广泛，除大众传播外，设计与创意产业、多媒体甚至文化观光等产业均属其范畴，生活美学创意产业的特色充满了设计、创意与时代感，其目的是以创意整合生活产业之核心知识，提供具有深度体验与高质美感之产业。通过运用生活的美学创意，将创意、设计与传统制造业进行整合，开拓既有产业的新商机，进而提升人的生活品质。① 凡此种种，它真实体现了文化变革的客观事实：所谓新美学时代的到来，即更多体现出知识经济时代审美文化创意具有的主导作用，即超越以产品的实用功能、物质效用为重心的传统模式，代之以大力倡导和推动实用与审美、产品与体验、生活与艺术及物质与精神的内在统一。学界之所以把文化创意产业称之为审美经济、体验经济、符号经济与梦想产业等，其核心是强调，知识经济时代文化创意与审美生产的高度统一与契合，以及它所显现的强大驱动力量。而文学理论的知识生产与创新，无疑将受到这种以创造力发挥为主导的文化创意趋势的影响。

二、文化创意中的审美意识含蕴

后现代语境下审美的生产已成为社会的普遍属性，它广泛渗透于人类生活与实践的各个方面，尤其在文化生产、传播及消费领域的表现更加突出。从文化、创意与产业的关系看，文化是基础，创意是核心，产业是目标。文化作为一种无形而丰富的资源体，有创造性开发与利用的巨大空间。所谓创意，正是以独特、新颖的审美眼光发掘文化资源的丰富价值，形成具有审美意识属性的创意理念，并为产品和服务注入新的审美与文化元素（如观念、情感、品位），使其成为一种审美文化符号与标识的过程。在知识经济时代，文化创意已成为一种社会性的审美生产行为，其创意过程所包含的诸多

---

① 夏学理主编：《文化创意产业概论》，（台湾）五南图书出版公司 2011 年版，第 412—413 页。

要素，充分展现了与审美意识的交融与互动。

　　文化内涵作为创意的基础，它对审美意识的依赖是根本性的。从资源属性看，文化创意是知识型产业，它依赖历史、民族及地域独特的文化积淀和氛围，历史传承中丰富的文化表象和人文思想内涵，为文化创意及产业形成奠定重要社会环境基础，提供创生的条件与土壤，其中最具代表性的文化内涵符号诸如神话、宗教、文学、艺术等，通常为文化创意过程大量地借鉴和使用。比如神话，它既是人类文化早期的存在样态，又是人类审美意识发生的深层结构与机制，在某种程度上成为人类审美文化创造，尤其是艺术符号创造的原型。"神话的所有基本主旨都是人的社会生活的投影。"从神话诞生所依赖的社会化活动——原始巫术与图腾的过程看，它所具有的想象的、虚构的及感性的表达方式，已演化为人类文化创造与审美文化结构中不可缺少的因素，随着生产力发展与文明的进步，原始神话所具有的礼仪规范、巫术信仰及图腾崇拜等丰富内涵，经过主体的创造性加工，逐渐演变为形态多样的艺术文化符号，构成审美文化结构中最古老、最原始的深层意象。从这种形式化的积淀过程看，神话对历史演变中的文学艺术创造、审美生产及现代文化创意等，均具有十分重要的文化基础作用及母体意义。像代表华夏始祖的伏羲、女娲，远古传说中的包牺、神农，欧洲文化传统中的普罗米修斯，失乐园母题及荷马传说等，都被后人多次翻新化用。神话与民族精神互为表里，它是民族精神的最初记录，并蕴藏着人类文化创造的巨大潜能。而现代社会对神话的关注，正是为了从中获得审美的凭借、符号的启示，以及打开灵感之泉的象征。电影《阿凡达》的成功，以及它在文化产业领域取得的巨大经济与社会价值，正源于艺术其创意在延续西方文化母题基础上对多元文化内涵的创造性发掘和利用，它开启了创意影视的新美学图景。

　　观念生成作为创意的核心，代表了审美创造中的价值发现与生成。创意是哲学思考与审美体验的智性活动，它通过创造性思维的运用，形成一种有预见性、符合文化历史与现实需求的思想与观念，并使之表现和内化为形式化的方案、策划及设计等，依据文化、利用文化形成发展构想、创造出新的文化作品的活动都可称之为文化创意，它不仅体现出很强的主体创造性、体验性与情感逻辑，也是综合性的审美文化活动，诚如有学者分析的，"最高等的创意作品就是指能够转化观者的作品，将观者与他人联结，与更高深的思维联结，与生命本身连结。……体验伟大的艺术几乎是一种宗教性的经验，让我们联结到完整性，连结到有机性、连结到意义，连结到人类的提升，连结到神秘性，连结到比我们更大的力量。"① 体现的是从审美发现到审美价值实现的客观过程，表明创意观念的生成，既要真实反映主体的心智活动，以及对美的独特认知与发现，又要完整展现社会大众对美的形式、意义的普遍接受与理解，进而达到观念生成与审美意识的契合统一。如迪士尼公园作为文化创意的典范，其文化影响力的形成，一方面，源于创意造型中脍炙人口的米老鼠、唐老鸭及小熊维尼诸形象的亲和力与审美感染效果；另一方面，也源于这一审美符号所秉承的社会心理诉求，即创造和体验快乐，让孩子尽情欢笑，让成人找回童真的特定审美内涵。

跨界融合作为创意的路径，与美学学科的渗透力与边缘性特征互为补充。所谓跨界融合是指文化创意作为观念形态的生成，其价值实现过程要与多元文化形态互渗、融合，以使这种独特的审美意识属性借助艺术、设计、经济、科技诸形态表现出来，它体现的正是马克思所强调的"按照美的规律来塑造"的思想，即动物只按照它所属的特种的尺度和需要来生产，人则能按照任何物种的尺度来生产并到处适应内在的尺度到对象上去。事实上，人在改造和美化客观世界的同时，也在改造和美化自身，这是同一过程的两个方面，只是主体在不断从事创造、日渐发展成熟的过程中，按照美的尺度塑造的意识会变得更加主动和自觉。人类审美意识的发展是建立在生活方式与精神演变的基础上，并以文化、艺术及产品形式等丰富形态与符号的创造，凝结和积淀审美意识的内容，随着审美意识介入和渗透的领域日趋深入和广泛，文化创意将会呈现出更多的新颖性与丰富性。以设计为例，作为现代工业社会的产物，它和文化创意的理念极为相似，现代设计事实上就是文化创意产业的一部分，它反对千篇一律的工业制造，主张恢复手工艺传统，尤其是崇尚个性化的创意表现，强调产品不仅要满足实用功能，还要获得消费者情感认同与心理需要。德国包豪斯的设计理念就是实现艺术与技术的统一，它不像"工艺美术运动"那样敌视机器大工业，而是与工业合作，融合技术与艺术的双重属性，正是这种以艺术为纽带跨界融合的观念，将欧洲社会的现代设计推到一个空前的高度，其艺术创意的触角伸展于建筑设计、室内设计、家居设计、工业产品设计、平面设计、纺织品设计、服装设

---

① 赖声川：《赖声川的创意学》，广西师范大学出版社 2011 年版，第 259—262 页。

计、城市规划等广大领域。近年来，我国文化创意的跨界融合也有新的尝试与拓展，上海世博会中国馆的设计就极具代表性，展馆建筑外观以"东方之冠，鼎盛中华，天下粮仓、富庶百姓"的构思为主题，表达了中国文化的精神气质，它以独特的创意理念和文化内涵，赢得世界的关注。

科技创新作为创意的保障，充分体现了审美手段变革的无比重要。众所周知，科技是人类进步的手段，其发展已极大地改变了人类的生活方式与价值观念，也促进了人类审美意识的发展与变化。像现代物理学中的"测不准定理""互补原理"，现代宇宙学中的"人择原理"，现代认知心理学中的"发生认识论"等，作为新的科学思想与方法，已渗透到人们对美的感受与理解之中，进而促使人们把许多新的现象引入审美实践，人类的审美活动不断向科学技术领域渗透、延伸，产生出诸如科学美学、技术美学、经济美学、环境美学、工业美学、生态美学等新课题，不断丰富和扩大了审美文化系统的内涵，为艺术与美的创造注入了新的元素与动力。知识经济时代的显著特点是媒介与技术本体化趋势的到来，这既是人类文化表现的总体状况，也是美学和艺术生产所呈现的新问题。它表明了审美生产中的技术力量，已经是一种从根本上驾驭艺术形式和审美价值的叙事元素，技术的手段，材料与方式不再是游离于艺术活动之外的无关艺术本体的存在，而是直接关涉审美"如何可能"的最基本的要素。像广播、电影、电视、音像制品、报刊广告及传播媒介等，之所以在当代社会广为流行，成为审美文化生产的重要构成内容，其根源在于技术的构型作用。而当今的影视制作，动漫、游戏设计、工业设计等都离不开计算机和相关的网络软件及专业技能的支持，数字技术、网络技术、多媒体技术及信息技术等，已广泛运用于新的艺术创作与审美生产，为文化创意带来新的吸引力，充分表现了"技术本体化"趋势的丰富内涵，在一定程度上成为文化创意时代美学生产的基本规定。如果说，长久以来艺术生产更多关注的是形象、叙事与结构等内容的话；而今天，技术与媒介的力量正广泛渗透于艺术与审美领域，作为一种主导力量支配和影响其生产的每一过程，离开媒介与技术的作用，当代艺术生产会失去迷人的光彩。所以，应当充分肯定技术力量在文化创意与新的美学生产中的构型作用。

品牌设计作为创意的标志，揭示了审美形式创造的奥秘。文化创意要转变为市场价值，需创造具有独创性与共享性统一的产品，越是具有创新内容与独具特色的产品，其价值就会越高。因而，如何提升产品质量，使其具有品牌价值，产生品牌效用，成为文化创意的核心所在，它所体现的正是艺术创造及审美生产的内在规律。从审美的尺度看，形象是艺术存在的基本要素。无论是何种艺术样式，作为内容与形式的有机统一，都需创造一种感性样态凝结其丰富的社会内容，以引起观赏者独特而丰富的感受。从本质上说，艺术形象的创造既是主体的审美发现，蕴含着独特的审美体验，又包含着对客观世界一定程度的理解与认识，代表了一定的文化价值定向。文化创意产业之所以被称之为"审美经济"或"符号经济"，正是对其产品作为审美形象与符号价值高度融合的认同与肯定。亚特兰大奥运会设计主任、北京奥运会景观顾问科普兰德在评价北京奥运会会徽"中国印·舞动的北京"时说："她是中国的。"其原因在于这一符号创意已成为具有独特性的审美品牌与标识。如汉字"京"作为记载中国文化的符号，是世界文明史上唯一保留下来的图形化文字，其结构、笔画、空间处理均具有鲜明的审美视觉特征，是一个能被不同文化视域下的主体清晰认知的符号；构图方面以战国时期出现的肖形印作为主体图案，在红色印形内配之于反白色的奔跑的人的造型，这一抽象的线条彰显的是张开的双臂和弯转的双腿，线条刚柔虚实并济，视觉张力突出，诠释了中国哲学关于人理解的精神内涵，表现出丰富的内容和博大精深的文化寓意。其符号设计的简洁性、艺术性，意义传达的准确性、凝练性，审美趣味表现的独特性与现代性均达到了很高的程度，充分展示了审美价值取向在文化创意中的主导力量。从某种程度上讲，文化创意的提升及未来发展，与审美意识的自觉创造及形式化运用密切相关，这似乎已构成当代文化生产与建设的关键。

三、以文化创意内在促进文学理论的知识创新

在知识经济时代大力发展文化产业、提升文化"软实力"的战略背景下，如何通过文化创意促进文艺理论知识生产的内在变革，则是时代对人文社科研究提出的一个重要命题。结合文学理论的本体内涵看，其思想生产也是一种文化创意活动，是作为"思"的哲学与作为"诗"的艺术的高度融合与内在统一的过程。文化创意产业之所以被称为"审美经济""体验经济""符号经济"与"梦想产业"等，其原因在于，创意不仅依赖于哲学之思所达到的观念与思想生产的深度，也依赖审美与艺术之"诗"所达到的

想象与形式创造的高度，由此来说，文化创意与文艺理论的知识生产及创新其实有诸多密切的关联性。

首先是二者高度依赖以文学艺术为核心的文化资源，那些历史的、民族的及地域独特的文化积淀和文化传承，以及丰富的人文精神传统及思想，构成文化创意和文学理论知识生成的重要基石与背景，尤其是优秀文艺作品的生产与传承，则为文化创意和文学理论创新提供了丰富的想象空间与符号基础。像创意影视《阿凡达》《大长今》和《印象刘三姐》等，它们所获得的成功，均源于对优秀艺术文化资源的深入发掘与有效利用。其次是文化创意和文学理论创新，均需要独特的思想、观念及价值的不断凝练与生成，精神观念的创造往往需要理论与价值的支撑，它成为反映社会存在状貌的高度概括，文化生产与艺术创造永远需要新颖的创意思路，这是构成文艺作品经典性与传承性的必要条件，也是文学理论知识生产和创新不可缺少的重要保障。如美国好莱坞电影、韩剧、日本动画、德国设计及意大利时尚等，这些文化产品审美性的形成和符号创造，以及在全球文化中的广泛传播，均源自于独特审美观念的创造和构建，充分显示了具有人类普遍性和民族审美性的特征。在一定程度上，文化创意和文学理论的知识生产，正表现为人的创造性思维及其发现和认识美的本性的能力。第三，文化创意和文学理论的知识创新，均需要多维视域中的知识借鉴与融合，既包括对文学艺术创造文本的体验及依赖，也包括对诸如科技、媒介、设计、经济等文化资源与形态的充分了解和吸收。后工业时代的特点是科技与审美已成为社会发展的核心要素，审美观念在积极主导着消费市场、品牌生产、大众生活及艺术新类型的形成，而数字、网络、多媒体、信息技术则成为影视制作、动漫设计、广告创意及媒体传播等这些重要文化创意形态存身立命的根本。可见，科技的力量与审美的动因已成为当今经济增长的强劲动力，文化创意和文学理论的知识生产及创新，需要面对这种新场域的巨大变化，需要凝结更丰富的多元文化智慧以提升创新的质量和境界。最后，对美的形式构建和发现，既是文化创意的标志，也是文学理论知识生产及创新的关键。形式构建包含形象塑造、品牌设计与审美符号的创造等，是指创意观念与思想最终转化为文化标识、符号及形态的创造性过程，这种结果的实现既关联文化文本结构形成的审美规律，也涉及艺术解释学原则，成为一种新的审美诠释对象。由此可见，文化创意和文学理论知识生产之实质，其实就是美学与艺术创造特性的体现，文化创意和文论创新可谓审美文化之创造，是知识经济时代美学与文艺理论必须面对的重大现实问题。

文化创意和文学理论的知识生产与创新无疑是历史发展的产物。文明社会的科学、技术、文学、艺术、媒介、工艺等都深深打上了文化创意的烙印。作为人类理性智慧与艺术想象的结晶，它关系着民族精神的传承与发展，关联着文化的现代化与软实力的提升，与一个民族的哲学思想、理论观念、审美意识及艺术思维和创造力的水平息息相关。而面对民族文化复兴的崇高历史使命，如何通过知识生产的创新，促进文化创意发展，推动社会与文明的进步，这是美学、文艺理论等人文学科需深入思考并致力于解决的迫切问题。我们认为，在当前文艺理论的知识生产过度迷恋观念移植、跨时空拼凑、概念游戏之风盛行，理论研究脱离文化与文艺实际，知识论倾向突出、并不同程度产生意义危机的状态下，有必要重申文艺理论的价值取向。作为一种具有人文与审美属性的理论学科，文艺理论的生产不仅依赖人类普遍的哲学观念、审美精神及艺术意识，也依赖人类鲜活的审美经验及文学艺术的现实经验。迄今为止，无论人们以何种观念来理解文学理论，但有一点是肯定的，即文艺理论既是一种研究与阐释文学现象的自主性理论，又是一种广延性极强的人文性学科；它既植根于广泛的文化结构之中，关联人类的思想与文化精神，有普遍的文化品格与人文属性，又依存特定的文学经验与美感形式，关联着文学的情感、心智和形象，有特殊的文学性内涵与审美的规定。文学存在的复杂性与多样性，决定了文艺理论的价值不只是对文学现象的认识与描述，其知识生产的重心也不仅仅停留在关于理论体系的逻辑推演上，而应当深刻体现人文阐释的价值立场和思想意向，关注和把握文化发展的内在规律，揭示文学艺术现象所承载的文化含量与意义深度。所以，探寻文化资源与文学世界中富于生成性的文化精神与价值，解析与发掘其中所蕴含的丰富文化信息含量，创造与建构有利于当代人生存的文化智慧和文明因子，便成为知识经济时代文化创意与文艺理论创新应承担的基本任务。

在当前全社会高度重视与积极推动文化创意发展，大力提升文化软实力与知识创新水平的背景下，文学理论要适应当代社会的变化与新发展，归根结底应从根本上解决知识生产价值取向，文学理论的知识生产不仅应更多地接"文化地气"，即面向社会公共文化领域，发挥文化建构功能，传播主流文化价值，在提升民族文化软实力方面发挥应有的作用；而且应更深地接

"文学地气"，即面向文学生产的实际经验与社会审美实践，推动文学创造真实塑造美的民族形象，讲述生动的中国故事，传播真善美的民族文化价值。伊格尔顿曾讲过，理论"提供的不是一套解法方案，而是进一步思索的前景"。文学理论作为思考和研究审美与艺术实践的学科，其生产与阐释的过程足以启迪个体的灵性、理智、情感与想象力，生成新的观念与思想，诸多要素的完善也是践行文化创意与文艺理论创新的基本条件。还是拉尔夫·科恩讲得好，文学理论应当成为一种阐释的指南，贯通的源泉、分析的基础，以便发现和开拓出生活与意义的某种可能性空间，这正是知识经济时代社会发展对文化创意与文学理论创新的新期待。

第四节　文学发展与当代文学精神的重构

随着当代社会的巨大变化，文学精神似乎渐渐地远离文学领域，我们这个时代的文学也日益为心灵独白、欲望满足和语言游戏所操纵和控制，而文学的诗性品格和神圣气质也日趋消失，文学的发展逐渐呈现出困顿、迷惘和艰难的状态。从根本上说，文学理论的知识生产和创新必然依赖文学的存在，而决定文学发展价值根基的东西就是文学的精神。文学昔日的辉煌，在于曾经拥有过某种精神；文学时下的彷徨，也在于不同程度丧失了种种精神；而文学未来的发展和进步，则更需要一种新的时代精神的支撑和重构。

一、精神重构是文学发展和理论创新的基点

文学史的演变表明，文学精神作为一种理性智慧的结晶和形而上的哲理品格，始终存在于文学发展的进程之中，它不仅成为批评家和作家思考与关注的对象，也构成文学理论知识生产的重要内容。早在古希腊时代，柏拉图就认为，艺术家的技艺永远也不能达到可理解的理念世界，这个世界同样也是价值世界。然而也正是对理念世界的信仰在激励着具有超越完美观念的艺术家。[①] 19 世纪德国艺术家卡尔·施纳泽，在 1843 年的艺术史序言里也曾阐明过黑格尔派的信条，"艺术，也属于人类必然的表现；的确我们可以

---

① ［英］贡布里希：《理想与偶像——价值在历史和艺术中的地位》，上海人民美术出版社 1989 年版，第 202 页。

说，人类的精神在艺术中比在宗教中更完全更富有特性地表现了自己。每一个时期的艺术都是我们所探讨的最完整而又最可靠的表现……一部连续的艺术史正是人类精神不断发展和进步的画卷"①。在崇尚理性的时代，强调艺术对人类精神的表现，追求艺术自身精神的完整，是符合那个时代的特点的。然而，即使在现在——一个非难和怀疑理性与价值的时代，一个解构精神与思想的时代，许多思想家和理论家也同样没有放弃对文学艺术精神的追寻与思考。

在海德格尔看来，艺术从根本上说就是揭示真理，是一种对此在的昭示和创建。因此，在艺术中我们逼近了本原，回到了存在的家园。雅斯贝尔斯更明确地指出了艺术形而上学的命题。他认为，艺术本身就是一种"哲学研究"，是一种对世界的探源，反对那种唯美主义形式主义的艺术。卡尔纳普说，艺术与形而上学同源，它们都是采取语言的表达功能而非表述功能；弗·玛克说"艺术是形而上学的"。现象学家英伽登认为，任何一种艺术文本都有一种形而上的意义品质，这种本体意义的存在超越了感觉层次、意义单元、图式构造和现实客体，又在该种艺术因子和语言基元的协调的运动中产生一种"艺术的终极品格"②，它作为一种精神气质和价值关注萦绕着艺术的形式结构和现实情境。不难想象，理论家所谓艺术的理念世界、人类必然的表现、真理和形而上学的内容，以及艺术的终极品质，其实正是指艺术精神（或文学精神）的内在含蕴。批评家所提升与总结的理性观念，从根本上说正源于作家以感性直观的态度所捕捉和把握到的人类生存与生活的本质性内容。

在许多伟大的艺术作品中，透过那些丰富杂陈的感性生活表象，艺术家思索和关注的最为深刻的东西，就是他对生活表象的高度提纯，是对世界与人类生存状态的终极关切，这种思考的深刻性便是文学精神的体现。像屈原在《离骚》中对扑朔迷离的人神世界的描绘，王维在山水诗中所揭示的永恒自然，曹雪芹在《红楼梦》中对人性面面观的剖析，希腊悲剧对"斯芬克斯之谜"的昭示，但丁所描绘的阴森的地狱景象，歌德对浮士德精神的

---

① ［英］贡布里希：《理想与偶像——价值在历史和艺术中的地位》，上海人民美术出版社，1989年版，第44页。

② ［美］勒内·韦勒克、奥斯汀·沃伦：《文学理论》，刘象愚、刑培明译，文化艺术出版社2010年版，第150页。

提示，艾略特对人类生活"荒原"的摹写等等，都达到了艺术形而上学的层次，展示了文学精神的智慧风貌和内涵。难怪许多艺术家不无理由地强调，"诗的应有任务，似乎是再现永恒的、永远重大的普遍美的事物"（弗·施莱格尔）；"一首诗是生命的真正的形象，用永恒的真理表现了出来"（雪莱）；"我总是强迫自己深入到事物的灵魂，停止在最广泛的普遍性上"（福楼拜）；"音乐所表现的东西是永恒的、无限的和理想的"（瓦格纳）。① 由此可见，文学艺术精神的存在是不言而喻的，它似乎已经构成文学艺术何以能够存在和发展的十分重要的人类学的依据。

精神向度其实是文学应有的本性与品质，也是文学具有人文价值意向的一种显著标志。不管承认与否，崇尚或者排斥，它总是客观存在于文学的实践之中，同作家乃至一个民族的特定的生存理想、生存现状、人格形态、文化心理及价值观念息息相关。由于民族间特殊的生活内容、方式、习俗、气质、行为偏向，特殊的语言、思维、心理、情感、性格，乃至特殊的生存原则和精神崇尚的不同，才导致人类文学精神的不断演化与流变。如同人类精神的发展一样，文学艺术精神也是一种动态的、历史的、内在涵义丰富而具有独立性的现象，是多元化和多种思想智慧的综合体，并历经不同时代的作家和批评家的共同创造和传承而趋于发展与成熟。在文学的本体构架中，尽管最感人、最具有观赏价值的是外在的形象层，但是，唯一能够使作品超越时空限制，并对人类精神和文明产生辐射力，从而为全人类共同享有和接受的却是文学艺术所具有的内在精神。一个时代的文学所表现的内容可以不断地变换或更新，但文学精神的存在则是长久而永恒的，其原因在于它所承载、所揭示的是意义层次与意义深度；它所包容、所体现的是超越生活形态的人类最普遍的价值，它所追求和探寻的是对人类思想的不断反思和重建，这种本体特征由此构成了，作为具有阐释与反思品格的文学理论知识生产与创新的内在规定和基本属性。

二、文学精神重构的文化价值内含

文学精神的最大特质在于具有特定的人文性质与价值指向，诸如表达崇高的生存理想和对真理的追求，表达对人类苦难的同情和深厚的人道主义精

---

① 周宪：《超越文学——文学的文化哲学思考》，三联书店上海分店 1997 年版，第 320 页。

神，突出地展示人类共同的精神困惑和精神危机，表达人类面临的共同困境和对人类未来远景的憧憬与期盼等等。以这种人文指向做参照，人类的文学精神大致表现出三种基本的向度，即理想精神、拯救精神与批判精神。三者完整地统一在文学作品的整体构架中，成为一种有明确价值定向的内在力量。

按照苏联美学家塔萨洛夫的理解，艺术的理想精神"是一种创造，这种创造形成的历史过程含有摆脱狭隘功利内容和物质内容的趋向，以期最充分地揭示和确证特有的人的本质，即人的社会本质，艺术的审美本质就是如此"①。理想精神在文学作品中的产生与存在，是作家对现实生活进行理性超越和价值提升的结果，含有对人和人类的存在与发展进行确证的综合意义，包含了作家对人类本质的深刻体验和对人类前途的不懈追求。就其本性说，它是一种合乎人类的生存愿望，并能为人们提供多元价值定向的思想体系。理想精神虽然源于现实却又飘浮在现实之上。它既有对现实的透视和干预，包含着对陈腐价值的反叛与解构，又有对现实的补充与超越，包含着对新的价值和意义的预想与再造。所以，维护崇高、崇尚理性、超越现实、追寻未来，乃至展示和创造生命存在的理想状态与想象空间，便成为文学理想精神表达的基本内容和有效方式。其实质也标志着作家人格对现实法则和既定关系的突破，从而进入到一种更为广阔的自由领域和想象空间，构成推动文学不断进步和发展的内在动因和力量。

在一个时代的文学艺术的发展中，根据理想精神的表现状况——贫乏或者富有，高尚或者卑微、积极向上或者消沉虚无等，便可以看出这一时代的精神状况与艺术的进步程度。古罗马帝国衰败的一个重要迹象是艺术的畸形发展，以赝品代替真品，把狂热当作才华；文艺复兴的艺术昌盛，也在于那个时代的艺术精神与时代心理是何等的意气风发。从某种意义上说，维护文艺的理想精神，就是维护文艺的纯洁性、诗性和神圣气质，这些内容足以抵御艺术和生活中许多变质的东西，为艺术提供一种精神的向度和势力。艺术的理想精神也渴望完美，承诺希望、理想和幸福。但这种承诺不是乌托邦式的空洞承诺，也不是制造幻象，让人逃避现实，迷失在孤芳自赏的状态中，而是积极地参与和建构生活，以寻找和创造一种意义的世界。

---

① ［苏联］斯托洛维奇：《现实中和艺术中的审美》，三联书店 1985 年版，第 194 页。

在文学艺术的精神构成中，拯救精神也是一种最富有人性魅力和价值意向的要素。它根源于艺术家的忧患意识和使命感，同作家人格中的慈悲、悯怀、博大的爱，乃至宗教般的真诚密切相关，是艺术家倾听生活、直面时代、深切关怀人生，积极建构人性的充分体现。文学的人道主义品质，因其拯救与忧患精神的存在方显得无比的博大、深沉与圣洁。从文学的发展历史看，大凡具有拯救精神的作品，常常表现为作家对他所生存的时代生活的人道性关注和积极的承诺：它或者对人类生存中的苦难、悲哀寄于担忧和同情，或者直面与思考人生中许多普遍而突出重大的问题；或者勇敢介入时代的精神生活，积极致力于改变旧的和培植新的国民精神秩序。诸如在《复活》《红与黑》《人间喜剧》《阿Q正传》《蝇王》《荒原》和《变形记》等这些重要的作品中，人们能真切地感到每一位作家对自己时代本质的独到理解和深刻把握，显示出一种理性的力量对生活假象的穿透，表现出作家为拯救和改变人类的不幸与苦难，为消除残缺、腐败和病态的精神状况所体现的道德意志和力量。这就是马尔库塞所总结的，"艺术的自主性及其政治潜能表现在这种感性所具有的认识能力和解放能力之中"。"一件作品如不对现实显示主权，如不使读者对现实具有主权，就不是一件艺术品（布莱希特语）。……艺术不能变革世界，但却有助于变更能够变革世界的男女们的意识和倾向。"①

在我们的时代越来越崇尚实在的物质，越来越远离精神的家园，现代商业社会以一种令人无法相信的趋利方式吞噬着精神的状态下，维护和努力建构文学艺术的拯救精神愈显得重要。诚如福克纳所总结的，诗人和作家的职责，他的特殊的光荣就是振奋人心，提醒人们记住勇气、荣誉、希望、自豪、同情、怜悯之心和牺牲精神，这些都是人类昔日的荣耀。如果说，文学的拯救精神在历史上曾以忧患意识和使命感显示出来，其拯救对象大多为小人物、悲剧角色和下层生存个体的话，而当代作家所表现的拯救则是以人道性的关怀和批判性的启蒙为前提的，他们所关注的是人类社会的普遍的精神状况。这就是诺贝尔文学奖获得者大江健三朗所总结的，"所谓文学的责任，就是对20世纪所发生过的事和所做过的事进行总清算。关于奥斯维辛集中营、南京大屠杀、原子弹爆炸等对人类文化和文明带来的影响，应给予

---

① ［美］赫伯特·马尔库塞：《现代美学析疑》，文化艺术出版社1987年版，第43、23页。

明确的解答，并由此引导青年走向 21 世纪……"① 拯救精神能有效遏制艺术的困境，把艺术从功利、游戏和冷漠中解放出来，恢复其高贵和正义的品质。

批判精神作为文学价值体系中不可缺少的构成部分，它体现了作家对现实生活的深邃洞察和透视，体现了作家敢于冲击和超越现存文化的规范性和压抑性，否定和摈弃非人性的与腐朽的东西，显示出作家对人类正义和真理的维护。文学艺术之所以需要和应当具有批判精神，首先在于它是一种相对自律的领域，其永恒的任务和使命即在于维护人类的纯真、完美和进步。艺术的生命之根在精神，而这种精神总是深深关联着人类的灵性、激情、想象、爱恋、欢乐和希望，总是深深植根于对真、善、美的探求与追寻之中。艺术的本质是人道主义的，因此它拒绝和批判人类生存中的堕落、腐败、畸形和异化。从这种意义来理解，作家那颗渴望完美的心灵总是要与文明中的缺憾相抗衡，理想世界与现实生存间所构成的冲突，便成为艺术的批判性精神的深层根源。在巴尔扎克、司汤达、托尔斯泰等作家为代表的 19 世纪批判现实主义的文学中，文学的批判精神是相当激进而有力的，它对人性颓废、堕落的批判，对专制制度虚伪性与腐朽性的冲击，对人类某些异化状态的深刻揭示与剖析，使得那一时期文学显示出一种理性的力量和精神气势。但进入现代以来，随着人类生存困境和心理问题的普遍增多，随着人类共同的精神困惑和精神危机的日渐突出，尤其是随着艺术品位的下移和媚俗趋势的不断滋生和蔓延，现代作家的怀疑意识和批判精神也正愈演愈烈。

从叶芝、卡夫卡、米兰·昆德拉、齐梅尔、奥尔特加一直到阿多诺、马尔库塞、布莱希特等，他们都强调，变化了的资本主义文化要求某种有别于传统现实主义的批判性，即坚持广义的文化批判精神，把文学作为批判性意识形态话语的生产，从而对虚假的意识形态进行解构和重组。这充分表明了艺术是对人遭到贬低的生存状况的一种无言的批评。艺术作品的伟大，仅仅在于它们有某种力量，能使意识形态所掩饰的那些东西昭示于人。文学作为一种意识形态的生产，其功能就在于揭穿虚假的日常意识形态，昭示人的真实处境和异化现实，这就是文学的真理性和批判性。而人类的文学艺术向现代性的转换，似乎在更大程度上偏重其内在的批判力量。究其原因，大抵在

---

① ［日］大江健三朗：《个人的体验》，中国文联出版公司 1995 年版，第 76 页。

于现代作家普遍体验到了，人类社会并不像西方理性所乐观设定的那种存在的自明性，作家用生命感受的结果是人类感觉的日益丰富与裂变性突破，是人类精神的扭曲和断裂，是人类精神至上这一神话的破灭和解体。所以说，以怀疑意识和批判精神关注人类的存在和变化，已经成为越来越多的作家所具有的艺术立场，这也是人类历史步入20世纪带给文学艺术的一种现代精神。

人类又处在一种新的历史发展中，面对新时代所出现的种种复杂境遇，反思文学在20世纪末所经历的发展和变化，有利于对文学和文学理论知识生产的未来作出科学的判断。按照美国著名的马克思主义学者弗·杰姆逊教授的理解，"在西方，现实主义、现代主义、后现代主义都分别反映了一种新的心理结构，标志着人的性质的一次改变，或者说革命，这三个阶段分别代表了不同的对世界的体验和自我体验"①。他认为，现代主义是关于焦虑的艺术，包含了各种剧烈的感情、焦虑、孤独，无法言语的绝望等，像鲁迅的《狂人日记》、萨特的《恶心》、艾略特的《荒原》等，W. H. 奥登曾将他的那个时代称为"焦虑的时代"，这一说法立即被很多人接受了。很多艺术家都痛苦地体验了焦虑这一情景，这种痛苦的体验不仅表现在他们的作品中，也反映在他们的生活里，如荷尔德林、尼采后来都精神失常，而梵·高则自杀了，这象征地说明了这一情形的破坏性和灾难性。现代主义文化及文艺所呈现的这种状况，在20世纪的文学中颇有代表性，诸如在后期象征主义诗歌、表现主义小说、存在主义小说和荒诞派戏剧等流派中便得到了蔓延性运用。其特征是它们以象征、隐喻、变形、夸张和荒诞的手法表现了一种虚无的情绪。喧嚣与骚动、颓废与梦幻、怀疑与迷乱、断裂与隐退等，便成为现代主义的真实写照。西方传统文化精心守护的理想精神和审美原则，为卡夫卡、尤奈斯库、贝凯特等一大批现代主义作家们颠倒了，他们以一种怀疑、批判精神表达了对人类生存的深刻反思与质疑，深刻揭示了隐蔽在日常世界背后的真实，即生存的虚无、价值意义的消解和断裂。这种状况客观体现了西方文学从传统的对理想精神的缔造，向一种更为普遍的怀疑和批判的意识发展与转换，这其实正是20世纪以来，体现在西方文学中的一种较为

---

① ［美］弗·杰姆逊：《后现代主义与文化理论》，陕西师范大学出版社1986年版，第143、171页。

突出的文学精神。只是到了后现代主义时期，这种精神才有所转换与变化。

按照杰姆逊的分析，现代主义和后现代主义各有自己的病状，如果说现代主义时代的病状是彻底的隔离、孤独，是苦恼、疯狂和自我毁灭，这些情绪如此强烈地充满了人们的心胸，以至于会爆发出来的话，那么后现代主义的病状则是"零散化"，已经没有一个自我的存在了，也由此导致文本写作的平面感、复制和深度模式的消失。① 这就是说，现代主义文学所依持和坚守的那种批判精神，在后现代主义艺术中已转向消失和断裂，随之而来的是消解意义、削平深度，只是在浅表层玩弄能指、对立、本文等概念。真理被搁置不顾，而整个世界成为一堆关于表述的本文；思想不复存在，只有文字写满纸张。深度模式消失的另一表现是历史意识的消失，即告别传统、历史和连续性，表现在后现代小说中是零散、片断、当下时间中的体验、破碎的意象堆积；随着思想的"零散化"，主体的自我意识也不复存在，小说也失去行为统一性，变成"无情节"的小说，人物的历史感和现实感被抽掉，成为一种没有根基、浮于表面的人。

后现代主义文艺奉行的基本主题是"复制"，而"复制"的核心在于本源的丧失，这就从根本上消除了唯一性和终极价值的可能性。一切都在一个平面上，没有深度、历史、主体和真理，甚至没有原本，所谓同一性、整体性、中心性纷纷失效。② 在萨特、伊丽思、默多克、博尔赫斯、品钦等作家的作品中，后现代主义的诸种特质也不同程度地体现出来。总之，后现代主义的作家已经卸下了现实主义与现代主义精神的十字架，并将它们苦苦维护与负荷的正义、真理、意义、乌托邦及焦虑和怀疑彻底加以解脱，否定一切形而上的价值论和本体论，艺术也从此失去诗意的典雅和真理性。后现代主义文艺尽管以其形式的不断翻新而内蕴着对一切秩序和思想统治的颠覆潜力，但这种否定与批判带有解构与极端主义的指向，也在一定程度上偏离了文学的价值规定。这或许正是西方文学发展的一个必要环节，在经历种种转折与文化冲突之后，人类新的文学精神的形成和确立会更加真实与成熟，这必然影响当代文学理论的知识生产，促使思想价值和历史意识在文学理论中

① ［美］弗·杰姆逊：《后现代主义与文化理论》，陕西师范大学出版社 1986 年版，第 178—181 页。

② 王岳川：《后现代主义文化理论》，北京大学出版社 1992 年版，第 236—243 页。

的再度复苏。

三、文学理论创新更需要当代文学精神的重塑

在中国文学发展史上，现代文学所以是一个十分重要的时期，在于它为中国新文学精神的成长奠定了一个良好的基础和开端。以鲁迅、茅盾、郁达夫、老舍、沈从文、巴金、钱钟书等作家为代表，他们在继承中国传统文学精神，融合西方现实主义、现代主义文学精神的基础上，以充满个性风格的创作，共同营造和建构了一种新的文学精神。诸如以鲁迅的《狂人日记》《阿Q正传》为代表，以国民性改造为主题所展现的批判与拯救的精神；以茅盾的《子夜》《林家铺子》为代表，以社会剖析、争取民族的生存权利为主题所展现的人道主义精神；以郭沫若的《女神》、郁达夫的《沉沦》为代表，以反封建压迫、倡导个性表现为主题所展现的关于人的解放的理想精神；以巴金的激流三部曲为代表，以个性剖析和忏悔意识为主题所展现的忧患与悲剧精神；以老舍的《茶馆》《骆驼祥子》为代表，以表现社会底层劳动人民的悲惨命运为主题所展现的平民意识和民本精神；以钱钟书的《围城》、张恨水的《八十一梦》为代表，以暴露社会腐朽、批判人性弊端为主题所展示的否定与讽刺的精神等，这些作家以深邃的理性洞察和强烈的人文关怀，体现了一种对时代本质的独到理解和把握，成为现代中国文学史上极为宝贵的精神资源与财富，也深刻影响了20世纪中国文学的发展进程。

不仅创作如此，在文学的价值观念方面，鲁迅在《灯下漫笔》等系列杂文中，明确提出文学的特殊功能在于唤醒国民意识，改变人的精神，文学应当具有为人生的精神。文学研究会的代表人物郑振铎也认为，"娱乐派的文学观，是使文学堕落，使文学失其天真，使文学陷溺于金钱之阱的重要原因；传道派的文学观，则是使文学干枯失泽，使文学陷于教训的桎梏中，使文学之树不能充分长成的重要原因"。这些都不是我们倡导的新文学。新文学应该是"人类情绪流泄于文字中的，不是以传道为目的，更不是以娱乐为目的，而是以真挚的情感来引起读者的同情"①。五四新文学重要的文学理论家周作人，则直接提出"人的文学"的观念，他主张以人道主义为本，对于人生诸问题加以记录研究，排斥与反对诸如中国传统文学中所表现的色

---

① 栾梅健：《中国新文学的理性原则与人文精神》，《文学评论》1997年第6期。

情狂的淫书类、迷信的鬼神书类等 10 类非人性的作品。这些内容，"全是妨碍人性的生长，破坏人类平和的东西"，应予以摈弃。毫无疑问，这些观念对铸造和形成现代文学中的人文精神产生了积极的引导功能。即使在今天，对发展和建构新时代的文学理论来说，也不失为一种重要的价值资源。

进入新时期以来，当代文学精神的成长和发展经历着一个缓慢而艰难的过程。尽管这是一个文化转型的时代，尽管这一时代的文学面临着太多的转向与裂变，但人们依然可以看到现代文学精神的复苏和一种新的文学精神的生成。在继承现代文学精神方面，"伤痕文学"所表现的悲剧意识、"反思文学"的理性透视、"寻根文学"的主题指归、"纪实小说"的现实情怀等，都不同程度体现了新时期作家对理性意识和批判精神的现代转换与融合。值得注意的是，对人文精神的表现与维护是新时期文学精神产生和发展的一个突出标志。面对文学精神的大面积崩塌和深层次的迷乱，以张承志、张炜、韩少功等作家为代表，他们在《心灵史》《古船》《九月寓言》《柏慧》等作品中，表达了一种极为突出的人文信仰。张承志以极富感情的呼号、自审和心灵拷问，表达了一个精神流浪者对人类信仰的渴望，从而象征地揭示出只有追求精神目标和既定信仰，人类才能一步步登上心灵的圣坛。作者这种宗教般的炽热与真诚，尽管不乏偏执与极端，但它却抒发和维护了文学的神圣与崇高。与张承志的理想精神不同，张炜在他的作品中则以严肃的文化批判深入解剖和分析了农业文明的内在弊端，表达了一种对新的社会文明形态的憧憬，其对理想坐标的设定，也已提升到人类生存、生命所需要的整体判断层面。作家在书写现代生活形态时引入了神话寓言代码，这是值得注意的。在 20 世纪的文学表现中，现代寓言、神话或准寓言代码曾经为许多作家屡屡使用，如艾略特、叶芝、乔依斯、马尔克斯、福克纳等，这实则是一种突出的文化隐喻和象征，它体现了一种文学的理想精神的现代性复活，既是作家对现实的否定与批判，也是一种新的拯救和维护，其人文含义是相当深刻的。而新的文学精神的形成和建立，也体现在这种独特的文学形式之中，它代表了一种文学精神的新的生长点和适合我们这一时代的美学要求。

因此，在当代中国思想文化的发展历程中，那种摈弃、否定文学精神，或者以理性设定及虚幻的乌托邦构造，来编织文学精神的状况都将逐渐隐去。然而，代表人类基本价值向度的理想精神、批判与拯救的精神却不可能丧失。也许正是这些基本价值向度和内容，才真实地赋予作家以内在的勇气和力量，也真正成为决定文学理论知识生产的重要价值根据。所以说，文学理论知识生产和创新必须回到文学的世界，也必须紧紧依持当代文学精神的重构与重塑。

第二章　文学理论知识生产与创新的人文取向

　　从哲学的视域看，人文性是指人文学科用以描述价值系统整合性的一般模式和方向，它凝聚着一种文化的价值意向，代表着丰富的意义生成和文化精神的基本向度，为人文学科的存在和发展提供重要的价值根基与思想背景。人文取向关涉于人类的信仰、理想、精神、心理、心灵和意义等更为内在的方面，是对生命活动的关照和体验，它超越了特定时代文化的现实性内容，升华为人类普遍认同的价值准则，体现为一种以"意义"和"精神"为特征的创造性阐释和评价。所以，探讨人文学科的知识生产和创新就不能不关注人文取向的确立，因为这是一种带有基石性和方向感的本体性选择，它在人文学科丰富的内容构成中标示出一种思想和价值引领的意义。本章结合中国文化的历史经验和当代文学发展的现实诉求，进一步思考和探讨诸如文化自觉、价值选择、思想生产及观念创造等人文性的活动，对当代中国文论的知识生产与创新所能提供的价值支撑和思想借鉴的作用，以期从最为基础和最为根本的方面推动文学理论的知识生产和创新。

第一节　"文化自觉"与当代中国文论的知识创新

　　"文化自觉"是著名人类学家费孝通提出的一个思想内涵丰富、方法论意义突出的重要概念。① 作为一种应对文化全球化挑战和解答时代新问题的现代性观念，"文化自觉"思想具有在人类文明格局中深刻认识中华文明，从容应对全球化挑战，自觉融入国际社会，并在文化的多元互动中促进民族文化自主转型的普遍意义和价值。以此审视当代中国文学理论的发展，"文化自觉"理论从新的视角为其知识创新的实现，在思想方法取向、创新目标确定及本体地位的建立等方面，提供了极为重要的启示和借鉴。

一、文化自觉与理论的反思性

就理论学科的知识创新而言，思想和方法取向的自觉极为重要，因为这是通向存在的根本道路。思的展开与思想的生产，是一切具有人文阐释属性的理论活动的内在特质与基本规定。海德格尔曾讲过，当我们追问思想的任务之际，就意味着要在哲学的视野内规定思想所关涉的东西，按柏拉图的说法即事情本身。在晚近时代里，哲学主动明确地召唤思想"面向事情本身"。存在向之本身的生成是在思辨辩证法中进行的。只有观念的运动，即方法，才是事情本身。"面向事情本身"的呼声要求的是合乎事情本身的哲学方法，它决定着方法的获得和阐发，也决定着哲学的程序，通过这一程序，事情本身才成为可证明的给定性。② 这正如费孝通在讲"文化自觉"时所强调的，文化自觉是当今世界一种时代的要求，呼吁文化自觉是希望能致力于对自己社会和文化的反思，用实证主义的态度、实事求是的精神来认识我们各自的历史和文化。文化自觉是指生活在一定文化中的人对其文化有"自觉之明"，明白它的来历、形成过程，所具有的特色和它的发展趋向，不带任何"文化回归"的意思，不是要复旧，同时也不主张"全盘西化"或"坚守传统"。自知之明是为了增强对文化转型的自主能力，取得为适应新环境、新时代而进行文化选择时的自主地位。文化自觉是学术反思的扩大与发展。③ 据此看来，文化自觉在思想与方法取向方面体现的基本内涵是指

① 关于"文化自觉"的思想，可参考费孝通《关于"文化自觉"的一些自白》《"文化自觉"与中国学者的历史责任》《从反思到文化自觉和交流》等文章，以上文献均见费孝通、方李莉著《全球化与文化自觉——费孝通晚年文选》，外语教学与研究出版社 2013 年版。

② 孙周兴选编：《海德格尔选集》（下卷），上海三联书店 1996 年版，第 1248—1250 页。

③ 费孝通、方李莉：《全球化与文化自觉——费孝通晚年文选》，外语教学与研究出版社 2013 年版，第 56—60 页。

哲学的反思性，这是一个关涉如何理解文学理论内在属性，促进其知识创新的重要问题。

从哲学视域看，反思是一切具有阐释性理论的内在规定与属性，柏拉图和亚里士多德曾讲过，哲学起源于惊讶。笛卡尔在《哲学原理》中讲的第一句就是"要想追求真理，我们必须在一生中尽可能地把所有事物都怀疑一次"。黑格尔则更加明确地把反思看作是认识真理的方式。他认为"本质自身中的映象就是反思"，"本质是扬弃了的有，它是单纯的自身等同。但在这种情况下，它是有之范围的一般否定。这样，本质就与直接性对立，它是从这样的直接性里变出来的，而且这种直接性在这种扬弃中保存和扬弃了自己。"① 由此说，反思性的核心在于一种自觉的自我意识，通过反思认识真理，就是通过思想的关系认识真理，即"我思主体对思想本身的思考与审视"。如果说，传统哲学的反思主要从方法论角度运用和展开的话，而现代哲学的反思则更多是本体论的。诚如伽达默尔所讲，对于哲学解释学来说，"问题并不在于我们做什么或我们应该做什么，而只在于在我们所愿意和所做的背后发生了什么。"因此，只有当我们使自己充斥于近代思想的方法主义及其关于人和传统的假定中解放出来，解释学问题的普遍性才能够显现。② 在《论解释学反思的范围和作用》中，伽达默尔确立了作为现代哲学形态的解释学反思的普遍性。他说，"在构成意识的活动中所完成的所有工作都可以由解释学的反思完成。正因为如此，它就能够并且必须把自己展示在一切现代知识领域之中，尤其是科学之中。……解释学反思超越一切的重要性却并不仅仅表现为它对于科学以及在科学中所意味的东西。因为一切现代科学都有一种根深蒂固的异化强加于自然意识之上，而我们则必须意识到这种异化。"③ 这正是哲学解释学坚持反思的深刻性所在，它说明理论学科解释功能的产生是以"此在"的历史性为基础，亦即以一种从具体情境出发的、对存在的前反思理解为基础，这种具体情境同解释者的过去和未来具有内在的关系。准确地说，对意义的理解和阐释均与人的历史情境息息相

---

① ［德］黑格尔：《逻辑学》（下卷），商务印书馆 1976 年版，第 18 页。

② ［德］加达默尔：《哲学解释学·编者导言》，夏镇平、宋建平译，上海译文出版社 1994 年版，第 1 页。

③ ［德］加达默尔：《哲学解释学》，夏镇平、宋建平译，上海译文出版社 1994 年版，第 39—41 页。

关，也是"此在"对这种历史情境的一次投射和反思。解释学确立的这一思想，成为现代理论学科知识生产及创新的重要依据。

　　文学理论反思性的形成由来已久，它已成为现代知识谱系中表征其理论特质的关键要素。在卡勒对理论究竟是什么提出的四点判断中，有三点与反思相关，即"理论是分析和推测；理论是对常识的批评，是对被认定为自然的观念的批评；理论具有反射性，是关于思维的思维，我们用它向文学和其它话语实践中创造意义的范畴提出质疑。"① 诚如约埃尔·魏因斯海默所论述的，"审美反思所追求的普遍性并不是某一特定规则对所有类似客体的有效性，因为趣味判断的是一个本质独特的客体。也就是说，审美判断本质上是一个判断的原型，因为每一个美的事物都是独特的，因此，某些事物是否美的问题不能为规则所决定。"② 由于文学理论所关注和思考的对象，是具有审美属性的文学活动，那么这种判断力就只能是反思性的。当然，文学理论反思性的内涵也会随文学实践发生变化。与传统时期文学理论的反思性专注于文学活动的内在构成相比，20 世纪后文学理论的反思性则更具文化的多维透视与意识形态色彩。拉曼·塞尔登等指出，20 世纪 70 和 80 年代盛期的（大写的）"理论"现在已经被取代，或者完全被吸纳进新的理论或种种理论中，对于那些理所当然的理论假设和观念提出批判性疑问。"理论提供的不是一套解决方案，而是进一步思索的前景；它寻求提出不同的问题，或者用不同方式来提问；理论讲的是我们如何以自身反思的方式来看待事物。"③ 有学者分析说，反思文学理论自身的历史是西方文论的当务之急，今日文论专注于意识的分析、主体的分析、思想的分析——此乃昔日社会学批评之复活；此乃对巴特式的阅读解析——将阅读看成是主体与客体之相遇过程——的一种反拨。要反思、要梳理现代"文学"观念的建构过程。要针对"消解历史"而展开"再历史化"，要针对"解构"来展开"重建"。

---

① 〔美〕乔纳森·卡勒：《文学理论》，李平译，译林出版社 2013 年版，第 16 页。
② 〔美〕约埃尔·魏因斯海默：《哲学诠释学与文学理论》，郑鹏译，中国人民大学出版社 2011 年版，第 46 页。
③ 〔英〕拉曼·塞尔登等：《当代文学理论导读》，刘象愚译，北京大学出版社 2006 年版，第 328 页。

文学理论正是在不断的反思中推进的。① 借用塞尔登对伊格尔顿的评价来说，当代文论的反思取向是一种雄心勃勃的政治批评，它依然遵循恢复了生机的马克思主义与社会主义传统，他的"后理论"其实是"更多的理论"，在一种更宏伟、更负责的层面上，向后现代主义逃避的那些更大的问题敞开胸怀。② "在反思中整合"是后理论时代文学理论的内在特质。

综上表明，走向和深化反思不仅是全球化时代文化自觉的体现，也是文学理论知识创新的必由之路。为此，我们需进一步探讨文学理论反思性的对象和内容。从方法论层面看，现代知识视域中诸多思想家对反思内涵的思考耐人寻味。如布迪厄的反思社会学理论，以实践检验知识的有效性，使研究对象客观化。从学院式的社会学到社会学眼光的社会学，从结构到场域，从规范和规则到策略和惯习，从幻象和理性到符合权力，从超验的科学理性观念到历史主义的科学理性观念。布迪厄的认识对象的移位，实质上就是他在社会理论创立过程中不断反思的结果。③ 需要指出的是，布迪厄的反思不是局部的反思，而是延伸到学科的组织结构和认知结构内部的一种基于特定知识前提的系统反思。布迪厄要求将反思性予以制度化，对观察者的位置要进行批判性的分析，从而确保社会学的知识叙述始终处在警惕之中。④ 将反思制度化和以实践检验知识的有效性，是其反思社会学理论的核心，它也切中了中国文论知识生产的问题与弊端，构成当代文论走向和深化反思应解决的根本问题之一。要使反思制度化，使其延伸到学科的组织结构和认知结构内部，使其构成一种知识生产的前提，对当代中国文论的知识生产而言，其关键在于构建学科自觉的反思意识，即培养一种善于反思的学科品质。长期以来，由于受狭义政治意识形态的同化与塑造，以及在理论与思想构成方面的"身份混杂"状态，故而大范围地移植域外文论，构成我们较长时期在知识生产方面采取的策略，它虽然一度使当代文论的知识表述状态异常活跃，甚至形成一度的热闹和繁荣，但进入新世纪后则有些惶然了——文学理论究竟

① 周启超：《多方位地吸纳，有深度地开采》，见拉曼·塞尔登等《当代文学理论导读·总序》，北京大学出版社 2006 年版，第 3—6 页。

② ［英］拉曼·塞尔登等：《当代文学理论导读》，刘象愚译，北京大学出版社 2006 年版，第 328 页。

③ 宫留记：《布迪厄的社会实践理论》，河南大学出版社 2009 年版，第 201 页。

④ 邢建昌：《文学理论的自觉：走向反思》，《中国人民大学学报》2011 年第 1 期。

还能做什么？甚至连这个学科的合法性存在也受到挑战。新时期中国文论以过度的知识移植取代了学科自身的系统反思，以致造成全球化语境下中国文论的身份认同危机，其启示与教训是极为深刻的。

针对当代中国文论知识构型状况而言，布迪厄所讲的探寻一种基于特定知识前提的系统反思，是指"实践性反思"，或者说是立足于实践机制所展开的反思，其知识创新的借鉴意义尤其重要。英国学者安纳·杰弗森等讲过，"现代文学理论的特征是它与实践性的文学批评和文学考证关系的密切。……而现代文学理论与实践性的文学研究之间的关系却广泛和明确得多。其原因是：它的发展和实践性的文学研究是密切相关的，因而它不仅直接关系到文学的特殊性质，而且也关系到文学批评和文学考证的特殊对象"①。现代西方文论之所以被称作"批评的世纪"，大抵体现了古典理论的元叙述，向现代实践性批评多元范式的转向，其中最为显著的特征便是与文学经验和实践的高度融合。20世纪西方文论多种知识图景的生成状况表明，任何理论观念的提出与某种方法的创生，均植根和依赖于鲜活的社会文化与文学的实践，实践是文学理论知识生产与创新的不竭动力。正像马克思所强调的，"真理的彼岸世界消失以后，历史的任务就是确立此岸世界的真理。人的自我异化的神圣形象被揭穿以后，揭露具有非神圣形象的自我异化，就成了为历史服务的哲学的迫切任务"②。而马克思主义思想学说形成的过程，其实就是将哲学从彼岸世界拉回现实世界的过程。马克思的远见卓识正在于，他以实践为基础，自觉地将人的存在和他与世界的现实关系作为哲学的起点和终点，从而开启了哲学思考的新方向，如同哲学的致思功能一样，文学理论也是一种高度反省的理性活动，它依据人的实践活动判断人的存在状况及文学的表达与叙事，其反省的目的就是为了达到对人的生活世界本真状态的理解，从而达到存在的开放与澄明。所以说，实践性反思能够在更深刻的意义层面，促使文学理论知识生产真正地现实化和人文化。只有从生活的现实世界理解文学与文学的理论，才能唤起理论的存在的兴趣，提升理论的有效性，增强理论生产的创造性与阐释力。

---

① ［英］安纳·杰弗森、戴维·罗比等：《现代西方文学理论概述与比较》，湖南文艺出版社1986年版，第1—2页。

② 《马克思恩格斯选集》第1卷，人民出版社1995年版，第2页。

二、文化自觉对文学理论知识创新的内在引导

"文化自觉"的观念,不仅为人文学科的知识生产提供了以反思性为核心的思想和方法取向,也在很大程度上为文化的自主转型确定了明晰的目标、内容及实践的途径和方向,这对当代中国文论的知识创新而言,具有十分重要的理论指导意义。

费孝通先生的"各美其美,美人之美,美美与共,天下大同",被学界称为"十六字箴言",在长期的社会实践中获得学界的高度肯定。它对处理不同文明、文化间的相互关系,在理解与对话基础上取长补短,构建符合人类社会发展的"知识共同体"目标的实现有重要价值。"各美其美"是推动文化发展和知识创新的基础,也是相互对话和相互借鉴的前提;而"美人之美"就是要看到不同文化与知识的长处,尊重和欣赏不同文化传统,在包容的心态下充分吸收和理解不同文化的智慧和精华,从而形成文化的多样性,推动文化的多元化发展。"美美与共,天下大同"所体现的是对构建人类"知识共同体"的价值追求,既强调不搞唯我独美的文化本位主义,又倡导不同价值观念的并行不悖。全球化时代不同文化与价值间的自觉借鉴与吸收,是文化创造与思想创新的有效途径。依照费孝通的理解,"和而不同"就是"多元互补",它是中华文化融合力的表现,也是中华文化得以连绵延续,不断发展的原因之一。如何才能在世界上达到这种"和而不同"的境界,费孝通开出的"药方"就是"文化自觉",而"文化自觉"理念的提出与实践,也许是当今中国文化能贡献给世界的一种思考。[①] 联系中国文论知识生产的实际看,自进入现代学术体制,尤其是进入新时期后,我们始终对"各美其美",即创造民族的理论话语形态缺乏高度的文化自信与自觉。当代知识生产总有一种挥之不去的"移植论"思维,对外来理论与知识吸收过多、转换过频、使用过急,放弃过快,而批判与反思性的分析与研究又过少,这就客观造成了当代文论知识形态的过度飘浮与变化,缺乏沉淀、积累与内在吸收及转化的过程。面对全球化大量异质理论与方法的频繁输入,我们在理论"何为",构建什么样的本土文学理论,以及文论生产的

---

① 费孝通著、方李莉编:《全球化与文化自觉·编者导言》,外语教学与研究出版社2013年版,第10页。

根基与方向在哪里等重大问题上，变得茫然而不知所措了。这无疑需要从文化自觉的高度，深刻反思文学理论创新中某些带有根本性的问题。

"文化自觉"亦包含了方法选择的自觉，这种自觉也是文化自信的表现。"中国人从本民族文化的历史发展中深切体会到，文化形态是多种多样、丰富多彩的，不同的文化之间是可以沟通和相互交融。推而广之，世界各国的不同文化之间是可以相互尊重、相互沟通的，这对各个不同文化的进一步发展也是有利的。"① 费孝通先生的论述表明，任何文化自主转型的实现，均依赖于科学思维方式的选择，因为它决定实践方向的正确与否。所谓"十六字箴言"和"多元互补"，就是一整套实现民族文化自主转型的系统方法。联系当代中国文论研究实际看，我们在寻找重构与建设的路径时，虽不乏提出过"异质利用""综合创造"与"多元互补"等颇为重要的观点，但时至今日当代文论的知识生产为何仍然停留在要么热衷"移植"，要么强调"回归"的对峙状态，其"融合"与"互补"的状态始终未能生成。究其原因，仍在于中国文论的知识生产与创新，还未能真正进入有效交往与对话的过程之中，它客观上妨碍了当代文论的创造性融合。因此，如何以有效的交往与对话，推进当代中国文化知识生产中的"多元互补"是一个带有根本性的问题。

走向交往与对话是 20 世纪人文社会科学研究的重要"范型"，其内涵体现了当代哲学与思想的生产和阐释，从单一、孤立的状态向多元文化交流视域的自觉转向，以恢复一种知识图景生成的动态性和完整性。哈贝马斯的交往理论、伽达默尔的解释学、雅各布森的语言交流图式，以及巴赫金的对话主义等，从不同方面代表了这一当代前沿思想，不仅为文化和社会现代性研究提供了新的方法论基础，也为美学和文学理论的知识生产提供了一种重建式的科学的反思综合。诚如威廉姆·奥斯维特所评价的，交往理论是一种重构型理论，它在恢复和提供人类交往活动能力问题的意义上，也在重建历史唯物主义和西方马克思主义对资本主义物化进行批判的意义上，都是重建性的理论，哈贝马斯的思想与那些越来越重视文化和交往活动的理论汇合到一

---

① 费孝通著、方李莉编：《全球化与文化自觉——费孝通晚年文选》，外语教学与研究出版社 2013 年版，第 126—127 页。

起，交往理论所提供的很可能是一种社会学理论的知识基础。① 结合当代文论的知识生产看，不同形态及完全异质的理论与话语间的交流与对话，是知识的创造性融合得以实现的必要前提，只有置身于人类知识共同体平台上的互动与互渗，才能有效实施"多元互补"，它对具有民族价值根基的本土文论的发展至关重要。英国文艺理论家阿拉斯泰尔·福勒认为，未来文学理论的特征之一是具有更广阔的视野。② 詹姆逊指出，文化研究应该欢迎"混杂"的身份，他提出用一种"协力关系网"来取代单一作者的概念。③ 如上论点表明，在一种开放的视界中进行深度的交往与对话，是当代文论知识生产与创新的必由之路，其目的是旨在建立一种能充分体现文学理论学科属性和特征的、新的知识生产"范型"。作为一种集审美体验与理性判断为一体的理论形态，它超越狭隘的学科限制，以一种融合中西、贯通古今的思维审视人类的审美实践与文艺生产过程。与传统上文学理论所习惯的"宏大叙事"、逻各斯中心主义或者用一种"理论"统摄所有"理论"的做法相比，这无疑是一种历史的进步。当然，能够支撑本土文论真正进入交往与对话机制，在深层交流中生成有效价值的决定因素，仍然是标志中国文论"主体"身份的东西，尤其是自现代以来所形成和创造的、在文论话语中占据核心地位的观念形态。

从哲学的角度看，"文化自觉"实则反映了主体的自觉，这种自觉对当代中国文论的知识创新来说，则意味着在全球化交流语境中能有效确立自己的主体地位，展现和传播自己的话语体系，尤其是能客观显示一种有别于异质文论的独特价值取向与观念形态。概要地看，能体现和代表中国文论这种观念内涵的，应当是与传统文论精神一脉相承，并且在当代社会文化与文学实践的作用与影响下，不断生成与建立起来的、一种趋于成熟中国文论的知识形态，可称之为现代"人文—审美阐释理论"。该理论以"启蒙"和"审美"两大观念为核心，客观体现了中国文论知识形态的现代性生成，并且经历了 20 世纪复杂历史语境下的三次大的转向。具体说，发生于 20 世纪早期以鲁迅"为人生的文学"和蔡元培、宗白华诸大师的美学思想为代表，

---

① ［英］威廉姆·奥斯威特：《哈贝马斯》，沈亚生译，黑龙江人民出版社 1993 年版，第 120—134 页。

② ［英］拉尔夫·科恩主编：《文学理论的未来》，中国社会科学出版社 1993 年版，第 386 页。

③ ［美］詹姆逊：《快感：文化与政治》，中国社会科学出版社 1998 年版，第 6—7 页。

开启了 20 世纪中国文论以"人文—审美"阐释为基石的理论形态的萌芽，这一时期其人文思想表现之深刻，人文价值根基之厚重，以及对人的存在与生命存在的真切关怀，为该理论注入了强大生命力，由此也产生了广泛的世界影响。但是，由于受时代条件的限制，其人文阐释中的启蒙色彩较为突出，审美的自主性诉求相对薄弱；兴起于 20 世纪中叶中国文论的第二次转变，在"文学是人学"的观念支撑和中国美学等一次大讨论思想背景的影响下，以"人文—审美"阐释为核心的文论知识形态，获得了广泛的社会认同和学科意义上的长足发展，其标志是马克思主义文论、苏联艺术审美思想被译介进入中国文论的知识系统。这一时期的中国文论虽然呈现出与异质理论互动及自觉建构文论知识体系的特征，但这种"人文—审美阐释"理论的价值取向，又一度淡化启蒙之职责，表现出强烈的政治化倾向和意识形态色彩。其审美的意识和观念未能内化和落实在具体的理论思考中，故知识形态的生成有明显的时代缺陷；以改革开放为背景的新时期，是 20 世纪中国文论知识形态最为重要的一次转换。随着思想解放运动的深入，西方学术理论与方法大量引进，一时间文学理论的研究视野大开，极大地拓展了文学理论的知识构成空间，丰富了其知识生产的思想与方法来源，标志着当代中国文学理论开始向学科自主性地位的转换。而这一时期中有关主体论文艺学的提出、人文精神的讨论、本体论研究的回归、审美意识形态论的确立、文化诗学的广泛流行、中国古代文论的现代性转换，以及中国文论话语体系的建设、中华美学精神的探讨等等，极大丰富了"人文—审美阐释"理论的知识构成，为其注入了富有时代精神的丰富内涵。但客观来看，由于 20 世纪社会思想的复杂多变，以及中国文论现代理论形态的自主建构起步尚晚，因而，以"人文—审美"为核心的现代中国的文论知识形态还未能达到成熟与完善的程度，尤其是在与民族身份认同相关联的思想根基、价值系统以及对当代文艺实践所产生的解释力、理论和方法的形成等方面，我们仍需要进一步提炼和完善。作为决定文学理论学科基础的思想观念的确立，往往由文化系统内最具价值内涵、且能决定学科发展的哲学思想和审美意识等形态所构成，并从根本上为文学理论"人文—审美阐释"范式的形成提供思想资源。因为哲学是可以跨越学科的规定与界域，并以"追问"及"思"的方式寻找和发现不同领域中的知识对存在的分离，它能站在思想的高度综合提炼最具时代意义的话题。而审美意识的重要，不仅体现在以人自身为最高目的，它包含着深刻的人文内容，透露出善与爱的信息，而且能促使人不懈地向诗意的生存状态努力，从美的角度判断和审视文学艺术，从对文学的反思判断中达到努力完善存在意义的目的。所以说，决定文学理论解释力及内在依据的东西，是其思想生产的水平与能力，以及它所依持的人文与审美两大价值观念不断建构和完善所达到的程度。

全球化时代如何对待和接受异质文化及理论，也是"文化自觉"思想蕴含的一个重要问题。费孝通先生所讲的"美人之美"，就是倡导要看到不同文化的长处，善于尊重和欣赏与自己不同的文化传统。当今世界由于还没有一种思想或意识形态理论，能够明确而圆满地回答人类所面临的各种困境与新的时代问题。因而，不同文化与思想之间需要对话和交流，在相互理解中趋于彼此认同及融合。而"全盘接受、盲目排斥都不是好办法，我们应该用一种理智的、稳健的、不是轻率的、情绪化的心态来'欣赏'它。不论哪种文明，都不是完美无缺的，都有精华与糟粕，所以对涌进来的异文化既要'理解'，又要有所'选择'"①。这无疑为如何接受和借鉴西方文论，提供了一种科学而有效的方法论指导。从 20 世纪中国文论的发展历程看，对异质理论与方法的借鉴十分必要，而我们的不足在于，由于长期处于知识建构的单一、封闭状态，于是，面对各种思想、理论与学说的活跃呈现，乐此不疲地移植各种学术资源，寻求新的方法与话语方式，便成为新时期以来中国文论在知识生产方面所采取的策略。有学者从人类学的本土文化自觉立场出发，对西学东渐以来中国的文学观和文学史观，以及在此基础上建构起来的"中国文学"学科做出批判性反思，质疑其遮蔽、割裂本土文学特性和丰富性的负面作用。作者指出，"西方文学观移植到中国，受到新文化和新文学运动倡导者的一致推崇和喝彩，在当时条件下难以意识到其潜在的巨大负作用。建国以来大学教育中再度照搬前苏联的文艺学学科观念，相当于西化范式的二度移植。这一次同样没有得到任何本土方面的理性筛选、认证过程。就被当作'真理'一般在中国传播普及。两次理论移植照搬的结果，强化了画地为牢。胶柱鼓瑟的西方现代性'文学史'观"②。也有学者指出，

_____

① 费孝通：《"美美与共"和人类文明》，见《费孝通论文化与文化自觉》，群言出版社 2005 年版，第 542 页。

② 叶舒宪：《本土化自觉与"文学"、文学史观反思——西方知识论式对中国本土的创新与误导》，《文学评论》2008 年第 6 期。

跨时空拼凑，以及文学理论知识的历史性与民族性的丧失，是我国文学理论及其教科书的一大弊端，它之所以无法组成一个具有内在联系的知识体系，就在于完全切断了中外古今文学理论的整体性与它得以产生的社会文化语境。它所犯的是知识社会学的大忌：语境抽离。① 值得注意的是，20 世纪以来马克思主义中国化的实践经验，已使国人获得了一种深刻的文化自信与自觉，即西学的中国化是实现真正意义上中国学术原创的基本前提。如果西学达不到相当程度的忠实输入，则无法构成对本土文化有效的智性资源；而将西学研究划地自限，将其视为一个独立的、漂浮的、不接地气、自娱自乐的学科，并不积极推进它的本土化过程，意识不到运用其方法来解决中国语境的问题，也就无法从中吸取充足的学术营养，从而无法达到较大普遍性的学术原创。② 可见，只有从根本上认识和理解了"中国化"的内涵、意义及实质，包括文学理论在内的人文学科的知识创新，才能找到科学而有效的途径。

三、以文化自觉审视本土文论话语的价值效用

对民族文化本体地位、特征及价值的自觉认识，既是"文化自觉"思想的核心所在，也构成包括文学理论在内的中国学术思想和理论创新的基础与条件。文化自觉是一个艰巨的过程，首先要认识自己的文化，理解所接触到的多种文化，才有条件在这个正在形成的多元文化的世界里确立自己的位置，经过自主的适应，和其他文化一起取长补短，共同建立一个有共同认可的基本秩序和一套与各种文化能和平共处、各抒所长、联手发展的条件。而如何才能达到科学地认识自己的文化，费孝通先生的构想包括：一是基本内容方面的，即明白它的来历、形成过程、所具有的特色和它的发展趋向；二是选择态度方面的，即不带任何"文化回归"的意思，不是要"复旧"，同时也不主张"全盘西化"或"全盘他化"；三是认识的意义与目的方面，即为了加强对文化转型的自主能力，取得决定适应新环境、新时代对文化选择

---

① 陶东风主编：《文学理论基本问题》，北京大学出版社 2006 年版，第 17 页。
② 朱国华：《漫长的革命：西学的中国化与中国学术原创的未来》，《天津社会科学》2014 年第 3 期。

的自主地位。① 由此看来，本土文化自主性的确立非常重要，它关乎新的历史条件下文化的发展与创新，其实质则体现为如何对待和认识自己的传统文化。诚如费孝通先生所认为的，文化自觉的核心是重新认识传统，以传统为基础建设新的民族文化，也就是说在中国的传统文化中有哪些可以发展成今天的现代化文化，哪些可以进行现代性的转换。对于当代中国的文化与文学理论的知识创新而言，它无疑指明了较为清晰的目标与任务。

中国传统文化作为民族文化系统的重要遗产，其本体内涵也与文化自主地位息息相关，而如何确立与判别传统文论中有益的东西，使其在当代知识创新中产生现代性转换，这是需要深入思考的。我们的基本观点是，应从价值维度深入发掘传统文论的思想与理论价值，因为价值是文化的深层内核，是思想与观念的提升与凝结，是文化形态中推动文明进步和艺术繁荣的最持久、最深沉的力量。当代文化与文论中新的价值观的培育，既要着眼实际、融合当代思想精华，又要善于从传统文化与文论中汲取养分，实现创造性转化与创新性发展。

众所周知，中国传统文化具有突出的人文性，传统文论也凝结和展现了丰富的人学思想和人文智慧。受这一思想的熏染，中国传统文论话语方式的构成，虽然与艺术技能、文学经验及理论范式有关，但它更多是对人的存在状况与生命境界的建构。如儒家文论倡导的"诗言志"，强调艺术的根据在人的精神和人格，是作者伦理人格的感性体现，艺术的本质为理义与和谐，其功能在成德与教化，始终围绕社会理性与个体感性的统一构建其知识谱系；道家文论以生命的自然境界为核心，注重艺术的体验性生成；魏晋时期的理论创造推崇"神与物游""气韵生动"；唐宋注重"离形得似""境生于象外"和"心性为本"；明以后强调"发乎情性，独抒性灵，不拘格套"及推崇"童心说"与"境界论"等，理论构成的价值取向始终以人的生命活动和精神性存在为中心，展现出一种较自觉的艺术化的生存智慧，是一种地地道道的生存论诗学，包含了对生命的艺术化超越与对理想人格的内在追求，具有极大的开放、包容和创化的机能。总之，有别于西方知识论的文学理论形态，中国传统文论是一种具有独特性质、结构和功能的价值论系统，

---

① 费孝通著、方李莉编：《全球化与文化自觉——费孝通晚年文选》，外语教学与研究出版社 2013 年版，第 83 页。

人文属性与人学智慧是其最为显著的特征。结合当今人类生存面临的诸多困境及艺术文化发展呈现的复杂状态看，文学理论的知识创新应内在地体现其"政治美学"的作用，发挥其"志于道，据于德，依于仁，游于艺"的功能，以达到塑造民族文化心理、构建艺术化生存境界的目的。

事实上，在中国文论知识形态的形成中，传统的哲学、思想及价值与其有特别的亲缘关系，它构成中国传统文论观念和精神的重要文化基因与资源。在对中国传统文论经验与文论资源的吸收和转化的过程中，尤其应注意总结这种关系于文论自主论和本体价值的内容。牟宗三先生指出，中国文化生命之特色是"理性之运用表现"，"而这种运用表现中的'理性'当然是指实践理性，然而却不是抽象地说，而是在生活中具体地说。所以这里所谓理性当该就是人格中的德性，而其运用表现就是此德性之感召，或德性之智慧妙用。……理性之运用表现是生活，是智慧，亦是德性"。① 在这里，它指出的是中国传统文论和美学中最为重要的两大特性：即作为本体内涵的"道"与"诗性"品质。

"道"是中国文化价值理性的总命名。它既统涉于文化结构中无所不包，又渗透于人的日常生活无所不在，大到对社会、天下与政治的影响，小到对人的生活行为准则的作用。儒家文论重视"礼乐""仁义""忠恕""王道"，重视道德伦理教育和个体人格的自我修炼及完善，重视文艺的伦理教化功能和哀怨讽刺作用，这一"教化论"的价值取向，使儒家文论的人文社会性功能更加突出，所谓"诗言志"，"迩之事父，远之事君"，"立德、立功、立言"等，均体现了"载道论"的人文价值取向特征，对当代文论的知识创新而言极富启发性；道家文论主张道是生命与万物的本体，人应超越世俗的生活，与自然合一，回归道的世界，故应虚静其心，摆脱声色名利与礼教人伦的约束，在精神世界中达到逍遥之"游"。刘勰以"自然之道"作为文学本体之论，司空图以"自然之境"品评诗歌，苏轼以"自然之物"比兴审美意境，王国维则喟叹"古今之大文学，无不以自然胜"。凡此种种，表现出道家文论正是通过"致虚静"，提升个体精神人格的自由空间，达到与宇宙、自然之道相融合的人生境界及审美境界。"境界"虽为佛

---

① 郑家栋编：《道德理想主义的重建——牟宗三新儒学论著辑要》，中央广播电视出版社1992年版，第155—156页。

家文论创生，但它是中国文论和美学的理论精髓，包含了"心物一体"与超越提升的内在精神，成为儒、释、道文论追求的共同目标，代表了中国文化与文论的生命力所在。在一个功利主义至上的时代，当代中国文论的知识生产要想有所作为，就必须首先确立一种包含新的价值观念与"道"的本体内涵的新境界。人文学科知识创新的动力与目标即在于对"存在境界"的不懈探索与追求。

诗性品质是中国文论创造性的特征之一，也是最值得珍视与传承的方面。诗性品质源于中国文化所生成的美丽精神，这就是宗白华先生总结的，中国哲学是就"生命本身"体悟"道"的节奏。"道"具象于生活、礼乐制度。道尤表象于"艺"。灿烂的"艺"赋予"道"以形象和生命，"道"给"艺"以深度和灵魂。人类这种最高精神活动，艺术境界与哲理境界，是诞生于一个最自由最充沛的深深的自我。① 这种自我在孔子那里所显示的是一种理想的艺术精神，在庄子那里则是对现实的超越，中国文论重抒情的特质，"发乎情，止乎礼义"的原则，"中和之美"的理想境界以及"神与物游，天人合一"的精神，使得以诗性为核心的价值追求，成为中国传统文论精神与内容的重要组成部分。在诗的文化里发展起来的古代文论充满着诗性智慧，是地地道道的诗学。这种文论把诗的精神、内涵与人的感性生命形态相结合，形成其特有的诗性智慧风貌。与西方知识性、理论化的文论形态相比，中国古代文论所呈现的是动态的感性生命形态，其中最为深刻的东西则是中国哲学的内涵、理念及精神。中国文化之所以不以宗教而以审美为最高目标，正是对既具有理性内容又保持感性形式的诗化哲学气质的肯定，它充满了生命的意识与生成性功能，所以构成当代文化和文论知识创新的最重要的动力性价值。

第二节   价值选择与文学理论的话语生产

从价值选择的角度思考文学理论的话语生产极为重要。自 20 世纪中叶后，人类文化与审美观念的内在转型与变化，深刻影响了人文学科的知识构型与话语生产，尤其是精神领域内价值规范与价值危机现象的大面积滋生，

---

① 宗白华：《美学散步》，上海人民出版社 1998 年版，第 80—81 页。

使人文学科知识生产中的价值选择问题日渐凸显；另一方面，从中外文学理论构成的知识谱系看，价值向度的存在与选择，无疑在文学理论的话语生产中产生过奠基性与主导性的作用。"归根结底，文化是受价值引导的体系。文化满足的不是驱体的需要，而是价值标准的需要。价值标准决定文化实体内人们对理性、情感体验的深刻意义，想象的丰富和信仰的深度的需求。……我们需要根据在一个灵活和动态的社会系统中个人实现的规范，对我们的文化价值标准重新定向。"① 这也正是从价值选择角度思考文学理论话语生产的目的所在。

一、价值选择是文学理论知识生产的深层需要

什么是价值，文学理论的话语生产何以依赖价值选择，这是需要阐释并解答的一个基础性问题。依据马克思"价值这个普遍的概念是从人们对待满足他们需要的外界物的关系中产生的"这一思想，从"需要"与"意义"的角度看，价值是指客体对主体的意义，即客体能够满足主体的一定需要，② 或者说价值是表征并反思人的所有需要与目的的普遍概念。③ 它启示我们，文学理论之所以需要价值选择，根本在于人类生存境遇的变化对人文知识生产所提出的时代要求，以及确立一种有意义的存在的内在需要。

从20世纪90年代至今，文学理论的知识生产受到"全球化"和"后理论"两大语境的制约，进而影响了其话语的内在生成。全球化作为一个复杂的过程与状态，虽然在内容上有实现政治"统一化"、经济"一体化"及文化"同质化"的特征，但就其本质看，却表现为机遇与挑战并存。一方面是交往开放与文化资源共享的日趋扩大，增强了不同文化价值与观念间的相互沟通和理解；另一方面，则是强势文化国家利用其在文化传播上的优势，扩张文化主导地位，形成弱势文化国家的文化主权危机。它对文学理论话语生产形成的影响是，理论的全球性旅行，弱势文化国家追随和移植异质文化观念与话语，造成本土文化价值坐标的位移以及理论话语建设的弱化。

---

① ［美］E. 拉兹洛：《文化与价值》，见冯利、覃光广编译《当代国外文化学研究》，中央民族学院出版社1986年版，第2—15页。

② 张岱年：《论价值的层次》，《中国社会科学》1990年第2期。

③ 张曙光：《论价值与价值观——关于当前中国文明与秩序重建的思考》，《人民论坛·学术前沿》2014年12月上。

客观而论，文化与价值上的全球化及文化霸权思想的输出与传播，必然会受到不同民族文化体的排斥与抵制，由此产生一定的文化冲突与对抗。然而，重要的不在于情绪性的抵抗与防范，而在于如何确定我们应对的态度及价值选择的基点与策略。面对全球化强有力的扩张与影响，顺应人类社会发展的基本潮流，在接受与认同全球化价值取向的前提下，更多地进行适合本民族文化实际的价值选择与建构极为重要。近期以来，中国文论界所进行的对现代西方文论问题的反思性梳理，对中国文论话语体系建构的深入探究，对马克思主义文学理论中国化形态和理论的系统研究，以及对中国文论知识生产与创新问题的深度思考等，均体现出十分重要的理论意义与实践价值。"后理论"作为新世纪人文学科知识生产面临的一个重要语境，伊格尔顿虽称之为"理论的终结"与文化研究黄金时代的消失，但真实意图不是指理论的终结，不是对理论的抵制，也不意味着后理论时代的到来，而是理论的"反思"或"重新思考"，让理论成为行使反思性功能的重要形式；或者是"理论热"的消退，让理论平心静气回归思考与辩析，通过返回经典，深化实践；或者是告别"大理论"，回到"多元理论"与"小理论"等等，它富有建设性地提出了文学理论未来的多元走向，其实质仍然是扩展和延续人文学科的文化担当与使命，让文学理论的"意识形态功能"和"政治批评"的品质，能够更加紧密地与人的提升、文化价值的建构及社会审美意识的培养结合起来，发挥理论应具有的更大的责任与更深刻的文化建设功能。

值得注意的是，由于"全球化"和"后理论"时代呈现出文化相对主义、价值多元及解构传统精神等状况，它客观造成了文化价值生产及选择方面的无序与混乱。如杰姆逊所言，全球化的真正核心是世界文化的标准化：美国的电视、音乐，好莱坞的电影，正在取代世界上的一切东西。现在，这种恐惧确实弥漫在两个范畴之中：一方面，这明显是经济支配和本地文化工业被美国文化工业取代的后果；同时，这种恐惧更深层的方面在于社会，而文化现在被视为唯一的症候。换句话说，这种恐惧是，特定种族—民族的生活方式在这种文化标准化的过程中将遭到破坏。也诚如全球化研究专家罗伯逊所总结的，"我们现在生活在一个全球性危险的社会里，在这个世界里，我们不断地面对多项选择，我们做出选择，却没有坚定的准则和传统价值，没有权威的可资信任的可靠中介。"这无疑是在郑重地告诫人们，价值相对主义及自我主义的随性选择，已造成文化发展的种种窘境与误区，导致当代社会价值的无根与漂浮状态。因此，从当代中国文学理论发展的实际看，强调价值选择与思想生产所具有的优先性极为必要。自 20 世纪 80 年代以来，我们对西方文论的广泛借鉴与吸收大大拓展了研究空间，也同时形成了学科知识生产中过度的移植化与意义危机。有学者指出，跨时空拼凑，以及文学理论知识的历史性与民族性的丧失，是我国文学理论的一大弊端。它之所以无法组成一个具有内在联系的知识体系，就在于完全切断了中外古今文学理论的整体性与它得以产生的社会文化语境。新时期以来，中国文论如此快捷地使用西方文论的种种批评模式，却难于形成自己的话语构型，其症结在于我们的文学理论长期处于"无根"状态，这是由价值选择的缺失所导致。

　　文学理论作为一种人文阐释的学科，在其话语形态的生成与建构中，确立完善而具有明确价值取向的学科思想与观念异常重要。因为它决定文学理论的存在根基与发展方向，构成学科的意义世界，并从根本上为文学理论的知识生产与阐释提供思想资源。依照英国的伯明翰学派代表人物斯图尔特·霍尔的理解，话语途径或话语方法是构成主义的，它"感兴趣的是各个不同的历史时期中生产有意义的陈述和合规范的话语的各种规则和实践"①。这就是说，从话语生成的角度看，事物本身并没有意义，是话语的选择及命名建构和赋予了事物特定的价值与意义，因为任何事物都是植根于特定的语境和历史之中，包含了许多实践性和意指性的因素。在《话语的秩序》和《知识考古学》中，福柯同样把"话语"定义为以"陈述"或"已言说的事物"为参照系，而陈述作为一种非常特殊的事物，它维系于某一特定的历史语境，同时又具有重复能力。福柯所说的话语生成，其主旨在于确认任何陈述都是一种"话语构成体"，它定义世界和形塑现实，知识和意义都是在话语中被生产、建构出来的。人文学科的话语构型，更多的是意识形态与真理的生产，按照福柯的理解，"真理是指一整套有关话语的生产、规律、分布、流通和作用的有规则的程序"②。真理作为一种规范的知识话语，产生于一定的社会历史语境中，恪守权力制度特定的规范，承载着种种权力形式的需求，从而在话语构型与生产过程中发挥着范导与核心的作用。作为人

---

① ［英］斯图尔特·霍尔：《表征——文化表象与意指实践》，徐亮、陆兴华译，商务印书馆 2003 年版，第 44 页。

② ［法］米歇尔·福柯：《米歇尔·福柯访谈录》，见杜小真编选《福柯集》，上海远东出版社 1998 年版，第 436 页。

文学科属性的文学理论，其话语生产与意识形态和真理的关系非常密切，从它所关注的对象为存在的状况与其所体现的信仰、价值和范畴看，话语就是言语或书写，"它们构成了看待世界的一种方式，构成了对经验的组织或再现，构成了用以再现经验及其变化语境的语码。毋宁说，话语构成了一种意识形态，把这些信仰、价值和范畴或看待世界的特定方式强加给话语的参与者，而不给他们有其他选择。话语是意义、符号和修辞的一个网络，与意识形态一样，话语致力于使现状合法化"①。

二、价值选择中的话语生成及意义奠基

从中外文论知识谱系的构成看，价值选择在文学理论的话语生成中产生过奠基与主导性的作用，这就是福柯所讲的，"真理无疑也是一种权力"②，真理话语的形成体现了知识生产的目的与价值。真理作为一种规范性的知识话语，其规范性贯穿在知识话语运作的全过程，体现在其中的每一个环节之中，其目的在于使话语具有公理与常理的性质，从而逐渐成为一种经典与权威的话语。人文学科话语生产中的价值选择，正是以真理性话语——即观念或思想的生产为标志，以至逐渐建构知识话语系统的内在规则与权威性，中外文学理论知识话语的生产大抵如此。有学者指出："话语之为话语的本质，不仅在于其话语的外壳，更在于其有一定的意义背景和价值基础。离开了这个背景和基础，话语就死了，传统就变成与人的生命和艺术无关的故纸堆。……因此，重新找到我们民族语言特有的意义生成方式，将成为传统话语研究的一项重要任务。这里所谓的精神，不是指固定的价值信仰体系，而是指生生不息的意义创构活动。从这种观点来看，一切概念、范畴和术语都是特定学术话语体系的外在形态，而其言说方式、意义生成方式才是它的根本。"③

以中国传统文论话语构成规则为例，在数千年的历史发展中，它积累了一整套独特的概念、范畴，民族的思维特点和理论形态集中体现在这些范畴及体系之中。如传统文论中的道、气、中和、阴阳、虚静、象、言、意、形

---

① 赵一凡等主编：《西方文论关键词》，外语教学与研究出版社 2006 年版，第 226 页。

② ［法］米歇尔·福柯：《权力的阐释》，见《权力的眼睛：福柯访谈录》，亚锋译，上海人民出版社 1997 年版，第 32 页。

③ 曹顺庆：《中国古代文论话语》，巴蜀书社 2001 年版，第 396 页。

神、性情、文质、通变、自然、才性、境界等范畴，它们既是传统书画、音乐、舞蹈等所要追寻的终极价值目标，有的甚至还是中医、气功基础理论之出发点和最高境界的奥妙之所在。① 传统文论概念、范畴的创造虽然广泛多样，形成了内涵丰富的范畴群，但其生产的规律性却是颇为明显的。从发生学的角度看，传统文论概念范畴的产生与中国古代文化、哲学有着非常密切的血缘关系，它们中的绝大多数都是从中国古代文化、哲学概念、范畴中导引出来的，早期中国文化与哲学的人文价值取向对这些概念、范畴的产生、形成提供了坚实基础和土壤，"这是因为在传统文学理论批评发轫时期，先秦诸子的文艺思想与文艺批评方法与他们的文化、哲学思想及其方法论原则是浑然一体的，影响所及，自然形成了传统文论及其范畴与传统文化、哲学及其范畴相互渗透，互相交融的特点。"② 再从本体论的角度看，有学者在分析中国古代文论范畴体系的本质时认为，国内对范畴规律的探讨大体上不外以下四种：以"和谐"为逻辑起点，认为它是"元范畴""总范畴"；以"意境"为逻辑起点，认为只有它才体现中国艺术本质，故应居"中心范畴"地位；以"味"为基础范畴，理由是"味"为联系审美主体与审美客体的重要纽带，理应作为构建中国古代美学体系的核心范畴，它既作为"中国古代美学的逻辑起点，又是它的归宿或落脚点"；以"道"为逻辑起点与元范畴，原因在于中国美学以"道"为源，求"道"，表现"道"而又归于"道"。③ 在我们看来，将"道"范畴作为古代文论或美学范畴体系的逻辑起点，较为符合中国古代文论知识生产的实际，因为"道"是中国传统文论话语创造的元范畴与最高境界。这不仅由于"道"范畴在义理上的抽象性、统摄性及衍生性，也在于"道"范畴所体现的价值观念、思维特征以及对中国传统文论诸多范畴产生的深刻影响。

"道"作为中国文化价值理性的总命名，给古代中国社会与人的生存提供了超越性的根据及价值意义的根基。"原道"观念是传统中国一切学术思

---

① 党圣元：《在传统与现代之间——古代文论的现代遭际》，山东教育出版社 2009 年版，第 158—159 页。

② 党圣元：《在传统与现代之间——古代文论的现代遭际》，山东教育出版社 2009 年版，第 158—159 页。

③ 党圣元：《在传统与现代之间——古代文论的现代遭际》，山东教育出版社 2009 年版，第 184 页。

想之圭臬，体现为以叩问深究"天人之际""性与天命"为研究目标，传统文论和美学在这一点上也毫不例外。如作为传统文伦正统的儒家文论高度重视"礼乐""仁义""忠恕""王道"，重视道德伦理教育和个体人格的自我修炼及完善，重视文艺的伦理教化功能，教化说、美刺说、诗可以怨、诗言志、发乎情、止乎礼义等，诸观念和观点之所以能够占据传统文论的显赫位置，与儒家文论推崇人道或仁道不无关系；道家文论在人生哲学方面所主张的虚静其心，摆脱声色名利、礼教人伦的世俗束缚，崇尚精神世界的逍遥之游，以及文论观念上依据的"自然而然""得意而忘言""法天归真"等，极大地发展了传统文论知识系统中的审美价值话语，诸如与人的生命活动相关联的"气""神""象""意""境""通变""神思""虚静"等。由此可见，"道"作为中国传统文论的元范畴，代表了中国传统思想的核心价值取向，其衍生性与辐射力既依据于天—地—人的系统结构，又包含了气—人—文或物—心—文等不同生成模式，体现出由源到流、由体到用、由实到虚等丰富内涵。方东美在《中国形上学中宇宙与个人》一文中指出："职是之故，中国哲学上一切思想观念，无不以此类通贯的整体为其基本核心……当其观照万物也，无不自其丰富性与充实性之全貌着眼，故能统之有宗，会之有元，而不落于抽象与空疏。宇宙万象，赜然纷呈，然克就吾人体验所得，发现处处皆有机体统一之迹象可寻，诸如本体之统一，存在之统一，生命之统一，乃至价值之统一……等等。进而言之，此类披纷杂陈之统一体系，抑又感应交织，重重无尽，如光之相网，如水之浸润，相与洽而俱化，形成一在本质上彼是相因，交融互摄，旁通统贯之广大和谐系统。"① 依此来看，古代文论之所以能形成旁通统贯之广大和谐系统，皆在于本体、存在、生命、乃至价值之统一。这价值正是包融着人的生命形态的"道"的精神与境界。"中国人通过艺术体味人生，成就至高的哲学智慧，艺术精神和审美态度成为哲学精神的重要组成部分。中国文化的这一特点，决定了哲学之生命精神必然会延伸到艺术，甚至在艺术之中才能充分体现这种精神。"② 中国古代文论与美学范畴的生产，充分体现了中国文化创造的内在特点与

---

① 蒋国保、周亚洲编：《生命理想与文化类型——方东美新儒学论著揖要》，中国广播电视出版社1992年版，第190—191页。

② 朱良志：《中国艺术的生命精神》，安徽教育出版社2006年版，第5页。

规律。

西方文论与哲学的内在联系由来已久，它不仅存在于从古希腊到德国古典美学这一悠久的文化传统中，也存在于现代哲学与文化的深刻变革之中，从而成为西方文论在不同时期话语创造依赖的基本价值取向。亚里士多德曾讲过："写诗这种活动比历史更富于哲学意味。"因为诗道出了"有普遍的事"。黑格尔指出："艺术作品所处的地位是介于直接的感性事物与观念性的思想之间。"因此，艺术不仅不是空洞的显现（外形），而且比起日常现实世界反而是更高的实在，更真实的客观存在。① 在海德格尔看来，艺术从根本上说就是揭示真理，是一种对此在的昭示和创建。雅斯贝尔斯更加明确地提出了形而上学的命题。他认为，艺术本身就是一种"哲学研究"，真理的探索最初是由艺术和宗教的原始直观而实现的，这种直观构成了一种独特的"真理语言"。如上论述说明，文学与哲学的关系表现为美和真两种价值要素间的相互依存与渗透，而作为更具形而上品质的文学理论活动，同样需要哲学观念与方法的指导，以透过扑朔迷离的文艺现象达到对某种深邃的东西的探询与把握。作为传统人文价值思想的体现，西方哲学中的理性主义对古典文论观念与话语的创造，产生过重要的奠基性与规导性作用。

美国哲学家提吉拉在论及现代西方美学的发展时指出，较之于传统美学，现代美学有三个明显的转向，转向艺术，转向人的独创性，转向人类境况。② 毫无疑问，这个概括深刻揭示了现代西方文论知识生产的内在规律，尤其是转向人类境况的观点，深刻显示了 20 世纪西方文论以存在为核心的基本价值取向。正是由于对人类普遍生存境况的高度关怀与自觉，对社会现实问题的重视与关切，才形成了以人的生存状况的思考为基点，自觉建构富有时代特征的思想观念与理论形态。如代表人本主义哲学的非理性主义文论、以马克思主义为基础的社会—文化批评理论、现象学—存在主义文论、实证—分析与形式主义文论、后现代主义文论、文化研究与批评理论等，无不显示出以人的存在的思考为理论构成的基本价值取向。伊格尔顿曾指出，现代文学理论的历史乃是我们时代的政治和意识形态历史的一部分。从雪莱

① 刘小枫主编：《人类困境中的审美精神——诗人、哲人论美文选》，东方出版中心 1996 年版，第670 页。

② 李普曼编：《当代美学》，光明日报出版社 1986 年版，第 51—57 页。

到诺曼·霍兰德，文学理论一直就与种种政治信念和意识形态价值标准密不可分。的确，与其说文学理论本身就有权作为理智探究的一个对象，还不如说它是有以观察我们时代的历史的一个特殊角度。因为，与人的意义、价值、语言、感情和经验有关的任何一种理论都必然会涉及种种更深广的信念，那些与个体和社会的本质、权力和性的种种问题、对于过去历史的种种解释、对于现在的种种理解和对于未来的种种瞻望有关的信念……而纯文学理论只是一种学术神话。①

三、文学理论话语生产的价值选择路径

就当代中国文论的话语建设言，其价值选择的内涵是什么，如何进行价值选择，这是一个需要深入思考并科学解决的重要问题。从学理维度看，文学理论作为一种人文性理论阐释的学科，其知识形态的构成，虽然包含思想观念、学科理论及批评范式多元向度，但从本质看，作为精神文化领域中的一个子系统，哲学观念与审美意识的生产构成文学理论的存在根基，并为理论与批评活动的展开提供思想资源。在人类知识领域内，决定一切种类的价值判断的东西仍是哲学的观念与意识，只有哲学在根本上可跨越学科的知识领域，以发现和弥补各学科的知识形态对存在的分离。哲学是一种意义的幽灵，它总是追寻方向和境界，并通过对知、行过程的普遍规范，不断引导人类的知识生产走向真、善、美的统一。由此看来，文学理论作为一种以人文阐释为特征的知识形态，其价值选择的内涵在于守持人文学科的基本职能，适应时代变革与文学艺术发展的需要，在真理探寻与意义建构方面不断走向更高的境界。由于文学理论所直面的对象是一种独特的社会文化形态，它蕴涵着人们独特的精神追求与意义探索，这种独特性就为文学理论话语生成，提供了极为丰富的意义空间。作为阐释的文学理论绝不只是一种对事物客观性的自然还原与描述，而是要参与到价值与意义的建构之中。中国传统的文学理论原本是以"人生论""境界论"哲学为基础发展起来的，它更强调理论与批评对人生价值的积极建构作用。

文学理论审美价值取向的确立，是由它的研究对象文学的特殊审美属性

---

① ［英］特雷·伊格尔顿：《二十世纪西方文学理论》，伍晓明译，北京大学出版社 2007 年版，第196—197 页。

决定的。从实践的角度看，审美意识渗透于艺术与人的生活的多个方面，与其他价值相比，审美价值突出表现为是一种以人自身为目的，以人的和谐而全面地发展为理想，以立足人的本身的自由生命创造为旨归的价值形态。人类审美实践与人类的任何活动一样，均根源于人的需要，根源于人类对自身生命活动的自觉追求。正像人类的历史不断趋向文明史一样，人类的文化及艺术创造必然趋向美的领域。人类审美史的发展表明，审美实践及其价值生产，是对人类整体文化与精神结构发展的有效补充，它符合人类生活与人的存在的某种本质的必要性，人类产生审美价值选择的根本动机，也是为了最大程度地满足人的精神发展需要，是人类力图超越自然生命，追求精神发展而产生的有效性手段。它对人类最深刻的意义，表现在能内在地促进个体人格的完善，并使其精神和行为不断地从日常功利性、工具性的限定与束缚中解放出来，升华到一种更高的人生境界。由此来看，文学理论知识生产中的审美价值选择，是指从美的规律生产的角度对艺术与人生的理解与透视，它不仅包含着深刻的人文内容，透露出善与爱的信息，教人不懈地向诗意的生存状态努力，从美的角度建设自身的生活，努力完善存在的意义。而且，它还特别注重以审美价值为尺度，积极建构完整的艺术观念与意识，从根本上解决艺术生产的价值取向，促使艺术生产者的趣味追求、人格取向及情感态度趋向美的境界，以发挥审美价值对理论生产的引导作用。

　　如何认识并重构当代中国文论的知识形态，近年来文论界虽然提出过"综合创造"与"多元融合"等多种解决方案，并在一定程度上抓住了中国文论建设的关键所在。然而，从新时期以来中国文论过度移植化，理论脱离批评及文学创作的实际看，优先解决知识生产中带有方向性的价值选择问题，似乎更具针对性且符合当代中国文论的发展规律，据此，我们提出中国文论话语建设在价值取向方面的基本思路是：在立足现实，回归文本的基础上，进行多元思想的深度综合。

　　从学理上说，文学理论知识构型中任何思想观念或话语的提出与生成，均依赖于特定的社会情境与时代条件，依赖于与人的生存相关的文化场域与语境。只有保持研究场域的开放性，不断提出并回答文学现实情境中生成的问题，而不是固守一成不变的思想与经验，设定某种永恒的命题，才能激活文学理论的话语创造。20世纪的西方文论之所以被称为"批评的世纪"，并且能够呈现出如此丰富的知识图景，从根本上源于其观念生产对文学现实情境的关注与介入。它从不预设一种永恒不变的学科真理，反对建立一种普遍的学科知识的话语，强调理论观念的生产永远处在移动与变化的过程之中，通过面向与关注人的存在与社会文化的发展状况，从而提出时代发展中与文学经验相关的重要问题。如西方马克思主义批评话语的形成，除了"政治的""意识形态批评"等因素外，关键还在于它能立足现实对时代问题作出深刻的把握。像卢卡契对资本主义社会的"物化"现实的忧虑和批判，阿多诺批判文化工业、坚持艺术与美学的救赎功能，马尔库塞对单向度社会的批判和致力于审美"新感性"的建立，伊格尔顿对文学的意识形态生产性的强调以及所提出的"政治批评"的实践原则，詹姆逊在后现代文化转向视域下研究后现代文化现实的理论与方法等。诚如塞尔登所总结的，"马克思主义的批评将会永远发现自己概念的历史渊源，永远不会让概念僵化，对现实的压力无动于衷。我们永远不能超越主体在时间中的存在，但我们能够打碎我们观念的硬壳，进入对现实本身一个更加生动的领会之中"①。这正是文学理论的话语生产应立足现实的内在依据。

　　文学文本是文学理论话语生成的原点与基础，它以语言的方式凝结人类的存在境况，与其他文化文本相比呈现出无比广阔的阐释性内涵。阐释学作为"与文本相关联的理解过程的理论"，它在艺术经验领域的展开，并不是其哲学方法在艺术领域中的简单应用，而是以整个人类经验世界为对象的阐释学的必然指涉论域，它所关切的是人类生存意义的价值指归及人类心灵世界的真实存在方式。因而，阐释这一概念的直接指向是，文本结构中生存主体的心灵精神在历史的无限进程和现时生存中的形象化呈现。迄今为止，在文学研究领域内，具有典范意义的理论成果，大多是通过对文本分析所获得的，尤其是对人类文学中早期经典文本的分析。如20世纪初英国"剑桥学派"对西方文学源头神话文本的分析，加拿大批评家弗莱对古希腊神话和不同历史时期文学形态的分析，美国批评家维里克对叶芝、艾略特、劳伦斯和乔伊斯作品的解读，詹姆逊对所谓"后现代主义文化"和艺术文本的分析等；还有20世纪早期，以周作人、茅盾等为代表用文化阐释的方法对中国古神话文本的研究，30年代后闻一多、郑振铎、郭沫若等一批文学史家，用人类学阐释的方法对中国古典文学文本的解读与分析，均显示出对回归文

---

① 王岳川、尚水主编：《后现代主义文化与美学》，北京大学出版社1992年版，第53页。

本的高度重视。20 世纪西方文论批评"范式"创造的特征之一，就是以"文本"为中心提炼与生成一系列"话语"范畴。如作为对作品本体论理解的文学性、陌生化的概念，作为对作者理解的非个人化、反意图论、作者之死等概念，作为对文学语言理解的隐喻、含混、反讽、张力等概念，作为对文学史观念理解的"审美规范与文学史"、透视主义与文学史、互文性等大量概念的提出，充分说明回归文本不只是一个形式审美的问题，也不只是关联文学作品的语言、材料、结构等因素，甚至关联符号学、语言学的内容。更重要的还在于，文本是一个具有丰富文化属性的审美空间，它构成了文学的特性与秘密所在，是文学理论话语生产依赖的基础与根据。

多元思想的深度综合，作为文学理论话语生产的核心价值取向，不仅由文学现象的复杂性与多样性所决定，也源于当代社会与人文学科生存语境发生的深刻变化。所谓多元思想的深度综合，既指思维形态与方法论层面的广泛吸收与借鉴，也包含理论形态与思想向度方面的深入融合与会通。博采不同民族文论有益的价值资源与成分，在一种新的理论基点上进行创造性构建，是文学理论话语生产走向成熟的必要环节。只有解决文学理论在价值取向方面的主导性认同，才能找到文学理论知识生产的正确途径。结合中国文论现代以来的发展经验看，在广泛借鉴与吸收西方文论丰富的价值资源，确立以马克思主义为主导价值取向的基础上，重建具有中国精神与中国价值根基的话语形态，是文学理论价值选择的重心所在，它既包括与民族身份认同相关联的民族思想根基与价值系统的构建（这是形成中国文论话语系统的前提和基础）；也包括中国文论知识形态自主性与完整性的确立，其中不仅需要中国传统文论的现代转换，更需要中国文论的现代性生成与建设。

在对民族思想根基与当代价值重构的探讨中，有学者认为，立足于"发现东方"是中国学者的使命。"发现东方"就是发现中国文化中有生命血脉的东西，使其变成我们民族活生生的精神。任何一个民族接受异质文化都奉行文化"拿来"主义，只有自觉的文明形态才会在拿来的同时考虑文化输出问题——知识型输出、文化性输出、当代性输出。全球化语境中当代中国的文化传播和输出有三个重要维度；总结中国几千年的文明以及文化精神遗产；更新观念对当代性文化正负面效应加以批评总结；清理当代文化大师的理论与实践。将这些思想成果整合成新的文化成果和艺术形式，输出中国现代思想家的思想，从而使世界真正在价值对等的平台上，深度理解和阐释中

国文化与思想含蕴。[①] 这无疑也是当代中国文论话语生产需坚持的价值选
择。事实上，中国文论知识形态的创构与完善，也是一个不断传承传统文化
与思想价值的内在过程，它更多保留的是中国文化有生命力的内核和精神，
吸收的是传统价值中最富生产性文化智慧及基因。中国是一个最富有审美精
神和诗学传统的国度，以诗性为核心的中国文化精神是中国文论话语创造的
重要组成部分。中国传统文论把诗性精神与人的感性生命形态相结合，形成
独特的诗性智慧风貌，使中国传统文论呈现出诗性精神与诗性文化价值。随
着时间的推移，人们会越来越多地把传统美学与文论视作一种珍贵的、可以
被激活的思想及精神遗产，在面向新的文学精神与审美价值的生成中，它们
无疑是一种重要的价值力量，带有思想创造的根本性与方向性，值得深入地
开掘、发现和传承。

第三节 思想生产与文学理论的知识创新

在对新世纪文学理论知识创新的思考中，从思想生产的维度探讨这一命
题的相关内容极为重要。其原因在于：一方面，作为人文学科的文学理论，
在其观念建构与学科知识的形成中，思想生产无疑具有奠基与导引的核心作
用；另一方面，现代以来尤其是新时期后，中国文论在思想生产方面的滞后
与贫乏，亦不同程度地造成知识生产与创新的困顿。因而，有必要从学理层
面对这一命题做进一步的辨析与探讨。

一、思想生产是文学理论作为阐释学科的基本规定

什么是思想的生产，文学理论何以具有思想生产的特性，这需从理论的
含义及文学理论的现代特质与学科属性等方面予以阐明。在《文学理论》
一书中，卡勒对理论的基本理解是：理论表示思考、猜测，理论是一种判
断。理论的种类包括人类学、艺术学、电影研究、语言学、哲学、政治理
论、心理分析、科学研究、社会和思想史以及社会学等各方面的著作。理论

---

① 王岳川：《发现东方——西方中心主义走向终结和中国形象的文化重建》，北京图书馆出版社
2003 年版，第 17—48 页。

既批评常识，又探讨可供选择的概念。① 尤其是作者对理论的四点系统性阐述，极为深刻地表明了理论具有跨界性质：它能吸收不同的价值资源，从而形成独特的学科话语；理论具有思想阐释与表达的功能，其诠释与生产的丰富性可伸展于广泛的文化视域与空间；理论具有了解对象价值意向的热情并超越于现行状态及其规定；理论具有反思性意识，其终极目标在于对意义创造的守护与践行等等。② 诸种特征及规定，毫无例外地构成文学理论所具备的基本内容。

卡勒颇具针对性地指出，文学研究的理论并不是关于文学性质的解释，也不是解释研究文学的方法。理论是由思想和作品汇集而成的一个整体，它既不是评价文学作品的相对短长，不是思想史，不是伦理哲学，也不是关于社会的预言，而是所有这些融为一体形成一种新的类型。它已经专指那些对表面看来属于其他领域的思考提出挑战的作品，并为别人在解释意义、本质、文化、精神的作用、公众经验与个人经验的关系，以及大的历史力量与个人经验的关系时提供借鉴。③ 可见，在卡勒对理论及文学理论的理解中，思想生产与意义阐释占有极为重要的基础地位。在文学理论的观念构成中，"思想与作品汇聚成整体"的说法是一种本源性理解，它说明思想的生产具有某种奠基性作用。而这种理解在韦勒克、沃伦的《文学理论》中也得到某种程度的说明。按照两位批评家的看法，"文学与思想的关系可以用完全不同的方式来表述。通常人们把文学看作是一种哲学的形式，一种包裹在形式中的'思想'；虽然今天大多数学者已经厌倦了这种过分地思索和推理，但是把文学作品当作哲学论文来处理的议论仍旧存在着"④。

值得注意的是，文学发展中思想的存在是毫无疑问的，文学史是关于人类精神与思想的形象化记载。伟大作品的产生与传承，除了需要艺术与审美的要素外，最具决定性作用的，是艺术结构中所隐含的思想生产的意向、深度与内在影响。所谓"巨大的思想深度、意识到的历史内容与莎士比亚情节的生动性与丰富性的完美结合"，既是马克思对伟大作品何以产生的最好

---

① 〔美〕乔纳森·卡勒：《文学理论》，李平译，译林出版社 2013 年版，第 2—5 页。

② 〔美〕乔纳森·卡勒：《文学理论》，李平译，译林出版社 2013 年版，第 16 页。

③ 〔美〕乔纳森·卡勒：《文学理论》，李平译，译林出版社 2013 年版，第 3—4 页。

④ 〔美〕勒内·韦勒克、奥斯汀·沃伦：《文学理论》，刘象愚、刑培明等译，文化艺术出版社 2010 年版，第 116 页。

诠释，也表明了在文学效果形成的"合力"结构中，思想生产所具有的基础地位与主导作用。显然，只有当这些思想与文学作品的肌理真正交织在一起，成为其组织的"基本要素"，质言之，只有当这些思想不再是通常意义和概念上的思想，而成为象征甚至神话时，才会出现文学作品中的思想问题。① 思想在文学中的存在会使文学进入一个更高的层次与境界，甚至增强艺术家认识存在的范围和深度。同样，在批评家的实践中，如果无视作品价值取向的存在，甚至脱离思想生产的作用，其理论与批评将会苍白无力，甚则丧失生产与阐释的方向，这是应该引以为戒的。

在对文学理论现代特质的探讨中，思想性的存在及其生产得到了越来越广泛的认同。20 世纪西方文学理论之所以被称作"批评的世纪"，从某种程度看，是由其独特的思想生产与在文学实践中的主导地位所决定的。无论是人文主义抑或是科学主义的种种思潮，作为重要的思想元素，在任何一种批评方法的形成中均产生了奠基性与规导性的作用。在《二十世纪西方文学理论》中，伊格尔顿所讲的"现代文学理论的历史乃是我们时代的政治和意识形态的历史的一部分。文学理论一直就与种种政治信念和意识形态的价值标准密不可分。"② 这是对现代文学理论鲜明的思想生产特质的深刻揭示。伊格尔顿在该书结论中所提出的政治批评，已超越了社会组织构架与制度之类的狭义政治，它所关注的是更为宏大的文化层面的问题，包括种种人文思想取向在文学批评或文化批评中的生成与建构。英国学者拉曼·塞尔登等，通过对 1985 年到 2005 年之间"当代文学理论"领域所发生的转向与变化的分析，明确揭示了西方文论的内在境况。即单数的、大写的"理论"迅速地发展成小写的、众多的"理论"，"理论转向时期"孵化出大量的、思想生产与文学理论的知识创新多样的实践部落，或者说理论化的实践，它们对自己的课题有清醒的自我意识，同时又代表了至少在文化领域中政治行动的激进形式。那些集中讨论性别和性的激进理论和实践以及那些试图解构欧洲中心主义和种族中心主义的人尤其如此。"文化理论"成了整个领域中学术

① ［美］勒内·韦勒克、奥斯汀·沃伦：《文学理论》，刘象愚、邢培明等译，文化艺术出版社 2010 年版，第 131—132 页。

② ［英］特雷·伊格尔顿：《二十世纪西方文学理论》，伍晓明译，北京大学出版社 2007 年版，第 196 页。

研究的一个笼罩一切的术语。①

　　以上分析表明，当代文学理论已经成为当代社会激进文化政治的一部分，无论是何种批评与理论，都代表了一种意识形态的取向与立场，当代社会丰富多元的思想形态，更多地以介入和干预社会公共文化实践的姿态，以观念生产的丰富性与现实取向，体现在文学理论与批评的知识构型及其生产之中，构成当代文学理论知识创新的显著特征。

　　新千年开启的"后理论"时代，似乎有一种预告更像是在重定方向，拉曼·塞尔登等在"结论：后理论"一章中深入分析了这一时期的特征，诚如书中所揭示的，人们或者已注意到理论遭到的谴责是，它好像总是缺失了某种东西，那个（更真实、更富活力、更有本质意义）的某种东西存在于过去。也许该是在文学中重新奠定文学性根基的时候了，如乔纳森·卡勒说，理论是"对常识观念充满战斗气息的批判"，它"提供的不是一套解决方案，而是进一步思索的前景"；大卫·凯洛尔说，理论遭遇的是"未经验的主流批评策略［……］传统问题中固有的矛盾和复杂性"，它寻求"提出不同的问题或者用不同方式提问"。迈克尔·佩思（Michael Payne）说，"理论讲的是我们如何以自我反身的方式来看待事物"；特里·伊格尔顿说的也差不多："倘若理论意味着对我们那些指导性假设的一种合理的体系性的思考，它就将永远是不可缺失的。"在这个意义上，理论是要存在下去的，正如卡勒说的，理论是"无尽的"。②诸多理论家的分析已十分清晰地表明，进入后理论时代文学理论的知识生产呈现出极为复杂的新境况，而"理论的终结"与"理论死亡"的预言，则有悖于人类精神演进与变化的客观实际，这是一种人文思想与价值信仰的潜在危机，与理论作为"思"的面向与天职格格不入。所谓"后理论"问题的开启与提出，其实预示着一种更为艰巨的人文境遇，面对社会文化与人的存在的严峻挑战与复杂多变，这就要求文化与文学的生产能够在一种更宏伟、更负责的层面上，重新担当起历史重任，以思想的创造推动人类文化建设，为文学理论的知识创新注入新的动力。

---

　　①　［英］拉曼·塞尔登等：《当代文学理论导读》，刘象愚译，北京大学出版社2006年版，第8—10页。

　　②　［英］拉曼·塞尔登等：《当代文学理论导读》，刘象愚译，北京大学出版社2006年版，第328页。

另外，从人文性层面理解文学理论的思想生产，符合其作为人文科学属性的学科定位。众所周知，人文科学的特征之一恰恰在于对人的精神、心灵、信仰、情感及人的存在状态的重视与关注，它是心灵与精神的科学，更注重探究与人相关的本体论及形而上命题，注重思考与人的存在相关的深层次问题，并把人文性阐释与情感体验的结合作为观察现象的重要方法，哲学、教育及文学艺术等，均为人文科学最重要的形态与领域。而文学理论作为人文科学的类型之一，其知识生产的基本特征便是"诗"与"思"的结合。这种学科的内在规定，一方面强调通过哲学"思"的作用，达到"思想"的水平和深度；而另一方面，则通过坚持艺术与审美的法则，使理论的生产获得"诗"的效果与境界。这不仅是人文科学知识创造的特征，也是文学理论思想生产所依据的价值尺度与取向。

文学理论知识生产与思想的联系由来已久，它主要通过哲学观念的创造，支撑或引领文学理论知识生产的变化。如西方文论的发展，不仅有从古希腊到德国古典美学这一悠久传统中，以对"理性"智慧的认知与探索，追寻写诗活动中比历史更富于哲学意味的东西，追寻文学中更具普遍性的存在；也有现代形态下因多元思想的存在及其张力，所催生和激发出的丰富多样的批评方法与流派。有研究者指出，当代西方文论最重要的特征是出现了两个转向：一是"非理性转向"，二是"语言论转向"。作为 20 世纪西方最显著的哲学思潮，它影响了当代西方文论的知识建构。[①] 如克罗齐、柏格森、弗洛伊德、荣格，甚至像海德格尔、伽达默尔、姚斯等，其文论中代表性观点的提出，都程度不同地受"非理性转向"这一现代人本主义哲学思潮的影响。而从俄国形式主义、布拉格学派、语义学和新批评派，到结构主义、符号学，直到解构主义，其不同理论主张与见解的提出，或多或少地受到"语言论转向"这一现代哲学思潮的影响，表明文学理论对哲学作为思想生产的高地这一理念的高度依赖。文学理论何以必然依赖哲学的力量，其答案是十分明确的，文学与哲学的关系表现为美和真两种价值要素间的相互依存与渗透，而作为更具形而上品质的文学理论活动，不仅需要思想观念的规导与建基，也需要哲学思维与思想方法的指导，只有这样，才能透过扑朔

---

① 关于对当代西方文学理论总体特点的理解，请参阅朱立元《当代西方文学理论》，华东师范大学出版社 1997 年版，第 2—9 页。

迷离的文艺现象达到对某种深邃的东西的探询与把握，这正是文学理论学科品质的深刻体现，它表达了一种诗性的智慧及独特的真理观。

二、思想生产对文学理论知识创新的影响

在人类文化的生产与创造中，思想生产作为一种重要内容无疑具有基础性的地位，因为它代表着文化发展的方向，决定其生产与创造所能达到的程度。文学理论作为人类文化生产的一个方面，理应坚持文化创造的精神与原则，坚持价值和思想生产的高度自觉，努力推动文学理论的知识创新，以解决那些最为内在，最为根本的问题。这正如康德所强调的，作为思想的形而上学是不能放弃的，"人类精神一劳永逸地放弃形而上学研究，这是一种因噎废食的办法，这种办法是不能采取的。世界上无论什么时候都要形而上学；不仅如此，每人，尤其是每个善于思考的人，都要形而上学，而且由于缺少一个公认的标准，每个人都要随心所欲地塑造自己类型的形而上学"①。而海德格尔的理解则更具根本性、更为深刻，他试图把思想（thought）以一种初步的方式推进到以"基础本体论"为标榜的"是"的真理中去。他要返回到根本的基地中，让关于"是"的真理的思想涌现出来，这启动了另一种方式的追问。在此，思想已经远离了（甚至康德的）形而上学的"本体论"，它确立了"本体论"的现代性转向，赋予现代"本体论"更为坚实的基础，其中既有形而上的"真理"性的构成，又贴近与存在息息相关的"思想"。

在海德格尔看来，本体论的建基与实现，固然要依赖人类对真理的持之以恒的追求，依赖对存在之真谛的追求，依赖哲学学科特有的"思"的力量，然而，艺术活动作为人类独特的诗性智慧，在这一目标的实现过程中也承担了极为重要的作用，因为诗之活动面向存在的本源，是"真理"的本真性呈现，它构成创造性活动与思想生产的内在力量。海氏的理解颇耐人寻味，它揭示了文学理论作为诗性阐释活动，其思想的生产所具有的不可取代的重要功能与作用，其"基础本体论"与"真理观"的提出，构成思想生产与文学理论创新的基本学理依据与方法论前提。

---

① ［德］康德：《任何一种能够作为科学出现的未来形而上学导论》，庞景仁译，商务印书馆1982年版，第163页。

　　文学理论在思想生产的内涵方面有其特殊的规定与面向。如果把文学理论看作是一种现代性生成的知识形态，一种由学科自主、自律不断走向开放与多元，不断促进文学人文精神化、促进理论与批评参与现代公共文化活动过程的话，那么，以人文价值和美学思想的生产为核心，应是其思想生产的基本内容。这是由于文学理论所面对的世界是人的存在，其中既有人的现实生存状态的丰富呈现，即人的心理、行为与情感；也有人的精神世界与心灵境界中更为深刻、更为内在的信仰与追求。面对如此博大而广阔的精神视域，缺乏思想的指导与思想的力量，难以达到洞察和认识其本质的目的。文学理论作为现代人文科学形态，其现代品质的生成有赖于参与和介入社会文化的内在建构，在文化实践中发挥其思想引导的作用，显示其人文阐释与审美价值判断的价值效用。而真正决定人文阐释与审美判断深度与力量的东西，归根结底取决于其思想生产的水平与能力，取决于其人文性与审美性生产的相互渗透与可达到的深度。因为文学理论所探究的是隐藏于生活表相背后的人的生存的奥秘与真谛。

　　人文性作为人类文化共有的普遍属性，其功能在于以人文思想的生产创造新的价值和文明，文学、艺术与审美概莫能外。按照哲学的理解，人类文化结构中最具决定性作用的是精神层面的东西，如价值观念、意识形态，它们虽然依赖于社会现实中的经济基础等，但因其相对独立的存在位置，决定了精神观念与价值取向在思想生产中的能动作用。而文学理论显著的学科特性正在于对人文科学品质及其内在精神的继承，在于对人的存在的持续性关注。这种独特的选择与取向，使其从根基上不脱离人文性的土壤。所以，与人相关的深层问题均成为文学理论思考的对象，如命运、存在意义、幸福的真谛，以及人的心理困惑、精神和信仰的危机等等。而要认识和揭示文学现象背后隐藏的真相，阐释其存在的文化价值与美学意义，缺乏思想的支撑是难以完成的。思想生产作为人文学科创造的精髓，它构成文学理论知识生产的主导性价值。这些价值既代表了一个民族在哲学观念、美学精神及理论创造等方面所达到的水平与高度（诸如"诗言志""文以载道""为人生的文学"等观念的提出）；又为世界各民族所认同和理解（诸如"诗缘情""中和之美"、思想生产与文学理论的知识创新"回归自然"与"为艺术的文学"等）。

　　从文学发展的历程看，无论是西方古典时期的叙事性小说、现代以后以描写心理世界与精神历程见长的各类作品，还是中国古典形态的诗的创作以及现代性写实小说，尽管文学的表现形式各有不同和差异，然而，作为对人的生存状态的反映、讴歌与再现，作为对人的心灵世界与美好期盼的探寻与追求，它们均表达了普遍的文化主题与美学诉求，某种程度上与人类历史和文明的发展相同步。而文学理论作为对人类文学实践及其经验进行反思与阐释的学科，理所当然地需要密切关注人类社会的变化，深刻把握时代发展所提出的重大命题，关注人的生存境况以及所呈现的共同主题，并以一种更宽广的人文视野与胸怀透视与理解这种文化现象，使理论的把握与人的生存实际达到内在统一与契合。而这种目标的实现，则需要更为有效的思想生产。伊格尔顿提出的补救办法是一种雄心勃勃的"政治批评"，依然遵循恢复了生机的马克思主义与社会主义传统。因此，他的"后理论"其实是以一种普世的价值观，以一种更科学、更系统的思想观念，在一种富有建设性的、更负责的维度上，思索和解答人类精神中的困顿与危机。伊格尔顿的答案既不是对西方的简单的捍卫，也不是当今西方左派知识分子的那种多元主义，而是要对西方启蒙的价值观念展开一场批判性的再思考，以便将西方从其自身的黑暗状态中拯救出来，并在全球范围内向"基要主义"开战。① 如上忠告颇具启发性，它明确地告诉人们，面对"后理论"时代的到来，文学理论的思想生产，已成为积极应对和解决社会文化与艺术领域中的问题的关键所在。

　　审美性作为文学艺术的特有属性，也决定了文学理论在思想生产方面所具有的审美意识的生产与审美价值判断的特征。"审美反思所追求的普遍性并不是某一特定规则对所有类型客体的有效性，因为趣味判断的是一个本质独特的客体。如果存在着其他类似客体，它们可以被置于一个普遍的规则或概念下理解，但这种情况并不存在。也就是说，审美判断本质上是一个判断的原型。"② 这就是说，美学提供了思考历史的理解的一种有希望的方式，文学理论所体现的美学阐释与理解，不只是一种了解文学现象的方式，还是一种存在的方式，它能超越个体文本和所有其他历史性实体，将诠释的对象

---

① ［英］拉曼·塞尔登等：《当代文学理论导读》，刘象愚译，北京大学出版社 2006 年版，第 338 页。

② ［美］约埃尔·魏因斯海默：《哲学诠释学与文学理论》，郑鹏译，中国人民大学出版社 2011 年版，第 46 页。

扩展为对存在的理解，从而达到思想生产的高度。以美学思想的生产和审美价值的创造，自觉推进文学理论的知识生产与创新，其意义十分深远。因为这既符合文学艺术的实际，又表现为以人自身为最高目的，以满足人本身的自由生命创造为最高尺度，是文艺本体内涵的真实体现，文学理论的生产与阐释必须依持于这种性质，只有把美的价值的生产与创造，广泛渗透在人类普遍的文化生产与文化实践中，使审美意识融会于各种社会意识的生成与建构中，人类的精神发展才能跃升到较高的层次与境界。审美意识与审美价值的生产，符合人类生活与人的存在的某种本质的必然性，是人类力图超越自然生命、追求精神发展而产生的有效性手段。对文学理论的知识生产而言，倡导审美性的含义不仅在于坚守完善且进步的艺术观念与意识，发扬艺术的诗性品质与精神；更在于通过美的价值尺度与立场，能够有效地介入和参与公共文化实践，分析、判断与甄别文学的优劣高低，为文明的进步与人的精神的内在提升创造健康而良好的社会文化环境，以促进文学艺术的发展繁荣。美的力量是推动文化进步的不懈动力，它是真与善、合规律性与合目的性的高度契合与统一，是思想生产的本质所在与重要向度。

作为对文学现象及其经验进行审美判断与阐释的学科，"文化诗学"凸显了文学理论在思想生产方面的独特品质，表达了一种诗性探询及其生产的丰富内涵。有学者认为，考察20世纪西方文学批评的轨迹，巴赫金、韦勒克、诺思洛普·弗莱、海登·怀特、厄尔·迈纳、詹姆逊等，都是有强烈文化诗学色彩的理论家，一定程度上代表了西方20世纪文学理论生产的重要面向。米哈伊尔·巴赫金的狂欢化理论与相对论思想所反映出的新型文化诗学观，雷纳·韦勒克坚持形式探索中的内外统一性与文学整体性以及"透视主义"批评论所透露出的整体论观念，诺思罗普·弗莱将原型探索与文化观照的结合，海登·怀特在"新历史主义"视界中对批评观的突破，厄尔·迈纳通过跨文化比较实践对比较诗学理论与范畴的重新框定，以及弗雷特里克·詹姆逊所主张和实践的后工业时代的文化批评理念，均致力于从形式探索走向文化批评，并努力将人文性与审美性生产结合起来，实践一种"文化诗学"式的理论与批评。①

事实上，文化诗学理论的产生代表了一种新的文学理论知识生产的形态

---

① 蒋述卓：《文化诗学：理论与实践》，人民文学出版社2005年版，第2—3页。

或范型，有其特殊的作用与价值。一方面，它极大地拓展与延伸了文学理论思考的向度与空间，使文化的观念、意识与精神，文化的视野、方法与境界渗透在知识生产的过程之中，赋予其特定的文化品位与取向；另一方面，这种知识生产的范型因对诗学精神的守护，也使其思想的生产更具纯粹性、艺术价值与审美的诗性效果。因而，颇受中西方文论家的关注与重视，甚至被作为文学理论发展的一种新的思路与途径，它所产生的影响与启示也值得进一步思考。

众所周知，文化的核心在于它的观念层与精神层，在于它对人的存在的揭示和理解，在于它的进步程度与价值取向，这即是文化的内核，它最具代表性地反映出一个时代及其社会的意识形态的需要与水平。而文化诗学、文化批评、文化研究等诸多当代社会知识生产流派，之所以选择和使用"文化"的概念与范畴，正在于依持"文化"特有的本质与内涵。"文化上的每一个进步都是迈向自由的一步"，人的发展实际上也是一个随文化的进步而展开的无限探寻的过程。而当代文学理论在知识生产方面对文化价值的自觉认同与选择，意在把握社会发展的内在本质与规定，超越狭窄的理论疆界与设定，使其生产的取向达到现代思想的高度与水平，这是现代人文科学及其知识生产所具有的显著特征。而所谓"诗性"与"诗化"的问题，其实质不仅是审美的问题，更是文化的取向与问题。文化与审美本质上是同一的。对人的发展的完善，对人的生命活动本质及意义的追寻，既是文化的核心所在，也是美的价值追求与旨归。

西方马克思主义之所以坚持人文审美精神与文化批判的原则；海德格尔之所以努力地使哲学变成诗，把真理的存在作为艺术的本源性构成；文化研究者之所以以高度的政治参与精神与现实关怀，在一种跨学科、超学科甚至反学科的过程中重新整合新的思想谱系，发挥知识与思想构型的力量，凡此种种，均体现了人文科学思想生产的新动向，也为当代文学理论和知识创新注入了新的观念与活力。值得注意的是，20世纪80年代以来，我国当代文论的知识生产，由于过度依赖西方文论的话语体系，缺乏思想生产的原创性与坚实的人文价值根基，因而，程度不同地造成了文学理论思想生产能力的匮乏与下降，甚至出现脱离社会文化境况、脱离文学实际的危机性征兆。反思当代中国文论知识生产的现状，重建其知识创新的思想向度，已到了刻不容缓的地步。

三、有效提升文学理论知识创新中的思想生产

就我国文论的当代建设与发展而言，如何有效提升其思想生产的质量，积极推进知识生产的内在创新，是一个颇为重要且十分急迫的问题。基于文学理论人文思想阐释与审美价值判断的学科属性，应高度重视哲学的导引与观念的生产，重视人文价值资源对文学理论建设的积极作用，重视现代多元思想价值为文学理论知识创新提供的理想与方法优势。历史地看，西方文学理论与批评之所以是一门成熟且发达的学科，呈现出知识生产与创新的良性状态，除了其始终以完善而系统的哲学观念与哲学理论为基础，同哲学形态的演变保持同步外，还不断呈现出在诗性风格方面自觉建构的特质，由此形成较稳定的知识范型。现代西方文学理论的发展亦如此，像新批评、形式主义、现象学、阐释学、结构主义、新历史主义以及后来的殖民主义及文化批评等，就知识形态看，均是在特定哲学观念与思想生产的影响下，通过具体的文本分析，在大量批评实践的基础上不断积累与完善起来的一种理论或批评的范型，既达到了思想取向与理论构成的融合，也达到了哲学观念、学科理论与批评方法的内在统一。

然而，在现代中国学术体制内，文学理论的知识生产始终是一个被忽视并未能获得彻底解决的问题。其中既有历史发展中的必然与无奈，如发生于20世纪初期的转换，"使文艺学主动放弃了学科自主位置，成为'启蒙'、'救亡'的工具。这虽然是一个极为匆忙又别无选择的过程，但却显现了一种历史必然性，即当政治或民族危机成为时代的中心问题时，文学理论的转换只能以时代的中心问题为根据"①。这也是导致本时期中国文论在知识构成方面，只能以社会与民族的政治需要为价值取向的根本原因。当然，思想与知识生产方面的不足，部分也是由我们对文学乃至文学理论属性的狭隘理解导致的。如20世纪中叶，我们对文学理论更多地从政治和意识形态的方面予以理解，尤其是以苏联季莫菲耶夫的文艺学体系，为中国文论的体系化寻找依据。这一时期中国文学理论知识生产的形成，既有过分狭窄的本土政治文化背景的影响，又有苏联意识形态色彩与文论观念体系的输入与移植。进入20世纪80年代后，中国文论的大范围转换尽管"是由工具性向学科主体性的转

---

① 高楠:《艺术的生存意蕴》，辽海出版社2001年版，第142页。

换，是文学理论由代言向主讲的转换。［……］并且随着西方文艺学、美学思想的大量引入，一时间文艺学视野大开"，① 极大地拓展了文学理论知识构成的空间，激活了文论生产的热情与状态，但毋庸讳言，这一时期其知识生产的移植性特征较为普遍和突出，表现为对西方文论成果的吸收过多，转换过频，使用过急，放弃过快，而批判性的研究与分析则又过少，客观造成了当代文学理论知识生产的过度飘浮与移动，缺乏沉淀、吸收、转化与积累的过程。面对全球化时代对异质文化的频繁使用和快速移植，当代中国文论知识形态的建构和知识生产，由于缺少人文根基和思想观念的支撑，其功能与作用的发挥屡屡受到消解和冲击，文学理论学科的整体性发展与创新始终处在一种价值缺失和思想游牧的状态。所以，自觉建构文学理论的价值维度，使其在思想与观念的生产方面能够有效地发挥作用，这是学科创新所依据的前提。

　　文学理论作为人类文化系统中的存在形态，作为一种紧紧依持人类特定的哲学观念、审美意识及文学艺术经验的阐释性学科，决定了它在人文价值观念与审美意识系统中的位置。如同文化、价值及理论范式的存在一样，文学理论的思想生产有其内在的规定性。作为标识与主导文学理论生存根基的思想观念层，往往由文化系统内最具价值判断力且最能决定科学发展方向的哲学思想、审美意识等要素所构成，并从最根本的方面为文学理论的人文——审美性生产提供思想资源。爱因斯坦曾对科学的知识抱有最大的信心，但后来他清楚地知道科学的界限，他说，"科学只能断言'是什么'，而不能断言'应当是什么'，可是在它的范围之外，一切种类的价值判断仍是必要的。"而决定这一切种类的价值判断的东西仍是哲学的观念与意识。因为在人类知识领域内，只有哲学在本质上可跨越学科的规定与界域，并以"追问"与"思"的方式进入不同学科的知识领域，以发现和弥补各学科的知识形态对存在的分离。哲学是一种意义的幽灵，它总是追寻方向与境界，并通过对事物存在本质的积极探寻，不断引导个体进入类的层面，从而走向真善美的内在统一。从某种程度上讲，文学理论作为具有哲学品质的人文性学科，理应站在时代的高度，努力提炼出当前文学发展中具有哲学意味的问题，并以思想生产的方式创生出符合文学实际的观念与话题，从而引导文学

---

① 　高楠：《艺术的生存意蕴》，辽海出版社2001年版，第144—145页。

的发展，推动文化的进步与繁荣。反思当前社会文化的生产状况，人文学科普泛的身份焦虑及合法性危机，正源于思想的匮乏与价值的缺失，以致出现了过度知识化与意义危机的征兆。文学理论的知识生产，也毫无例外地表现为思想的缺席，以及过分迷恋学科知识形态的自足性建构，为繁衍庞大的概念体系与抽象的理论原理所笼罩，参与、阐释现实问题的能力普遍下降。可见，如果缺失哲学观念与思想的主导，文学理论的知识生产只能是一种无根的状态。而要恢复和建构文学理论生产中这种根基性的东西，就需要守持人文学科的价值导向，适应文学变化的实际与新的审美需要，在真理的探寻与意义的建构方面不断探索，以思想生产始终作为文学理论知识创新的基点和动力，无疑是当前文化境况下需要我们清醒面对并努力坚持的。

第四节 观念创造与文学理论的知识创新

在 20 世纪西方文论的发展中，观念的生产和创造是其知识形态构型的一个重要方面，探讨和分析这一现象，对当前我国文学理论的知识生产和创新有重要启发和借鉴价值。

一、观念创造是文学理论知识生产的特质与核心

20 世纪西方的文学理论及批评的发展历史耐人寻味，比如它与现代西方社会历史及文化的内在契合，对时代的政治和意识形态内容的反映及表现，与种种政治信念和意识形态价值标准的密不可分。与其说这一时期的文学理论和批评是作为探究文学的一种方法或理论符码，还不如说它是由以观察我们时代的历史的一个特殊角度，因为在观念的维度上，它更多提供给人们的是对一个时代的文化与人的存在的深度思考，甚至是一种对意义、价值、语言、感情和经验的理论解答。学术界之所以用文化转向、文化批评或者文化理论概括 20 世纪西方文论与批评的总体状貌，某种程度上体现了它在观念创造方面的特征，即"文化"的观念成为统摄整个文学研究领域的一个核心性话语，它促进了诸多批评内容、方法及形式的重新调整和阐释，这种对诸多理论观念的生产、建构及运用，实际上是 20 世纪西方文论及批评的一种重要转向，即它更多地以介入和干预社会公共文化实践的姿态，体现于对文学文本的深度解读及批评学科的知识构型中。值得注意的是，与传

统理论的体系性建构相比，文学批评形态的创生更具灵活性与流变性，它转向多元思想背景下的观念生产，注重人文性实践的效用与对合理的思想性的推广，并在一种更广泛、更丰富的层面上，开拓文学领域中的文化疆界，包括对道德、形而上学、爱情、生物学、宗教与革命、恶、死亡与苦难、本质、普遍性、真理、客观性与无功利性，甚至包括对后现代关注的种族、民族、性别及政治团体和国别等不同文化问题的深入探索与思考。其批评的重心似乎并非是文学的世界，而是文学文本中所蕴含的丰富社会文化意义及图景。由此看来，20 世纪西方文论与批评极为重视观念的创造，它延续了自古希腊以来所形成的传统，当然更为重要的是表现出新的拓展和创新。

在中国学界的研究中有学者曾注意到这种情形，他们认为，从文艺学的思想谱系与知识秩序考察，西方文论的生成从很早时期就呈现出三种明显的人文路径，即神学路径、人学路径与语言学路径。西方文学之思的人学路径与神学路径截然不同，它的开端与延展是以"上帝之死"和"人/神二元世界的解体"为标志的。一般来说，西方文学之思的人学之路发端于文艺复兴，完成于尼采与马克思，在"语言学转向"中受到挑战，又在"文化研究"中走向极端。将文学看作权力意志现象的尼采思路与将文学看作意识形态现象的马克思主义思路，在文化研究中结合在一起。20 世纪 60 年代以来兴起的文化研究是人学路径的极端延伸。表面看，文化研究是一种"由来自文学批评、社会学、历史、媒介研究等观念、方法和关系组成的地地道道的大杂烩"，但细而察之，则可发现，但凡称为"文化研究"的学术现象都有一种或明或暗的"政治旨趣"，正是这一旨趣突破了现代学科界限而将这个大杂烩聚集在一起。文化研究潜藏了这样一种信念：任何一种话语实践都是政治的，都可以对它进行政治分析。正是这种信念与基于这一信念的政治研究旨趣，使文化研究成为一种向各个学科领域"入侵"的"研究"，而不归属于任何一个学科。[①] 这就告诉我们，无论是"人学"路径，还是"文化研究"，它们分别体现了不同时期西方文论的人文价值取向，这种取向在思想资源的构成方面，无疑对西方文论的发展起到了至关重要的奠基与规导性的作用。与此相同，朱立元在分析 20 世纪西方文论的走向时，也提出了

---

① 余虹：《理解文学的三大路径》，《文艺研究》2006 年第 10 期。

"两大主潮"与"两个转向"的观点。① 作者指出，当代西方哲学思潮大致上分为人本主义和科学主义两大主潮。这两大思潮 20 世纪以来时而对立、冲突，时而共处、交错，时而互相吸收，此长彼消，曲折发展，在纷纭复杂、多元展开的哲学大潮中始终占主导地位。当代文学理论的发展虽有相对独立性，但与这两大哲学主潮有着密切的联系，在思想基础、理论构架、研究方法等许多方面受其深刻影响。诸如表现主义诗论、象征主义与意象派诗论、现象学和存在主义文论、西方马克思主义文论、解释学和接受美学理论等，作为人本主义的文论形态，在价值取向方面突出显示了以人为核心、出发点和归宿的理念，与深刻而丰富的人文思想内容，客观构成 20 世纪西方文论的重要方面。当代西方文论中的"两个转向"是指"非理性转向"与"语言论转向"。两种转向均是从不同角度、不同方面对传统理性主义的挑战与突破，是对人的本质力量中非理性方面的发现与弘扬。② 这种"非理性转向"，给当代西方文论带来了人文价值取向方面的重要的变化和更新，是西方文论观念生产的现代性体现。

如上说明，中西学人从人文思想方面对西方文论价值取向的阐发是相当一致的，如此契合亦由作为人文科学的文学理论的学科定位所决定。众所周知，人文科学在西方是人类社会三大学科之一的综合性学科，主要以人类的信仰、情感、道德和美感等为研究对象，通常包括文学、语言、艺术、历史、哲学等领域。在西方，文学和文学理论尽管从文艺复兴以来和科学、哲学、宗教的关系经历过一些变化，但一直是被作为人文学科来看待。从西方人文传统及人文学科的演变看，人文思想及价值无疑是西方文论生成的基础与根源所在。人文学科的研究对象是关于人类精神、心灵和意义等更为内在的方面，研究方法则是价值评价性的，有更多的情感体验与理性阐释的特征，是"诗"与"思"的结合；而研究的目的则是为了获得对人的更完整的理解与把握，它所考虑的是人的存在的价值和意义，其最终指归是人文性的。依此看来，西方文论中的人文价值取向的体现是毋庸置疑的。这一思想资源的存在，不仅构成西方文论知识形态重要的价值根基与背景，而且，它也以其内在的哲理深度、面向社会文化公共领域以及文化诗学建构等方面的

---

①　朱立元：《当代西方文艺理论》，华东师范大学出版社 1996 年版，第 2—5 页。

②　朱立元：《当代西方文艺理论》，华东师范大学出版社 1996 年版，第 6 页。

内在价值诉求，直接影响了西方文论观念的现代性建构与生产。

二、20世纪西方文论观念创造的文化渊源及表现

西方文论与哲学的关系由来已久。它不仅存在于从古希腊到德国古典美学这一悠久的文化传统中，而且当代哲学与文化也敏锐察觉到了认识这种关系的重要性。亚里士多德早就讲过："写诗这种活动比历史更富于哲学意味。"因为诗道出了"有普遍的事"。黑格尔指出："艺术作品所处的地位是介于直接的感性事物与观念性的思想之间。""因此，艺术不仅不是空洞的显现（外形），而且比起日常现实世界反而是更高的实在，更真实的客观存在。"[①] 在海德格尔看来，艺术从根本上说就是揭示真理，是一种对此在的昭示和创建。因此，在艺术中，我们逼近了本质，回到了存在的家园。雅斯贝尔斯更明确地提出了形而上学的命题。他认为，艺术本身就是一种"哲学研究"，是一种对世界的探索。他甚至认为，真理的探索最初是由艺术和宗教的原始直观而实现的，这种直观构成了一种独特的"真理语言"，在历史上先于系统的哲学思维活动，它最早标示出哲学思维的领域。文论家的这些思考显然证明了一个事实：文学与哲学的关系表现为美和真两种价值要素间的相互依存与渗透，而作为更具形而上品质的文学理论活动，不仅需要哲学的观念的规导与建基，也需要哲学思维与方法的指导，只有这样，才能透过扑朔迷离的文艺现象达到对某种深邃的东西的探询与把握，这正是文艺学学科品质的体现，它表达了一种诗性的智慧及独特的真理观。作为传统人文价值思想的体现，西方哲学中的理性主义对古典文学理论观念的生产起到了重要的奠基性与规导性作用。而20世纪后，现代哲学对文论观念生产的影响，虽然表现出多元性与复杂性的状况，其核心还是围绕"非理性"与"反理性"的哲学意向展开的，显示出现代价值取向方面的突出特征。

20世纪西方文论中的"非理性转向"是值得研究的一种观点。它的确反映了一种当代性的哲学价值取向，是现代西方文论知识构成的一条重要的人文思想来源。但是，客观而论，"非理性转向"并不代表20世纪西方文论整体的知识图景，它更多地体现了对个体精神现象与心理活动复苏的人本

---

① 刘小枫主编：《人类困境中的审美精神——诗人、哲人论美文选》，东方出版中心1996年版，第670页。

主义的价值观。而超越个体存在，进入更为广阔的社会境域场后的哲学价值取向，则被排斥在"非理性转向"之外。所以，有论者所提出的"批判理论的转向"，则是值得我们关注的一种人文价值资源。按作者的理解，20世纪西方哲学有三种主流性趋势，即以马克思主义为基础的社会——文化批判理论，现象学——存在主义哲学，实证——分析哲学。作为哲学分支的美学，始终和西方现代哲学的发展同步前进。① 当然，它也毫无例外地影响了20世纪西方文论的价值生产取向。无论是早期以法兰克福学派为核心的西方马克思主义文论，还是中后期以哈贝马斯为代表的第二代理论家的思考，或者是20世纪后期对后现代主义的关注，批判理论以其视野广阔的知识系统、以其对现代人的高度关注和对资本与异化现象的深刻批判、以其对审美与艺术现象的分析和对新的理想的可能性探讨等，不仅成为西方哲学、美学以及文学理论的一个重要转向，它带给我们对美学、文艺学问题的深度思考，往往是其他理论所无法提供的。这种人文价值取向，既体现了对乌托邦精神的坚持与守护，预见了人类文化面临的深刻转变，批判与否定了非人性的现象；又深入剖析了我们时代的困境与问题，重新厘定了人文学科不可推卸的职责与使命，其文化立场、跨思想深度与跨学科的综合研究方法等，均成为我国文论重要的价值借鉴。

"语言学转向"对20世纪西方文论的影响是十分独特的，它给予中国文论知识构型以多方面启示。按照西方哲人的观点，现代哲学中的语言学转向，反映了从古典哲学把观念和内心状态作为哲学思考核心的传统方式转向语言，这实际上是为现代哲学打开了一条通向广阔的现实世界的道路，因为传统的精神哲学和意识研究通常只限于单个的主体及其内心状态。语言学转向对美学来说具有同样的意义。传统美学关注个体的审美经验，强调趣味的差异和独特性，往往导致美学研究仅限于主体审美意识和态度的考察，这不但限制了美学的视野，也限制了美学的对象。转向语言，就带有某种程度的革命性，这种革命性的表现是把语言建立在一种基本的本体论基础上，从一种建构性的功能理解语言的人文价值取向。如海德格尔美学的基本思路，就是把语言和人的存在联系起来，视语言为存在的家园。人生活在语言之中，语言必然和真理发生关系，所以语言也就成为真理的场所。语言的本质是

---

① 周宪：《20世纪西方美学》，高等教育出版社2004年版，第2、3页。

说，而纯真的说是诗，诗通过命名和召唤，把存在呈现出来，使之处于一种澄明的投射和朗照之中，诗人也由此成为这个家园的守护者。以语言为思想建构的基点，视艺术为接近真理的途径，这一思想不仅成为 20 世纪西方文论中最富有人文性内涵的美学观念，形成存在论的语言观，也开启了对话主义理论的生成，从而对 20 世纪西方文论的思想建基产生了十分重要的影响。除此之外，当代西方文论中的俄国形式主义、布拉格学派、语义学和新批评、结构主义、符号学以及解构主义等，虽然它们的理论主张与观点大相径庭，但都从不同方面突出了语言论的中心地位，为文学理论与批评的科学化及其回到理论的自觉，均提供了值得珍视的价值借鉴与启示。

面向社会文化公共领域，提出时代发展中与人的存在状态密切相关的问题性，是西方文论在价值取向方面的新特点，它推动了西方文论新观念的生成。美国哲学家提吉拉在 20 世纪 70 年代对现代西方美学的发展做过一个概括。他认为，较之于传统美学，现代美学有三个明显的转向，转向艺术，转向人的独创性，转向人类境况。① 毫无疑问，这个概括是恰当的，尤其是他所提出的转向人类境况的观点，说明 20 世纪西方文论所呈现的强烈的现实感与对公共问题的关注与参与，正源于它对人类普遍境况的高度关怀与自觉，源于对社会现实问题的重视，其核心是以人的生存状况为基石，自觉建构富有时代特征的理论形态。如西方马克思主义、后现代及文化研究与批评等，无一不显示出这些特征。

按照学界的理解，"批判理论"作为法兰克福学派描述其研究方法论的一个概念，其本意是指一种不同于实证的自然科学式的社会研究。它强调放弃对社会做机械决定论和抽象功能的研究，而转向对社会历史总体性的考察，这种方法被一些西方学者称之为社会理论研究中的"解释的转向"。的确，社会及其文化研究全然不同于自然物理现象，它涉及意义的理解和解释，根本不可能做到"价值中立"，而必须对社会境况予以高度关注，尤其要关注社会冲突中人的状态以及体现出来的支配—被支配的关系。这种状态与关系不但体现在社会经济政治上，而且也反映在文化、意识形态甚至艺术上。即是说，批判理论在本质上是一种立场和态度，甚至是一种激进的立场和态度，它关心社会文化中存在的各种不平等现象，关心各种社会文化冲

---

① 参见李普曼编《当代美学》，光明日报出版社 1986 年版，第 51—57 页。

突，并以一种理想的乌托邦来抗拒社会文化中的一切不公平现象。这些特征
在法兰克福学派理论家对法西斯主义和文化产业的批判，以及对启蒙运动的
反思和科学技术的工具理性的批判中，可以清晰地辨识出来。①它无疑成为
西方马克思主义文论的一种原则和精神。西方马克思主义文论之所以是一种
有别于经典马克思主义的思想体系，除了"地缘的""政治的""理论综合
的"及"意识形态批判的"种种特征外，关键在于它对时代新问题的深入
思考与解答。如卢卡奇对资本主义社会的"物化"现实的忧虑和批判；阿
多诺守护艺术的自律性和乌托邦性质，批判文化产业，坚持艺术与美学的救
赎功能；马尔库塞对单向度社会的批判和致力于审美"新感性"的建立；
伊格尔顿对文学的意识形态生产性的强调以及他所提出的"政治批评"的
实践原则；詹姆逊文化转向视域下研究后现代文化现实的理论与方法等等。
其特征如拉曼·塞尔登所总结的，"马克思主义的批评将会永远发现自己概
念的历史渊源；永远不会让概念僵化，对现实的压力无动于衷。我们永远不
能超越主体在时间中的存在，但我们能够打碎我们观念的硬壳，进入对现实
本身一个更加生动的领会之中"②。

后现代虽然与西方马克思主义有不同的理论基础与知识背景，但在面向
社会文化境况、关注人的现实存在方面颇为共通。所不同的是后现代人文取
向的立场更鲜明，反抗与颠覆的力量更强烈。利奥塔在其《后现代状况》
中讲："19世纪和20世纪已给了我们如此多的恐惧。留恋那种整一，那种
概念和感觉以及明了的和可传达的经验的和谐一致，我们已经付出了高昂的
代价。在宽松和妥协的总要求下，我们可以听见那回归恐惧、实现把握现实
之幻想的欲望所发出的低沉语调。对此所做的应答是：让我们发动一场针对
总体性的战争；让我们成为不可表征之物的见证人；让我们激励分歧，并维
护分歧这个名称的荣誉。"③"向总体性宣战"可视为利奥塔后现代理论的核
心，它也客观影响了后现代主义价值观的形成。作为20世纪中叶出现的一
种世界性的文化思潮，后现代主义曾引起哲学、社会学、美学、文艺学诸多
领域的论争与关注，它所具有的怀疑精神和反文化姿态，以及对传统的决绝

① [英] 拉曼·塞尔登等：《当代文学理论导读》，刘象愚译，北京大学出版社2006年版，第129页。
② 参见王岳川、尚水主编《后现代主义文化与美学》，北京大学出版社1992年版，第53页。
③ 王岳川：《后现代主义文化研究》，北京大学出版社1992年版，第19页。

态度和价值消解策略，使其成为一种"极端"的理论，使其对资本主义的批判以彻底虚无主义的否定方式表现出来。后现代理论虽然繁多、庞杂，含混且偏颇，但在精神价值取向上却颇为清晰。有学者把后现代的文化逻辑归纳为：体现在哲学上是"元话语"的失效和中心性、同一性的消失；体现在美学上则是传统美学趣味和深度的消失，走上没有深度、没有历史感的平面，从而导致"表征紊乱"；体现在文艺上则表现为精神维度的消逝，本能成为一切，人的消亡使冷漠的纯客观的写作成为后现代标志；体现在宗教上，则是关注焦虑、绝望、自杀一类课题，以走向"新宗教"来挽救合法性危机的根源——信仰危机。可以认为，后现代文化逻辑的复杂性，直接显示出这个时代的复杂性。[①] 透过后现代思想的反映与表现，可以看到他们力图给沉沦于科技文明造成的非人化境遇中的人们带来震颤，启明在西方异化现象日趋严重的困境中吟痛的心灵，进而叩问个体的有限生命如何寻得自身生存意义的语境。其价值取向虽过于激烈而充满解构性，但可以给人以深刻的反省、从而重新建立更合理的社会形式，重铸更健康的文化品质。所以说，从人文思想层面看，后现代的批判否定精神和异质多样的文化意向，同样含有建设性的价值意向。

文化研究与批评尽管不是纯粹的文学理论范畴，但作为目前国际学术界最有活力，最富于创造性的学术思潮之一，它不仅对20世纪中叶后西方多种文学理论的形成产生了重要影响，而且也对当下中国文论的发展产生出不小的震荡。拉曼·塞尔登等人的看法是，"当代文学理论"语境中所出现的"文化理论"转向，成了整个领域中学术研究的一个笼罩一切的术语。特别是关于后现代主义、后殖民主义理论等，都大大超越了"文学的"范畴。这些理论在全球范围内促进了对一切话语形式的重新阐释和调整，成了激进的文化政治的一部分，而"文学的"理论和研究只不过是其中一个多少有点意义的再现形式。应充分认识这种转变，但也要始终注意在广阔多变的文化史进程中保持一个文学的焦点。美国著名思想史学者理查德·沃林在《文化批评的观念》中，甚至把法兰克福学派、存在主义和后结构主义看作20世纪欧洲大陆三个有影响的文化批评思潮。它们之间虽然互有争议，但

---

① 王岳川：《后现代主义文化研究》，北京大学出版社1992年版，第19页。

所有这三个思潮在战后北美的思想生活中都受到了相当热烈的欢迎。① 谈到三个思潮所贯穿的潜在主题时，作者认为文化批评家的角色则在于精确地揭示"现实性"和"合理性"之间的差异，暴露事物的突然存在和应该存在之间两相对立的隔阂。因此，除了关注历史现实的诸多失败之外，文化批评还包含某个潜在的乌托邦维度或解放维度。它相信，通过义无反顾地关注现代的诸多缺憾，它将获得导向某个更融洽、更和谐的未来的前提条件。② 可见，文化研究的确是一个最富于变化且难以定位的知识领域。它在思想资源方面所显示的多元整合特征，注重与社会生活实践的互动，突出的问题意识，高度的政治参与性与公共关怀精神等，使其逐渐成为一种具有突出思想意向与鲜明方法论特色的学科范式。

在对 20 世纪西方文论多元知识与价值的借鉴中，文化诗学也是一种值得探究的观念。法国著名批评家让·伊夫·塔迪埃，在《20 世纪的文学批评》中指出，有学者把诗学定义为"文学理论"；也有学者肯定诗学以构建能够同时捕捉到所有文学作品的同一性和多样性的类型为己任；还有学者考察诗学对象中的"过渡文本"，揭示其中的"跨文本性"，即"所有使该文本与其它文本发生联系的因素"。20 世纪的诗学类型有三种。散文体裁的诗学类型包括了卢伯克、福斯特、乔治·布兰、米歇尔·雷蒙、托多罗夫、热拉尔·热奈特、巴赫金等学者；诗的诗学类型有爱略特、燕卜逊、格雷马斯、利法泰尔等；而阅读诗学类型则包括伊泽、克斯、埃科及米歇尔·夏尔等。在诸多诗学理论中，巴赫金将诗学理解为"跨语言学"，他是把言语即文本中所包含的个人陈述放在历史的、社会的和文化的环境中来研究，与"密切的意识形态倾向"和"密切的形式主义倾向"保持同等的距离。③ 客观而论，作者对 20 世纪西方诗学理论的把握颇为中肯，它尽可能使诗学取向回归到与文学文本的关联性上，以突出文学的诗性品质，它所揭示的正是文化诗学理论在构建美学意识形态观念方面所彰显的独特价值取向。

---

① ［美］理查德·沃林：《文化批评的观念》，张国清译，商务印书馆 2000 年版，第 18 页。
② ［美］理查德·沃林：《文化批评的观念》，张国清译，商务印书馆 2000 年版，第 2 页。
③ ［法］让-伊夫·塔迪埃：《20 世纪的文学批评》，史忠义译，百花文艺出版社 1998 年版，第 257—305 页。

三、西方文论观念创造的启示与借鉴

"文化诗学"理论对当代中国文论知识形态的影响富有生成性意义，也成为我国文论建设的一条重要的学术研究路径。有学者认为，考察 20 世纪西方文学批评的轨迹，米哈伊尔·巴赫金的狂欢化理论与相对论思想所反映出的新型文化诗学观，雷纳·韦勒克坚持形式探索中的内外统一性与文学整体性以及"透视主义"批评论所透露出的整体论观念，诺思罗普·弗莱将原型探索与文化观照的结合，海登·怀特在"新历史主义"视界中批评观的突破，厄尔·迈纳通过跨文化比较实践对比较诗学理论与范畴的重新框定，以及弗雷特里克·詹姆逊所主张和实践的后工业时代的文化批评理念，表征了 20 世纪西方文学理论尤其是批评理论的一个主要发展路向，即从形式探索走向文化批评，并努力将二者完美地结合起来，实践一种"文化诗学"式的理论与批评。[①] 几位批评理论家所处时代虽然不同，思想观念也各异，但其内在的文化价值取向与方法却颇为相似与一致。用詹姆逊的观点来讲，随着全球化文化时代的到来，一种与时俱进的文化诗学研究已是不可避免，它的意义和价值，仍需要我们不断去认识和实践。事实上，如上批评家的文化诗学理论是颇具特色的。它既不同于西方传统的文艺学研究中的历史批评或意识形态批评，又不同于后现代主义文化或西方某些学者所建立的第三世界文化理论与文化批评，而是一种具有现代性意识，立足文本的文学性或审美性根基，依持与守护文学的诗性品质的理论形态。与 20 世纪其他批评类型相比，文化诗学除了具备特定的文化哲学观念与思想，跨文化的视野与背景，对文学本体问题的重视与关注等特征外，其鲜明的诗性价值意向与对文学诗性精神的倡导、弘扬与维护，是一种格外值得珍视的人文价值取向，我们视其为 20 世纪西方文论中一种极其重要的审美精神资源。

诚然，巴赫金文化诗学所主张的"对话主义"与"狂欢化"理论，在审美的自律与他律之间所保持的均衡张力，以及对作为文学本源性的生命活动特征的充分肯定与认同；形式主义诗学理论对文学本体问题的细致探索，以及回到文学的艺术维度，对文学性的依持与强调；新历史主义文化诗学所提出的对文本实施政治、经济、社会等方面的综合治理，并致力于恢复文学

---

① 蒋述卓主编：《文化诗学：理论与实践》，人民文学出版社 2005 年版，第 2—3 页。

研究的历史维度和意识形态解读，在历史与文学整合场域中重新塑造人类思想的符号系统的主张等，均是 20 世纪西方文论在审美思想资源方面的充分表达，对中国文论知识形态的价值建构有十分有益的借鉴作用。

20 世纪的理论家普遍重视从"诗性""诗化"等概念入手，思考文艺与美的问题。卡西尔曾强调过"把哲学诗化"或者"把诗哲学化"的问题；海德格尔把诗意之思上升为存在之思，认为传统哲学已经终结，思想成为诗人的使命。思想的诗人与诗意的思想是一致的，是以同一方式面对同一问题；伽达默尔在哲学中首先讨论了"艺术经验中的真理问题"。凡此种种，它表明了从诗性维度守护艺术，从真理内涵理解文艺，是一种符合人类本真存在的价值向度。而诗性文化与诗性精神的重要，正在于它密切关联着人类生命的本真状态，关联着人的生存意义的自由表达和"真理"的"敞开"，关联着人类深层精神领域中的某些深邃的心灵感受和生命体验，因而也具有某种神圣而深刻的性质和品格。诗性品质之所以神圣，在于它能够让人从游戏般的娱乐中提取出一种生命意义，体验和领悟"生命中不可承受之轻"的真实含义；而诗性品质之所以深刻，也正在于它能敞开真理，剥离生存假象，真实展示人类存在的整体图景。由此来看，文艺学所要思考的存在，正是艺术尤其是诗所要追问的生命本体的存在状况，海德格尔之所以努力地使哲学变成诗，其深层意图在于改变近代以来因工具和技术理性的泛化，所造成的存在的真实性与意义被不断遮蔽和悬搁的状况，以拯救已不再"思"的形而上学。这恰恰指明了人文学科的当代功能与方向。文艺学作为人文学科，其生产性的体现必须植根于人类存在的深厚背景之中，必须关注和思考与人类生存相关的种种现象，必须追问和透视人类生存的终极根据和内在动机。即海德格尔所坚持的，艺术必须思考存在和敞开真理，这是存在的根基和天命。值得注意的是，在我国当代文艺学的建设中，不同程度地放弃或轻视这种根基的倾向已愈来愈突出，文论生产的形式化与语言游戏日渐突出，学科的完整性和意义深度被不断地分解和切割，美的创造与人文价值判断也日渐游离于文学理论的知识系统。客观地说，当代文论作为一种人文性的知识生产，的确存在着公共性丧失，参与社会文化生产的能力下降，以及诗性精神消解等人文危机的征兆。所以，反思当代中国文论的现状，重建其知识生产的人文向度已到了刻不容缓的地步。

鉴于以上状况，现在需要回到观念生产的维度，重新理解西方文论中人文价值资源的意义，理解哲学向度给予文学理论生产所提供的思想与方法论的优势。历史来看，西方学术语境下的文学理论与批评，之所以是一门成熟且发达的学科，某种程度上与其知识形态发展的相对自足与完整有很大关系。就西方传统文学理论的构成看，作为一种特殊的知识类型，除了它始终以成熟而系统的哲学观念与哲学理论为基础，同哲学形态的演变保持同步外，还不断呈现出在基本理论构成方面的自主性建构与发展，由此形成了有别于中国传统文论的较稳定的知识范型。西方现代文学理论的发展亦如此，如新批评、形式主义、现象学、阐释学、结构主义、新历史主义以及后来的殖民批评等，其理论范式的形成，就知识形态看均是在特定哲学观念与学科思想的影响下，通过具体的文本分析，并在大量批评实践的基础上不断积累与完善起来的，它既达到了思想取向与理论构成的融合，也达到了哲学观念、学科理论与批评方法的内在统一。

然而，在现代中国学术体制内，文艺学知识构型中的价值取向与观念生产，却始终是一个被遮蔽并未能获得彻底解决的问题。其中既有历史发展中的必然与无奈，如发生于 20 世纪初期的转换，使文艺学主动放弃了学科自主位置，成为'启蒙'、'救亡'的工具。这虽然是一个极为匆忙又别无选择的过程，但却显现了一种历史必然性，即当政治或民族危机成为时代的中心问题时，文艺学的转换只能以时代的中心问题为根据。这也是导致本时期中国文艺学在知识构成方面，只能以社会与民族的最大政治需要为价值取向的根本性原因，也有我们对文学、文学理论属性的挟隘理解，如兴起于 20 世纪中叶的文艺学转换，它虽然是一次全方位的、主动自觉的建构与发展，但有明显的政治化倾向和意识形态色彩，尤其是以苏联季莫菲耶夫的文艺学体系为中国文艺学的体系化或系统化提供了基本依据。本时期中国文艺学知识形态的形成，既带有过分狭窄的本土政治意识形态的背景，又带有异质文化与文论的体系性的输入与移植，因此，其知识形态的生成仍是有缺陷的。发生于 20 世纪 80 年代后期中国文艺学的第三次转换，尽管是由工具性向学科主体性的转换，是文艺学由代言向主讲的转换。……并且随着西方文艺学、美学思想的大量引入，一时间文艺学界视野大开，它大大拓展了文艺学知识构成的空间，丰富了文艺学的文化背景。但毋庸讳言，由于整体上是移植性的，也由于对西方文学理论的成果吸收过多，转换过频，使用过急，放弃过快，而批判性的研究与分析又过少，它客观造成了当代文艺学知识形态过度地飘浮与移动，缺乏沉淀、吸收、转化与积累的过程。面对全球化时代异质文化的频繁输入及多元理论的快速移植，文艺学知识形态的建构屡屡遭到消解和冲击，致使当代中国的文艺学始终处在一种价值缺失与思想游牧的状态。

如何认识并自觉建构文艺学学科的价值维度，我们的基本理解是，文艺学学科的知识形态是一种动态的文化场，一种依赖于人类哲学观念、审美意识及文学艺术现实经验的特殊的知识范型。作为精神文化系统中的一个子系统，它在人文观念与审美意识的整体定性中获得自身的存在与发展。如同文化、价值及理论范式的存在一样，文艺学学科的知识形态有其结构与系统方面的规定性。而作为标识与主导文艺学学科生存根基的思想观念层，往往由文化系统内最具价值判断力且最能决定学科发展方向的哲学思想、审美意识等要素所构成，并从最根本的方面为文艺学学科的人文—审美性生产提供思想资源。爱因斯坦曾对科学的知识抱有最大的信心，但后来他清楚地知道科学的界限，他说，"科学只能断言'是什么'，而不能断言'应当是什么'，可是在它的范围之外，一切种类的价值判断仍是必要的。"而决定一切种类的价值判断的东西仍是哲学的观念与意识。因为在人类知识领域内，只有哲学在本质上可跨越学科的规定与界域，并以"追问"与"思"的方式进入不同学科的知识领域，以发现和弥补各学科的知识形态对存在的分离。哲学是一种意义的幽灵，它总是追寻方向与境界，并通过对知、行过程的普遍规范，不断在个体与类的层面，引向真善美的统一。从某种程度上讲，文艺学作为具有哲学品质的人文学科，理应站在时代的高度，综合提炼出时代文艺学发展中具有哲学意味的问题，以从根本上解决文学艺术生产的价值取向。纵观全球化时代的文化境况，人文学科普泛的身份焦虑及合法性危机，正源于哲学学科在当代文化系统中的匮乏与缺失，以致造成人文学科的过度知识化及意义危机。文艺学学科也毫无例外地表现为哲学精神的缺席，以及过分迷恋学科知识形态的自足性建构，为繁衍庞大的概念体系与抽象的理论原理所包容，参与、阐释现实问题的能力普遍下降，并且日益失去人文性的智慧与理论的活力。应该说，没有哲学观念的主导，文艺学的知识形态只能是一种无根的状态。而要恢复与建构文艺学学科中这种根基性的东西，就需守持人文学科的基本信念，适应该学科的现代性诉求与实践变革的需要，在真理的探寻与意义的建构方面不断走向更高的境界，把学科发展的立足点转移到价值根基的建构与思想观念生产的方面。这或许是当代中国文艺学走向自觉的理性建构的一条必由之路。

第三章　文学理论知识生产与创新的
价值选择

本章探讨文学理论知识生产与创新中的价值选择问题。价值代表了文化结构中的深层内容与核心要素，它决定文化发展的目标与方向，也从更为根本的方面推动文化发展和进步。针对文学理论的知识生产与创新，本章坚持马克思主义的主导价值地位及取向，这是由于马克思主义是对人类历史发展普遍规律的高度概括和总结，它充满了理论的预见性和与时俱进的现实品格。马克思主义的文艺思想所关注的是无产阶级和全人类的解放事业，至今仍彰显出强烈的现代人文意义；马克思主义的审美观与中国传统审美理论有内在的契合与会通，有利于促进人类精神和谐状态或审美共同体的建构；马克思主义的文艺话语是在深刻关怀人类现实生存实践的基础上形成的，具有积极的生产性和当代价值；尤其是马克思主义的"政治批评"，它是在充满复杂、艰难的语境中形成的一种具有强烈批判精神的思想遗产及利器，是当今时代的思想和理论生产所特别依赖和需要的。

第一节　马克思主义文艺思想的现代人文意义

马克思主义的文艺观虽然是 19 世纪创造的精神财富，但它并未因时间的消逝而失去其内在活力。在一个多世纪的历史中，马克思主义的文艺观之所以不断地显示出强大的理论生命力，如詹姆逊所言："马克思主义阐释学比今天其他理论阐释模式要更具语义的优先权"①，并且在思想的根基方面，不断影响了20世纪一批杰出文论家与美学家的理论创造，衍生出如"西方马克思主义""新马克思主义"等马克思主义之后重要的思想流派与文论资源，究其原因，正源于马克思主义"人学"理论鲜明的价值指向及其独具的思想智慧。马克思创立的历史唯物主义揭示了人类社会发展的普遍规律，而他的历史观从一开始所确立的出发点与所蕴含的内容，就是对人的现实关切与终极眷注。从这种基本命意出发，马克思和恩格斯在确立自己的文艺观时，并没有把文艺与人的整体发展割裂开来，而是从人的不断提升与构建，从培养人的完整性与丰富性的目标出发，积极规定其文艺观的基本内容。今天，进一步探讨马克思主义文艺观所蕴含的价值指向，对深刻把握马克思文艺思想的精髓与灵魂，完整理解马克思主义之后当代西方文论的基本精神，建立中国文艺理论坚实的价值根基与科学的知识形态有十分重要的意义。

一、马克思主义人文价值取向的形成

众所周知，马克思主义的文艺理论是马克思整体思想构成中的一个极为重要的方面。马克思主义文艺观的形成有着自身鲜明的特征，它不是从纯学术角度把文学艺术仅仅作为一门学科来研究，而是与其哲学、政治经济学和科学社会主义研究的总目标相一致的，即不只是要在这些学科领域掀起一场革命，而且要将其转化为一种精神武器，为实现人类的理想社会去奋斗。这就决定了马克思和恩格斯是从推动社会历史的进步，促进人的发展和完善来理解文艺的。因此，马克思主义文艺价值根基的形成也源于其"人学"理论。人的自由而全面发展，作为马克思主义的最高命题，不仅是马克思主义哲学基本的价值取向，也是马克思主义文艺价值指向确立与形成的思想基石。②

我们知道，与西方传统哲学执着于通过理性思辨探寻外在世界本原的方式不同，在马克思主义哲学的理论视野中，着眼于现实生活世界，关注

---

① ［美］詹姆逊：《马克思主义与历史主义》，见詹姆逊《晚期资本主义的文化逻辑》，陈清侨等译，三联书店1997年版，第146页。

② 关于对这一命题的理解，可参阅俞可平《马克思主义的最高命题》，见《马克思主义研究论丛》2006年第1期；俞吾金《从康德到马克思——千年之交的哲学沉思》第3章第7节，广西师范大学出版社2004年版；黄克剑《人韵——一种对马克思的读解》第4章和结语，东方出版社1996年版。

"现实的人及其活动"，是其理论观照的重心和焦点。正是基于这种内在的价值需求，马克思将实现人的自由而全面发展确立为哲学的基本目标，并将其贯穿于理论活动的始终。早在《1844年经济学哲学手稿》（以下简称《手稿》）中，马克思就明确提出，共产主义使"人以一种全面的方式，也就是说，作为一个完整的人，占有自己的全面本质"①。在《共产党宣言》中，马克思和恩格斯进一步指出，资本主义社会灭亡后，"代替那存在着阶级和阶级对立的资产阶级旧社会的，将是这样的一个联合体，在那里，每个人的自由发展是一切人自由发展的条件"②。在《资本论》中，马克思更加明确地总结到，共产主义社会是"一个更高级的，以每个人全面而自由发展为基本原则的社会形式"③。由此可见，马克思、恩格斯始终将其理论的追求与共产主义理想目标的实现紧密相连，明确显示出旨在实现"人的自由而全面发展"的价值取向。这就在哲学思想方面，为其文艺价值指向的确立，提供了重要的理论依据与方法论基础。从某种意义讲，马克思和恩格斯也正是从其人学思想的价值取向出发，通过专论、兼论和散论等不同方式，梳理文艺的发展史，研究对人类精神产生过积极影响的作家和作品，批判那些妄图阻碍人类精神朝着健康方向发展的作家、作品，同时还热诚地支持具有一定的社会主义倾向的作家，把文艺的发展同人类自身的发展与解放紧密结合。如《共产党宣言》所倡导的"世界性文学"的概念，就旨在通过文艺克服过去那种地方的和民族的自给自足和闭关自守状态，克服民族的片面性和局限性，使民族的精神产品成为公共的财产；而在《手稿》中所提出的"人也按照美的规律来建造"的思想，则更加自觉地显出马克思以美的理想和尺度来引导与规范人自身的生产和艺术作品的创造。恩格斯在《自然辩证法》中非常深刻地指出，人要彻底获得解放，成为真正的人，必须经过两次提升。一次是"人的最重要的历史活动"，"即人的生活必需品的生产"，"在物种方面把人从其余的动物中提升出来"；一次则是在"一个新的历史时期"，"一个有计划地从事生产和分配的自觉的社会生产组织，才能在社会方面把人从其余的动物中提升出来"。恩格斯认为，人的第二次

---

① 《1844年经济学哲学手稿》，见《马克思恩格斯文集》第1卷，人民出版社2009年版，第189页。

② 《共产党宣言》，见《马克思恩格斯文集》第2卷，人民出版社2009年版，第53页。

③ 《资本论》，见《马克思恩格斯文集》第5卷，人民出版社2009年版，第683页。

提升将使"人自身以及人的活动的一切方面……都将突飞猛进，使以往的一切都黯然失色"①。这就是说，从整体上看，人的自由而全面的发展与社会文明的进步和人类理想的实现基本上是同步的，马克思和恩格斯对文艺发展的价值期盼，正是寄希望于在文艺作品中描写和再现那些能充分体现推动历史发展进步力量的美好人性。可以看出，他们的社会理想和人的发展的价值期待是内在统一的。正像伊格尔顿所总结的，马克思主义的文学思想和文学批评"是一个更大的理论体系中的一部分，这个体系旨在理解意识形态——即人们在各个时代借以体验的社会的观念、价值和情感"②。

　　"人的自由而全面发展"，之所以构成马克思主义哲学及其文艺价值指向的理论依据，还在于这一命题对人的发展的规定具有科学的完整性与全面性。就其现实性而言，所谓人的自由而全面的发展，既包括人的全面丰富的社会关系的形成、人的需求的多方面发展、人的能力的全面提高和自由个性的充分实现，也包括人与自然关系的全面和谐以及因此而实现的人的多样性需求的充分满足。而从理论上分析，人的自由而全面发展的科学内涵则在于，人的类特性、社会特性和个性在个人那里得到自由而全面的发展。③ 这就是说，在马克思主义的哲学视野中，人的自由自觉的创造性活动的发展，首先体现着作为人的类特性存在的、人的主体性及其内在本质力量的充分发展。对于个体而言，只有充分发展和实现人的这一类特性，才能真正成为自由而全面发展的个人。其次，在马克思看来，人的自由而全面的发展，并非单个人的独立行为，只有在社会整体发展的意义上，人的自由而全面发展才有可能成为现实。所以说，"人的自由而全面发展"也是指人的"社会特性"在个人那里的充分发展，它不仅是人类的本质向个体的回归，亦表现为个人对社会特性的重新占有。在马克思看来，建立在人的社会特性不断完善基础上的个体，必须"使自身的自然中沉睡的潜力发挥出来"，从而也获得人的个性的自由而全面的发展，它包括人的个性、能力、人格、需要和知识的协调发展，人的自然素质、社会素质和精神素质的共同提高与发展。可见，马克思关于人的自由全面发展的界定，是一个十分完整的思想体系。正

---

① 《自然辩证法》，见《马克思恩格斯文集》第9卷，人民出版社2009年版，第422页。

② ［英］特里·伊格尔顿：《马克思主义与文学批评》，文宝译，人民文学出版社1980年版，第4—5页。

③ 康渝生：《马克思主义哲学的人学致思理路》，社会科学文献出版社2004年版，第196页。

是通过这种系统的理论阐释，马克思明确将其确定为唯物主义哲学的最高命题与其文化实践展开的重要价值取向，① 它毫无例外地对人类的文学艺术实践有重要的方法论指导意义。实际上，马克思经典作家也正是把文学艺术的创造与欣赏归结为人的自由自觉的生活活动。这种活动从主体的属性看，是对人的本质的全面占有，具有自由自觉的活动特性；而从客体的属性看，则是人的本质力量的审美外显与对象化，具有精神创造的多样性与丰富性。马克思文艺活动论的理论启示人们，文艺的出发点、联结点和归宿点是人，文艺是提升和构建"自由而全面发展的人"的重要途径。这也正是文学作为"人学"的重要内涵。

二、马克思主义文艺价值取向的理论基础

在对马克思主义文艺价值指向的理解中，应高度重视马克思对美的问题及其审美理论的基本规定，它构成了马克思主义文艺价值取向确立的理论基础。事实上，马克思本人是从反异化和肯定人的自由自觉的类特性的前提下，提出"人是按照美的规律来生产"的思想，并把人的整体发展与人的感觉的丰富及解放联系起来，作为人的进步与实现共产主义理想的必要前提。诚如有学者所阐释的，马克思的共产主义学说建基于马克思的审美理论，马克思的《手稿》包含一个对共产主义的审美辩护。这一对共产主义的审美辩护同时又构成马克思对资本主义商品的审美批判。它证明了艺术有助于支撑未来更高级的文明，在这种形式的文明中，人类活动不再被工具性的商品价值所困扰。② 因此，从马克思主义哲学的最高命题及其人学思想的逻辑规定来看，"按照美的规律创造"与培养"具有全部感官之丰富性的人"，构成了马克思主义文艺价值取向的基本内涵。"按照美的规律创造"，是马克思在《手稿》"异化劳动"一章中提出的一个重要思想。马克思是从对劳动的本质的思考，充分肯定人与动物的区别，肯定人的生命活动的价值功能的前提下提出这一命题的。马克思的论述是这样的："通过实践创造对象世界，即改造无机界，证明了人是有意识的类存在物，也就是这样一种存在物，它把类看作自己的本质，或者说把自身看作类存在物。诚然，动物也

---

① 康渝生：《马克思主义哲学的人学致思理路》，社会科学文献出版社 2004 年版，第 196—201 页。

② ［英］A. 迈克莱什：《马克思对共产主义的审美辩护》，《世界哲学》2005 年第 5 期。

生产，它也为自己营造巢穴或住所，如蜜蜂、海狸、蚂蚁等。但是动物只生产它自己或它的幼仔所直接需要的东西；动物的生产是片面的，而人的生产是全面的；动物只是在直接的肉体需要的支配下生产，而人甚至不受肉体需要的支配也进行生产，并且只有不受这种需要的支配时才进行真正的生产；动物只生产自身，而人再生产整个自然界；动物的产品直接同它的肉体相联系，而人则自由地对待自己的产品。动物只是按照它所属的那个种的尺度和需要来建造，而人却懂得按照任何一个种的尺度来进行生产，并且懂得怎样处处都把内在的尺度运用到对象上去；因此，人也按照美的规律来建造。"①马克思这段论述，在肯定实践作为人的有意识的类特性的前提下，通过对人与动物间不同本性及其表现的比较，深刻地揭示了"按照美的规律创造"这一命题所蕴含的基本思想。

首先，"按照美的规律创造"是在对人的本质即自由自觉的生命活动特征充分肯定的基础上提出的。按照马克思的理解，实践作为人类有目的地改造世界的感性物质活动；它既是人类特有的、主体的创造性活动，是对人类自身社会历史活动本质的概括，也是人类自由自觉的生命活动的完整体现。"有意识的生命活动把人同动物的生命活动直接区别开来"；②"一个种的全部特性、种的类特性就在于生命活动的性质，而人的类特性恰恰就是自由自觉的活动"。③可见，人也按照美的规律来建造，其核心是表明了人能够按照人的尺度，打破受动物性固有的单一物种尺度的限制，能动而合规律、合目的性地进行改造，从而最大限度地显示人的本质力量。美的创造正源于人对自己本质的全面展示与占有。"人不仅通过思维，而且从全部感觉在对象世界中肯定自己。"④当这种确认是以感情、想象、感性体验及生命观照等感性活动方式在感性对象上实现时，人与对象的这种关系就构成了审美关系。由此可见，马克思"按照美的规律创造"的命题，其价值取向的核心

---

① 《1844年经济学哲学手稿》，见《马克思恩格斯文集》第1卷，人民出版社2009年版，第162—163页。

② 《1844年经济学哲学手稿》，见《马克思恩格斯文集》第1卷，人民出版社2009年版，第162页。

③ 《1844年经济学哲学手稿》，见《马克思恩格斯文集》第1卷，人民出版社2009年版，第162页。

④ 《1844年经济学哲学手稿》，见《马克思恩格斯文集》第1卷，人民出版社2009年版，第191页。

是对人的自由创造特征即人的生命活动属性的充分肯定。因为这一属性既是构成人的不断提升与文化发展的重要动力，也是人类审美活动生成与审美价值实现的根本所在。

其次，"按照美的规律创造"，除了对"种的尺度"和"内在的尺度"的理解外，还有一个对"美的规律"理解的问题。所谓"美的规律"是指作为审美原则与艺术特征方面的特征与属性，即马克思所讲的"艺术的掌握"的客观规定性与规律的问题。如按照"艺术方式加工"的思想，强调文学创作要"莎士比亚化"，而不要"席勒式"；强调作家对于生活的评论是"诗意的裁判"；强调要保持古希腊艺术中的"想象""幻想"和"形象化"；强调艺术欣赏中"艺术享受"和"儿童的天真"；强调对作品的批评应掌握"美学的历史的"尺度等等。这些均体现了马克思对文艺本质的理解与对美的规律的强调是内在统一的。尤为可贵的是，马克思还着力强调美的规律在构建审美主体中的重要性。在马克思看来，审美的修养与能力是人之为人最惯常也是最主要的标准。"从主体方面来看，只有音乐才能激起人的音乐感……所以社会的人的感觉不同于非社会的人的感觉。只是由于人的本质的客观地展开的丰富性，主体的、人的感性的丰富性，如有音乐感的耳朵、能感受形式美的眼睛，总之，那些能成为人的享受的感觉，即确证自己是人的本质力量的感觉，才一部分发展起来，一部分产生出来。"① 在人的审美能力的发展中，马克思高度重视人的社会化程度的提高。"因为，不仅五官感觉，而且所谓精神感觉、实践感觉（意志、爱等等），一句话，人的感觉、感觉的人性，都只是由于它的对象的存在，由于人化的自然界，才产生出来的。五官感觉的形成是以往全部世界历史的产物。"② 因此，马克思所理解的审美的人，是指扬弃了囿于粗陋的实际需要，超越私有制与异化现象的束缚，并获得人的一切感觉和特性彻底解放的人。而文学艺术活动也正是以主体的自由自觉的创造，不断突破外在客体与对象世界的束缚，突破人的感觉的单一性的限度，通过丰富人的精神世界，建立与世界的诗意关系，以实现审美创造的多种文化意义。在马克思看来，人的审美性的生成与共产

---

① 《1844 年经济学哲学手稿》，见《马克思恩格斯文集》第 1 卷，人民出版社 2009 年版，第 191 页。

② 《1844 年经济学哲学手稿》，见《马克思恩格斯文集》第 1 卷，人民出版社 2009 年版，第 191 页。

主义的实现是同步的。因为共产主义是人的自我异化的积极的扬弃，是通过人并且为了人而对人的本质的真正占有；因此，它是人向自身、向社会的人的复归，这种复归是完全的、自觉的而且保存了以往发展的全部财富的。"这种共产主义，作为完成了的自然主义，等于人道主义，而作为完成了的人道主义，等于自然主义，它是人和自然之间、人和人之间的矛盾的真正解决，是存在和本质、对象化和自我确证、自由和必然、个体和类之间斗争的真正解决。"① 所以说，在马克思主义文艺观的价值指向中，人的提升与意义世界的构建既是基本内容，也是最高目标。塑造与建构审美的人与共产主义目标的实现是高度统一的。马克思希望用共产主义来实现广大边缘人的梦想。"保存了以往发展的全部财富"的人类进步最后终止于这样一种社会，这种社会创造着具有人的本质的全部丰富性，创造着具有丰富的、全面而深刻的感觉的人。

三、马克思文艺思想对文论知识创新的指导意义

创造具有全部感官之丰富性的人，作为马克思主义文艺观体现的重要价值取向，不仅丰富了马克思人的自由而全面发展的思想，为文艺活动按照美的规律生产提出了明确的目标和任务，而且具有十分重要的现实指导性。在《手稿》中，马克思对创造具有全部感官之丰富性的人的理论进行了系统阐释。马克思说，"人以一种全面的方式，也就是说，作为一个完整的人，占有自己的全面的本质。人同世界的任何一种人的关系——视觉、听觉、味觉、触觉、思维、直观、感觉、愿望、活动、爱，——总之，他的个体的一切器官，正像在形式上直接是社会的器官的那些器官一样，通过自己的对象性关系，即通过自己同对象的关系而占有对象"② "同样，已经产生的社会，创造着具有人的本质的这种全部丰富性的人，创造着具有丰富的、全面而深刻的感觉的人作为这个社会的恒久的现实。"③ 由此可见，马克思所谓

---

① 《1844 年经济学哲学手稿》，见《马克思恩格斯文集》第 1 卷，人民出版社 2009 年版，第 185 页。

② 《1844 年经济学哲学手稿》，见《马克思恩格斯文集》第 1 卷，人民出版社 2009 年版，第 189 页。

③ 《1844 年经济学哲学手稿》，见《马克思恩格斯文集》第 1 卷，人民出版社 2009 年版，第 192 页。

"具有全部感觉之丰富性的人"，首先是指一种具有完整性与全面发展的人，是指人成为自身全面关系的占有者，成为自身全面需要和全面创造力的主体。马克思对人的完整性的界定，不仅包含对人的感性生命活动方式的整体性的注重与强调，如，不仅强调人的感觉、思维，还强调人的情感、认识及意志；不仅重视人的生命活动的直观性和思考，也重视人的理性、非理性及愿望。总之，它意味着人对人的精神的全部内容的充分占有。这种占有，既是对人的片面性需要的超越，也是对人的生命活动所表现的单一性、狭隘性与功利性的扬弃。表明在人与自然、个人与社会相统一的历程中，不断生产与构成了社会关系与个体需要之间的无限的丰富性。其中既有现实关系的全面性与和谐性，也有人的感觉与本质的完整性与丰富性。而只有在这种无比丰富的关系中，人类才能进行全面而自由的选择，与实现这种全面的关系与全面的需要相适应，人的创造力也得到了最全面的发展，真正实现了"按照任何一种尺度来进行产生"，并且自由地把内在的尺度运用于所作用的对象上，这正是包括艺术在内的美的创造的基本规律，它进一步丰富了马克思人的自由而全面发展这一最高命题的理论内涵，对文艺生产有十分重要的指导意义。其次，"创造具有全部感官之丰富性的人"也是指人的个性的充分发展。马克思所讲的人的完整性，是真正实现了个性的人。马克思在《手稿》中指出："社会的人的感觉不同于非社会的人的感觉。只是由于人的本质的客观地展开的丰富性，主体的、人的感性的丰富性，如有音乐感的耳朵，能感受形式美的眼睛，总之，那些能成为人的享受的感觉，即确证自己是人的本质力量的感觉，才一部分发展起来，一部分产生出来。"[①] 可见，作为个体的人的自由全面发展是创造具有全部感官之丰富性的人的最高目标。它既意味着个人需要的日益全面和丰富，即每个人按其自身的特点生成并提出积极的需要，这种需要由单一的片面的需要发展为日益全面的需要，由低层次需要向以充实人的本质力量为取向的积极性需要发展。而且，在马克思看来，人的个性的充分发展意味着人具有了丰富而全面的感觉。由于素养的全面提高，人原本所拥有的感觉逐步发展成为丰富全面而深刻的感觉，从而使人的感觉的对象真正成为自身本质力量的确证。诚如马克思所总结

---

　　① 《1844 年经济学哲学手稿》，见《马克思恩格斯文集》第 1 卷，人民出版社 2009 年版，第 191 页。

的，"私有财产的扬弃，是人的一切感觉和特性的彻底解放；但这种解放之所以是这种解放，正是因为这些感觉和特性无论在主体上还是在客体上都变成人的。"①

"创造具有全部感官之丰富性的人"，作为马克思关于审美完成了的人的基本条件，还包括对人的感性存在与人的生命活动的感性属性的肯定。由于马克思主义哲学的出发点是关注现实的人和人的现实活动，因而在著名的《关于费尔巴哈的提纲》中，马克思明确提出必须克服旧唯物主义"对事物、现实、感性，只是从客体的或者直观的形式去理解，而不是把它们当作人的感性活动，当作实践去理解"的主要缺点。在马克思主义哲学看来，哲学立论的基础并非仅仅局限于旧哲学那种狭隘的自然观，而应将哲学的视野拓展至人类实践活动所涉及的全部感性世界，尤其是在对人的完整性的认识方面更应如此。马克思讲："感性必须是一切科学的基础。科学只有从感性意识和感性需要这两种形式的感性出发，因而，只有从自然界出发，才是现实的科学。全部历史是为了使人成为感性意识的对象和使人作为人的需要成为（自然的、感性的）需要而作准备的发展史。"② 在这里，马克思特别指出了感性完善在人的历史发展过程中的重要性。一方面，人作为自然的、肉体的、感性的、对象性的存在物，这些是表现和确证他的本质力量所不可缺少的、重要的对象。"说人是肉体的、有自然力的、有生命的、现实的、感性的、对象性的存在物，这就等于说，人有现实的、感性的对象作为自己的本质即自己的生命表现的对象；或者说，人只有凭借现实的、感性的对象才能表现自己的生命。"③ 但是，马克思也没有简单地、直接地肯定人的感性存在，他认为其中有更多的自然性与受动的特征。"说一个东西是感性的，就是指它是受动的。"④ "正像人的对象不是直接呈现出来的自然对象一样，直接地客观地存在着的人的感觉，也不是人的感性、人的对象性。正

① 《1844 年经济学哲学手稿》，见《马克思恩格斯文集》第 1 卷，人民出版社 2009 年版，第 190页。

② 《1844 年经济学哲学手稿》，见《马克思恩格斯文集》第 1 卷，人民出版社 2009 年版，第 194页。

③ 《1844 年经济学哲学手稿》，见《马克思恩格斯文集》第 1 卷，人民出版社 2009 年版，第 209—210 页。

④ 《1844 年经济学哲学手稿》，见《马克思恩格斯文集》第 1 卷，人民出版社 2009 年版，第 211页。

像一切自然物必须产生一样，人也有自己的产生活动即历史，但历史是在人的意识中反映出来的，因而它作为产生活动是一种有意地扬弃自身的产生活动。历史是人的真正的自然史。"① 人的历史作为一种真正的自然史，无疑包含了一个不断扬弃与提升自身的过程。在马克思看来，其中既包括对异化劳动与异化现实的扬弃，也包括对人的存在的单一性与片面性的扬弃；既包括对人作为动物性存在所属的那个种的尺度的扬弃，也包括从自然、受动方面直接地表现感性生命的扬弃。可见，在"按照美的规律创造"的命题中，对的感性的培养与塑造是马克思建构审美的人的核心内容，有十分重要的理论价值与指导文艺实践的现实意义。

20 世纪以来，西方文论所显示的思想的新颖性与知识形态的丰富性，值得中国文论的知识创新深刻理解和借鉴。事实上，这些宝贵的理论资源，已极大地影响了中国当代文论在价值态度与知识构成方面的建构。然而诚如有学者所指出的，当代西方文论中所呈现的各种语言、社会、历史及文化的转向，只是作为不同的文化背景而存在，还未能提供一种更广泛的价值普遍性。但"19 世纪以来的经典马克思主义提供了，而且，迄今为止提供得最为完备。在价值普遍性上，马克思主义文论具有世界意义和人类意义，这是它的合法性的根据"②。从这个角度出发，我们的基本理解是，对经典马克思主义文论的研究，囿于传统术语的使用和文论层面的解读是远远不够的，经典马克思主义文论并没有为我们提供文本分析的具体思路与方法。从某种角度讲，马克思和恩格斯是立足于未来，立足于无产阶级和人的解放的高度，来审视人类文学艺术的发展历程的。这就深刻地启示我们，在当代中国文艺理论的建设中，不仅应着重理解和准确把握马克思主义文艺观的价值内涵，而且应更加主动地发挥其指导与改造现实的巨大作用，"无论文艺与审美的问题性如何丰富与复杂，其中有一点却是肯定的，那就是文艺学与美学所真正关切的问题域是指人类生存现状中的价值指归与选择"③。因而，只有以马克思主义文艺观的价值指向为依据，才能更好地促进当代中国的文艺

---

① 《1844 年经济学哲学手稿》，见《马克思恩格斯文集》第 1 卷，人民出版社 2009 年版，第 211 页。

② 许明：《回应当下性——关于当代中国的马克思主义文论》，《文艺研究》2000 年第 4 期。

③ 李西建：《本体论创新与视界开放——对文艺美学学科问题的哲学思考》，《陕西师范大学学报》（哲学社会科学版）2004 年第 2 期。

创作和批评实践与整体的文化生态系统建设，按照科学而和谐的目标发展。这一点才是我们重读马克思文论思想的根本意义。

第二节　马克思主义审美理论与中国传统思想的会通

马克思主义理论在中国的实践历程，其实质乃是国人思考中国革命和建设的现实，从而将马克思主义理论中国化的过程。在此过程中，马克思主义与中国传统文化思想的融通结合，成为源于我们自身文化根性的理论召唤。从某种意义上说，马克思主义与中国传统文化思想的结合程度与结合效果，不但决定着传统文化在当代中国的继承发展，而且也决定着马克思主义在中国的命运。

而鉴于中国传统文化所固有的诗性特征，马克思主义美学与中国传统审美文化相融合，自然是这种结合的一个关键方面。事实上，马克思主义美学作为外来的美学思想，如果不能在最基本的美学精神上与中国延绵数千年的美学精神相契合，就很难在中国长期发展，并获得"主流"地位。正如毛泽东所指出的：中国的马克思主义理论学习与实践要具备中国的特点，"使之在其每一表现中带着必须有的中国的特性"①，而中国传统审美思想，正是马克思主义美学获得"中国气派"的不可缺少的本土资源，只有二者相互涵化会通，既以中国的审美话语形式表述马克思主义美学精神，同时对中国传统审美思想进行马克思主义的说明与阐发，才能使马克思主义的美学理论在中国落地生根，获得持久而强劲的生命活力。

一、马克思主义与中国传统思想的文化结点

不同文化间的会通融合是人类文化发展的普遍规律，同时也决定着特定文化的最终性质和发展趋向。从历史角度看，中国传统文化的发展从一开始便以其丰富的精神蕴藉，体现着不同地域、民族、阶层文化之间的相互影响与交织。

而在当代，作为无产阶级科学世界观与方法论的马克思主义与中国本土传统文化的会通融合，不仅必要而且可能。这是因为：从源头来看，马克思

①　《毛泽东选集》第2卷，人民出版社1991年版，第534页。

主义本身就是 19 世纪中后期马克思、恩格斯对德国古典哲学、英国古典政治经济学以及法国空想社会主义进行批判性改造的结果，其理论本身就具有开放性、实践性、包容性等特征。而从文化内涵来看，马克思主义与中国传统文化虽有诸多差异，但并不存在根本冲突，中国传统文化所蕴含的实事求是的思想方法，阴阳互补的辩证思维、经世致用的实践态度以及对大同社会理想的不懈追求，与马克思主义均具有相通性，而中国传统文化的主体修养理论以及人生哲学，则可丰富和发展马克思主义，使其人学底蕴在中国传统文化的陶染下得以充分发挥。

不过，如果一定要找到一个概念，将之作为贯通与凝聚马克思主义与中国传统文化的精神结点，则非"和谐"莫属。

客观来说，用和谐来概括文化的精神本质，把文化的理想归于和谐，无论在中国还是在西方，都有着十分悠久的历史。正如有学者指出的："当人类的文明之钟在黄河流域和地中海沿岸同时敲响的时候，所发出来的第一个声响便是和谐之音。"[1] 不过，有所不同的是，与日益体现主客二分思维的西方文化发展轨迹相比，"和谐"却是中国传统文化思想中一以贯之的核心观念。早在先秦时期，"和"的文化观念已广泛见于孔子、老子、庄子、子产、伍举、史伯、晏子等人的言论之中，先秦之后，通过不断丰富发展，"和"更成为中国传统文化中一个处理人自身、人与自然、人与人之间多个层面关系的核心概念：以此概念论人自身，则求个体心灵之和，主张个体情志欲念、喜怒哀乐等心理要素的协调发展，从而保证个体心理结构的稳定与均衡；以此概念论主客关系，则求"天人合一""心物合一""物我一体"，由此促进人与自然的共生共处、互建互补；以此概念论社会，则求人伦之和，由此达成个体与个体、个体与群体之间团结有序、亲爱互助的良好效应。总体来看，"和"的精神贯穿、涵盖了中国传统文化的方方面面，其对中国人影响的深度、广度以及持久力，使之成为中国与西方相区别的最具辨识力的文化标志。

而在上述"和"的文化精神的多层面展开中，"天人合一"，即人与自然的和谐、共同发展，既是人自身心灵和谐的基础，也是社会之中人伦和谐的前提。我国著名美学家宗白华先生便曾指出："希腊半岛上城邦人民的意

---

① 周来祥、陈炎：《中西比较美学大纲》，安徽文艺出版社 1992 年版，第 121 页。

识更着重在城市生活里的秩序和组织，中国的广大平原的农业社会却以天地四时为主要环境，人们的生产劳动是和天地四时的节奏相适应。"① 事实也正是如此，中国古代典籍《尚书·洪范》就曾初步描述了中国人眼中宇宙与人的原始和谐关系。该书认为，"五行"不仅是构成世界万物的基础，同时亦是人们生产生活中不可或缺的元素，所谓"水曰润下，火曰炎上，木曰曲直，金曰从革，土爱稼穑"②，人遵循"五行"运作的规律进行生产生活，与"五行"相互契合，是人实现自我生存与发展的必要前提。《尚书》之后，从中国早期渔猎、农耕生活的具体经验出发，强调人与自然的和谐共存，成为先秦诸子学说中一个重要的文化命题，例如《孟子·梁惠王上》就强调："不违农时，谷不可胜食也；数罟不入洿池，鱼鳖不可胜食也；斧斤以时入山林，材木不可胜用也；谷与鱼鳖不可胜食，材木不可胜用，是使民养生丧死无憾也。养生丧死无憾，王道之始也。"③ 与孟子的观点相似，《吕氏春秋·首时》也强调了人对自然的索取限度，并突出揭示了"竭泽而渔""焚薮而田"等人与自然的对立行为的后果与代价。《孟子》《吕氏春秋》中的相关论述表明，中国人从一开始便理解其自身与生存环境之间的密切联系，其视野也始终集中在"天""人"和谐而非主客二分这一焦点之上，这就导致早在中国文化发展的"轴心时代"，尊重自然、避免人与自然的冲突矛盾，就已经上升成为指导中国人生产活动的一个基本原则。也正是基于此，国内学者余谋昌先生在其《生态哲学》一书中指出，人与自然的和谐、共存、可持续发展关系是中国古代的重要哲学思想之一；当代著名哲学家张岱年先生也指出，中国传统文化中最为核心的是"天人合一"的和谐观念，其"比较深刻的含义是：人是天地生成的，人与天的关系是部分与全体的关系，而不是敌对的关系，人与自然应该和谐相处"④。

与中国传统文化相比，20世纪初传入中国的马克思主义理论，之所以能在中国落地生根并迅速蓬勃发展，显然与二者在精神气质上的某种共同性密切相关。而这种共同性的一个重要方面，正在于"和谐"价值的追求。

事实上，"和谐"思想是马克思主义理论体系中极为重要的一部分。尽

---

① 宗白华：《美学散步》，上海人民出版社1981年版，第195页。
② 周秉均：《尚书》（国学丛书），岳麓书社2001年版，第121页。
③ 朱熹：《四书章句集注》，浙江古籍出版社2012年版，第178页。
④ 张岱年：《论中国哲学发展的前景》，《传统文化与现代化》1994年第3期。

管马克思、恩格斯在他们的时代并未频繁而直接地使用"和谐"一词来进行理论建树，甚至相反，马恩二人将理论目光始终聚焦于资本主义社会内部不可调和的矛盾，并强调这一矛盾的揭示对推动世界无产阶级革命是十分重要的。不过，如果我们仔细审视马恩对社会主义、共产主义本质的阐述与表达，便不难发现，中国传统文化中作为人类生存的一种最高价值诉求的和谐观念的建构，与马克思主义解放全人类、实现所有人的全面发展的价值指向是高度一致的。例如：马克思在其青年时期所创作的《1844 年经济学哲学手稿》中，就曾提出一个贯彻其整个革命与理论生涯的重要命题：共产主义对自我异化与私有财产的扬弃，"是通过人并且为了人而对人的本质的真正占有，因此，它是人向自身、向社会（即人的）人的复归，这种复归是完全的、自觉的而且保留了以往发展的全部财富的。这种 communism（共产主义），作为完成了的自然主义，等于人道主义，作为完成了的人道主义，等于自然主义，它是人和自然界之间、人与人之间的矛盾的真正解决，是现象和本质、对象化和自我确证、自由和必然、个体和类之间的斗争的真正解决"①。在这段论述中，马克思虽然没有直接提出"和谐"概念，但却在事实上注意到了作为全面解决人类社会形态演进中种种矛盾的根本手段——实现共产主义所必然具有的和谐性质，即：共产主义是人的本质的真正占有，是人和自然界之间、人和人之间的矛盾的真正解决，这种矛盾的解决最终呈现的必然是和谐的社会环境与个体生存状态。也正是因此，"和谐"的共产主义社会理想体现了马克思解放全人类、实现人的自由与全面发展的终极价值追求，通过终极的和谐完成对人与自然、人与人及人自身的矛盾的解决，成为马克思主义理论建构的历史使命，也成为马克思主义批判理论中潜藏的最为重要、最为核心的理论环节。

二、马克思主义与中国传统美学的不同表述

崇尚和谐是中国传统文化思想的精髓，同时也是马克思主义理论内在的价值诉求，这就决定了，以和谐为纽带，建立一种具有中国传统思想底蕴的社会主义和谐文化观，是马克思主义与中国传统文化相结合的重要契机。尤

---

① 《1844 年经济学哲学手稿》，见《马克思恩格斯文集》第 1 卷，人民出版社 2009 年版，第 185 页。

其在审美领域，这种结合潜藏着巨大的话语空间与理论活力。可以说，和谐不仅体现在中国古代的社会政治、哲学思想当中，更体现在中国人对艺术的美学追求当中，马克思主义美学要想进一步中国化，就须进一步挖掘其自身的和谐论审美思想资源，从而与中国传统以和谐为核心的审美理论融会贯通。

首先，在中国古典的美学思想中，和谐即是美。中国早期诗歌、舞蹈、音乐等古典艺术表现形式，都鲜明地体现着多样而统一的和谐生命的律动。《国语·郑语》明确提出"和乐如一"的观点；《左传·襄公》则说道："八年之中，九合诸侯，如乐之和，无所不谐"①；《礼记·中庸》更强调："喜怒哀乐之未发谓之中，发而皆中节，谓之和。中也者，天下之大本也；和也者，天下之达道也。致中和，天地位焉，万物育焉。"② 由此观之，在中国古典文艺的萌发期，无论是诗歌、音乐、舞蹈还是其他形式，"谐"与"和"都是其最根本的艺术法则、最终的艺术创作目标以及最高的艺术境界。

需要指出的是，上述和谐美学观念非独立产生，而是根源于中国古代"天人合一"的和谐宇宙观。中国传统艺术中最终形成的文与质、虚与实、形与神、情与景、意与象的和谐审美追求，正是这种"天人合一"宇宙观的感性外化形式。《尚书·洪范》有云："润下作咸，炎上作苦，曲直作酸，从革作辛，稼穑作甘。"③ 在这里，与"五行"相配的酸、甘、苦、咸、辛五种味觉，是先于理论认识的中国人最为原初的审美意识，其建基于人与外在环境之间和谐一体的中国传统哲学立场，而正是这一哲学立场，强调人类生存空间中多样性要素之间的相互包容和沟通，最终将基于"天""人"和谐关系的传统生存智慧，逐渐演化为艺术创作中人与自然和谐共存、不相分离的天人关系视野，由此构成中国传统文化的诗性特质与中国古典美学开展的基本出发点。事实上，魏晋以降中国传统审美意识的自觉，尤其是其时山水审美情趣的盎然勃发，就是以此为基础生发出来的。例如：南朝时期刘勰强调"登山则情满于山，观海则意溢于海"④ 的文学创作意境，而这种创作

---

① 杨伯峻：《春秋左传注》，中华书局 2009 年版，第 993 页。
② 朱熹：《四书章句集注》，浙江古籍出版社 2012 年版，第 20 页。
③ 周秉钧：国学丛书《尚书》，岳麓书社 2001 年版，第 121 页。
④ 周振甫：《文心雕龙注释》，人民文学出版社 1981 年版，第 295 页。

意境的根基，便在于人与自然之间是一种"情往似赠，兴来如答"① 的平等交往关系；当代美学家宗白华先生，则从中国美学的"散点透视"和西方美学的"定点透视"两种不同审美价值取向的区别入手，强调前者始终站在人与生存环境和谐统一的哲学立场之上。

在西方，最早提出"美是和谐"的是古希腊的毕达哥拉斯学派，他们把数视为世界万物的本源，体现出对"数"的特殊执迷："'数'乃万物之源，在自然界诸原理中第一是'数'理。"② 而就美学思想来看，毕达哥拉斯学派认为，整个宇宙便是由数的和谐关系构成的，美就是在数之本体统摄下的一种数量关系的和谐形式。毕达哥拉斯学派之后，亚里士多德力图从对象的形式美感中总结审美各因素的和谐统一，从而把毕达哥拉斯学派以数为本体的和谐论美学转变为以具体事物形式为根据的和谐论美学。值得注意的是，尽管在 16 世纪以来中世纪神学美学、近代理性主义美学中，还有学者在继续谈论和谐，但西方学者对和谐的理解日趋神秘化，和谐论美学观念不断沦落，和谐美学的地位不断处于下降趋势却是一个不争的事实。而到了西方现代美学阶段，强调感性、欲望、本能的众多人本主义美学家，对美是由"理性"决定的"和谐"与"自由"的表现的传统美学观念进行了激烈的批判，在他们看来，"自由"固然是人的本质，但这种"自由"既不是由"理性"所决定的，也不是表现在"和谐"之中，而是表现人的生命的感性冲动之中，这种生命的感性冲动时常表现为非和谐、甚至反和谐的状态，其时常充满着激荡、冲突与矛盾，但只要它是对人之生命感性的实现，那么它就具有审美的内涵和意义。西方现代美学对审美问题的阐释，导致"和谐"与美的关系基本跳出了美学研究的视野，成为一个被边缘化乃至被悬置的理论话题。

在西方美学中逐渐失落的和谐美学观念，只是到了马克思那里，才焕发出新的生机与活力。当然，单纯从理论文本来看，在马克思的著作中并没有使用"和谐"来表达对美的本质的看法。但是，马克思从人类最基本、最重要的实践活动——劳动方面来探索审美的本源，从"人的本质力量对象化"的发生学原理来求解美的本质，均能体现出其通过对人与自然、主体

---

① 周振甫：《文心雕龙注释》，人民文学出版社 1981 年版，第 494 页。
② 转引自亚里士多德《形而上学》，商务印书馆 1989 年版，第 12 页。

与客体、必然与自由的矛盾的解决，来寻找人之感性谜题的理论动机，而这，又使得马克思对"和谐"与审美的关系的思考，在现代西方美学思想史上显得最为深刻，也最具启发性。

众所周知，马克思通过人类实践活动，超越了西方传统主客二分的形而上学思维模式，并在此基础上，重建了一种辩证和谐的主客体关系。马克思指出，在人与自然的关系中，人是自然界的有机组成部分，而自然界是人为了不致死亡而必须直面并与之不断交往的对象。不过，值得注意的是，人与自然之间的这种交往关系是与其他物种不尽相同的双重关系：一方面，"人直接地是自然存在物"[1]，人的肉体是自然界的有机组成部分，人必须依靠自然界，与自然界保持密切的交往关系，才能维持其生命的存在，因此人和自然界中的其他动植物一样，首先是受动的，不自由的；另一方面，与其他动物不同，人是自觉的有意识的存在，因此其又不满足于与自然界的受动与不自由的关系，并总是试图通过自觉的有意识的活动，将自然界作为自己思维的对象和改造的对象，由此处处彰显自己与自然界的区别。这样，在人与自然的关系中，人并不是完全被动、消极顺应的一方，而是一种主动、积极的呈现二者和谐统一的一方，人所具有的理想、天斌、才能，作为能动力量存在于人身上，与人对应的自然，则成为其表现和确证自身能动力量的对象。

马克思以实践为纽结点，论述了人与自然的辩证和谐关系，而正是这种辩证和谐关系，赋予了马克思的实践哲学深厚的美学底蕴，由此诞生的马克思主义美学观，实现了人类美学史上的重大突破与革命。依马克思之见，人的社会生产实践活动是"自由的有意识的活动"[2]，人不仅能于精神层面上反省自身，同时也能在现实层面，通过他所改造的对象世界来直观自身，因此，人的生产实践过程不仅仅是一个将自身尺度运用到实践对象之上，使之满足自身物质需求的过程，同时也是一个"懂得按照任何一个种的尺度来

---

① 《1844 年经济学哲学手稿》，见《马克思恩格斯文集》第 1 卷，人民出版社 2009 年版，第 209 页。

② 《1844 年经济学哲学手稿》，见《马克思恩格斯文集》第 1 卷，人民出版社 2009 年版，第 162 页。

进行生产"①，从而可以让各种不同因素和谐共存，并最终确证人之存在自由性的多向度社会实践过程。

也正是在此基础上，马克思认为，人类不但通过劳动实践改造客观世界，同时也通过劳动实践改造着人的主观世界，塑造着人的五官感觉，由此生成能审美欣赏的主体，而与此感性、审美主体对应的"美"，则是人以"全部感觉在对象世界中肯定自己"②的特殊方式，它体现着人与自然在人的自由自觉活动中所实现的和谐统一，其本质正是人的自觉、自由活动在对象世界上的凝结、肯定和确证。由此可以看出，尽管马克思由于种种原因，并没有用和谐一词来表达他对美的本质的看法，但马克思突出了人的创造活动和审美欣赏的密切关系——审美和人不可分割，正是审美使人和自然充分而圆满地结合起来。可以说，马克思对美的本质的内在界说是被其有关人的劳动生产实践的本质，也即人的自由自觉的活动本质论述规定的，马克思对美的看法自然包含了从其主客体辩证和谐的实践哲学延伸而出的和谐美学内涵。

三、马克思主义与中国传统美学的内在关联

马克思主义与中国传统美学对和谐审美的表述固然不同，但就理论本身来看，二者仍然具有内涵的深刻性与外延的现实性两个重要契合点。所谓内涵的深刻性，主要是指无论是中国传统的和谐美学观还是马克思主义和谐美学观，其内涵均有别于西方传统"寓多于一"的和谐论美学思想，具有着深刻的辩证意味；而所谓外延的现实性，则是指无论是中国传统和谐美学观，还是马克思主义和谐美学观，二者均将社会和谐作为其美学致思的终极价值诉求。以下试具体论述之：

首先，从内涵来看，在长期以来的西方传统美学中，"和谐"主要指代"多样统一""寓多于一"的审美均衡状态。这里的"多"与"一"的关系，主要指在审美对象中两种以上审美要素所构成的数量均衡关系，其突出强调的是通过对众多互异之物的调节，将多种不同的审美要素融汇为一个非

---

① 《1844年经济学哲学手稿》，见《马克思恩格斯文集》第1卷，人民出版社2009年版，第163页。

② 《1844年经济学哲学手稿》，见《马克思恩格斯文集》第1卷，人民出版社2009年版，第191页。

矛盾性的统一体。古希腊的毕达哥拉斯学派在历史上首次提出"美是和谐"的命题，而该学派对"和谐"正是这样解释的："和谐是杂多的统一，不协调因素的协调。"① 毕达哥拉斯学派之后、对西方美学影响深远的柏拉图和亚里士多德，尽管在对审美和谐的根源界定上与毕达哥拉斯学派有极大差异，但在强调审美对象非冲突性的多样统一问题上，二者与毕达哥拉斯学派并无显著区别，后世美学史家鲍桑葵就曾明确指出："柏拉图和亚里士多德对整体与部分的关系——多样性统一的略为具体的表现——是阐发得更为完善了，是体会得再也正确不过了。"② 事实上，从历史角度审视，柏拉图和亚里士多德之后的西方美学家对审美和谐的认识，正是沿着这些早期美学家所奠定的方向走下去的，其基本上没有突破"消弭一切内部矛盾的多元审美要素统一性"这一基本运思框架。

与西方传统和谐美学的"多样统一"观念有所不同，马克思的和谐美学思想充满了对立双方相辅相成、相济相生的辩证意味，这就避免了西方美学史上常将和谐与矛盾斗争完全对立起来的错误看法。在《哲学的贫困》中，马克思在批判蒲鲁东试图以消除事物自身内部对立面来解决现实矛盾的形而上学方法时指出，"两个相互矛盾方面的共存、斗争以及融合成一个新范畴，就是辩证运动"③，而事物内部各个要素之间的"共存、斗争和融合"是宇宙间一切事物新陈代谢的基本前提与方式。也正是从这一观念出发，马克思一方面指出："资产阶级的生产关系是社会生产过程的最后一个对抗形式"④，因此在资产阶级社会胎胞里发展起来的、建立在更高生产力基础上的社会主义和共产主义社会，就是一个消除了社会生产过程中诸多"对抗"因素、使人与自然、个体与社会和人与人自身达到了和谐统一的社会；另一方面，马克思又强调，社会生产过程中的"对抗"因素的消除并不意味着矛盾从此不复存在，而只是说，那种从社会生产过程中产生出来的矛盾将不再采取"对抗形式"，也不再需要以"对抗形式"去解决。也正是基于这一总的认识，马克思指出，共产主义、社会主义时代的人与自然、人与自身、

① 北京大学哲学系：《西方美学家论美和美感》，商务印书馆 1980 年版，第 14 页。
② ［英］鲍桑葵：《美学史》，张今译，商务印书馆 1985 年版，第 45 页。
③ 《哲学的贫困》，见《马克思恩格斯文集》第 1 卷，人民出版社 2009 年版，第 605 页。
④ 《〈政治经济学批判〉序言》，见《马克思恩格斯文集》第 2 卷，人民出版社 2009 年版，第 592 页。

人与人之间的关系，其实质应该是一种新型的、对立统一的和谐关系，在此时代背景下的人的自由感性的实现，同样不能脱离矛盾和斗争，存在于社会主义、共产主义社会中的美，其实质是一种对立统一的和谐美。

如果说马克思的辩证和谐思想超越了西方和谐美学的传统意涵，具有不同以往的理论深刻性，那么这种理论深刻性在中国传统美学中也有十分充分的体现。众所周知，中国人以和为善、以和为美的和谐文化，本身就包含着对事物之间差异性、多样性的尊重。《国语·郑语》便记载了西周末年的史伯对"和"与"同"范畴的辨析，并提出了"和实生物，同则不继"的重要观点。可以说，这种"和而不同"或"不同而和"的观点，与西方"寓多于一"的哲学、美学观念有相通之处，即：二者都意指包含着差异的多样统一。

不过，尽管如此，从中国思想史的角度全面审视，我们仍会发现，中国人不仅以相对直观的多样统一与数量均衡来阐释和谐之境，更在中华文明肇始之初便已存在的"阴阳"有对之学基础上，发展出了更为深刻的"执两用中"的辩证和谐思维方式。例如在早期文化典籍《易经》所表述的中国人早期的哲学思想中，便处处渗透着相反相成的阴阳意识。到了春秋时代，晋国史墨更直接提出了"物生有两"的命题，在这里，"两"不是简单的数词，而是指事物的对偶并立的矛盾状态。"物生有两"命题的提出，意味着一种"凡物无独有偶"的认识习惯和思维模式已在中国人心里初步形成。更为有趣的是，这种"物生有两"的思维模式，并未与前述中国人"和而不同""不同而和"的和谐观念相冲突，恰恰相反，二者相互融汇，最终通过一种辩证和谐观念相互联系在了一起。正如《道德经》中所揭示的："万物负阴而抱阳，冲气以为和。"[①] 一阴一阳、矛盾的双方的对立统一构成了万物和谐的基础，这便使得中国古代和谐思想具有了深刻的辩证意味。

值得注意的是，这种深具辩证意味的和谐思想一旦进入艺术与审美领域，便使得中国古典和谐美学在强调多样统一之美的同时，更强调"执两用中"之趣。正如战国时期晏子所描述的："和如羹焉，和如羹焉，水、火、醯、醢、盐、梅，以烹鱼肉，之以薪，宰夫和之，齐之以味，济其不及，以泄其过。君子食之，以平其心……声亦如味，一气，二体，三类，四

[①]　陈鼓应：《老子今注今译》，商务印书馆 2003 年版，第 233 页。

物，五声，六律，七音，八风，九歌，以相成也；清浊、大小、短长、疾徐、哀乐、刚柔、迟速、高下、出入、周疏，以相济也。"① 晏子以羹汤和谐做比，既指出了音乐中多种因素之间相辅相成、多样统一的关系，同时也指出了音乐中各种对立要素之间非彼无我、相反相济的辩证和谐关系。而恰恰是后者，构成了中国传统美学有别于西方传统美学的民族风貌，并决定了中国传统美学所涉及的文学艺术概念、范畴绝少单称并独尊于一极，更多是以成对成双、两两相应的形式出现的。在这里，每对概念、范畴中虽有主次、从属之分，但任一方又都必须以另一方的存在为自己存在的条件与前提。正如《左传·襄公》中吴公子季札在鲁观乐时对于周乐所作的"广而不宣""直而不倨""迁而不淫""曲而不屈"等一系列辩证评价，《乐记》中对音乐的鉴赏标准的探讨，其中也有"阴而不密""阳而不散""柔气不慑""刚气不怒"等一连串类似表达，至于孔子，其以"乐而不淫，哀而不伤""尽善尽美""文质彬彬"的说法描述音乐乃至整个艺术创作的审美价值追求，更是直接而深远地影响了千百年来中国人在相反相成的审美因素的辩证思考中，强调两两相对的矛盾因素应守中兼得的艺术审美趣味。

　　由此可见，中国古典美学的"执两用中"之趣，与西方传统美学所偏重的"寓多于一"的和谐审美观有着极大的不同，而其与超越西方传统美学的马克思的辩证和谐审美观却有着精神气质的共通性。也正是因此，其可以成为、同时也应该成为后者中国化进程中可资借鉴的思想、话语资源。

　　其次，从外延来看，无论对于中国传统美学还是对于马克思主义美学，"和谐"都不仅是狭隘的美学概念，而是一种更广义、更具现实感的文化观念，这种文化观念的终极价值诉求，均包含一种审美的社会理想。

　　众所周知，从古希腊到马克思时代的西方哲学家，大多是脱离人的物质劳动实践来讲"和谐"的，也正是因此，其思想充满着对和谐概念的唯心主义、宗教神秘主义或直观唯物主义的解读，以这些错误的解读为基础，既不能科学地说明和谐产生的根源所在，也不能解释为什么以及在怎样的意义上和谐才是一种美。相比之下，马克思对和谐概念的把握，是将该概念放到人类实践的基础上来加以说明。事实上，在马克思那里，和谐概念所具有的深刻社会历史内涵正在于，通过合规律的实践活动将人的本质力量向对象世

---

① 杨伯峻：《春秋左传注》，中华书局 2009 年版，第 1420 页。

界渗透，形成对象世界的人化，由此使人在他所改造的对象世界中直观自身，形成人与客观世界诸关系辩证统一的境界。

而在确证生产关系是人的社会关系主体的基础上，马克思关于人类社会理想状态的思考，也抓住了"和谐"这一概念，并通过这一概念赋予未来共产主义社会以美学内涵。事实上，在马克思的理论语汇中，经由革命的实践扬弃私有制、实现共产主义，不过是人类社会从阶级利益的尖锐对立逐步走向辩证和谐的另一种表述而已。依照马克思的描绘，未来理想社会的生产条件使得"联合起来的个人对全部生产总和"实施公平的、合理的、科学的占有，人与人在生产中相互协作、和谐共存。而在劳动的强迫性被消除后，劳动本身便超越了其原先纯粹作为手段的狭隘性，恢复了其本就具有的作为人的自身需要的特性。又由于劳动本身提供了人的才智、能力的发挥舞台而使人感到幸福，因此人才有了对劳动过程及其产品进行审美欣赏的心态，即：审美欣赏不再是与人类生产生活无关的或者可有可无的东西，而是作为现实生活要素与人的社会实践性紧密相连，个体的审美活动不但不是超越社会的，反而其本身就是源于人的社会实践，甚至与后者融为一体，而这，便是马克思赋予共产主义社会审美内涵的根本原因。

正如有学者所指出的："马克思主义是关心人、重视人的，是主张解放全人类的。"[①] 马克思的和谐美学观正是与人类的解放密切相关，它是马克思主义美学的终极目的。事实上，也正是基于这种强烈的现实价值指向，马克思的和谐美学观才没有抽象地把"和谐"看作仅仅由数的比例关系所决定的东西，同时也少有西方传统美学中"和谐"论说的那种唯心色彩与神秘基调。

回头再看中国传统美学，我们不难发现，在中国传统思想当中，和谐作为艺术审美活动中的基本原则既源于天人合一的宇宙观，同时又归结于一种和谐的社会理想。事实上，中国的哲学与美学，很早就素朴地把个体与社会的和谐统一看作是艺术审美发展所要追求的最高境界。从某种意义上说，中国人和谐美学的建构与中国人和谐社会理想是互为一体的，和谐美学的建设并非旨在成立一个与世隔绝的艺术王国，而是以和谐社会的达成为归宿。例如，在中国传统文化中，音乐与诗歌中的和谐美既被认为是人与自然、宇宙

---

① 黎德化、程广云：《与时俱进的社会主义文化》，广东人民出版社 2002 年版，第 141 页。

和谐的中介，同时更被认为是社会、政治、人伦关系和谐的感性显现，以音乐的天之和来教化人民，以达到有序的人之和，被看作音乐所达到的理想境界。《礼记·乐记》中便曾讲到：好的音乐"与天地同和"，其不但可陶冶性情，使人获得审美享受，同时还可达到君臣和敬、长幼和顺、父子兄弟和亲的良好社会效果，由此实现整个社会的健康有序。《礼记·乐记》的这一观点表明，尽管从整个社会理想来说，作为中国传统文化主流的儒家文化是以伦理学作为实现社会理想的主要手段的，但儒家学者也注意到，相比于"礼"作为人与社会辩证和谐关系的外在规定，以音乐为代表的中国传统艺术具有以情感人，直达人心的特殊功能，也正是因此，历来儒家所关注的社会理想的达成，绝不仅仅依靠外在规定的"礼"的操行，而是同时力求通过"礼""乐"和合的艺术审美视域来彰显"礼"作为人的内在需求的感性态势，由此最终达致人世之和的终极价值目标。正如孔子自己所说："礼之用，和为贵。先王之道，斯为美。"① 在孔子儒家哲学展开的千年历史长河中，儒家学者一直致力于"礼"与"乐"的相容相通，把个体与社会的和谐统一看作是文艺审美发展所要追求的最高境界，以此教化人们为美善合一的人间和谐秩序而努力奉献。

马克思的和谐审美观，是以 1843 年开始创建的从人类生产实践出发的历史唯物主义和科学社会主义为理论基础的，这种和谐审美观与马克思对人类社会的现实考量紧密联系，同时也展现为一个理想社会的审美视域。而中国传统文化中的和谐审美观，同样也与中国人的现实关怀相联系，并与中国人的社会理想紧密结合在一起。这充分表明，中国传统美学与马克思主义美学的和谐美学思想具有的共同的价值目标，这也为二者的融通提供了可能。

四、走向辩证和谐美学

尽管以"和谐"为纽结点，马克思主义美学与中国传统审美理论可以建立起一种联系，但这并不意味着二者在内涵、取向上完全一致，可以相互替代。事实上，马克思主义的和谐审美观与中国传统和谐审美观，不但在话语表述上存在着明显的差异，而且就理论本身来说，也有侧重的不同，这构成了二者互补互建的基础。尤其对于马克思主义美学中国化过程来说，中国

---

① 朱熹：《四书章句集注》，浙江古籍出版社 2012 年版，第 49 页。

古典审美理论中的和谐思想仍然是其不可缺少的有益资源。

以当代作为马克思主义美学主流的实践论美学为例。客观来看，实践美学有关"美的本质、根源来源于实践"的说法，不但和改革开放以来"实践是检验真理的标准"讨论遥相呼应，而且突出了人在审美过程中的主体地位，顺应了新时期文艺主体性思潮的人文关怀诉求，因此，其充分体现了文艺学、美学冲破思想禁锢的积极开拓精神与强烈的时代特征。

然而，值得注意的是，由于近代以来中国美学颇受西方美学影响，其思维方法也大多展现为西方式的，强调美学研究的思辨分解。尤其对于早期实践美学来说，其理论言说虽力求避免这种西方式的思维方式，但从根本来看，这种实践美学仍然没有完全超出西方哲学、美学传统所深陷的二元思维窠臼。比方说，以李泽厚为代表的早期实践美学在营构其美学体系的过程中，曾试图通过"积淀说"这一中介来沟通主观与客观、感性与理性等对立因素，然而，由于早期实践美学对实践概念本身的群体性意涵、历史积淀过程的强调，对这些过程的理性化特征的突出，这便使得实践美学对诸多对立因素的调和并不尽如人意，其仍带有强烈的理性主体的偏向性。而这种理性主体的偏向性，最终决定了早期实践美学在审美和艺术中特别强调社会性情感的推动作用，特别强调社会性因素的先在性及其对个体审美活动的规约，从而大大忽视了审美活动中丰富而多样的个体心理要素。

正如国内学者徐碧辉所指出的：马克思主义美学是建立在马克思主义哲学基础之上的、以实践为基础的美学思想，然而，"在实践美学中，理性与感性，群体性与个性，必然、总体与偶然、个体之间始终处于一种矛盾的紧张状态中"[①]。这表明，早期实践美学的理论建构中，资本主义生产方式的内部矛盾所导致的个体的异化以及人与自然、人与人、人与社会之间的分裂状态，并没有得到彻底而有效的纾解，审美活动中诸种要素的对立与冲突，依旧是实践美学乃至作为其理论基础的实践哲学的主要困境。而以这样的异化、紧张与冲突状态，马克思主义美学所力图实现的主体与客体的相互融合以及在此融合中展现人的全面本质，无论从理论还是从现实上看，都将成为不切实际的幻想。事实上，从 20 世纪 90 年代开始，以杨春时、潘知常、张弘为代表的后实践美学对实践美学进行了持续不断的质疑与批评，他们所力

[①]　徐碧辉：《21 世纪马克思主义美学的构想》，《哲学动态》2002 年第 1 期。

图超越的，正是实践美学中残存的、具有传统西方美学特点的这种二元对立思维模式。

不过，我们并不能因为早期实践美学的理论疏失，而如后实践美学那样全盘否定实践活动在审美活动过程中的基础作用，从而使得美学继续落入对象性思维的窠臼，从客观论一极滑向主观论的另一极，因为早期实践论美学的疏失并不在于其理论基础——实践哲学本身，而只是在于其对实践概念的非辩证的理解以及由此造成的对审美活动中诸要素的非辩证的理解。事实上，在马克思实践哲学的原初阐发中，实践活动从来就是一种双重活动：一方面，人以合乎自然规律同时也合乎自身目的的方式来改造自然，由此创造一个属人的世界，使此属人世界成为人类的创造物，成为人类自我力量的外化与确证；另一方面，人的实践活动不但使自然打上人的本质的烙印，而且同时改造着人自身，丰富着人的意志、情感以及各种感性能力。正如马克思所指出的："只有音乐才能激起人的音乐感，对于没有音乐感的耳朵说来，最美的音乐也毫无意义，不是对象，因为我的对象只能是我的一种本质力量的确证，也就是说，它只能像我的本质力量作为一种主体能力自为地存在着那样对我存在，因为任何一个对象对我的意义（它只是对那个与它相适应的感觉说来才有意义）都以我的感觉所及的程度为限。所以社会的人的感觉不同于非社会的人的感觉。只有由于人的本质的客观地展开的丰富性，主体的、人的感性的丰富性，如有音乐感的耳朵、能感受形式美的眼睛，总之，那些能成为人的享受的感觉，即确证自己是人的本质力量的感觉，才一部分发展起来，一部分产生出来。"[1]

马克思对人类实践活动双重性的论述说明，在人类实践活动中，主体与客体并非截然对立，而是相成相济，以辩证和谐的方式推动人类实践活动的不断展开，正如著名美学家周来祥先生所指出的：在人类劳动实践过程中，"客体成为主体的客体，主体成为客体的主体，主体和客体方能真正地相互沟通、相互交往、相互融合、相互转化，才能从本体论上、从发生学上科学地辩证地解决二者之间的二元对立，达到和谐的统一"[2]。

---

[1] 《1844年经济学哲学手稿》，见《马克思恩格斯文集》第1卷，人民出版社2009年版，第191页。

[2] 周来祥：《论哲学、美学中主客观二元对立思维模式的产生、发展及其辩证解决》，《文艺研究》2005年第4期。

　　由上可见，早期实践美学最明显的不足，在于其实质上承袭了西方把美学看成是一门追寻美的抽象本体的学科研究传统，从而在概念、范畴的对立冲突中忽略了实践概念本有的内涵和意义。而从另一个角度看，这也同时意味着，当代中国美学的重建不是对实践美学的颠覆与重来，而是对实践美学本真意涵的祛蔽与唤醒，而在此祛蔽与唤醒过程中，中国传统文化中的辩证和谐思想，显然是一项不可忽略、也极为宝贵的思想遗产。事实上，中国传统文化中强调整体把握、追求在对立互补的辩证统一中平衡发展的思维方式，与强调思辨分解、二元对立的西方传统认识论思维方式有着极大差异，这就能够比较自觉地抵制对象化地看待世界的本质论分析方法，进而缓解实践论美学中的二元对立与冲突。可以说，中国传统的辩证和谐思想以及它所体现的美学思维方式，有利于实践美学最大程度的唤醒其自身被长久遮蔽的辩证和谐思想，由此摆脱近代以来中国美学所深陷的二元对立思维模式，也正是因此，它可以成为中国化马克思主义美学修正纠偏、深入拓展、丰富完善的传统资源，并使后者在本土化情境下焕发出新的生机与活力。

　　中国传统文化中的辩证和谐观念对马克思主义实践美学的祛蔽作用表明，二者无论在思维方式还是在内在精神上都具有会通融合的巨大空间。而这种会通融合的目标必然是，使当代中国美学运用辩证思维去研究解决美学问题，在辩证和谐观念基础上弥合审美活动中主观与客观、个体与群体、理性与感性的分裂，最终使当代中国美学转化为一种辩证和谐美学。正如国内著名学者刘纲纪先生所指出的："我认为在包含哲学与美学在内的人类当代历史发展所达到的基础上重建以和谐为美的观点将是当代中国和世界美学发展的一个根本性趋势。"① 不过，需要进一步指出的是，这种和谐美学的建构不应该是西方古典审美和谐论的回溯和复归，而是指向一种新的和谐美学，这一新的和谐美学的一个不可或缺的特征，就是强调马克思主义美学与中国传统美学中共有的辩证思维方法在美学领域的生动运用，从而真正把客观论美学和主观论美学辩证统一起来。正如周来祥先生所指出的："正是在主客体既对立又和谐的基础上，产生了辩证和谐美学和社会主义艺术，产生了人与对象既对立又和谐的审美关系。在这种新型的审美关系中，审美对象

————————

① 刘纲纪：《马克思主义美学在当代》，见《马克思主义美学》第 10 辑，中央编译出版社 2007 年版，第 19 页。

各构成元素的组合是既对立又统一的，而人作为审美主体之审美心理诸因素的构成也是既对立又和谐的。辩证和谐的客体对象与辩证和谐的主体的审美心理结构相对应，形成了现代人的审美关系。"① 也正是因此，新的和谐美学要求运用概念范畴自身的辩证运动，使审美活动中的矛盾与对立因素在辩证思维基础上实现真正的统一。尤其是面对后实践美学对实践美学的批判，新的辩证和谐美学应肩负起沟通马克思主义与中国传统思想的使命，在人与自身、人与自然、人与社会的辩证关系中，消除人的感性经验的局限化，以及由此导致的人的片面化，实现心理与生理的健全发展、感性与理性的调和均衡以及主体性与客体性之间的圆融互建，最终以历史和逻辑的统一，使自身成为一个合理的、面向现实不断开放的知识系统。

第三节　马克思主义文论的话语生产性与当代价值

从话语理论角度审视，相较于亚里士多德、柏拉图、康德、黑格尔诸大家文艺思想的历史流转，马克思主义文论呈现出突出的话语生产性特征。正如美国学者米尔恩所指出的，迄今为止马克思主义文论发展的支脉迭出状态，事实上构成了一个极端复杂的话语生产场：一些马克思主义者强调形式，而另一些马克思主义者则强调内容，一些马克思主义者强调文学表征拥有的审美的真理内容，而另一些马克思主义者则认为文学中没有此类真理；一些马克思主义者指出文学是一种抵抗异化的人文资源，而在另一些马克思主义者看来，恰恰是文学将上述异化现象合理化了。②

客观来看，马克思主义文论的话语生产性，给后世马克思主义者带来诸多困惑，也造成了一种远离马克思理论精神的深重"乡愁"，它使得百余年来马克思主义文论的发展呈现出鲜明的论争特征，使得马克思主义文论从诞生伊始便在真与假、是与非、正与反的纠葛中艰难前行。不过，这种话语生产性特征，并非只是思想传承中的消极后果，从另一些层面来看，它也有可能是由马克思主义文论经典形式、知识类型、价值诉求等多种因素决定，且

---

① 周来祥：《论哲学、美学中主客观二元对立思维模式的产生、发展及其辩证解决》，《文艺研究》2005 年第 4 期。

② Terry Eagleton. Drew Milne. *Marxist Literary Theory*: *A Reader*. Oxford: Blackwell Publishers Ltd, 1996. p22

对马克思主义文论成长颇多助益的积极效应。以下试论述之。

一、马克思主义文论话语生产性的经典解读根源

法国学者巴里巴尔在为其师阿尔都塞的《保卫马克思》一书所撰写的序言中指出：辩证唯物主义的理论化明显具有漫画性质，因为马克思学说"呈现出一种特别的性质，就是学说的不存在，至少就系统表达的形式而言"①。巴里巴尔的论断基于哲学，但他的这一论断在文论领域同样适用。众所周知，马克思有关文学的论说虽多，但专论文学的理论文本极少，美国学者柏拉威尔在其《马克思和世界文学》一书中直陈："马克思从来没有写过一篇完整的美学论文，也从来没有发表过一篇扎实的正式文学批评。"②英国学者莱恩也曾指出，就经典文本的散论性质而言，"不管马克思恩格斯本人对文学有多么广博的兴趣，他们都从来没有致力于提出一种完整的理论"③。

马克思文艺思想的经典依据的"局限"，构成了马克思文本的在话语形式层面上的"有限性"，从《手稿》到《导言》《序言》《大纲》等著作，马克思、恩格斯似乎只是确定了描述、分析文学现象的一些核心术语，其没有像以往文论家那样建立系统化的文学论述并完整地定义出自己的语言体系。而正是这种话语形式上的"有限性"，造成了历史上马克思文本解读的不确定性，甚至导致了马克思文艺思想解读中让人倍感惶惑的漂浮状态。苏联学者里夫希茨就曾指出，马克思有关文学的评述缺乏一个有效的体系，其结果是这些文学散论"如同格言一般深刻而重要，也像一切格言一样，可以随意地加以解释"④。

不过，从另一个角度审视，也正是由于马克思文本"像基督教的教义一样不容易总结"⑤，如何认识和解读马克思文本对马克思主义文论学科发展

---

① ［法］阿尔都塞：《保卫马克思》，顾良译，商务印书馆2010年版，第7页。

② ［英］柏拉威尔：《马克思与世界文学》，梅绍武译，三联书店1980年版，第537页。

③ ［英］戴维·莱恩：《马克思主义的艺术理论》，艾晓明等译，湖南人民出版社1987年版，第23页。

④ ［苏］里夫希茨：《马克思论艺术和社会理想》，吴元迈等译，人民文学出版社1983年版，第52页。

⑤ ［英］拉曼·塞尔登：《当代文学理论导读》，刘象愚译，北京大学出版社2006年版，第101页。

便具有了关键意义，它使得对马克思文本的判断，以及对马克思文本解读方式的厘定不止于一种后发的理论反思维度，而是直接构成了马克思主义文论话语生产中不可忽略的前置命题。而正是以经典文本之学科形式"有限性"问题为焦点的马克思主义文论的自我意识，使得此"有限性"一方面阻滞着马克思主义文论的发展，另一方面又成为后世马克思主义文论生成与发展中不可逾越的逻辑起点，由此对马克思主义文论的话语生产性起到了最为直接的构成性作用。

具体来说，马克思文本的话语形式的"有限性"，对马克思主义文论话语生产性的构成作用，其突出表征便是"回到马克思"作为最高指令贯穿于马克思主义文论发展的整个历程。所谓"回到马克思"，即"回到"某种原初、本真意义的马克思思想。而在文论领域，这一口号提出的特殊性在于：其追索原初、本真的马克思思想的根本动因并非马克思文本中同一命题、范畴的语义阐释歧异，而是由马克思"有限"的作品形式所引发的马克思文本选择、置序、整合等诸多方面的大异其趣。可以说，文论领域中的"回到马克思"，因其围绕马克思"有限"文本形式而展开的经典解读方式的莫衷一是，势必形成一个激烈冲撞的场域，而这一激烈冲撞的场域，也在客观上构建了一种话语开放的可能性与必要性，并最终使得后世马克思文本解读成果，超越了与马克思文本的简约化的阐释学因果关系，呈现出以马克思为"共主"、但在马克思文本解读方式上颇多歧异、马克思主义理论图景规划上截然不同的多元建构态势。事实上，也正是基于这种"回到"的复杂性与特殊性，有学者指出："马克思主义已经生成了与马克思一致的文学理论这种说法需要仔细分析。"①

上述状况同时意味着，在马恩文学论说与后世马克思主义文论之间，势必存在着一个十分独特的知识运动与话语实践过程，在此知识运动与话语实践过程中，对马克思文本的解读与其说是对马克思文艺思想的解蔽，不如说是借助马克思理论内在整合关系，不断向马克思的其他文本采借资源的自我形塑。而作为马克思文本解读最高指令的"回到马克思"，与其说是对马克思文艺思想的"还原"，毋宁说是特殊文本境遇中马克思经典解读的一种迁

---

① Terry Eagleton, Drew Milne. *Marxist Literary Theory*: *A Reader.* Oxford: Blackwell Publishers Ltd, 1996. p19

回策略，正是借由这一迂回策略，后世学者通过不同路径，建立了多种具有历史赋形特征的马克思主义文论。正如有学者所指出的，历史理论作为历史的一部分总会"在一定程度上内化它的文化存在条件"①，"回到马克思"及与之伴生的对马克思文本的重新解读，征兆的正是这种理论历史性的出场，围绕其所展开的不同学科范型的择取，已然是此理论自身存在的前提。

上述亦表明，由于经典文本的形式有限性，作为一种严谨学科的马克思主义文论远非现成，因此我们无须事先假定一种"在手"的马克思主义文论，而只需将之视为一种不断生成的话语。正如有学者所指出的"如果将其理解为一种知识运动，马克思主义包括对马克思关于范围日益宽广的、事实上是全部领域的社会现象的看法的扩展。如果列一份没有特定顺序的不完整的清单，将包括：文学、文学理论、政治经济学、社会学、历史、历史编纂、政治理论、宗教、伦理学、科学哲学、心理学、文化人类学等等，完全是一份令人惊异的各领域的清单"②。

尽管从文论建构的规范性层面来看，上述马克思主义文论的话语生成性是令人沮丧的，它对马克思主义者建立严整、系统的文论学科构成了极大挑战。但是我们必须意识到，作为综合性学说的马克思理论从来就不容人们只对其进行单向分解。尤其是马克思本人的文学论说，更无法在特定学科的闭合视域中对其加以解读。美国著名马克思主义文论家詹姆逊就十分反对对马克思文本作条块化分离。他指出："我的理论正是力求打破这种界限藩篱，采取辩证法的态度，证明事物之间的相互联系，对基于笛卡尔思维方式的西方理性传统进行批判。"③詹姆逊的观点表明，承认马克思主义文论话语面向多元的生成性，就特定学科建设来说可能是一种"劣势"，但就探究马克思文学思想而言却是其"优势"所在，因为以多种"解马模式"对马克思文学论说的"多元化打开"，恰恰有助于以一种学科整合的眼光来理解马克思文本，从而避免马克思思想被割裂为相互无涉的学科碎片，避免抽去丰富性的文学现象被单一学科碎片所化约。就此而言，马克思、恩格斯文论经典

---

① ［英］马尔赫恩：《当代马克思主义文学批评》，刘象愚等译，北京大学出版社 2002 年版，第 7 页。

② ［法］汤姆·洛克曼：《马克思主义之后的马克思》，杨学功等译，东方出版社 2008 年版，第 17 页。

③ ［美］詹姆逊：《后现代主义与文化理论》，唐小兵译，北京大学出版社 1997 年版，第 8 页。

的话语形式有限性，不但不是马克思、恩格斯文学论说非成熟性的表征，恰恰相反，这种话语形式有限性促使后世马克思主义文论呈现出多角度、多层面不断生成、滋长的发展状态，由此成为马克思、恩格斯文学论说的特色与优长所在。也正是基于这一原因，苏联学者里夫希茨指出："马克思著作中缺乏美学（包括文学、艺术理论，笔者注）体系这一点，甚至从美学本身的观点来看，都是一个有积极意义的事实。"①

二、马克思主义文论话语生产性的知识类型依据

经典文本话语形式的有限性，只是后世马克思主义文论话语生产性的一个直观原因，而决定相关话语生产性的更为深层的要素，在于从马克思、恩格斯的文学论说到后世马克思主义文论一以贯之的鲜明的话语类型特征。

作为马克思主义理论的创立者，马克思、恩格斯对文学问题进行种种思考的原初话语实践，以其鲜明的独特性影响了后世马克思主义文论话语实践的走向与面貌。这一原初话语实践的独特性在于：作为批判话语的重要组成部分，其文论话语实践超越了传统文论话语的学科藩篱，并拒斥了后者对"文学"的真理预设。正如恩格斯所指出的，政治经济学的产生，是资本主义商业不断发展的结果，正是随着这一结果的出现，才有了"作为官许的欺诈办法"的一门完整的发财致富的科学。与恩格斯的这种政治经济学批判类似，马克思、恩格斯对其直面的资产阶级文论话语实践也采取了警醒的态度，并认为此类话语实践将文学活动"事实"的直接表现作为自身展开的出发点，其实质是非反思性地把文学活动的表象结构当作相关研究的不变基础，以期通过另一种意识形态形式来确认资产阶级社会的永恒性。

在马克思、恩格斯看来，文学不是一个客观存在的恒定对象，而是一种具有存在特殊性的现实，这种现实的存在特殊性在于：其既要用传统文论学科话语来预设，却又因其无法逃避的历史性因素，而天生地被排斥在这些学科话语之外。也正是基于此，马克思、恩格斯从来不试图寻找"千篇一律"的文学效果，恰恰相反，他们总是使时兴的文艺风格与文论话语，折返至其背后所隐匿的基础话语——历史科学，并力图在历史科学的方法论指导下，

---

① [苏]里夫希茨：《马克思论艺术和社会理想》，吴元迈等译，人民文学出版社1983年版，第52页。

把资产阶级社会中的文学"具体"再现出来，从而超越被自然化的资产阶级文论话语，打破资产阶级有关文学的意识形态神话，正如恩格斯所言："通过对现实关系的真实描写，来打破关于这些关系的流行的传统幻想，动摇资产阶级世界的乐观主义，不可避免地引起对于现存事物的永久长存的怀疑。"①

也正是基于这一历史态度，马克思、恩格斯在肯定 19 世纪欧洲文学的突出成就的同时，也与后者保持了一个可供反思的心理距离。马克思本人就曾认为，德国浪漫主义只是一块神圣的面纱，其用诗意将让人难以忍受的政治现实神秘化，最终掩盖了资产阶级生活的污秽和无聊；另外，即使对现实主义文艺有所偏爱，马克思、恩格斯也从不单方面对之加以肯定，有如其对资本主义历史贡献的辩证批评，他们既承认现实主义是当时用来记录社会真实状况的最复杂的认识工具，同时也指出这种形式本身是美学虚假意识的原型，是资产阶级意识形态在文学艺术中所呈现的表象。

也正是因此，与其政治经济学、哲学话语实践一样，马克思、恩格斯策略性地置换了传统文论的话语实践目标——不再寻求建构特定的学科话语体系，而是创造了一种动态的话语实践新模式：即在相对淡化的学科意识下，通过一种"有创造力的和混合的理论话语"②，持续批判有关文学的本质追问与真理预设，并力图借此持续性批判，在资本主义学科话语体系的连续性中造成永久断裂，进而实现资产阶级意识形态领导权的终结。客观来看，马克思、恩格斯动态的话语实践新模式，以其鲜明的独特性塑造了后世马克思主义文论话语构成的规则与使命，由此势必产生出巨大的文论史效应，并为后世马克思主义文论话语实践建立更广阔、更独特的精神活动空间。也正是在此意义上，法国学者阿尔都塞指出，马克思、恩格斯的理论"已经站在一种新的话语之中"③，而福柯也指出，马克思属于 19 世纪欧洲产生的一种单独类型的作者，即"话语实践的开创者"与"话语奠基者"。

马克思、恩格斯的文学论说为后世马克思主义者对文学问题的审视提供了光辉范例，作为马克思、恩格斯思想的接踵者，后世马克思主义者自然需

---

① 陆梅林编：《马克思恩格斯论文学艺术》，人民文学出版社 1982 年版，第 187 页。

② ［美］戴维·哈维：《后现代的状况》，阎嘉译，商务印书馆 2003 年版，第 23 页。

③ 转引自胡大平《政治经济学批判的话语性质》，《江苏社会科学》2013 年第 6 期。

以前者的话语实践范例为参照，使其自身"站在一种新的话语之中"。然而，与马克思、恩格斯的原初话语实践拒斥有关"文学"的真理预设，力图通过双关性话语实践模式持续摧毁那个资产阶级文论话语实践平台不同，马恩之后的马克思主义文论话语实践，则时常选取另一条话语斗争策略——力图将自身设计为严谨的学科化知识生产，并倾向于在同一平台上以自己的理据与资产阶级文论话语展开竞争。应该说，这种学科意识的觉醒有其积极意义，顺应对手的学科分类体系，将马恩有关文学的片言散论落实为严整的学科话语生产，显然有助于相关话语实践的稳步增殖，并最终获得相关话语实践的连续发展。不过，也正是这种学科意识的觉醒，使得后世马克思主义文论话语实践呈现出较之以前更为复杂的话语实践特征。

例如，作为一种学科化话语生产，马克思主义文论话语实践的首要问题就是其研究对象及其边界问题，而为了保持对文学问题的发言权，这一话语实践就需要保持对"文学"的聚焦，并围绕"文学是什么"来思考，如此一来，在话语权力和解构思维的背后对文学元素稳定性的尊重，构成马克思主义文论话语生产的前提条件，其结果势必在马克思主义文论话语实践内部，造成一种"文学理论"与"马克思主义"的张力关系：一方面，后世马克思主义文论话语实践需要在研究对象的理论构型这一层面，体现出与资产阶级文论话语实践的某种相似性。即是说：后世马克思主义文论与资产阶级文论一样，似乎同样从文学概念的抽象永恒性以及此概念所统摄的抽象现实出发，着力建构系统化、理论化的文论话语群，并努力使自身成为文论话语实践领域的公共组成部分。另一方面，作为一种旨在理论干预的话语实践活动，马克思主义文论又承认，上述作者、作品、读者、形式、审美等概念不过是一切文学生产中被植入的文学观念的必要幻觉，这样，马克思主义文论又必须反对从上述有关文学的前沿话语陈述中抽取有关文学的终极理论话语，并极力避免自身因过度抽象的理论主义思维，将具有历史具体性的文学活动误置为不受权力谋划和意识形态策略影响的纯净之物，由此逃避对现实所应承担的理论责任。

事实上，正是此话语实践内部"文学理论"与"马克思主义"的紧张关系，给后世马克思主义文论话语实践带来极大挑战，为了确保马克思主义世界观的圆整性以及方法论的彻底性，后世马克思主义者对文学理论的认同与归附，就理应具有必要的学科意识限度，即：在保持一定学科意识的同时，避免相关话语实践的过度学科化，从而避免相关话语实践在体系化、系统化道路上走得太远。正如英国学者伊格尔顿所指出，一个理想的马克思主义文论话语实践过程，必须在接受学科机制压力的同时，把这种压力转移到物质条件和社会权力的复杂领域之中，进而以高度的警觉对"文学"进行肯定与否定、建构与解构的双向考察，即其"一方面指向形式主义，另一方面指向语境主义，它所寻找的那种永远避退的话语能以一种寓言的方式同时讲到艺术手法和整个物质历史、叙事的转折和社会意识的形式"①。

马恩之后的马克思主义文论话语，与马恩有关文学的原初理论话语有着较大区别。不过，这种区别仍然主要是话语形式上的，就知识类型特征来说，二者在文论话语的生产性上呈现出高度一致性，因为无论是马克思、恩格斯，还是后世马克思主义文论家，其文学论说的目的均非获致某种有关文学的永恒答案，更不是把建立占统治地位的意识形态以及与之相应的一切盘剥视作自身的本质功能，而是力求通过对文学活动历史性的慧眼洞穿，破解传统文论所力图构建的有关文学的种种"神话"，最终实现人类文学观念的解放和自由运用，这样，理论话语的生产性势必成为马克思主义文论自身的一种内在要求，为了防止持久的战略目标异化为另一种统治形式，就有必要保持相关话语实践的开放性，使得话语实践主体不再是传统文论话语实践与变迁的被动承担者，而是从资产阶级文论话语对主体似乎无可争辩的支配性中搜寻矛盾的迹象，由此自觉冲破意识形态迷障，最终实现与资产阶级话语实践主体的针尖对麦芒式的立场对垒！

而从历史发展经验来看，马恩之后马克思主义文论的主要问题，正体现为随着学科意识的过分突出而对相关话语生产性的忽视。例如马克思主义文论的"苏联模式"，其基本观点认为：尽管人们面临的是并未系统在场的马克思、恩格斯文论话语，但后者理应像经典力学一样，最终可被建设成一门严谨周备的科学。基于此，苏联早期的理论家借助辩证唯物主义哲学原理，逐渐形成了以认识论为基础的文学反映论。从话语实践效果来看，这种文学反映论的优势在于其更鲜明地提出文艺作品内容的重要性，其对文学问题的回答也更为明确。也正是因此，随着苏联马克思主义理论家的不懈推动，这

---

① ［英］特里·伊格尔顿：《历史中的政治、哲学、爱欲》，马海良译，中国社会科学出版社1999年版，第109页。

种文学反映论逐渐成为后世正统马克思主义文论中一种主要的理论倾向，并与 20 世纪产生的形式主义、审美主义文艺思潮形成势同霄壤的理论对立。

值得注意的是，尽管上述"苏联模式"倾向于从哲学认识论出发来开展自己的文论话语实践，然而马克思本人有关文学的话语实践却从未以哲学认识论为基础，更未用"反映"这个比喻来评论文学作品。即使是马克思、恩格斯所推崇的文学的现实主义，从根本来说也不是理论抽象的生动例证，而是在特定时空语境下对一切文学现象背后的历史具体性的祛蔽呈现，即如马尔赫恩所指出的：马克思、恩格斯"主张广义的现实主义，并不是一个'反映'的问题"，而是"通过对戏剧和叙事形式宝库中作品的批评分析所获得的一项历史建构"①。正如马克思、恩格斯留给工人运动的任务是去创造新的"公社"形式从而使国家变得多余，他们留给马克思主义文论家的任务也并非创造一种新的学科话语体系，而是创造新的文学干预形式，使看似自然的文学效果中暗藏的种种现实冲突得以显现，从而加速资产阶级文论话语终结。

事实上，正是对理论话语生产性的忽视，造成了"苏联模式"马克思主义文论对马克思、恩格斯原初话语实践的歪曲，例如在马克思、恩格斯那里，文学倾向性主要从历史科学的客观性出发得以阐述，其实质就是通过文学分析的历史具体性，揭示文学活动中意识形态复杂性。20 世纪 20 年代，这种文学倾向性在列宁文艺思想中演化为客观的"党性"原则，不幸的是，30 年代之后，以列宁文论为典范的马克思主义文论的"苏联模式"，则从认识论出发将这种客观的"党性"理解为主观意图和一系列文学活动的操行标准，也正是这种主观的党性原则的实施，使马克思主义文论的话语实践不但放弃了对既往理论经验进行批判性审理，更简化了对直面历史的文学主体的个体意识特征进行具体认知，使得对特定创作主体的分析即使在其激进反抗的形式中，也不得不归并于"决定"与"被决定"的集体意识阐释。这样，"苏联模式"的马克思主义文论的话语实践形式，与其说接踵于马、恩的前沿话语陈述与"反话语"实践的融通合一，毋宁说与其所批判的形式主义、审美主义文论话语最终走到了一起，二者都着力于建构一种缺乏历史

---

① ［英］马尔赫恩：《当代马克思主义文学批评》，刘象愚等译，北京大学出版社 2002 年版，第 14 页。

具体性的、一劳永逸的文学科学，并最终将其自身固化为一系列有关文学的教条，或将自己抽离为一系列干瘪而空洞的陈词滥调。

三、马克思主义文论话语生产性的现实价值向度

如果说对资本主义文化幻觉的否定性表达，使得马克思主义文论始终呈现为一种与资产阶级文论话语持续敌对的"反话语"，那么马克思主义理论恒久立足于剥削与奴役的现实，并力图"改造世界"的革命性要求，势必使得马克思主义文论不会沉溺于通过一种话语对抗另一种话语，而是究极钟情于对某种共享价值的薪火相传。对此恩格斯有着明确说明，在被誉为"科学社会主义入门"的《社会主义从空想到科学的发展》一文中，恩格斯指出，科学社会主义的核心价值命题是"以这种或那种方式参加推翻资本主义社会及其所建立的国家设施的事业"①，而"完成这一解放世界的事业，是现代无产阶级的历史使命"②。客观来看，恩格斯对"科学社会主义"核心价值命题的概括成为马克思主义思想文化结构得以产生的价值规定性，它在事实上树立了一种用"社会主义方法"来解读马克思文本的权威，即：对马克思文本的解读就是要把理论问题与无产阶级革命实践、实现无产阶级乃至全人类的解放紧密联系起来，从而使马克思文本解读成果自觉地参与人们改造社会的历史进程。

这样，马克思主义文论就不仅仅是一个有关解蔽的话语阐释问题，而是同样包含着超越文本、话语的现实价值祈向性，其最终努力实现着文本意义探求与现实价值的历史性接合。事实上，从马克思相关文本的解读历程考察，我们也不难发现，马克思的文学论说总会被纳入无产阶级政治的宏阔视野去考量。而马克思的早期追随者，其对马克思文本的解读更是直接为无产阶级利益服务的，也正是因此，马克思赞誉他们理论研究的出发点都在于"改变世界"，"都在于使现存世界革命化，实际地反对并改变现存的事物"③。在 19 世纪末 20 世纪初的普列汉诺夫那里，马克思文本中的人类学批评资源得到充分挖掘并最终指向一种革命的艺术人类学，而在俄国无产阶

① 《在马克思墓前的讲话》，见《马克思恩格斯文集》第 3 卷，人民出版社 2009 年版，第 602 页。
② 《在马克思墓前的讲话》，见《马克思恩格斯文集》第 3 卷，人民出版社 2009 年版，第 566 页。
③ 《德意志意识形态》，见《马克思恩格斯文集》第 1 卷，人民出版社 2009 年版，第 527 页。

级革命导师列宁那里，对马克思文本的解读更强调文艺塑造与革命相适应的主体形式的功能，其"介入"现实的价值指向亦不言而喻。更值得注意的是，即使在常被指责为理论与实践相脱节的西马学者那里，这种祈向现实的马克思文本解读取向仍然存续，早在 20 世纪初期，卢卡奇就曾明确指出，马克思主义辩证法是一种革命的辩证法，"对辩证方法来说，中心问题乃是改变现实"①。旋至当代，这种祈向现实的热情从未退减，英国学者伊格尔顿明确宣示："马克思主义并非单个人的某个著作，而是属于一个更广大的运动，那就是社会主义运动"②，除非把它的未来确定为反对资产阶级政权的斗争，否则它可能毫无前途。他甚至告诫人们：作为一种关于人类社会以及改造人类社会的实践的科学理论，马克思主义所要阐明的是人们为摆脱一定形式的剥削和压迫而进行斗争的历史，"这些斗争决不是学术性的。如果我们忘记这一点，就要吃亏"③。由此可见，祈向现实的价值规定构成了马克思主义文论话语实践的价值原点，它使得马克思之后的马克思主义者始终坚信马克思主义文论是在反对专制政权的斗争中产生的，并坚信"成功的革命变革将使马克思主义本身成为多余，成为其所克服的历史背景的一部分"④。这也充分表明，马克思主义文论的突出特征不仅在于它对文学所具有的敏锐的历史语境意识，更在于其在此历史语境意识中生发的对文学之历史作用的体认与追求。正如伊格尔顿所言：尽管马克思的唯物史观坚决抵制观念的艺术本身能改变历史，"但它强调艺术在改变历史进程中是一种积极的因素"⑤。

事实上，正是这种直面历史与现实的价值诉求，使得马克思主义文论话语能超脱马克思经典文本的拘囿，并具有了一系列开放建构的生成性特点，这些特点包括：

---

① ［匈］卢卡奇：《历史与阶级意识》，杜章智等译，商务印书馆 1992 年版，第 50 页。

② Terry Eagleton, Drew Milne. *Marxist Literary Theory*: *A Reader*. Oxford: Blackwell Publishers Ltd, 1996. p15

③ ［英］特里·伊格尔顿：《马克思主义与文学批评》，文宝译，人民文学出版社 1986 年版，第 7 页。

④ Terry Eagleton, Drew Milne. *Marxist Literary Theory*: *A Reader*. Oxford: Blackwell Publishers Ltd, 1996. p19

⑤ ［英］特里·伊格尔顿：《马克思主义与文学批评》，文宝译，人民文学出版社 1986 年版，第 13 页。

第一，理论定位的在场性。在《政治经济学批判导言》中，马克思指出，理论研究固然首先从表象中的具体达到越来越稀薄的抽象，但此研究不能悬停于此抽象，而是应从抽象那里辩证地回归，达到"一个具有许多规定和关系的丰富的总体"①，这是因为，只有通过众多规定性的综合实现对事物的具体再现，才能见常人所未及，达到对事物最本真的体认与理解。

马克思将这种由抽象返归丰富具体的研究方法称之为"科学上正确的方法"②，并将这一方法贯彻于其理论研究的所有领域，文学研究自不例外。事实上，马克思很早就注意到，从文学概念的抽象永恒性出发，看到的不过是此概念所统摄的抽象现实，只有从文学概念于时空规定的"在场性"出发，并将其置于历史之中，才能读出此概念的具体内容。

马克思文学分析的在场性质，决定了马克思文本只能是一种理论在场生成的富有启示意义的文本范例，对任何时期的马克思文本解读来说，只有从该文本范例出发，在新的时空语境中走向马克思理论的在场性重构，这种解读才是有效的。也正是因此，对马克思文本解读绝不应满足于对经典文本的守成式"重述"和"扩展"，而是应通过对现实不断做出新判断，由此不断突破经典文本的观点局限。例如在马克思时代的技术条件下，许多的艺术，尤其是时间性艺术，难以被固化为可资生产与消费的商品，因此这些艺术并没有进入马克思的理论视域。与马克思的时代不同，当今时代艺术的生产与审美商品化倾向已十分明显，这就势必要求马克思的后继者不能把马克思对他那个时代的现实的文本描述当作自己的现实，而应该突破马克思文本视域，围绕当代资本主义社会的生产方式与生产关系，对文艺现象提出新的更为深入的理论命题。

第二，理论范畴运作的辩证性。众所周知，马克思文本中的诸多理论范畴，包括异化、实践、意识形态、生产方式、市民社会等均非原创，但在马克思文本中，这些范畴却具有独特的理论意义。正如德里克在其《马克思主义向何处去？》一文中所指出的，马克思文本中"社会范畴的具体形式并非像在分析的抽象中那样，看上去是彼此孤立存在的，而是由不可化约的多

① 《〈政治经济学批判〉导言》，见《马克思恩格斯文集》第 8 卷，人民出版社 2009 年版，第 24 页。

② 《〈政治经济学批判〉导言》，见《马克思恩格斯文集》第 8 卷，人民出版社 2009 年版，第 25 页。

种因素所决定的。在整体性的历史变化之中，在借以把握整体性的程序形成过程中，这些因素赋予社会范畴以决定性意义"①。这便是说，马克思从不先验地、抽象地、孤立地使用这些范畴，而是在范畴的辩证运作中接近现实，获得对现实的客观认知。

从范畴运作的辩证性出发，我们不难发现，在马克思文本中，社会存在与社会意识、经济基础和上层建筑等诸多范畴关系，其本身并不生成有关现实的认知话语，而只是此认知话语得以自觉、完善、发展的理论构架，在复杂而变动的现实基础上，其本身并非某种先验的、可直接套用的因果律。也正是基于此，早在 20 世纪 30 年代，卢卡契便曾提醒人们注意：在作为研究对象的客体关系中，"如果说相互作用仅仅是指两个一般不变化的客体彼此发生因果关系的影响，那么我们就不会向了解社会有丝毫靠近"②。当代美国马克思主义理论家杰姆逊也曾指出：逻辑主义的方法把马克思主义研究禁锢在抽象的范畴框架中，无法把现实问题真正提升到理论高度，结果造成了现实问题和理论问题的分离，因此"我们必须将术语基础与上层建筑的比喻表达法从认为它所暗示的那种动力和因果律分离开"③。

也正是因此，有关马克思文本解读的规范性，其本身必须在蕴含不可化约的丰富因素的诸范畴的辩证关系中获得动态理解，正如有学者指出的："马克思主义文学理论范畴不是凝固不变的教条，而是动态的、开放的、没有终点的生命系统"④，抽离了历史丰富规定的马克思文本解读规范性，固然可以形成一个"在手"的公式和定律，但其本身也将由此失去对马克思文本解读的指导意义。

第三，理论价值指向的批判性。众所周知，马克思理论具有作为科学理论的内在价值诉求。但在马克思那里，科学性并不停留在封闭、消极的层面上。马克思在进行政治经济学批判时便曾提醒人们，西方古典经济学将经济层面"事实"的直接表现作为科学概念的出发点，其实质是无批判地把它自身的本质、客观结构当作"科学"的不变基础，这样只会用另一种方式

---

①　俞可平编：《全球化时代的"马克思主义"》，中央编译出版社 1998 年版，第 209 页。

②　陈学明编：《二十世纪哲学经典文本》（西方马克思主义卷），复旦大学出版社 1999 年版，第 17 页。

③　Fredric Jameson. *Late Marxism*. London：Verso Press，1990. p46

④　季水河：《从过程思维看马克思主义文论范畴的当代扩展》，《文学评论》2010 年第 5 期。

来解释既成的存在，即借助于另外的解释来承认它。

与古典经济学的科学诉求相比，马克思理论的科学性深植于其理论的批判性之中，此批判性要求作为历史主体的人，不但应从造成自己的现实活动的客观逻辑出发，揭示客观对象的丰富性，更应通过发现现实的矛盾，从而"使现存世界革命化，实际地反对并改变现存的事物"[①]。也正是基于这一点，马克思对文学的认知与定位，从一开始便"劝导性"地指向了一种富有诗意的革命图景。马克思在《路易·波拿巴的雾月十八日》中便曾强调：资产阶级革命的虚伪性在于他们将自身偏狭的革命热情保持在了历史悲剧的艺术幻想之中，而19世纪的无产阶级革命则不能执着于资产阶级的旧幻想，因此"无产阶级革命不能从过去，而只能从未来汲取自己的诗情"[②]。

马克思对历史本身的革命的理解，使其将文艺的创造性活力深植于剥削与奴役的现实，并将文艺的使命归结为在人的解放征途中，不断推动人类历史的全面进展！与此同时，也正是这一批判价值诉求，赋予后世马克思文论以鲜明的独特性，诚如米尔恩所指出的，马克思树立了用社会主义方法来解读其著作的权威，这一"社会主义方法"使得后世马克思主义者对马克思文本的解读，超越了对"客观事实"的命定式解说以及对科学性价值的单一性追求，而是力图通过祈向现实的反思运动，实现相关解读成果从科学维度向批判维度的持续价值投射与跃迁。与米尔恩观点类似，伊格尔顿对此种解读方式也有生动描述："马克思主义知识的历史布满了自我反思行动，因为马克思主义者们力求掌握关于他们的信条可能实现的某些历史条件。"[③]

从马克思主义文论定位的"在场性"、理论范畴运作的辩证性、理论价值指向的批判性可以看出，在马克思主义文论中存在着一些话语所无法企及的东西，这便是马克思主义文论的历史与现实维度。从表面上看，这一历史与现实维度与马克思主义文论话语建构无关，但深究起来，它却是马克思主义文论话语建构的枢机所在！正如柯尔施指出的，马克思主义文论自身完全是它所寻求理解和代表的历史的一部分，因此最严格、最彻底的马克思主

① 《马克思恩格斯文集》第1卷，人民出版社2009年版，第527页。
② 《马克思恩格斯选集》第2卷，人民出版社2009年版，第473页。
③ ［英］特里·伊格尔顿：《后现代主义的幻象》，华明译，商务印书馆2000年版，第34页。

义，必须学会"把唯物史观应用于唯物史观本身"①。这就不难理解，对马克思思想的解读所昭示的，绝不是单纯的经典问题，而是马克思思想对历史开放性的希冀，而马克思之后的每一种马克思主义文论话语，都势必需要超越自身，对自身不断提出新的时代命题与历史要求。

四、马克思主义文论话语生产性的当代价值

马克思主义文论话语生产性表明，马克思主义文论话语的合法性与其说基于某种理论上的排他性理由，不如说基于一种多元生成，不断更新的开放性共识。也正是因此，当代马克思主义文论话语的建构必须冲破企图穿越时空的非历史迷障，以清醒的历史意识，促使马克思主义文论话语的合法性依据从排他性理由复归为一种开放性共识。

而此复归过程，最终有赖于相关研究思维与研究方式的变革：首先，必须承认，马克思主义理论话语是一个具有多面性、多视点性的理论话语系统，我们完全可以根据社会历史需要，择取其中某一侧面、某一视点作为马克思主义文论话语建构的起点与基础，进而呈现具有时代特色的马克思主义文论话语体系。其次，正如恩格斯所提示的："如果不把唯物主义方法当作研究历史的指南，而把它当作现成的公式，按照它来剪裁各种历史事实，那它就会转变为自己的对立物。"② 马克思主义文论的历史也一再表明，将马克思主义文论话语静止化，使其失去特定历史内涵的具体性，会将马克思有关文学的观点从开放的智识、批判的锋芒简约为封闭的立场，将相关研究演变为一种重复性远大于创造性的工作，并最终导致马克思理论精神的失落。最后，马克思主义文论话语建构的终极目的并非话语本身，如果相关话语建构脱离历史唯物主义的现实维度，那么这种话语建构就失去了自身存在的价值根基，正如有学者所指出的，这种结果只能使"马克思主义变成一种保护被赞同的论点而不是解放被剥削大众的理论"③，"一种削弱其存在理由的

① ［德］卡尔·柯尔施：《马克思主义和哲学》，王南湜、荣新海译，重庆出版社1989年版，第59页。
② 《马克思恩格斯文集》第10卷，人民出版社2009年版，第583页。
③ ［英］斯图亚特·西姆：《后马克思主义思想史》，吕增奎译，江苏人民出版社2011年版，第143页。

意识形态"①。

基于上述这种开放性共识，我们就需要谨慎处理历史上对马克思文本的"正统"与"非正统"之争。一方面，我们必须承认，马克思主义理论有其自身的理论原则与底线，因此需要秉持马克思主义文论话语建构的"正统"观念，由此排除相关话语建构中的理论走形；另一方面，我们更要认识到，在马克思主义文论历史接续与传承中，正统性并非指代某种唯一性，对马克思经典解读对象的辩证发展性，解读过程的动态开放性、解读成果的多元丰富性的守护与坚持，同样是马克思主义"正统"观念的本有之义。诚如学者奈特所指出的："存在一个固定的，不可变化的马克思主义正统是令人难以置信的"②，一种与时俱进的马克思主义文论话语，不但能够，而且必须比它继承的经典来得博大、多样且富有包容性，通过几个排他性理由来营造"唯我独马"的马奇诺防线，其实质恰恰是迷失于理论话语建构中抽象的正统性，其结果只能是主张一种话语权威性而非真正拥有！

尤其在中国，在新中国成立以来马克思主义文论论争中，论争双方大都把"自己的主张符合马克思主义，而反方观点背离马克思主义"作为论争的重要聚焦点。他们都称自己的主张才是真正坚持了马克思主义，才是真正符合经典作家文本原旨的。不过，如果从历史的角度审视，我们不难发现，上述学者对马克思主义文论的不同表达，只是源于视点、角度、现实需求的不同而造成的相关理论的话语生成性。以中国学者对马克思主义文论哲学基础的争执为例，对马克思主义文论的哲学基础阐释从来就是随着阐释主体视域的演替而变动不居的。马克思主义文论在中国的早期发展，与中国先进知识分子启蒙救亡和探求革命真理的努力紧密联系，其时的马克思主义文论研究多是从历史唯物主义和唯物主义反映论的角度出发，着重对文学是社会生活反映的认定，尤其注重文学的社会功利价值。客观来看，这种哲学基点确实较好地适应了五四以来中国社会的变革需求。而到了新时期，尽管将历史唯物主义或唯物主义反映论作为马克思主义文论的哲学基础是完全正确的，但随着新时期文化与现实语境的巨大变迁，这种旧有的马克思主义哲学基础

---

① ［英］斯图亚特·西姆：《后马克思主义思想史》，吕增奎译，江苏人民出版社 2011 年版，第142 页。

② Arif Dirlik, Paul Healy&Nick Knight. *Critical Perspectives on Mao Zedong's Thought*. New Jersey：Humanities Press，2006. p86

阐释的局限也显现出来，由于反映论的文学本体观主要是对文学的宏观把握，相对较少地涉及文学的某些具体性质，特别是主体感受性、创造性特征以及文学的审美特质等，这样，新时期以来"审美意识形态"论、实践存在论美学的崛起便具有其一定的历史合理性，而当代马克思主义文论深化，也确需着眼于人的实践活动，关注作为实践主体的人，从物质与精神关系的分析，延伸至实践活动中的主体与客体及其关系的研究。

由此可见，马克思主义文论话语建构中出现的哲学基础的分歧，其真正的问题并不在于分歧本身，而在于我们如何看待这种分歧？我们必须认识到，这种分歧看似尖锐矛盾，但其实际都从各自独特的角度和层面回答了马克思主义哲学基础的某些侧面问题，对于从不同的逻辑起点和研究视角探寻和拓展马克思主义哲学基础都是有益的。可以说，新时期以来各派马克思主义文论学说之间的关系，既相异又统一，既互逆又互补，而且从本质和深层的意义上说，它们之间的关系是互补的，是相互丰富和推进的，正是各种学派不同论点的竞赛和论争，撞击出真理的火花，由此推进了人们对马克思主义哲学基础全面、整体的把握和理解。

也正是基于此，我们必须坚持马克思主义文论话语的生成性，坚持马克思主义基本原则与方法的主导性，与马克思主义文论出场方式多样性相统一、相补充的原则：一方面，应当从宏观把握、辩证分析着眼，强调马克思主义哲学基础的总体性和一体化原则，强调马克思主义最基本的思想、观点、方法存在着不可分割的内在联系，因此对马克思主义哲学基础持有不同观点的各个学派来说，其所强调和突现的马克思主义世界观和方法论的不同内容和层面，都应当放在相关哲学基础的总体性和一体化原则中加以审视和整合；另一方面，我们还需允许不同学派在马克思主义普遍原则的指导下，充分发挥自己的特长，从不同的层面和角度深入开掘和拓展对马克思主义哲学基础的探讨，而在中国，随着理论与现实语境的变迁、历史时空的变化与主体的不同，哲学内部的研究重点可以转移，可以从本体论转到认识论，亦可从认识论转到实践论或价值论等等。

总而言之，马克思、恩格斯的原初话语实践，提供的是在特定时空背景下解析文学的经典范例，而绝非某种穿越时空、一劳永逸的封闭话语体系。正如米尔恩指出的："马克思是一位作者，其作品构建了拥有开放可能性的话语，这种可能性指它既超越了任何简单地把马克思作为它们的源头的因果关系，又仍然要回到马克思并以之为参照。"① 可以说，马恩之后马克思主义文论的话语实践，是锐意者生动活泼的理论事业，这项事业始终逃避不了历史科学的初始地平，而只有在动态、开放、多元的话语建构中不断寻求超越马克思话语的理论视域，这项事业才能真正回到那个初始地平。崭新时代的文化状况呼唤具有阐释效力的理论话语的生成，当前马克思主义文论建设需要在辩证唯物主义与历史唯物主义的指导下，紧跟中国的文艺实践状况，不断寻找新的理论生长点，唯有如此，才能推动马克思主义文论在中国的当代转换与更新。

第四节　马克思"政治批评"的理论建构及方法论意义

"政治批评"是马克思主义文论从产生至今，不断得到丰富和深化的一种具有理论普遍性的知识形态，它贯穿于从经典马克思主义到后马克思主义的发展过程，甚至成为20世纪60年代后西方文学理论拓展的重要面向。在当前中西方文论及美学领域"政治批评"颇为流行的背景下，重新审视和探讨马克思主义"政治批评"的原初内涵、意义及传承和流变，分析20世纪后期"政治批评"流行的原因以及所包含的问题性，对准确把握"政治批评"的价值走向，重建当代中国文论中的"政治批评"话语体系，有十分重要的理论和实践意义。

一、经典马克思主义的"元政治批评"

提出马克思主义文论的"元政治批评"问题，是基于总体论思想和原典性两个层面的考量和理解。早在20世纪70年代、伊格尔顿在《马克思主义与文学批评》一书序言中指出，"马克思主义是一种关于人类社会以及改造人类社会的实践的科学理论；更具体地说，马克思主义所要阐明的是男男女女为摆脱一定形式的剥削和压迫而进行的斗争的历史。这些斗争决不是学术性的。"在确定了马克思主义理论的总体的政治属性后，伊格尔顿又强调"马克思主义批评是一个更大的理论体系中的一部分，这个体系旨在理解意

---

① Terry Eagleton, Drew Milne. *Marxist Literary Theory: A Reader.* Oxford: Blackwell Publishers Ltd, 1996. p18.

识形态——即人们在各个时代借以体验他们的社会观念、价值和感情，而某些观念、价值和感情，我们只能从文学中获得。理解意识形态就是更深刻地理解过去和现在；这种理解有助于我们的解放。"①

美国研究文学批评理论的学者布莱斯勒在《文学批评理论与实践导论》中指出：马克思主义原本不是一种能被用来阐释文本的文学理论。不像其他批评流派那样，它是一种体现了一系列社会、经济、政治观念的文论理论。尽管存在着多种多样的马克思主义理论，但大多数马克思主义拥有一些共同的核心观念，马克思主义批评家形成了他们的一个主要关切：意识形态。研究文本的文学特性或审美特性，必须将文本与历史、经济的生产方式和消费方式之间的动态关系考虑在内，正是这些关系创造了文本，也创造了作者与读者的意识形态。②

众所周知，马克思主义是一种面对人类社会实践，尤其是关于资本主义世界社会实践基本规律和走向的思想理论。文学艺术作为人类精神的实践活动，自然存在马克思主义的视野之中。有论者指出："在马克思、恩格斯的著作中，有一些文艺学可以建构自身本体论的思想原点，二十世纪的马克思主义文艺理论实际上就是对这些原点的发掘、开拓和展开，从世界马克思主义文艺理论的发展进程来看，人类学批评、政治批评、意识形态或文化批评以及经济学的艺术生产批评，可以说就是二十世纪马克思主义创始人原典形态的几个基本思想原点。从任何一种原典出发都可以建构一种马克思主义文艺理论的体系。"③ 可见，政治的指向和维度不仅是马克思主义文艺理论的重要思想及原点，也是其理论的鲜明特征与属性。从马克思主义文论发展的状况看，四种理论形态存在着交叉、融合、整合的特征，但从总体上说，整合的最后走向是政治学文论，④ 它贯穿于马克思主义文论整体的知识谱系之中。比如马克思、恩格斯关于文艺与工人阶级革命运动相联系的思想的提

---

① ［英］伊格尔顿：《马克思主义与文学批评》，文宝译，人民文学出版社1980年，第4—5页。

② ［美］查尔斯·E·布莱斯勒：《文学批评理论与实践导论》，赵勇等译，中国人民大学出版社2015年版，217—220页。

③ 冯宪光：《在革命与艺术之间——二十世纪国外马克思主义政治学文艺理论研究导论》，巴蜀书社2008年版，第6—7页。

④ 冯宪光：《在革命与艺术之间——二十世纪国外马克思主义政治学文艺理论研究导论》，巴蜀书社2008年版，第64页。

出，考茨基、普列汉诺夫对文艺和政治关系的思考，列宁概括的文学的"党性原则"，苏联社会主义现实主义创作方法的形成，还有葛兰西的"文化霸权"理论、法兰克福学派对"大众文化""文化工业"的批判，本雅明倡导的"艺术政治"学的革命要求，马尔库塞关于艺术是革命的解放承诺的论述，萨特关于"文学介入政治"的呼吁等，均反映了马克思主义文论独特的政治学内涵及多元价值诉求，体现出"政治"作为原典思想在马克思主义文论理论构型中的奠基性作用。

在马克思主义文艺理论基本思想构成中，政治是一种观察、理解和阐释文学艺术的特殊视角，它具有多种原典含义。

1. "政治"属性的原典含义

众所周知，意识形态论是马克思主义对文学艺术的总的界说和规定，是马克思在描述社会历史结构中的观念部分时所使用的一个科学概念，它来源于马克思对人类社会结构的总体性分析和定位，代表了马克思对包括文学在内的人类精神文化现象的基本认识，这是一种结构关系图式，其中也确定了政治的位置及其属性。在《〈政治经济学批判〉序言》中，马克思指出："人们在自己生活的社会生产中发生一定的、必然的，不以他们的意志为转移的关系，即同他们的物质生产力的一定发展阶段相适合的生产关系。这些生产关系的总和构成社会的经济结构，即有法律的政治的上层建筑竖立其上并有一定的社会意识形式与之相适应的现实基础。"[1] 马克思的社会结构理论确立了文学与政治所属的上层建筑的位置。但正像恩格斯后来指出的，上层建筑中的意识形态比起政治和法律制度来，距离经济基础要远些，属于"更高地悬浮于空中的意识形态的领域"，而对文艺发生最大的直接影响的，则是政治的、法律的和道德的反映等这些上层建筑。[2] 马克思原典文献的基本含义是，政治处于社会结构中的中介位置，它对文学具有最大和最直接的影响力。

2. 政治功能的原典含义

马克思主义从根本上说是争取工人阶级和全体劳动人民解放的理论，它的实践指向性是政治斗争。同时又因为共产主义运动是解放全人类的斗争，

---

① 《〈政治经济学批判〉序言》，《马克思恩格斯文集》第2卷，人民出版社2009年版，第591页。
② 《致康拉德·施米特》，《马克思恩格斯文集》第10卷，人民出版社2009年版，第598—599页。

这种解放是人的政治、经济、文化等方面的全面解放，文化、审美与文学艺术就是与人的解放密切相关的领域。所以说，"解放"思想是马克思主义关于政治功能理解的原典含义，既包括"为工人阶级的最近的目的和利益而斗争"的政治方针和政策的具体、微观指向，也包括为坚持共产主义运动未来和根本目的的宏观、总体指向。文艺的微观指向曾被理解为狭义政治论，甚至认为是政治对文艺的干涉与入侵，这其实含有脱离具体历史场域所作出的简单化评判。马克思主义文论含有很强的政治实践性，在方针、政策及创作与批评层面均产生过与工人阶级革命运动相联系的诸多思想，比如马恩提出的"文艺应当歌颂倔强的、叱咤风云的和革命的无产者""表达工人们的普遍情绪"等观点，列宁确立的文学的"党性原则"，毛泽东指出的无产阶级革命文艺的根本方向，都可看作是文艺政治学、文艺制度学早期草创阶段观念建构的产物，需要今日的文论建设进行认真的反思和总结。值得注意的是，马克思是从对资本主义异化现实的深刻批判中，来寻求对人与政治的彻底理解，把"在自由的联合体中每个人的全面发展"，不仅作为改变世界的现实活动的目标，同时也是作为政治制度完善与人性发展的更高的存在和真理。由此可见，"人的解放"的思想在马克思主义文论知识谱系中的生成与不断完善，表明该理论已从更为深广的方面具备了存在论与理想境界相融合的思想内涵。

3. 政治作为"思想方法"论的原典含义

马克思主义文学理论是马克思主义的重要组成部分，马克思主义文论基本内容的形成以及重大命题的提出，总是和无产阶级政党领导的革命与建设事业紧密联系在一起，与解放全人类的整体事业联系在一起，这是马克思主义文论政治性的核心，从思想方法论的层面看，其原典含义是指一种主导性的价值取向的选择。它表明了马克思对文学艺术的思考与研究，总是从属于他们长期所从事的关于人类命运的总体研究，总是与其哲学、政治经济学和科学社会主义研究的总目标是一致的，即不只是要在这些学科领域掀起一场革命，而是将其转化为一种精神武器，为实现人类的理想社会去奋斗。这就决定了马克思主义文论不可能局限于单纯的审美研究，而是从历史和社会现实出发关注文艺的存在价值及政治文化意义。其原典含义在于不再把文艺视为纯粹个人的事业，而是把文艺与无产阶级的乃至全人类的解放事业密切地联系起来，以文艺的力量推动社会的发展与人自身的进步。而这种价值取向的表达也是按照艺术地掌握世界的方式来进行的，诚如马克思所指出的，文艺应该"更加莎士比亚化"，而不是"席勒式地把个人变成时代精神的单纯的传声筒"；"倾向应当从场面和情节中自然而然地流露出来"；"作家不必把它所描写的社会冲突的历史的未来的解决办法硬塞给读者"；"作者的见解越隐蔽，对艺术作品来说就越好。"它表明了马克思主义文论的价值取向是遵循艺术规律的。

政治作为马克思主义文论独特的"思想方法"，它还体现了鲜明的批判取向与批判精神。马克思把资本主义的异化现实当作批判和超越的对象，从对这一现实的批判性考察中去寻求对人性与政治的彻底解决，以及对共产主义完整思考，它包含了对资本主义经济、社会和文化毫不含糊的、富于穿透力的历史批评，诚如哈贝马斯总结的，"马克思把类的历史理解为物质活动和意识形态批判的扬弃的范畴、工具活动和改变现实、劳动和反思范畴的统一"[1]。马克思所开辟的批判性传统不仅在观念层面，而且在方法层面也刻下了深刻的印记。"马克思的思想遗产包括美学遗产的一个主要价值无疑是对资本主义的批判性。马克思对资本主义运行的结构分析和危机诊断，提供了一个理解和看待资本主义的不同角度。事实上正是如此，马克思与社会文化批判有关的准美学话题如异化——物化观、自然观、意识形态理论等，对20世纪西方文论和美学产生了深远的影响。"[2]

二、后马克思主义的文化政治批评

依据国内学界的看法，马克思主义的政治批评在20世纪的发展中，经历了早期以梅林、普列汉诺夫、卢森堡和苏联以革命和阶级为重心的政治学文论；也产生了以葛兰西、卢卡契、阿多诺为代表的"坚持社会批判的人本主义"的政治学取向，及其以本雅明、萨特、马尔库塞为代表的倡导政治介入与审美解放思想的激进主义的政治学主张。前者更多的是对马克思主义元政治传统的继承，后者则开启和丰富了马克思主义政治学文论的内涵。而20世纪60年代后"文化政治批评"的兴起，则是一种带有转折性的现象。

---

①　［德］哈贝马斯：《认识与兴趣》，郭官义、李黎译，学林出版社1999年版，第37页。
②　汪正龙：《马克思与20世纪美学问题》，高等教育出版社2014年版，第12—13页。

　　1968 年 5 月爆发的法国革命，是西方马克思主义理论探索的革命可能性的一次重大实践，整个左翼思潮在逐渐回落的过程中，又进行了新一轮的对马克思主义的重新认识，理论家们不仅从中认识到了马克思对资本主义异化社会批判理论的现实价值，也寻找到马克思主义这一思想武器运用的新出路，这就是政治革命与社会文化的结合。"在资本主义的初期工业化的阶段，主要冲突的场域则在工厂以及整个劳动的关系之中。而在我们所谓的消费社会里，问题的主要症结从生产转向消费时，文化的层面显得格外重要。"也正是在这一时期，西方马克思主义的文学批评提出了"文化政治"的问题。马尔赫恩认为，20 世纪 70 年代以后的西方马克思主义文学批评中，"'文化'被理解为社会关系中意义的重要时刻"，"文化远不再受制于外在的政治考验，它本身已经是政治的了"。"如果文化与社会性具有共同空间，它必然包含了政治的内涵。""文化是政治的必然成分，进一步说，政治的手段在严格的意义上往往是文化的。"① 从阶级与政党政治向文化政治的转变，扩大和延伸了传统文论的政治含义，既适应了新的社会文化思潮发展的需要，即通过各种民权运动、学潮、民族解放、妇女运动等谋求人的权益和解放，也体现了晚期资本主义的文化逻辑，即电影、形象、时尚、生活方式、市场营销、广告以及与传媒文化相关的各种符号、图像、场景渗透到整个社会生活的过程之中，使文化成为社会关系与结构中的核心因素与问题，成为政治批评的重要对象与领域。

　　伊格尔顿作为一个具有国际声誉的西方马克思主义学者，坚持文学理论的政治批评属性是其一贯的思想风格，对马克思主义文论的政治学取向的传承与拓展起到重要推动作用。从 1976 年出版《马克思主义与文学批评》，1983 年出版《二十世纪西方文学理论》，到 1991 年出版《美学意识形态》，2003 年发表《理论之后》，贯穿其中的一个核心观点就是"一切文学批评都是政治批评"。在《二十世纪西方文学理论》的最后一章，作者赫然把政治批评作为结论的做法令人深思。作者指出，"在本书中，我从头到尾都在试图表明的就是，现代文学理论的历史乃是我们时代的政治和意识形态的历史的一部分。从雪莱到诺曼·N. 霍兰德，文学理论一直就与种种政治信念和

---

　　① ［美］弗朗西斯·马尔赫恩：《当代马克思主义文学批评》，刘象愚等译，北京大学出版社 2002 年版，第 31 页。

意识形态价值标准密不可分。的确，与其说文学理论本身就有权作为理智探
究的一个对象，还不如说它是由以观察我们时代的历史的一个特殊角度。纯
文学理论只是一种学术神话"①。伊格尔顿的"政治批评"是对马克思主义
政治学文论的重要拓展，从某种意义看，它超越了党的、阶级的，甚至是作
为狭义理论的纲领或思想主张的政治，而是指向人的现实生存及解放，从人
类学的高度认识和理解"政治学"的内涵。伊格尔顿说，与人的意义、价
值、语言、感情和经验有关的任何一种理论都必然会涉及种种更深更广的信
念，那些与个体和社会的本质、权力和性的种种问题，对于过去历史的种种
解释、对于现在的种种理解和对于未来的种种瞻望有关的信念。文学理论不
应因其政治性而受到谴责。应该谴责的是它对自己的政治性的掩盖或无知，
是它们在将自己的学说作为据说是"技术的""自明的""科学的"或"普
遍的"真理而提供出来之时的那种盲目性，而这些学说我们只要稍加反思
就可以发现其实是联系于并且加强着特定时代中特定集团的特殊利益的。②
在《理论之后》一书中，伊格尔顿分析了当代社会的政治，并指出西方马
克思主义转向文化，部分原因是政治虚弱或对政治不再抱幻想。然而，这样
做，也使得许多西方马克思主义不再像它那战斗的革命先辈，而成了彬彬有
礼的乡绅，成了幻想破灭、失去了政治权威、墨守成规的学究。③ 实际上，
依伊格尔顿看，理论中缺失的另一半并不是文学、读解、文化或美学，而是
政治。其补救的办法就是建立一种雄心勃勃的"政治批评"，这就是所谓的
"后理论"，是在一种更宏伟、更负责的层面上，向后现代主义逃避的那些
更大的问题敞开胸怀。这些问题包括道德、形而上学、爱情、生物学、宗教
与革命、恶、死亡与苦难、本质、普遍性、真理、客观性与无功利等。伊格
尔顿的答案是要对西方启蒙的价值观念展开一场批判性的再思考，④ 其政治
批评的内涵是相当重要和非常深刻的。

---

① ［英］特雷·伊格尔顿：《二十世纪西方文学理论》，伍晓明译，北京大学出版社 2007 年版，第
196—197 页。

② ［英］特雷·伊格尔顿：《二十世纪西方文学理论》，伍晓明译，北京大学出版社 2007 年版，第
196—197 页。

③ ［英］特里·伊格尔顿：《理论之后》，商正译，商务印书馆 2009 年版，第 31 页。

④ ［美］拉曼·塞尔登等：《当代文学理论导读》，刘象愚译，北京大学出版社 2006 年版，第
237—338 页。

　　在当今后现代主义文化谱系中，詹姆逊的政治批评在西方马克思主义文论中有举足轻重的地位。在《马克思主义与形式》（1971 年）、《语言的牢房》（1972 年）、《政治无意识》（1981 年）三部重要著作中，詹姆逊从一种鲜明的文化政治立场出发，结合资本主义在现时代、现阶段的发展情况这一突出的政治态势及格局，依据马克思主义的辩证方法，提出了一种马克思主义辩证批评的文化阐释学理论。其内涵包括：首先应始终坚持马克思主义的基本立场，把关于生产方式对社会文化、意识形态的根本的、最终的决定作用，与人类文化的实践性、辩证法结合在一起，对文学文本进行解释。这种解释同时又是对产生文学文本的社会历史的解释。"因此真正的解释使注意力回到历史本身，既回到作品的历史，也回到批评家的历史环境。"① 其次，马克思主义文艺理论是一种意识形态批评，而詹姆逊的辩证批评的解释学把艺术文本自身的特殊性，即与社会历史联接的差异，作为一个关系的概念。即强调辩证批评对文学的意识形态的阐释应从文学的审美特性出发，意识形态在文学中不仅是内容的直接表达，而且是主要渗透在文学的形式之中的隐含的政治趋势。诚如作者所指出的，"我历来主张从政治社会、历史的角度阅读艺术作品，但我绝不认为这是着手点。相反，人们应该从审美开始，关注纯粹美学的、形式的问题，然后在这些分析的终点与政治相遇"②。可见，詹姆逊倡导的马克思主义辩证批评的阐释学的核心，是把艺术形式作为理解文化和社会的代码，由此展开更彻底、更深层的意识形态和政治分析。

　　正如作者在《政治无意识》开篇所强调的，"本书将论证对文学进行政治阐释的优越性。它不把政治视角当做某种补充方法，不将其作为当下流行的其他阐释方法——精神分析或神话批评的、文体的、伦理的、结构的方法——的选择性辅助，而是作为一切阅读和一切阐释的绝对视域"，③ 而政治批评的优越性，"即对特定文本惰性的已知事物和素材的这种语义丰富和扩大一定发生在三个同心框架之内，这些框架标志着文本社会基础的意义通过下列观念而拓展：首先是政治的历史观，即狭义的定期发生的事件和颇似

---

① 陆梅林选编：《西方马克思主义美学文选》，漓江出版社 1988 年版，第 746 页。
② ［美］詹姆逊：《新马克思主义》，见王逢振主编《詹姆逊文集》第 1 卷，中国人民大学出版社 2004 年版，第 131 页。
③ ［美］詹姆逊：《政治无意识》，王逢振等译，中国社会科学出版社 1999 年版，第 8 页。

年代的系列事件；然后是社会观，在现在已经不太具有历时性和事件限制的意义上指的是社会阶级之间的构成性张力和斗争；最后，是历史观，即现在被认为是最宽泛意义上的一系列生产方式，以及各种不同的人类社会构造的接续和命运，从为我们储存的史前生活到不管多么遥远的未来历史。"① 詹姆逊强调说，在狭隘的政治视域内，作品被解作象征性行为；在第二个视域被扩展到社会秩序时，文本在形式上被重构成伟大的集体和阶级话语的表达，即一种意识形态素；而文本被置身在整个生产方式的复杂序列中，甚至与一种特定社会构成的激情和价值不知不觉吻合时，文本与其意识形态素都将经历最后一次改造，必须根据我将称为形式的意识形态的东西来解读，即是由不同符号系统的共存而传达给我们的象征性信息，这些符号系统本身就是生产方式的痕迹或预示。② 由此看来，伊格尔顿和詹姆逊对马克思主义政治批评的传承，主要体现在整体性视域、人文价值取向及思想阐释深度诸方面，确切地说，其文化政治批评具有存在论和意义论的鲜明特征。

由英国政治哲学家恩斯特·拉克劳与查特尔·墨菲创立的"后马克思主义"，是当今西方学界继"西方马克思主义"之后、一种最新的左翼学术文化思潮，它诞生于西方后现代这一特殊的社会文化和思想背景之中，深受当代政治哲学的深刻影响，赋予传统马克思主义的"政治批评"更广泛的内涵。有学者分析指出，这种理论以解构传统马克思主义的意识形态及领导权的经济还原论和阶级本质主义为旨趣，质疑阶级斗争的宏大政治与人的全面解放的宏大叙事，倡导微观政治、身份政治与话语政治，本质上是一种微观政治学。以拉墨为代表的后马克思主义的"文化政治"内涵非常丰富。在《马克思主义理论中的政治和意识形态》《领导权与社会主义策略》《我们时代革命的新反思》等最具原创性、代表性和影响力的论著中，拉墨提出了后马克思主义文化政治学的主题转向。其依据是，拉墨后马克思主义认为，传统政治理论作为一种现代性的解放话语和宏大叙事，已难以解释当代西方以新社会运动为主体的社会多元对抗，这使得他们注重从后现代视域观察各种社会新变。同时，拉墨又认为，现代性与后现代性之间并没有绝对的分隔线，应当把解构传统马克思主义本质主义的基础逻辑与吸收后现代自由结合

① ［美］詹姆逊：《政治无意识》，王逢振等译，中国社会科学出版社1999年版，第63页。
② ［美］詹姆逊：《政治无意识》，王逢振等译，中国社会科学出版社1999年版，第64—65页。

起来，重建后马克思主义的政治地平线，重构新社会主义的激进多元民主政治规划。因此，后马克思主义作为一种文化政治学，其政治主题相应也会发生一系列深刻变化。这种变化包括：其一，从宏观政治转向微观政治。拉墨政治观的一个重要取向是其政治的去总体化、去宏大叙事，拒斥普遍化的同源性的权力，转而寻求一种异质性的权力概念，倡导和关注日常生活中的微观政治，主张在生活风格、话语、躯体、性、交往等方面进行革命，以此为新社会提供先决条件，并将个人从社会压迫和统治下解放出来。微观政治不再把政治斗争局限于单一的生产场所或国家领域，而是趋向日常生活的各个领域。微观政治是一种开放性社会中具体的、差异的、不断结合的、多元民主的日常政治。其二，从阶级政治转向身份政治。拉墨认为，进入后工业或后现代社会以后，知识经济和信息革命导致传统的二元对立的阶级结构发生分裂，阶级属性的划分越来越难于实行，身份政治成为主导方面，但身份认同政治也是异质性、偶然性及语境性的暂时结合。其三，从自在政治转向话语政治（或象征的政治、想象的政治）。拉墨认为，对于人类社会而言，一切有意义的存在物都是话语建构的产物，离开话语条件的所谓自在自然的实存对人没有意义，社会构型及其政治因而不是自在的、本质主义的，而是话语建构的产物，具有其话语性。不可能从一个先于话语的实存出发进行社会和政治分析，而应当从话语视域对政治进行话语分析。社会政治空间是一个话语场域，政治即是话语结合实践活动。①

三、政治批评：问题与意义

综上所述，"政治批评"既然构成马克思主义文论的核心话语与思想精髓，它对人类的文明与文化建设及社会现实的审美改造有十分重要的指导作用，由此我们需要思考的一个基本问题是，如何理解政治的内涵及本性，它体现的思想价值、方法论意义及理论启示是什么，如何看待"政治批评"在后马克思文论知识谱系中的深刻变化，当代中国文论的本体建设需要什么样的"政治批评"。

结合马克思主义思想发展的基本脉络看，对"政治"概念阐释最具原典性和科学价值的是马克思著名的社会结构理论。马克思说："我所得到

---

① 陶水平：《后马克思主义文化政治及其文论价值》，《中国文学研究》2014 年第 1 期。

的、并且一经得到就用于指导我的研究工作的总的结果，可以简要地表述如下：人们在自己生活的社会生产中发生一定的、必然的、不以他们的意志为转移的关系，即同他们的物质生产力的一定发展阶段相适合的生产关系。这些生产关系的总和构成社会的经济结构，即有法律的和政治的上层建筑竖立其上并有一定的社会意识形式与之相适应的现实基础。物质生活的生产方式制约着整个社会生活、政治生活和精神生活的过程。随着经济基础的变更，全部庞大的上层建筑也或慢或快地发生变革。"① 历史唯物主义是马克思主义的精华，它为我们认识文艺和文艺理论提供了一种基本的思想图式和方法，而社会结构理论则科学描述了整个社会组织的内在构成，确立了诸如经济、阶级、国家、政治、法权、革命以及宗教、哲学、道德等在社会结构中的位置。依照马克思主义的思想看，在相互联系的生产力、生产关系（经济基础）、上层建筑和社会意识形态构架中，政治和法律既是最具现实性和生产功能的上层建筑形式，也是联接经济基础和上层建筑的社会意识形态中介机制，意识形态的变革往往从政治的变化开始，政治对意识形态的生产将产生直接而持久的影响。结合艺术和审美的维度看，虽然艺术亦属于上层建筑领域中的意识形态要素，但艺术和政治所体现的社会生产功能却有十分明显的区别。概括而论，艺术生产所面对的是意识形态中的幻象世界，它关注想象与情感领域中人的存在的"完整性"和审美理想的构建，体现出人的现实生存中的审美性解放；而政治生产则具有意识形态的现实性及丰富的实践内容，它蕴含了对人与世界、他人及自身的认识，体现出在具体的生存实践及日常生活世界中人的现实解放。诚如有论者所总结的，政治是大写的技艺，它提供了包括艺术在内的一切其他技艺得以可能的第一原理，当美学以政治为立足点，通过制度之美和人性之美去反思"存在的完美性"，美学就成为政治美学。马克思提出，政治的核心问题是"普遍的人的解放"，其时代标志是无产阶级的解放，马克思以这个问题重新回到了政治的哲学性本质和知识性界面。② 可见，政治既是马克思主义存在论思想的核心，也是其意识形态的生产武器，它在本质上构成了马克思主义哲学中一个最具现实性的

---

① 《〈政治经济学批判〉序言》，《马克思恩格斯选集》第 2 卷，人民出版社 2009 年版，第 591—592 页。

② 张盾：《马克思与政治美学》，《中国社会科学》2017 年第 2 期。

知识的界面。

　　一方面，马克思主义的政治批评及其"知识谱系"的生成，始终把资本主义的异化现实当作批判和超越的对象，从对这一现实的批判性考察中寻求对人性与政治的根本性理解，把"在自由的联合体中每个人的全面发展"，不仅作为改变世界的现实活动的目标，也作为制度与人性的更高的存在与真理；另一方面，马克思社会结构思想所确立的政治批评的存在论基础和意识形态的生产功能，在马克思主义的"知识谱系"中进一步得到继承和延伸。如果说，"政治批评"的理论实践，在马克思那里显现的是唯物史观和经典哲学的价值指向，在伊格尔顿那里是现代人文思想坐标和存在论维度，在詹姆逊那里是后现代视野及解构精神，其内涵依然带有马克思主义上层建筑与意识形态叙事痕迹的话，而在拉墨"后马克思主义"知识谱系中，其"政治批评"的含义则发生了革命性的变化。拉墨的"文化政治"是建立在 20 世纪 60 年代后西方形形色色的"新社会运动"广泛兴起的基础上，诸如民权运动、黑人运动、学生运动、反核运动、同性恋运动、生态运动、女性运动、消费运动、宗教运动、种族—民族主义运动，等等，新社会运动现身于西方社会的政治舞台，构成当代西方政治史上的一大转折。与旨在改变阶级剥削关系，摆脱专制权力，实现自由、平等、正义等普世价值的"解放政治"不同，它隶属于后现代政治，把对早先对公共领域和统治制度的强调，转换为对文化、个人身份和日常生活的强调。如伊格尔顿所强调的，从而使政治斗争推进到文化、日常生活乃至个体的精神层面，"文化理论的作用就是提醒传统的左派应重视曾经蔑视的东西：艺术、愉悦、性别、权力、性欲、语言、欲望、灵性、躯体、生态系统、无意识、种族、生活方式、霸权等，无论任何估量，这些都是人类生存的很大的一部分"①。

　　结合 20 世纪 70 年代以来人类复杂的生存状态看，后马克思主义"文化政治批评"的形成有其深刻的社会背景，随着全球化的加剧和消费社会的到来，人类的生存面临新的困境与挑战，尤其是在经济增长与人的身份认同方面，诸多问题无一例外地转化为一个空前突出的文化问题。当文化不再是阶级、政权、国家及革命这些大写的叙事，而意味着日常生活、身体、电影、形象、时尚、美感方式、促销、广告和通讯传媒等现象时，文化便显而

---

　　① ［英］伊格尔顿：《理论之后》，商正译，商务印书馆 2009 年版，第 25、30 页。

易见地成为晚期资本主义社会中突出的社会问题和政治问题。历史上曾注重普世价值、道德情操及和谐、完美的精英主义的文化观念，被新左派的文化马克思主义颠覆了，代之而起的是"文化是普通的""文化是整体的生活方式"这样全新的文化观。文化政治学的兴起，使得文学日益成为社会、历史、政治和文化冲突的场域，文学研究几近成为政治学和社会学的一个分支，文学理论也成为一个充满意识形态和权力—知识共生的领域。[①]

马克思主义的"政治批评"对现代中国文论的话语建构所产生的影响是毋庸置疑的。中国化的"政治批评"作为 20 世纪文论史上值得探究的一份珍贵遗产，它的产生、发展虽然充满了争议性与挑战，也不同程度地体现出特定历史语境下理解和实践中的局限性及误读。但总体来看，马克思主义的"政治批评"是构成现代中国文论话语体系的主导性要素，它深刻影响了 20 世纪新文化运动时期现代审美启蒙理论的产生、延安文艺思想的形成以及新时期马克思主义文论中国化的内在转化和诉求。但是，最具标志性并且产生了历史影响效果的依然是以《延讲》为核心的"政治美学"理论的形成。

毛泽东是中国文论"政治批评"理论的重要奠基人和倡导者。1940 年在发表《新民主主义论》确立文艺的观念形态性质时，给"政治"以明确的中介位置及核心地位。"一定的文化是一定的社会的政治和经济的反映，又给予伟大影响和作用于一定的政治和经济；而经济是基础，政治则是经济的集中的表现，这是我们对于文化和政治、经济的关系及政治和经济的关系的基本观点。"[②] 依据这一思想，毛泽东分析了当时中国社会的文化、政治现状及发展趋势，强调新民主主义的文化"就是民族的科学的大众的文化"，"就是中华民族的新文化"。[③] 1942 年在《讲话》中，依照中国革命的总体需要毛泽东则把政治转换为"革命"、甚至"阶级"："作为观念形态的文艺作品，都是一定的社会生活在人类头脑中的反映的产物。革命的文艺则是人民生活在革命作家头脑中反映的产物。""在现在世界上，一切文化或文学艺术，都属于一定的阶级，属于一定的政治路线的，为艺术的艺术，超

---

① 范永康：《文化政治与当代西方文论的政治化》，《人文杂志》2011 年第 5 期。

② 《毛泽东论文艺》，人民文学出版社 1983 年版，第 9 页。

③ 《毛泽东论文艺》，人民文学出版社 1983 年版，第 22 页。

阶级的艺术，和政治并行或互相独立的艺术，实际上是不存在的。"① 正像列宁所讲的，"对于社会主义无产阶级，写作事业不能是个人或集团的赚钱工具，而且根本不能是与无产阶级总的事业无关的个人事业。"② 把文艺作为无产阶级总的事业的一部分，以文艺为武器服务于人民解放事业的需要，这就是现代中国文艺政治性之所在，也是不可否认的历史事实。进入新的历史时期后，邓小平提出过对文艺政治性的理解，"党对文艺工作的领导，不是发号施令，不是要求文学艺术从属临时的、具体的、直接的政治任务，而是根据文学艺术的特征和发展规律，帮助文艺工作者获得条件来不断繁荣文学艺术事业，提高文学艺术水平，创作出无愧于我们伟大人民、伟大时代的优秀的文学艺术作品和表演艺术成果。"③

　　由此看来，20 世纪中国文论对文艺政治属性的理解，客观经历了一个结合中国特定历史语境重新选择的漫长过程。然而，不容置疑的是，这一过程为马克思主义文论中国化形态——"政治美学"理论的成熟奠定了重要基础，也使我们获得了对"政治批评"内涵的科学认识。所谓文学理论中的"政治批评"，其实是一种立足于人的全面发展和现实解放的政治性美学，它坚持文艺的政治性和意识形态性，强调文艺作为文化和人类命运共同体的有机构成部分，倡导和关注社会结构、制度与治理形式中的审美理想、观念等要素的积极介入，以从最直接和最现实的方面达到完善和促进人的解放的目的。艺术世界中的审美想象具有替代性的满足和乌托邦效果，而政治美学所关注的则是现实世界中人的彻底解放。所以，重构文艺的政治批评维度，弘扬文艺理论的政治批评与政治建设功能，也是一项远未完成的现代审美启蒙工程。

---

① 《毛泽东论文艺》，人民文学出版社 1983 年版，第 63 页。
② 列宁：《党的组织和党的出版物》，见《列宁选集》第 1 卷，人民出版社 1995 年版，第 663 页。
③ 《邓小平文选》第 2 卷，人民出版社 1983 年版，第 213 页。

第四章 文学理论知识生产与传统文论的话语重构

中国悠久的农耕实践，大一统的宗法社会所形成的"天人合一"观念，在中国思想史上代代相承，一以贯之，影响和启发了中国人对宇宙、自然、社会、人生和艺术的诸种认知和理解，创造了中国人独特的话语生产与表达方式。中国传统文论话语表达可分为儒家"仁"学话语，道家"道"学话语和禅宗"心"学话语三种基本形态。它们内蕴了中国人对宇宙自然、社会人生和艺术经验等的实践认知和理论总结，也呈现了中国人的生命实践方式和文化创造规律。

20世纪是中国社会的大变革时期，在"西学东渐"影响下，中国学人对西方学术资源的持续性借鉴与学习，造成中国文论发展中某种程度的"失语症"现象，传统文论所固有的人文价值有所遮蔽和消解，具有民族特色的文论元话语形态未能及时提炼和总结出来。因此，对传统文论的话语形态及现代意义挖掘和探讨已显得十分迫切而必要。古代人丰富多彩的生产生活和艺术实践，孕育了中国文学的精神品格，也创造和体现了中国传统文化的生命力量，它形成一个具有连续性和差异性的话语生产场，体现了具有历史意蕴和民族特色的话语世界。研究和发掘中国传统文论话语价值，对当代中国文论话语创新具有重要作用。

第一节 "话语"内涵及中国文论"话语"

"话语"（Discourse）是现代批评理论史中出现时间相对较短、用法变化最大、使用范围最广、定义最为繁复、意义至为重要的一个理论术语。"话语"从 20 世纪语言学概念领域逐渐扩展，后经结构主义、后结构主义等思想家和理论家精心细致的改造和深度发掘，而逐渐渗透到社会制度、学科划分和知识分子等研究领域，最终成为现代与后现代社会中人们构建人类主体的重要工具。中国社会有广泛的"话语"实践，但缺少相应的"话语"理论，对西方"话语"理论的译介和使用，促成中国学人对中国文论"话语"思想的历史性认知和自然性探索，认为"话语"概念是古代语词的现代意义转换。在中西对比中，我们能够发现中国文论"话语"知识构成的主要历史逻辑与民族性特征。

一、"话语"内涵及话语理论

一般认为，汉语词汇中的"话语"一词是英语词汇"Discourse"的翻译，而"Discourse"一词则是从拉丁语、古法语、古英语词汇中的"Discours、Discursus"等词汇中演变而来。在法语语境中，"话语"一词都与言语的表达沟通有关。[①] 法语"Discours"则源于拉丁文中的"Discursus"，它是"dis"和"currere"的合成，"dis"之意为穿越、分离，而"currere"是跑、奔走的意义。于此，"话语"本意是在某一领域内来回"奔跑"，属于动词，是相关动作的连续。后来，"Discursus"一词逐渐名词化，表示动作及其动作的结果，即人们在来回奔走中形成一段熟悉的"路"。[②] 从词义流变和引申意义看，语言具有"路"的功能，有指称、表达和沟通的功能，它是一种特殊的"路"，有跨越时空的界限，连续发生的特征，并能形成相互沟通的效果。生活在不同领域，不同时代、不同地域的人都可以以语言为媒介进行沟通，而在不同场域，因各种社会实践的特殊需要，形成各不相同的语言表达规则、生成各不相同的表达方式等。在这种"有意味的形式"中，语言也就承载各不相同的文化意义，构成了各不相同的话语世界，如哲学话语、文学话语、科学话语、生活话语、宗教话语等。因此，"Discourse"与社会实践密切相关，它既可表示动态的语言表达过程，也包含了语言表达交流的结果，具有"路标"的功能，是一个相对完整的语言实践活动等。

---

① 赵一凡主编：《西方文论关键词》，外语教学与研究出版社 2006 年版，第 224 页。

② 宋洁琳：《"话语"涵义新解》，《语文学刊》2014 年第 3 期。

这为"话语"内涵和外延的生成奠定了重要生活基础。

进入 20 世纪，"话语"开始成为一个语言学概念，被广泛运用到语言学领域。话语被认为是"构成一个相当完整的单位的语段（Text），它通常限于指单个说话者传递信息的连续话语"，① 它是一个社会事件的形式呈现。1916 年，瑞士语言学家费迪南德·德·索绪尔（Ferdinand de Saussure）出版了《普通语言学教程》，他严格区分了"语言"和"言语"，并间接性地论述了"话语"概念，认为"在话语中的各个词，由于它们是连接在一起的，彼此结成了以语言的线条特性为基础的关系，排除了同时发出两个要素的可能性。""在话语之外，各个有共同点的词会在人们的记忆里联合起来，构成各种具有关系的集合。"② 索绪尔认为，语言就是话语，言语也是话语，言语就是人们说话的总和，话语并不独立于语言之外等。索绪尔关于"语言"和"言语"的概念区分，为人们研究话语奠定了理论基础，人们逐渐注意到语言、言语、话语等概念在日常生活中的区别与联系。英国语言学家戴维·克里斯特尔在《现代语言学词典》中说："从最一般的意义上讲，一段话语是语言学中具有前理论地位的一个行为单位，它是一些话段的集合，构成各种可识别的言语事件。"③ 而生活中的一次会话、一次采访、一个笑话等都可被看作话语，是一段大于句子的连续性语言表达和交流。一次语言实践构成一个语言事件，它以语言的方式呈现出来，是一个完整的人际交流过程，这构成"话语实践"的理论基础，并为西方话语理论研究开拓了新空间。与"话语"相关的"话语分析"一般是指"对比句子更长的语言段落所作的语言分析（Languistic analysis）"，它的目的在于"找出带有相似语境（对等类别）的话语系列并确定其分布规律"。④ 可以认为，凡是一切有意义的语言陈述，它无论是口头的表达或者是书面的文字叙述等都可以看作话语，它是语言的具体运用。当话语成为意义结构的组成方式和显现形式

① 王晓路等：《文化批评关键词研究》，北京大学出版社 2007 年版，第 199 页。
② ［瑞士］费迪南德·德·索绪尔：《普通语言学教程》，高名凯译，商务印书馆 1980 年版，第 170 页。
③ ［英］David Crystal：*A Dictionary of Linguistics and Phonetics 6th Edition*，Blackwell Publishing Ltd，2008，P. 148.
④ ［英］R. R. K. 哈特曼等：《语言与语言学词典》，黄长著等译，上海辞书出版社 1981 年版，第 104 页。

时，它就内在地包含了意义表达的规定性，是关于某个人、某个群体、某个阶级或某个地域、某一种族等社会文化的潜在要求与规范。人们通过特定的话语分析，就可发现不同社会、不同历史、不同民族、不同学科等对话语本身具有调节、塑造和变革功能，推动话语内涵和外延的变革与创新。

　　这一时期，哲学领域受索绪尔语言学理论启迪，开始从认识论转向语言论。1915 年，罗素在演讲中认为以前哲学所讨论的认识论问题，多是关于语义的问题，它们都可归结为语言学的问题。① 1930 年，维也纳学派石里克在《哲学的转变》中认为，语言论转向可使传统认识论问题得到有效解决，每种可能的语言本质代替了研究人类的认识能力，成为思考表达和陈述事实的本质。② 到 60 年代，美国哲学家罗蒂提出，人们通过改革语言，他们"或通过进一步理解我们现在所使用的语言"，而这样也就可以解决（甚至排除）"哲学上的种种问题"。③ 可见，哲学上的语言论转向推动了话语研究向其他领域的渗透与扩张，"话语"开始成为不同领域研究探索和表达沟通的重要学术概念。苏联哲学家、语言学家米哈伊尔·巴赫金（Mikhail Bakhtin）、法国哲学家米歇尔·福柯（Michel Foucault）、德国哲学家尤尔·根哈贝马斯（Jurgen Habermas）、英国哲学家路德维·希维特根斯坦（L. Wittgenstein）等均赋予"话语"新内涵，在扩展话语使用范围的同时，创造了各不相同却又相通的话语理论。

　　巴赫金认为话语是人类的一切语言行为及其结果。任何现实的、已说出的话语而不是在词典中沉睡的词汇，都是说者、听众和被议论者或是事件之间相互作用的表现和产物。话语就是社会事件，它不会满足于仅充当某个语言学的抽象概念，更不是从说话者的主观意识中所引出的一种心理因素，而是说话者和受话者相互作用的产物。④ 福柯认为话语与社会"权力"等充满了复杂关系，并在自己的每一著作中几乎都使用"话语"概念，对话语与知识、话语与权力及话语的形成、话语的规则、话语的构型、话语的单位等都进行了深入研究。在《词与物》中，他将话语看成是具有展现功能的符号系统，能够呈现出物的存在。话语作为陈述的整体，"时而是所有陈述的

----

① ［英］罗素：《我们对于外部世界的知识》，伦敦 1915 年版，第 1—4 页。
② 洪谦编：《逻辑经验主义》，商务印书馆 1982 年版，第 2 页。
③ ［美］罗蒂：《语言论转向·导论》，芝加哥 1967 年版，第 3 页。
④ ［苏联］巴赫金：《巴赫金全集》（第 2 卷），钱中文译，河北教育出版社 1998 年版，第 92 页。

整体范围，时而是可个体化的陈述群，时而又是阐述一些陈述被调节的实践"①。福柯将话语作为一个陈述的整体来看待，它由连续不断的事件构成陈述内容。或将语言置于与社会体制、权力系统、知识分子的社会作用发挥中，以知识考古的方式论证话语的言说规则等。福柯在很大程度上改变了人们的语言观，启发了人们对话语的开放性认知和理解，但他并没有给"话语"一个明确的界定。哈贝马斯吸收马克思的理论与方法，认为两个具有语言和行为能力的主体都可以用符号（语言）作为中介达成一种对话关系，话语不是单纯的语言使用，而是具有共识的知识形式。② 话语成为构建知识形态的重要方式，内蕴了人们交往对话的知识平台。维特根斯坦主张不分析具体现象，而要分析相应的概念，通过分析语词的实践运用，思索我们关于现象所作的陈述方式。③ 他使话语理论具有分析与探索主体构成的功能等。这样，话语就具有参与社会实践的力量，具有塑造主体存在方式的功能。反映到文学领域，话语的实践功能使文本交际具有超越性，文本不仅反映和陈述社会实体及各种复杂关系，它还不断创造和构建新的社会实体与关系网络。社会生活中的任何一次话语实践都是一次话语事件，人们通过语言进入文本，探索文本所蕴藏的文化意义。这样，"话语"理论既保留了对社会生活的认知和表达，也包含了对社会文化的分析和解读，人们可以在话语的构成中洞悉社会生活的形态。

美国学者保罗·博韦（Paul Bove）将学科知识谱系与话语生成相联系，提出"话语生产是关于人类和社会的知识生产"，而这些话语的真理性与学科结构都有关系，它会和学科形成的体制化与逻辑框架有关系，但除了那些源自正统的且合法的学科，这种通过体制化赋予的学科权力，均是不言自明的东西。④ 这样，话语分析与社会、文化、历史等因素连在一起，是知识谱系建构了学科的话语系统，这些话语拥有无可厚非的真理性，能够介入到不同社会领域，参与社会实践。可以看到，话语不仅仅是语言学的单位，而且已经成为人类行为、互动、交流和确认自己身份的重要单位。而话语理论家

---

① ［法］米歇尔·福柯：《知识考古学》，谢强、马月译，三联书店1998年版，第96页。

② 转引自童庆炳主编《文学理论教程》，高等教育出版社2015年版，第17页。

③ ［英］路德维希·维特根斯坦：《哲学研究》，陈嘉映译，上海世界出版集团2005年版，第49页。

④ 王晓路等：《文化批评关键词研究》，北京大学出版社2007年版，第202页。

迪林（George L. Dillion）认为，"话语并非是一套形式化的、确定的结构，而是一种社会行为"。话语是"现代文学批评的关键词"，而作为对人本身的研究，"话语是现代和后现代社会中将人形成为'主体'的最具权力的方式"。① 主体的生成过程是多种社会话语共同作用的过程。在生活中，人不能脱离自身的生存环境，脱离他所参与的某一阶级，或是某一信仰，或是某一社会立场的客观事实，但也不能脱离他所存在的那些社会结构和文化网络等，也就不能摆脱"话语"对他的塑造和变革，话语实践是人成为主体人的重要途径。英国学者诺曼·费尔克拉夫提出话语分析理论，认为各种文本的向度都可以指向语言分析，在特定话语实践中，它浓缩了社会风俗、文化要素、政治经济、意识形态等，文本具有一种特殊的隐喻功能。这样，话语实践的向度就可以延展到文本的生成与解释过程，特别是创造者与读者之间的交往与对话过程，能够更多地关注社会文化的因素，以此发现话语事件的运作机制等。费尔克拉夫的话语分析理论更有直接的务实性特征，他要透过意识形态遮蔽，在更广阔的社会生活中解读文本，发现话语的真实意义，意识到社会力量在话语构成中的潜在作用，以更好地理解话语在文化与社会变革中的实践功能，借以发现话语的创新性价值等。凡此为人们研究发现中国文论话语的历史变迁及其文化价值提供了重要参考。

比较可见，"语言作为人类重要的交际手段"，它是由语音、词汇和语法构成一个完整的符号系统，它具有社会性和规范性，人们在约定俗成的语言世界中交流思想、表达感情，创造文学文本等。个人对语言的占有、使用则表现为言语形式，它具有个性化特征，在不同语境中，能够生成各不相同的语义。个人不能创造、也不能改变语言，在社会契约下，人们通过语言创造话语，展示自我，它既是语言的实践，也是语言的创造，没有个体的语言实践，就不会有话语的生成，语言是话语的基础，话语是语言的实践。语言作为一个抽象概念，它在事实上也不能说明某些意义在社会、历史和文化等发展中的那些"定型过程"，更不能证明这些意义是如何通过那些既定的言说和陈述方式，在特定社会结构与文化制度情景中进行再生和流变，它所充当的更多是一种不自由的规则，以供不同主体的运用。语言是一种抽象的存

---

① Paul A. Bove："*Discourse*" *in Frank Lentricchia and Thomas McLaughlin*, *eds. Critical Terms for Literary Study*, Ibid, P. 58.

在，但语言所生成的那些意义却不是一种抽象的存在，由它所生成的话语却是社会化、历史化和制度化共同构型的一种产物。任何语言系统自身所能产生的那些无限的潜在意义，它总是被那些遍布于特定时空中的社会网络所给予和规定，并经由不同话语形式而得以呈现出的社会结构，内在地包含了意义得以生成的可能性。[①] 因此，语言作为人文学科的一个关键概念，在近代以来，逐渐为"话语"概念所取代，成为现代文学理论的一个重要学术概念。

综合"话语"及话语理论的相关研究，可以认为，话语拥有广泛的意义，它可以是符号系统，可以是概念、范畴，可以是一个社会事件，是语言运用的结果等。而20世纪以来的话语实践，使它在科学主义和人文主义文论中都取得了丰硕成果，俄国形式主义、布拉格学派、英美新批评、结构主义、符号学等都突出了语言的重要性，女权主义、后殖民主义、新历史主义、文化研究等都强调话语实践的社会性研究，两者相互交错，相互影响和吸收，使话语语义在不同学科中各有侧重，其含义也呈现出丰富多样性特征。[②] 在长期研究中，中国学界也形成一定共识，话语是语言的应用，在交际中产生，有说话者和受话者的实践性特征，它和语境关系密切，它的意义是在特定语境中产生等。因此，话语或是当前学术界最能拥有广泛意义的术语，但也是最需人们考察、辨析和界定的文化"关键词"。[③]

二、中国文论"话语"及其历史逻辑

中国古汉语中并没有严格的"话语"概念，更多是"话""语"分用，或以"语言""言语"概念表达对生活的认知与理解，意同"话""语"。和"语言"语义相类似的词汇如"言""辞""词""语""文"等，而和"言语"语义表达相类似的词汇如"说""谓""曰""道""云""问""答"等，另外一些表示言说的词汇，如"诵""歌""谏""讽"等。古人虽然创造了诸多词汇用以表示语言或言语的意思，但彼此之间并没有完全隔

[①] ［美］约翰·费斯克等：《关键概念：传播与文化研究辞典》，李彬译，新华出版社2004年版，第84—85页。

[②] 朱立元主编：《当代西方文艺理论》（第2版），华东师范大学出版社2005年版，第5—8页。

[③] ［英］雷蒙·威廉斯：《关键词：文化与社会的词汇》，刘建基译，三联书店2005年版，第1页。

断，且相互之间还有各种复杂关系。如"语"既是语言，也是言语，"言"既是言语，还是文字。在不同语境下，语言表达也有很大的灵活性，在没有严格限定语义时，给后人的认知和理解留下了可阐释的重要空间。

许慎《说文解字》曰："直言曰言，论难曰语，从口平声，凡言之属皆从言。"① 又"论，议也"②。"议，语也。""辞，讼也。从舌，舌犹辛理也，舌理也。"③ 结合中国人对语言的认识和理解，"语""言"组合至少可包含以下七层意思。第一，语言是人们表达沟通的重要工具。第二，人们在表达沟通过程中具有讨论与议论的属性。第三，在表达沟通中存在一定语言技巧。第四，语言的表达沟通存在说话人与受话人。第五，语言实践总是在一定语境中进行。第六，语言形式与语义内容之间并不完全一致，允许有认知理解上的差异性。第七，所有语言都是"道"的载体，是心灵的形式创造，具有社会教化功能。根据德国哲学家恩斯特·卡西尔"人是符号的动物"④ 这一观点，认为语言是人类创造符号的一种，它承载一定文化内容，是"有意味的形式"，人们通过语言反映了生活，创造了心灵的形式，构建了人类文化的历史。

另外，从现有文献看，我国传统词汇中"话""语"结合出现较晚，但"话""语"有相类似意义。许慎《说文解字》曰："话，合，会善言也，传曰，告之话言。"⑤ "语，论也，从言吾声。"⑥ 后在相关文献中可见到"话""语"连用的词汇，它在唐宋话本里出现较多，多指说话行为，或是一次会话、或是语言交往等。如晚唐日本高僧圆仁撰写《入唐求法巡礼记》曰："守岛一人，兼武州太守家捉鹰二人来船上话语……"其"话语"就是说话、交谈、询问等。《二刻拍案惊奇》有"话语缠绵，恩爱万状""话语一番"等，其"话语"就是一次会话、交流等。《西游记》中也有"絮絮叨叨话语多，捻捻掐掐风情有"，其"话语"就是相互间的对话交流。"话语"词汇的频繁出现与唐代中后期流行的俗文学话本有关，它是说书人的

---

① （东汉）许慎：《说文解字》，中华书局1996年版，第51页。
② （东汉）许慎：《说文解字》，中华书局1996年版，第52页。
③ （东汉）许慎：《说文解字》，中华书局1996年版，第309页。
④ ［德］恩斯特·卡西尔：《人论》，甘阳译，上海译文出版社1985年版，第34—35页。
⑤ （东汉）许慎：《说文解字》，中华书局1996年版，第53页。
⑥ （东汉）许慎：《说文解字》，中华书局1996年版，第51页。

底本，其现场表达需要文字的口语化、简单化，才能在生活中广泛传播。《辞海》从语言学角度界定，话语是"言语交际中运用语言成分建构而成的具有传递信息效用的言语作品"，而"现代语言学中话语语言学和语篇分析等学科，主要研究从对话片断到完整语篇的超句语言结构"①。"话语"既是语言单位，还是言语所构成的文本，它与西方"Discourse"意义相通、相近，这为"Discourse"的现代汉语翻译提供了对应词汇。20 世纪 80 年代，我国学者在语言学领域引入话语理论，用"话语"对译"Discourse"，开始研究西方话语理论。90 年代以来，"话语"及相关理论被国内学界广泛接受和普遍运用，衍生了各种各样的话语群，如西方话语、革命话语、主流话语、殖民话语、女性话语、政治话语、权力话语、民间话语、启蒙话语等，很显然，话语不再是一个语言单位，而是一种关于对象的话语阐释理论或是批评实践。② 而任何一次话语"事件"都可被看作一次文本创造，是一次话语实践实例，也是一次社会实践。③

中国的传统观念是将语言看作"道"的载体，它模拟生活，表现"心"灵，具有鼓动天下的力量。《周易·系辞》："古者包牺氏之王天下也，仰则观象于天，俯则观法于地，观鸟兽之纹，与地之宜，近取诸物，远取诸物，于是始作八卦，以通神明之德，以类万物之情。"④ 圣人以仰观俯察，远望近取的方式创造八卦，它既是一个认识过程，也是一个创造过程，是圣人对自然现象与生活物象的摹仿与创造，它启发人们对社会生活进行认知和理解，生产能够阐释世界的话语知识。又"子曰：书不尽言，言不尽意。然则圣人之意，其不可见乎？子曰：圣人立象以尽意，设卦以尽情伪，系辞焉以尽其言，变而通之以尽利，鼓之舞之以尽神。"⑤ 古人用八卦代表宇宙间的八种基本事物，进而演化为六十四卦，三百八十四爻，形成一个完整而系统的符号体系，用以表征社会生活中的各种事物。其"言"即为卦辞，是

---

① 《辞海》，上海辞书出版社 2010 年版，第 778 页。
② 刘继林：《"话语"：作为一种批评理论或话语实践——"话语"概念的知识学考察》，《烟台大学学报》（哲学社会科学版）2011 年第 3 期。
③ ［英］诺曼·费尔克拉夫：《话语与社会变迁·导言》，殷晓蓉译，华夏出版社 2003 年版，第 4 页。
④ 黄寿祺、张善文撰：《周易译注》，上海古籍出版社 2012 年版，第 343—344 页。
⑤ 黄寿祺、张善文撰：《周易译注》，上海古籍出版社 2012 年版，第 341 页。

华夏民族理性思维发展后的概念、判断、推理性语言。① 语言是卦象的延伸与限定，它引导人们更好地认知"卦象"和生活之间的关系。而汉字以"象"为本，是圣人"立象"创造的形式表达。许慎《说文解字·叙》说："仓颉之初作书，盖依类象形，故谓之文。"又"文者，物象之本"。② 汉字源于古人的图画与记事符号，从图画模拟到象形创造，到表意抽象的图画符号，内蕴了古人的连续性改造与创造，从甲骨文、金文、大小篆，到隶书、楷书的基本定型，内蕴了民族理性思维的稳定化，古代的图画遗风转为笔画构型，在图像思维中渗透了古人的理性精神，在形式中保留了心物之间的相互交往与对话关系。历史表明，文字及其书写一旦形成，就具有一种规范性力量，在传递知识与思想情感的同时，会对人们的生活认知与精神思维产生定向的影响。③ 汉字以其独特的构型方式，成为华夏民族文化的重要载体，"文以载道"的历史观念对民族的文化认知与精神思维产生了重要影响，使之成为民族话语表的内在逻辑。

　　三国时期经学家王弼结合庄子"言意"观与《周易》"意象"观，构建了中国古代言、象、意间的基本关系。《周易略例·明象》说："夫象者，出意者也；言者，明象者也。尽意莫若象，尽象莫若言。言生于象，故可寻言以观象；象生于意，故可寻象以观意。意以象尽，象以言著，故言者，所以明象，得象而忘言；象者，所以存意，得意而忘象。……是故存言者，非得象者也；存象者，非得意者也。象生于意，而存象焉，则所存者，乃非其象也。言生于象，而存言焉，则所存者，乃非其言也。然则，忘象者，乃得意者也；忘言者，乃得象者也。得意在忘象；得象在忘言。故立象以尽意，而象可忘也；重画以尽情，而画可忘也。"一方面，"尽意莫若象，尽象莫若言"，人可以"寻言以观象"，"寻象以观意"；一方面，言不等于象，象不等于意，"故存言者，非得象者也；存象者，非得意者也"，所以，"得意在忘象，得象在忘言"。言象都是有形的、有限的，而意却是无形的、无限的，言象不是意，只是得意的工具，若没有这种工具，则不能得意。在王弼看来，"言、象、意"是一个由表及里的结构性存在，人们首先接触到

---

① 叶朗：《中国美学史大纲》，上海人民出版社 1985 年版，第 70 页。
② （东汉）许慎：《说文解字》，中华书局 1996 年版，第 1—2 页。
③ 郦全民：《论汉字的表征效应》，《中国社会科学》2015 年第 2 期。

"言"，其次窥见"象"，最后意会到"象"所表征的"意"。语言是"立象"表"意"最重要的工具。这样，王弼以自己的逻辑推理，构建了中国话语表达的历史逻辑。它是一个循环往复的推进，奠定了中国文学领域话语表达的哲学基础。陆机《文赋》："恒患意不称物，文不逮意。"其"意"是作者构思中的意，其"物"是思维活动的各种对象，其"文"是用语言表达出来的具体文章。"意不称物"是构思内容不能正确完整反映人的思维对象，"文不逮意"是文章不能充分表现思维过程中所生成的具体内容。可以看出，"意"的表达在于语言的创造性，不同作家对生活的认知体验和语言实践也就形成富有个性色彩的话语结构和表达形式，构建起具有时代特征和民族特色的文学艺术。

刘勰《文心雕龙·原道》提出"文源于道"，有"天文""地文"和"人文"，"人文之元，肇自太极"。《说文》曰："文，错画也，象交文。"它是指由线条交错而组成的一种带有修饰性的图画形式，以此为标记，记录生活内容。在甲骨文中，"文""人"相近，金文中"文"字像人身上花纹样式，用以象征一种具有差异性的标识或精神信仰等。"文"与原始人纹身有关，中国最早的"文"概念大约能反映这一历史事实。随生产力水平的提高，物质生产逐渐丰富，人类生活不断丰富等，人的认知力与想象力也不断增强，"文"的原始意义也有了扩展与丰富。《乐记》："五色成文。"《系辞》："物相杂，故曰文。"也就是说，任何事物，只要具有某种形式的"错画"性质或是修饰性特征等，均可以称为"文"。自然事物的线条、色彩、形状、声响等构成事物的自然之"文"。人的服饰、语言、行为、动作等构成了人之"文"。社会生活中的政治礼仪、典章制度、文化艺术等构成了人类之"文"，各种"文"都以自身的方式显现存在价值，凡此都是"道"之文，是人类劳动创造的话语表达。孔子说："郁郁乎文哉，吾从周。"又说"天将丧斯文也"等，其"文"是西周的文化礼仪、典章制度、生活行为等，各种"文"构成人类生产生活的总环境，它们随人类社会发展也会不断变革，产生新变，但它们都是"道"在不同时代的形式创造。可以见出，当"文"作为"道"的显现，它可以是文字，是文学，可以是礼仪，是典章，可以是生活行为，万物的形式等，总之，它就是一种"有意味的形式"，是一种感官可以把握的"形式"，且能给人以思索和发掘的可能，从而见出其内在的历史逻辑，即"道"的流变与转化。不同历史时期的社会生活为新"文"的出现提供了现实基础，而文学作为社会生活的集中反映，它是民族精神的集中表达，也是新话语生产的重要领域，为人们认识研究"话语"提供了充分条件。

在中国文化历史流变中，"语言"发挥了现代"话语"概念的基本功能。它是"道"的载体，语言的实践构成了"话语"的历史形式。文学是语言的艺术，社会生活的反映，人类历史的记录与保存，也是人类心路历程的写照。文字、文章、文学等都是心灵的创造，"心"物间的相互作用产生了中国历史上的"感物说""言志说""缘情说"等话语知识形态，它们都是文学之"道"的话语表达。人"心"不仅是人们认识、观赏和创造的主体，它也是统摄五官感觉的重要首脑器官，并表征心理实体大脑与精神活动等的符合性概念。① 荀子说："心者，形之君而神明之主也。"相对于客观之"物"，"心"是中国话语知识生产的作坊，也是"话语"实践的中枢，是生产知识、思想、观念和意识的地方，也是与自身以外的人、物发生精神联系的领域，它构建了中国话语创造的精神品格与生命形式。

总之，"话语"在中国成为学术概念是 20 世纪以来的事，特别是 80 年代以来的译介和应用，推动了"话语"概念的中国化，它与中国传统"语言"观可以相互阐发，使中国文论话语成为一种知识形态。有学人在系统研究中国文论后提出，"话语，是指在一定文化传统、社会历史和文化背景下所形成的思辨、阐述、论辩、表达等方面的基本法则"②。将"话语"看作一种"法则"，那么这种"法则"的内在依据就是"道"，外在形式就是"文"，具体到文学，就是言、象、意的历史构建，而"文学理论就其范围而言是一种有关话语的论述。"③ 按照这一标准，中国传统文化有自身的文化价值构建模式，"道"是民族"话语"创造的内在力量，汉字是"话语"知识生产的重要手段，作为民族文化的载体，汉字与汉文学在历史演变中体现中国文论话语的知识生产与创造法则。

---

① 鲁枢元、童庆炳、程克夷、张皓主编：《文艺心理学大辞典》，湖北人民出版社 2001 年版，第 9 页。
② 曹顺庆、李清良、傅勇林、李思屈：《中国古代文论话语》，巴蜀书社 2001 年版，第 8 页。
③ ［美］拉尔夫·科恩主编：《文学理论的未来》，程锡麟等译，中国社会科学出版社 1993 年版，第 12 页。

三、中西比较视域下的中国文论"话语"

有学者认为，百年以来，中国文论的哲学含义是以西方哲学为主导，从文学理论的形态看，中国文论的实质是西方文论的翻版，它缺少中国哲学的背景。① 钱钟书在《谈艺录·序》中指出，"东海西海，心理攸同；南学北学，道术未裂"，② 认为中西方人具有相通的心理结构，南北学术上有可以相互借鉴的地方，它意味着学术研究可以融会贯通。据说歌德看了《好逑传》说："中国人在思想、行为和情感方面几乎和我们是一样，使我们很快就感到他们是我们的同类人，只是在他们那里一切都比我们这里更明朗，更纯洁，也更合乎道德。"他因此而提出了"世界文学"的概念，③ 被人们认为是对比较文学发展的重要贡献。伏尔泰在阅读中国诗歌后评价说："在这些作品中，作为主导的是一种睿智的调节，一种简朴的真实性，这与其它东方国家那种夸饰的风格大相径庭。"④ 可以认为，由于中西地理环境、历史文化、民族风俗、语言思维等方面的差异性，中西形成了富有民族特色的文学风格和文学理论观点。

余虹在《中国文论与西方诗学》中提出，中国古代文论与西方诗学都是自成一体的特殊文化样式，它们之间的那些差别是结构系统的，也是无法通约。⑤ 我们认为，人类实践是一个历史的、社会的、自然的、地域的、民族的过程，不同历史阶段，自然环境、社会结构、民族生活等会形成各不相同的思想观念与文化形态，中西文论话语的知识生产与形态构成与其各自的文化精神、思维模式、生活方式、语言文字等都有密切关系，它们在自身的发展中也必然能体现出各自的独特性。厄尔·迈纳在《比较诗学》中提出，研究诗学，人们如果仅局限于某一种文化传统，无论它多复杂、多微妙和多丰富，也都只能是相对单一概念世界的考察。而要考察它类的诗学体系，在本质上，就是要探索完全不同的概念世界，这样就可以对文学的各种可能性

---

① 孙津：《中西文论的哲学背景》，《超学科比较文学研究》，中国社会科学出版社 1989 年版，第 290 页。

② 钱钟书：《谈艺录·初版序》，中华书局 1984 年版，第 2 页。

③ ［德］歌德：《歌德谈话录》，人民文学出版社 1982 年版，第 112 页。

④ 转引自赵毅衡《远游的诗神》，四川人民出版社 1985 年版，第 174 页。

⑤ 余虹：《中国文论与西方诗学》，三联书店 1999 年版，第 2 页。

做出更为充分的探讨分析，这样的比较则是为了确立那些众多诗学世界的基本原则和相互联系。① 中国古文论知识在历史发展中形成了"道""仁"等基本概念，它不同于柏拉图的"理念"概念，也不同于亚里士多德的"实体"概念和中世纪的"上帝"等概念。它由此而衍生的"道""气""兴""妙""心斋""诗言志""诗缘情"以及"文以载道""观物取象"等具有民族特色的概念或命题，也不同于西方文论史上的"模仿""寓教于乐""真""善""美"等概念。它们之间有相通性，但绝不相同，它们必须在各自文化语境中，才能有效发挥各自的理论功能，才能发掘出这些话语所具有的文化意蕴。因此，中西比较可以相互补充、相得益彰，但不能相互替代，特别是那些具有民族特色的话语知识，是无法通过词语翻译而实现其意义的通约。

我们认为，中西在诗学创造和欣赏方面具有相通性，比较研究是一种可以相互借鉴、相互发明的重要研究方法。中国目前古文论的研究经历了文学理论史、文学理论范畴和文学理论体系建构三个基本阶段，但总体上是"西学基点，现代阐释"的研究模式，多是将中国古文论的知识话语嵌入西方文论的话语体系中，其话语逻辑也多源于西方视角或方法的能动性介入，它在遮蔽中国传统文论话语的同时，也逐渐消解了中国文论所承载的文化价值。20 世纪 90 年代中后期，曹顺庆在《文论失语症与文化病态》一文中提出中国文论的"失语症"及其产生的根源。认为文学理论发展到今天，我们自己没有一套属于自己的文学理论话语，也没有一套属于自己特有的表达、沟通和解读的学术规则，如果离开了西方文论话语，我们就会成为一个学术上的"哑巴"，不能有效地进行学术对话。② 他在考证辨源后认为，中国当代文论的失语问题不在话语系统内部，而在理论和实践相疏离，人们对西方文论话语不断移植，用以解决中国文学问题，在缺少基本文化语境的情况下，对西方话语产生了一种生吞活剥的解读，在某种程度上，它也窒息了中国文论话语的现代转化和生产。"话语"概念的中国化已是一个急需完整解决的现实问题。

20 世纪中叶，德国解释学家伽达默尔写道："我们只能在语言中进行思

---

① ［美］厄尔·迈纳：《比较诗学》，中央编译出版社 1998 年版，第 5 页。
② 曹顺庆：《文论失语症与文化病态》，《文艺争鸣》，1996 年第 2 期。

维，我们的思维只能寓于语言之中。"① 语言作为人类最重要的思想交流和情感表达工具，它贯穿渗透在人们的日常生活中，语言的工具性特征就是人们所体认的语言价值。事实上，语言在传达符合自己思想的存在时，它已超越了自身的工具性特征，具有了足以自我构成的本体性特征。在实践中，语言构建了对象和自我，因此而被赋予一定的文化意义，拥有了合法的权力，在实践中参与社会的变革和自我的完善。当人们用语言描述和显现语言自身时，它就表现为一种文化实体，即话语。任何话语及其话语体系在实践中都需遵循学科所形成的话语规则，如经济话语、哲学话语、历史话语等，它们都有内在规定性，并在一定的语境中体现出特殊的功能。作为话语操作者，他不仅要发挥自我话语权力，施展个人话语创造性，还要遵循话语规则与历史逻辑，才可以有效拓展和创新本学科的话语世界。

20 世纪以来的历史证明，中国古文论话语多是在西方话语权力中被赋予一定的特殊的价值，其固有的文化精神和思想意识在历史的阐释中被遮蔽，造成了中国文论话语价值的极度缺失。特别是改革开放以来，西方学说以无所不能的权力，成为众多文学理论家竞相选择的对象，用以解读中国文学现象，在传统文化缺席的背景下，中国文论知识话语仅成为一种例证。我们确认，话语的知识生产与价值构建需要在文化传统与现实需要的基础上产生，它拥有自身的历史法则与价值规定。和西方文论"话语"知识比较，中国古文论的话语知识生产更应是一种历史价值的当下延续与构建，它不是纯粹的知识生产，而是传统"格物致知"学的当下发生，它是中国思想生产和话语创新的基本平台。

"格物致知"是中国"天人合一"思想的具体落实，它构建了中国知识话语生产的基本方式。"格物"有两个基本层次，一是"格物"，以经验方式观察物，让物进入人的世界。二是"穷理"，以体验方式发现物，让人进入物的世界。"格物致知"不是纯粹的认知活动，或是单一的心灵活动，而是人事与物理相互统一的实践活动，它形成了人物之间相互生产与相互发现的基本模式。人们从人与自然、个体与社会的圆融一体关系中考察了万物存在之"道"，探索构建了人与万物之间的合理性关系，用话语表达人们对宇宙万物存在价值的认知与体悟，形成中国独特的话语知识，即它是心与物、

---

① ［德］伽达默尔：《哲学解释学》，上海译文出版社 1994 年版，第 62 页。

经验与体验、感知与体悟的统一，具有价值的多元性和表达的多样性特征。在中国人视野中，人物是相互感通的，他们具有共同的根源，"格物"在人事，"致知"在穷理，"格物致知"获取的不仅是知识，还是万物之"道"的自我显现与生成。汉郑玄解释，"格，来也；物犹事也。"① 因为古人所面对的不是纯粹物的世界，而是人事的世界，"格物致知"既是对物理的认知，也是对人能力的发现。唐李翱在《复性书》中解释说："物者，万物也。格者，来也，至也。物至之时，其心昭昭然明辨焉，而不应于物者，是致知也，是知之至也。知至故意诚，意诚故心正，心正故身修，身修而家齐，家齐而国理，国理而天下平，此所以能参天地者也。"② 李翱之"格物"在心能明辨万物，"知至"的目的不在于对物的认知，而重在人修养达到意诚、心正、最终归于治国平天下的人生理想。

宋代理学是儒学思想的延展，对"格物"精义进行了全面阐发。程颐第一次明确提出"理一分殊"，"知者吾之所固有，然不致则不能得之，而致知必有道，故曰'致知在格物'"。③ 在宋代理学家看来，"知"是心中本来就有的天理，"格物"则是心中固有天理的显现，所以"格犹穷也，物犹理也，犹曰穷其理而已也"④。这样，中国人所应对的都是已知世界，所有事物都以"理一分殊"的方式，它们各自都分有一个完全相同的本体，而这一本体则是每一事物都与生俱来的，它在"格物"中使人物所拥有之"理"都能显现出来，生成人们所共有的知识话语。朱熹说："格，至也。物，犹事也。穷至事物之理，欲其极处无不到也。"⑤ 他在物"来"的基础上补充了"极致"的意思。"故致知之道，在乎即事观理，以格夫物。格者，极致之谓，如'格于文祖'之格，言穷之而至其极也。"朱熹认为人"格物"既久，自然融会贯通了心与物中的天理。明代王阳明是"格物致知"的践行者。他对宋代理学家的"格物致知"思想进行了改造："……始知圣人之道，吾性自足，向之求理于事物者误也。"人们求知不是进入外物，而是"格心"，是要不断调整自己的心态，"格物……是取其心之不正，

---

① （清）阮元校刻：《十三经注疏·礼记·大学》，中华书局2009年版，第3631页。
② （唐）李翱：《李翱集·复性书中》，甘肃人民出版社1992年版，第11页。
③ （宋）程颢、程颐：《二程集·遗书》（第二十五卷），中华书局1981年版，第316页。
④ （宋）程颢、程颐：《二程集·遗书》（第二十五卷），中华书局1981年版，第316页。
⑤ （宋）朱熹：《四书章句集注·大学章句》，齐鲁书社1992年版，第4页。

以全其体之正。但意念所在，即要去其不正以全其正，即无时无处不是存天理，即是穷理。天理即是'明德'，穷理即是'明明德'。"也就是说，中国思想所直接呈现的是"心""物"所内蕴之天理，在"格物"中"格心"，在"格心"中"格物"，不同的知识思想源于各不相同的视角差异。话语是知识思想的表达，它体现了中国人的价值理念与思想认知，它不以人为中心，而在生命的发生中生产知识与思想，进行意义的自我衍生与价值的自我构建，它构建了中国知识话语的实践性、价值性和人文性特征。

和西方文论话语形而上学的理论知识构建不同，中国传统文论知识话语更具有伦理本位与自然本位色彩。儒家思想是古代国家意识形态的主流，在社会知识话语构建中居于主导地位，孔子从"仁"出发，以伦理道德为本位，构建社会合理秩序，"郁郁乎文哉，吾从周"，在于促进个人与社会的和谐发展。人们在知识话语构建中常赋予事物一定的道德观念，认为事物在形式给人感官愉悦的同时，须体现出内在道德尺度，才具有真正的审美价值。他们常以"比德"方式勾连自然物象与人的精神品质。"子曰：智者乐水，仁者乐山；智者动，仁者静；智者乐，仁者寿。"① 孔子从山水形象与体验中获取生命价值，构建了知识话语的道德属性。宋代朱熹阐释说："仁者达于事理而周流无滞，又似于水，故乐水；仁者安于义理而厚重不迁，有似于山，故乐山。"② 主体精神与自然山水具有同构性，在特殊情境中可以相互启发。又"子在川上曰：'逝者如斯夫，不舍昼夜。'"人生如东逝之水，去而不返，给人以生活的启发。又"子曰，'岁寒，然后知松柏之后凋也。'"松柏因人的体验而具有了特殊的文化意义，成为人类经验知识的重要组成部分等。可以看出，儒家之"道"多倾向社会伦理道德，强调自然与人精神之间的合理性关系，君子比德，用自然形象的某些特征象征人的道德品质，显示出"道"的内在要求，使人的内在精神具有了形式的显现。这种"比德"理论"构成自然界的美使我们想起人（或是预示人格）的东西。自然界的美的事物，只有作为人的一种暗示才有美的意义。"③ 道家以自然立论，以"道法自然"为依据，强调对事物本真性的认知与发现，人

---

① 《论语·雍也》。
② （宋）朱熹：《四书章句集注·论语集注》，中华书局1983年版，第90页。
③ ［苏］车尔尼雪夫斯基：《生活与美学》，人民文学出版社1957年版，第10页。

在认知、体验自然过程中，包含了审美主体的思想、情感、想象的生成与创造，影响了中国审美精神品格的形成，对中国文论知识话语构成产生了重要影响。

汉字的形象性、会意性特征决定了中国文论话语言说方式的诗意性与审美性。[①] 语言是思想的形式载体，是文论话语表达的工具，汉字在符号化、抽象化的同时保留、浓缩了宇宙万物的形象化色彩，它是心灵的语言，诗的语言，具有诗意与韵味。[②] "唯有象形的中国文字，可直接展现绘画的美。西方的文学要变成声音，透过想象才能感到绘画的美。"[③] 鲁迅因此而将汉字的审美效果总结为"意美以感心，一也；音美以感耳，二也；形美以感目，三也"[④]。汉字这种独特的物质属性奠定了中国文论话语的诗性言说。陆机《文赋》以赋体方式论述"恒患意不称物，文不逮意"的中心命题。刘勰《文心雕龙》五十篇，以骈文和赋文的方式构建了"体大虑周"的"道"理论话语体系。司空图《二十四诗品》更以"画境"方式表达具有浓厚禅意的文论话语，他以二十四首绝妙好诗、二十四幅绝妙好画，表现了汉字独具抒情的艺术魅力等。

可以认为，"道"是中国文论话语发生发展的内在逻辑，"格物致知"是中国文论话语生产的独特方式，而汉字则是中国文论话语表达的具体落实。在古代中国，"道"的原型是图腾文化中的灵魂观念，随历史发展，"道"被赋予各不相同的意义却又有相通的含义，有儒家之道、道家之道、禅宗之道等，但其仍然被视为是万物生命的本原与迁化的依据。它不同于西方"逻各斯"范畴，将世界分为现象与本质、自我与非我、主体与客体等之间的二元对立，不是用科学理性探索自然界背后的超验本体，构建起以"是"为核心的形而上学的知识体系，并用"是"连接各种概念范畴，以此为基础进行逻辑推演，以确认"物"的价值在于"是"的给予。相反，中国古代的"道"作为一种形而上的价值范畴，它是宇宙万物与社会人生价值的终极性依据，在"道"文化系统中，中国人试图构建和实现中国社会秩序的稳定性与健康性发展，中国文论作为中国文化构成的重要组成部分，

① 李建中：《原始思维与中国古代文论的诗性特征》，《文艺研究》2002年第4期。
② 辜鸿铭：《中国人的精神》，海南出版社1996年版，第106页。
③ 闻一多：《女神之地方色彩》，《创造周报》1923年第5期。
④ 鲁迅：《汉文学史纲要》，见《鲁迅全集》（第9卷），人民文学出版社1981年版，第344页。

其知识生产与话语构成也是以"道"为基本依据，进行话语生产与形态建构。

第二节　中国传统文论话语知识形态

"格物致知"构建了人与万物最直接的关系，它是中国人生活经验最重要的生成方式，也是中国人创造知识话语最直接的路径。在此基础上，儒家以"仁"为核心，道家以"道"为中心，禅宗以"心"为基点，创造了中国文论话语的基本内容。"仁""道""心"作为中国文论元理论话语构成的基础，它们创生了中国后世诸多文学理论知识内容。对中国人来讲，"元"是基点，是发生，作为哲学概念，它强调中国文论话语的生产与创新多是从对天地万物、社会生活、艺术经验的发生处展开，以此进行知识生产与话语创造，构建起具有民族特色的中国文论话语。

"知识形态"是21世纪以来人文科学最重要的研究方法之一，它是指特定时代的知识系统，存在着其赖以成立的话语关联总体，这种总体性的知识构型或明或暗地支配着整个长时段的知识观念及其演变，相关知识的秩序、命题、范畴均建立在这种知识构型中，是具体知识得以产生的背景、动因、框架或标准。[①] 中国传统文论话语的生产与创新多发生于社会变革的语境中，是社会多因素合力的结果。其知识内容多蕴藏有丰富的文化价值，能够发挥重要的社会作用，从知识形态角度探索研究中国传统文论话语，可以在更大视野中发现中国传统文论话语得以创新的总结构。

先秦时期是中国传统文化形成的重要阶段，它具有承上启下的历史作用，作为人类文化创造的轴心时代，它建构并影响了中国后世知识话语的构成和发展，形成了具有民族特色的文化价值体系。可以看到，在先秦时代，王纲解纽，礼乐崩溃，处士横议已成为一个普遍现象，而周朝相对统一的国家意识形态元话语，"德"逐渐开始分解，在社会阶层中已形成一个特殊的士人阶层，出于生存的需要和拯救社会的目的，他们通过自身的实践，从不同角度提出了各不相同的救世之术与价值观念，形成了"百家争鸣"、百家创新的文化大格局。这一时期，士人阶层竞相表达和践行自己的人生理念，

---

① 转见权雅宁《中国文学理论知识形态研究》，中国社会科学出版社2014年版，第15页。

创造了诸多中国文化学术思想的元话语，"道"是当时最典型、且最富有民族特色的元话语之一，而儒家和道家则从不同角度对"道"进行文化阐释，以此构建了中国传统文论话语生产的基本原理和知识形态。

一、儒家文论话语的知识形态

孔子时代，社会生产的综合性发展，推动了人类理性精神的能动性思索，在思想领域，远古"神"的历史作用受到怀疑，天命鬼神的社会地位已发生动摇，人们从"天道"主宰信仰时代开始向"人道"主宰的理性时代过渡。这一时期文献中"天"字有五种意义。[1] 一是与地对应的物质之天。二是具有人格属性的天或帝，它具有主宰性。如《吴越春秋·弹歌》记载，"日出而作，日落而息……帝力于我有何哉？"三是人生中无可奈何的命运之天。如孟子说："若夫成功则天也。"四是自然运行之天。如荀子《天论》中"人定胜天"之天。五是宇宙最高原理的义理之天。如《中庸》："天命之谓性。"在"天"的认知理解中，孔子发挥了主宰之天的意义。"天下有道，则礼乐征伐，自天子出。"[2] 但孔子更重视"人"及"人事"，"民本""民生"已是孔子时代最重要的社会问题。孔子不否认天命鬼神，"不语力、乱、怪、神"，主张"畏天命"。[3] 他承认"天道"存在，"唯天为大，唯尧则之。"[4] 尧循"天道"行事，所以"其有成功也。"但"天道远，人道迩"，孔子更重视具体社会生活中的人事。子贡说，"夫子之文章可得而闻也，夫子之言性与天道，不可得而闻也"。虽然如此，但孔子重视"天道"对人事的示范作用，并将其转化为"天命"。"天命之谓性，率性之谓道，修道之谓教。"朱熹解释曰："命，犹令也。性，即理也。天以阴阳五行化生万物，气以成形，而理亦赋焉，犹命令也。于是人物之生，因各得其所赋之理，以为健顺五常之德，所谓性也。"又释曰："道，犹路也。人与物各循其性之自然，则其日用事物之间，莫不各有当行之路，是则所谓道也。"[5] 可见孔子之"天道"，也就是社会生活中的"仁"道精神。

---

① 冯友兰：《中国哲学史》（上册），华东师范大学出版社 2005 年版。
② 《论语·季氏》。
③ 《论语·季氏》。
④ （宋）朱熹：《四书章句集注·论语集注》，齐鲁书社 1992 年版，第 80 页。
⑤ （宋）朱熹：《四书章句集注·中庸章句》，齐鲁书社 1992 年版，第 1—2 页。

随后，孟子说："诚者，天之道也；思诚者，人之道也。"① 又说："民为贵，君为轻，社稷次之。"其"天道"更多倾向于义理之天，已具有明显的唯心主义倾向，将自己看作人类文化的立法者与阐释者。荀子主张"人定胜天"，将儒学建构成一种既有超越的乌托邦精神，又有现实指向性的社会意识形态。

商人尊鬼神，周人重德行。周公旦提出"天命靡常，惟德是从"，"民众所欲，天必从之"的观点，将超验的"天命"与现实联系起来，使"天"成为绝对的价值本体。孔子认为"获罪于天，无所祷也"。如果没有人事，"天命"也只是虚设，人的价值虽依赖于天命的裁决，但更依赖人性内在的"仁"德。人以自己的行为实现"天命"，与"天道"在现实中融为一体，相互作用。这样，儒家对"天道"的重视，即是对社会人生的关注。在此基础上，子思、孟子进而将人作为一切价值的根源，强调"尽心""知性"而能"知天"，这样，儒家将形而上的"天"转为人内在的"心""性"，将外在的"天道"转为人内在的"仁"德。周人之"德"是社会伦理规范的总称，它总体表现为人所具有的美好品德。孔子说："郁郁乎文哉，吾从周。"孔子对西周礼乐文化充满向往之情，在借鉴改造周文化的基础上，构建了以"仁"为核心的"礼乐"话语体系，把西周社会等级制度之"礼"作为自觉的追求，所谓"克己复礼曰仁"。② 认为"仁"是一种天赋的道德属性，"君子而不仁者有矣夫，未有小人而仁者也。"③ "仁"是人"成人"的基础和规定，但它不是现实的，需要人主观上的不断努力，才能成"仁"。"为仁由己，而由人乎哉？"④ 又"我欲仁，斯仁至矣。"⑤ 一个人的"仁"或"不仁"，取决于他个人的愿望与修养。人之"成人"，需要学习，拥有一定知识，需要循礼，遵循一定礼仪规范，需要感受生命，体悟生命的价值，才能真正"成人"。所以孔子说"学于《诗》，立于礼，成于乐"⑥。只有如此，才能获取和体现"仁道"。孔子从维护国家政治与社会伦理出

① 《孟子·离娄上》。
② （宋）朱熹：《四书章句集注·论语集注》，齐鲁书社1992年版，第115页。
③ （宋）朱熹：《四书章句集注·论语集注》，齐鲁书社1992年版，第140页。
④ 《论语·颜渊》。
⑤ 《论语·述而》。
⑥ 《论语·泰伯》。

发，强调诗书礼乐的社会价值，以匡正君主，教化百姓，而由"仁"所衍生的思想与知识话语就具有明确的实用性和功利性，其关于诗的认知与评价也多具有文化价值和社会意义。孟子以"人性本善"发挥了孔子"仁"，荀子以"人性本恶"发挥了孔子之"礼"，沟通构建了儒家学说的基本框架。孔子在西周文化中寻求其话语构建的合法性依据，形成以"诗教"为核心的诗学观，开启后世以诗歌陶冶个人情操与协调君臣关系的方式。孟子则从人心中寻找其话语的终极依据，形成"知言""养气""知人论世""以意逆志"的诗学观，开启了诗学阐释的先河。荀子则以"礼""法"并重，以代替孟子"仁政"，旨在重建社会秩序，形成"明道""徵圣""宗经"的诗学话语，而体现出明显的政治色彩。

"诗言志"的诗学本质观。在远古诗乐舞一体的文艺实践中，乐论的知识也是关于诗的理论。《礼记·乐记》说："诗，言其志也；歌，咏其声也；舞，动其容也；三者本于心，然后乐器从之。"诗乐舞都是人的"心"志体现，它从不同角度，以不同方式表达人的情感与意志。"诗言志"，作为概念在先秦时代具有普遍性，它表达了先秦士人对诗本质的基本认识。《左传·襄公十年》记载赵文子说"诗以道志"。《庄子·天下》说："诗言是其志也，书言是其事也，礼言是其行也，乐言是其和也，春秋言是其微也。"《荀子·儒效》："诗以道志，书以道事，礼以道行，乐以道和，易以道阴阳，春秋以道名分。"其"志"包含了人知、情、意在内的所有心理活动，兼有抒情、记事和说理的诸种功能。《尚书·尧典》说，"诗言志，歌永言，声依永，律和声，八音克谐，无相夺伦"，对先秦"诗言志"观念进行了理论总结。而中国艺术实践中的"诗"也多重抒情，如《诗》三百篇，多以抒情为主，它形成中国文学重抒情、重表现的基本传统。而"诗言志"也被中国历代文学家和理论家奉为圭臬，成为中国诗歌"开山之纲领"，奠定了中国传统文论话语生产的重要依据。历代文学家与理论家多对"诗言志"进行了富有时代性的文化阐释与话语创新，但多没有摆脱封建社会维护"礼义"的实用性需要。荀子发挥"言志"中的抒情因素。汉《毛诗序》："诗者，志之所之也。在心为志，发言为诗。"汉赵岐释"志"为"心所念虑"。汉郑玄释为"心意所趋向。"陆机提出"诗缘情而绮靡"，"情""志"并举，又说"伫中区以玄览，颐情志于典坟"。刘勰《文心雕龙·明诗》："人禀七情，应物斯感；感物吟志，莫非自然。"杨树达《释诗》说：

志字从心，士声，志就是心，心需要借语言呈现，就是志。因此，中国传统诗学发端于"言志"，以此为源头，形成中国诗学话语的表现传统。

"兴观群怨"的诗学实用观。"人而不为《周南》《召南》，其犹正墙面而立也与？"① 孔子基于修身目的，使《诗》的理解成为一个价值的赋予过程。又"诵《诗》三百，授之以政，不达；使于四方，不能专对，虽多，亦奚以为？"② 又"不学诗，无以言。"③ 可以看到，"言"与"专对"是"赋诗明志"语境下的必然产物，在当时来讲，合适恰当的用诗实践是贵族身份的象征，也是顺利实现其政治需要的手段，它影响了中国后世对《诗》价值的阐释与发明。孔子说："小子何莫学夫《诗》？《诗》可以兴，可以观，可以群，可以怨。迩之事父，远之事君；多识鸟兽草木之名。"④ 孔安国释"兴"为"引譬连类"，朱熹释为"感发志意""托物兴辞"，认为诗歌可使欣赏者的精神感动奋发。⑤ "观"，郑玄释为"观风俗之盛衰"，朱熹释为"考见得失"。诗歌欣赏还是一种认知活动，它可以帮助人们了解社会生活与政治风俗。"群"，孔安国释为"群居相切磋"，朱熹释为"和而不流"，学诗可以提高人们情感交流沟通的技巧与方式。"怨"孔安国释为"怨刺上政"，认为人们可以通过诗委婉含蓄表达自己的不满和意见等。在孔子看来，"兴观群怨"不是单纯的认识活动，也有情感抒发，不是被动的接受，也有主动的创造，不是单纯的个人性活动，还具有很大的社会性要求。清王夫之说："于所兴而可观，其兴也深；于所观而可兴，其观也审。以其群者而可怨，怨愈不忘；以其怨者而群，群乃益挚。"孔子将"兴"放在第一位，因为"兴"对人灵魂有净化作用，可以陶冶人的情操，提高人的修养。因此，"诗言志，歌咏言，非志即为诗，言即为歌也。或可以兴，或不可以兴，其枢机在此。""兴"是诗与非诗的重要区别，关键在"兴"可使人"荡涤其浊心，震其暮气"。孔子对《诗》特点的总结及话语解读，肯定了《诗》的政治功能，奠定了儒家文论话语生产的价值取向，使"实用"和"言志"成为中国传统文论话语的基本特征。

---

① 《论语·阳货》。
② 《论语·子路》。
③ 《论语·季氏》。
④ 《论语·阳货》。
⑤ （宋）朱熹：《四书章句集注·孟子集注》，中华书局1983年版，第367页。

　　儒家思想在汉代开始成为国家正统思想，其文艺观也成为社会主流，文学的政治教化功能不断被强化，人们积极探索文学的外部规律，形成以"诗教"为核心的国家意识形态话语表达。荀子提出"合先王，顺礼义"的文章观以及"美善相乐"的美学观。汉经学家以"文学—人心—治道"模式阐释文学和时代、现实之间的主要关系。汉《毛诗序》强调文学具有"经夫妇，成孝敬，厚人伦，美教化，移风俗"的功能，并提出"发乎情，止乎礼义"，"主文而谲谏"，"美刺讽谏"等基本诗学观。东汉王充提出"劝善惩恶"。班固说文学具有"抒下情而通讽喻""宣上德而尽忠孝"的作用，在创作与批评方面形成原道、征圣、宗经的基本原则。曹丕则说："文章者，经国之大业，不朽之盛事"。刘勰《原道》提出"道沿圣以垂文，圣因文而明道"以及"光采玄圣，炳耀仁孝"的道、圣、文关系模式。唐孔颖达说："诗者，论功颂德之歌，止僻防邪之训。"杜甫说："致君尧舜上，再使风俗淳。"白居易说："文章合为时而著，歌诗合为事而作"及"上可裨教化"，"下可理性情"，具有重要的社会意义。韩愈、柳宗元提出"文以明道""文道合一"。宋柳冕说："文章本于教化，形于治乱，系于国风。"周敦颐说："文所以载道。"曾巩说："文章得失系于治乱。"朱熹说："道者文之根本，文者道之枝叶。"明清延续历代提倡的"教化"说，并不断发挥其时代意义。清顾炎武的"明道""纪政事""察民隐""乐道人之善"等观念，基本反映了不同时代对文学的大致认识。尽管他们提法有差异，但本质上都将文学作为社会教化的主要工具，从实用角度认识和理解文学，其知识话语的创造与构建都以维护封建礼教为基本要求，将"君君、臣臣、父父、子子"作为生活的行为准则，提倡政治教化，强化伦理秩序，最终形成中国文论话语生产和表达的主要特征。

　　"思无邪"诗学批评观。"诗三百，一言以蔽之，曰：思无邪。"① "思无邪"本是《诗经·鲁颂·駉》中一句话，孔子借其概括《诗》的总特征，认为《诗》的各篇章经过删定后，其内容与形式已完全符合其政治理想、伦理道德与审美要求的标准。"无邪"就是归于"正"，"正"即儒家的"仁""礼"，孔子以此为标准确立了中国传统诗学批评的政治化尺度。汉儒从创作角度发明《诗》的文化意义，以为《诗》的每一篇章都有美刺讽谏

---

①《论语·为政》。

功能，以相对狭隘的文化阐释，发挥了《诗》的社会教化功能，它体现了一个时代相对明确的功利意识，以适应国家统一意识形态的政治需要。宋儒则从接受角度认知《诗》。朱熹《朱子语类》认为，"思无邪，乃是要使读诗人思无邪耳，读三百篇诗，善可为法，恶可为戒，故使人思无邪也。"从读者角度发挥了《诗》的文化价值。我们认为，"思无邪"表现了中国古代社会的"中和"之美。"礼之用，和为贵。"① 孔子继承了春秋时期"和"的美学思想，并将其应用到《诗》的评价中，形成"无邪"的标准。"喜怒哀乐之未发谓之中，发而皆中节谓之和。中也者，天下之大本也；和也者，天下之达道也。致中和，天地位焉，万物育焉。"② "中"是两个对立因素之中间，"和"是事物矛盾性的统一，"中和"是中国古人的思维模式，即从天地"大本"高度认识理解对象，在实践中达到与自然万物合一的状态，它是古人"天人合一"思想的表达。孔子评《关雎》："乐而不淫，哀而不伤。"③ 他强调人的情感表达要适中，要合理，有节制，要效法天地自然，无过与不及。"思无邪"的诗学批评，影响后世中国人对诗的认知与评价，形成具有连续性的诗学批评话语。

　　"文质彬彬"的诗学表达观。文学是语言的艺术，具有再现生活，表现情感，沟通精神的功能。"子曰：辞达而已矣。"④ 文辞是人情志表达的工具。《左传·襄公二十五年》记载说："志有之，言以足志，文以足言，不言，谁知其志？言之不文，行之不远。"儒家重视语言的达意技巧，技巧能够更好地表现内容，实现语言表情达意的功能。又"子曰：质胜文则野，文胜质则史，文质彬彬，然后君子。"⑤ 其"质"是人的内在修养，"文"是人的外在仪表，"文质彬彬"是"君子"的标准，他既具备"仁"的精神品质，还具有"礼"的形式呈现。若将其延展至文学，则是内容与形式的并重。儒家重视文学内容的主导作用，但也不忽视文学形式的表现功能。儒家的语言观，影响了后世人们对语言的认知和使用，形成中国文论话语表达的基本范式。这一观念也成为后世文学内容与形式完美统一的基本标准，

① 《论语·学而》。
② 《礼记·中庸》。
③ 《论语·八佾》。
④ 《论语·卫灵公》。
⑤ 《论语·雍也》。

构建了儒家传统文论话语表达的主要方式。

中国历史上，儒家的文化追求在于构建"道"在社会秩序中的统治地位，以历史的叙述塑造古代贤君圣主，以之作为后世君王效法对象，实现"道"之文统与"势"之权统的统一。汉董仲舒"罢黜百家，独尊儒术"，强化了儒家学说的统治地位。司马迁以"通古今之变，究天人之际，成一家之言"的历史"实录"，构建了中国历史文化，形成民族精神的历史谱系。顾颉刚认为，"古史是层累地造成的，发生的次序和排列的系统恰是一个反背"①。他虽具有很大猜测性，但儒者的话语构建却比较真实地再现了民族的自然史与精神史，这种序列与组合，为人们提供了可供参考的价值体系。孟子说："古之贤王好善而忘势，古之贤士何独不然？乐其道而忘人之势，故王公不致敬尽礼，则不得亟见之。见且由不得亟，而况得而臣之乎！"② 于此，儒家以立法者与阐释者的双重身份，在民族文化的历史构建中选择了"道""势"相互平衡的建设模式，其"道"所代表的是文化历史存在的"合理性"，其"势"则显示了国家意识的"合法性"。"道"所拥有的文化品格是中国士人话语权力构成的主要力量，也是士人用以规范君王权力的主要依据。孟子"尽心"，荀子"隆礼"，后世儒者不断释道、传道、行道和卫道，实现了儒家"道"话语的衍生与累积。我们认为，儒学话语的本质是西周礼乐文化价值与士人精神取向之间的不断调和，在历史流变中不断解构与重构，形成儒家以社会伦理（集体）之"道"为本位的文化知识体系构建。它是一套完整的知识性、工具性、实践性话语，具有浓厚的政治色彩，对中国诗学意义的生成、言说方式及形态构成产生了最基础性的作用。

二、道家文论话语的知识形态

先秦贵族世袭制度，垄断了国家知识的生产与创造，在宗法一体的社会体制中，政治与话语权力的联系具有直接性，在以"德"为基元的基础上，形成政教合一的话语生产模式。这一时期，诗、书、礼、乐、刑、政等都是国家意识话语构成的重要部分，是"德"话语的形式呈现，其核心价值是

---

① 顾颉刚：《古史辨》（第一册），北京书局民国十九年版，第52页。
② 《孟子·尽心上》。

要确认周人（国家）统治的合理性与合法性。老子是"周守藏室之史"，对
周朝以"德"立国的历史文化与理论实践比较熟悉，能在实践中感受周
"德"的基本特点与功能发挥。老子舍"德"而言"道"，似乎隐含了对周
"德"在构建社会价值方面的失望，转而寻求更具普遍性的"道"，并将其
作为宇宙自然与社会人生的价值本源。老子和儒家重视文艺外部规律研究不
同，他更重视文艺活动的内部规律，从审美心理、自然、自由等多角度、多
侧面对文艺实践进行阐释发明，将艺术的审美境界与道之境界统一起来，奠
定了中国传统哲学意义上的"道"知识话语。

　　老子"确是杰出的无与伦比的伟大哲学家"[1]。他认为宇宙万物的本源
是"道"，"有物混成，先天地生。寂兮寥兮，独立而不改，周行而不殆，
可以为天下母"。[2] 又"吾不知谁之子，象帝之先。"[3] 它"视之不见""听
之不闻"，在运动变化中，万物得以衍生，形成了人们生活的自然世界。恩
格斯认为，"世界在本质上是某种从混沌中产生出来的东西，是某种发展起
来的东西、某种生成的东西"[4]。万物的演变显示了"道"的规律。老子认
为人不能改变"道"，"人法地、地法天、天法道，道法自然"，于此建立了
一个以"道"为中心的哲学体系，并提出一系列范畴，如"道""象"
"有""无""虚""实""味""妙""虚静""自然""玄鉴"等，使之在
历史流变中不断转化，成为构建中国文论话语的重要资源。老子说："大方
无隅，大器晚成，大音希声、大象无形。"这既是"道"的特点，也是老子
文艺创造的最高标准，它符合自然的要求，是一切艺术的最高境界。又提出
"涤除玄览"的思想，认为人要进入"道"，就要"致虚静，守静笃"，进
入纯粹的"虚静"状态，完全忘掉自身的存在，而顺应自然，与万物同化，
才能创造出有生命力的艺术品。老子思想奠定了道家文论话语的哲学基础。

　　庄子继承老子"道"思想，并进行了艺术的转化。他对一切"人为"
的艺术创造均持否定态度，而对"天然"事物则给予最大肯定，强调"天
道自然无为"，"无以人灭天，无以故灭命"。[5] 人要尊重客观事物的内在规

---

① 范文澜：《中国通史简编》（第一编），人民出版社 1955 年版，第 276 页。
② 《老子·第二十五章》。
③ 《老子·第四章》。
④ 《马克思恩格斯文集》第 9 卷，人民出版社 2009 年版，第 412 页。
⑤ 《庄子·秋水》。

律，不要以人的主观意志违背、改变它。在否定"人为"的与尊重自然的同时，庄子提出"心斋"与"坐忘"，使创造者进入"天地与我并生，而万物与我为一"的自然境界，如此才能创造出与自然没有区别的艺术品。因此，艺术创造之关键在于主体修养能否达到与"道"的合一。庄子对不同艺术提出自然境界的基本要求。相对于"人籁"和"地籁"，庄子提出"天籁"之音，它"听之不闻其声，视之不见其形，充满天地，包裹六极"。①成玄英认为庄子之"天籁"即老子之"大音希声，大象无形"境界，"大音希声，故听之不闻；大象无形，故视之不见；道无不在，故充满天地二仪；大无所不包，故囊括六极"。而符合"天籁"的音乐是"天乐"。"解衣般礴"是绘画的最高境界。"宋元君将画图，众史皆至，受揖而立；舐笔和墨，在外者半。有一史后至者，儃儃然不趋，受揖不立，因之舍。公使人视之，则解衣般礴，臝。君曰：'可矣，是真画者也。'"②这种"画"与自然合一。庄子还强调"言不达意"，"可以言论者，物之粗也。可以意致者，物之精也。言之所不能论，意之所不能察致者，不期精粗焉。"③言不达"道"，心意不能察致，因为心与言都是人为的，只有任其自然，才能领会"道"之"妙"。庄子这种"无乐之乐""解衣般礴"和"言意之表"的命题成为后世音乐、绘画、文学追求的最高境界。这样，庄子将老子的哲学之"道"转为艺术之"道"，实现了道家知识话语的创造性发展，进一步奠定了道家文论话语的哲学基础和基本原理。

　　"道"是艺术的生命本质。在老子看来，"道"是万物的本体和本然的生命，"道生一、一生二、二生三、三生万物。万物负阴以抱阳，冲气以为和"，而"气""象"是万物的生命本质与形象呈现，其艺术也是"道"的显现，离开了"道"，它就成为没有意义的存在物。这一认知影响了后世人们对艺术生命本质的认知和表达。魏晋南北朝时，宗炳提"澄怀味象"，也说"澄怀味道"，其"味象"的本质在于"观道"，发现万物生命，见出艺术的生命本质。谢赫提"气韵生动"，其"气"就是生命之"道"。艺术创作的实质不是对物象形式美的把握，而是对事物生命的体认，创作要突破物

---

① 《庄子·天运》。
② 《庄子·田子方》。
③ 《庄子·秋水》。

"象"形式，而"取之象外"。唐美学家的"境"范畴是对艺术生命之"象"的突破，"境生于象外"，"境"比"象"更具涵盖性，更能体现"道"的生命本质。为更好地发明"道"的生命特征，老子认为天地万物都是"有"与"无"，"虚"与"实"的统一体，这样万物才能周流不已，生生不息。这一观念形成了传统艺术活动中"虚实相生"的基本原则。而艺术形象则须虚实结合，才能真实反映出有生命的世界。唐代的"境"范畴，不仅包含了"象"，也包含了"象外之象"的虚空，否则艺术之"意境"就不能生成，也就没有了生命。虚中有实，实中有虚，虚实结合是中国艺术思想的一个重要问题。①

创作主体之"虚静""物化"说。老子说："涤除玄览，能无疵乎？"②又说："致虚极，守静笃。""涤除"就是去掉人的主观欲念；"鉴"即是观照，"玄"即是"道"，"玄鉴"就是对"道"的一种有意识观照。庄子将其发展为"心斋""坐忘"，建立了关于审美心胸的理论。"气也者，虚而待物者也。惟道集虚，虚者，心斋也。"③ 人要放弃自己的感官与知觉器官，让自己进入到寂静的心理状态。又"堕肢体，黜聪明，离形去知，同于大通，此谓坐忘。"④ 人要忘掉一切，达到与道合一，它是老子"涤除玄览"理论的新发明，与荀子"虚一而静"的命题也拉开了距离。而宗炳的"澄怀"就是老子的"涤除"，"味象"即是"观道"，是老子的"玄鉴"，庄子的"朝彻"和"见独"，"游心于物之初"等观念命题。"虚静"说重视人心对事物的体悟性认知，它体现了中国审美创造的重要特点。南北朝刘勰《文心雕龙·神思》曰："是以陶钧文思，贵在虚静，疏瀹五脏，澡雪精神"，肯定"虚静"在文学活动中的重要地位。晋代陆机《文赋》曰："伫中区以玄览，颐情志于典坟"，认为文学创作首先要以虚静空明的自然心胸，观照万物的生命。唐代刘禹锡说："虚而万景入。"宋代苏轼说："欲令诗语妙，无厌空且静。静故了群动，空故纳万境。"宋郭熙提出"林泉之心"，要"万虑消沉"，"胸中宽快，意思悦适"等。由此可见，老子的"涤除玄览"与"虚静"概念，奠定了中国文论审美心胸的哲学基础，而庄子

① 宗白华：《美学散步》，上海人民出版社 1981 年版，第 33 页。
② 《老子·第十章》。
③ 《庄子·人间世》。
④ 《庄子·大宗师》。

则进一步发明了进入"虚静"的"技",并进行理论的构建,即"心斋""坐忘",达到"物化",与"自然"同一。在庄子看来,"庖丁解牛"中的"神遇"是长期实践的经验积累。庖丁之所以能"游刃有余",达到神化水平,是因为"臣之所好者道也,进乎技矣",才能达到"以神遇而不以目视"的境界。"梓庆削木为𬲳"能使见者"惊犹鬼神",是因为梓庆有"虚静"的精神状态,它忘记自身的客观存在,而进入"物化"的境界,主体之"自然"与客体之"自然"已经合二为一。另有"佝偻者承蜩","津人操舟若神","吕梁丈人蹈水","工倕旋而盖规矩","庄周梦蝶"等故事也都强调了"道"是"技"的升华和超越,是对"技"达到高度自由的一种领悟,它已超越了实用的功利境界,而进入到审美创造境界。技巧是实现主体心灵与客体对象合一的重要方式,在物我不分的情境中,实现了精神与现实的统一。因此,庄子"物化"是"虚静"的发展,它建立在长期实践的经验之上,构建了主体与客体的特殊关系,创造了后世崇尚自然、法天贵真的美学追求。

艺术鉴赏之"妙""味"说。老子说:"道可道,非常'道'……故常'无',欲以观其妙,常'有',欲以观其徼。此两者,同出而异名,同谓之玄。玄之又玄,众妙之门。"① "妙""徼"是"道"的属性,"妙"体现了"道"的无规定性和无限性一面,"徼"则体现了"道"的有规定性和有界性一面。"道"的特点是"自然",而"妙"则出于万物的自然生化,更具"道"的属性。所以"古之善为道者,微妙玄通,深不可识。"② 庄子用"妙",强调"妙"出于"自然","不可以形诘",也"不可寻求"。但老子、庄子都偏重哲学意味。等到汉代,"妙"已发生了意义转化。班固称屈原为"妙才"③ 杨兴称贾捐之"言语妙天下。"④ 魏晋以后,"妙"使用更广泛,出现了"妙篇""妙诗""妙句""妙舞""妙音""妙楷""妙味""妙花""妙云""妙色""妙容""妙耳""妙手""妙人""妙境""妙赏"等,⑤ 它渗透到一切领域,但其主要还在审美鉴赏领域。而历代书论、画论、诗论中也都可见到"妙"论。顾恺之说:"四体妍蚩本无关妙处,传神

---

① 《老子·第一章》。
② 《老子·第十五章》。
③ 《离骚序》。
④ 《汉书·贾捐之传》。
⑤ 朱自清:《朱自清古典文学论文集》(上册),上海古籍出版社1981年版,第131页。

写照正在阿堵中。"① 苏轼说:"求物之妙,如系风捕影。"② 姜夔说:"非奇非怪,剥落文采知其妙而不知其所以妙,曰自然高妙。"严羽认为"盛唐诸人,惟在兴趣……故其妙处,透彻玲珑,不可凑泊……"③ 明清金圣叹、毛宗岗、张竹坡、脂砚斋等在小说评点中,也随处可见"妙极""神妙之极"等评语。其"妙"不在于好看、奇特,而在于它通向"自然",是"道"的属性,是生命本体的自然显现。"'道'之出口,淡乎其无味……"④ 老子之"味"不同于"五味"之"味",它是一种审美的享受,一种特殊的美感和一种平淡的趣味。而"为无为,事无事,味无味"⑤ 中的"无为"是一种"为","无味"也是一种"味"。王弼注释:"以恬淡为味。"这种"恬淡"趣味也成为中国后世文论话语的重要组成部分。晋陶渊明、唐王维创作多追求恬淡情趣。钟嵘《诗品》说:"五言居文词之要,是众作之有滋味者也。"唐司空图说"辨于味而后可以言诗",提出"味外之旨"。宋梅尧臣提"平淡"之美。苏轼"味摩诘之诗,诗中有画,观摩诘之画,画中有诗"的经典论述等,都是老庄"味"思想的继承和发展。

"不言之教"话语表达观。和儒家重视言教不同,道家强调"不言之教"。老子说:"知者不言,言者不知。"⑥ 又说:"信言不美,美言不信。"⑦ 庄子则发展了老子的言意关系,《庄子·齐物论》:"道隐于小成,言隐于荣华。"又"世之所贵道者,书也。书不过语,语有贵也。语之所贵者,意也。意有所随。意之所随者,不可以言传也,而世因贵言传书。世虽贵之,我犹不足贵也,为其贵非贵也。"⑧ 在庄子看来,"言不尽意",书是圣人的糟粕,但庄子并不是不要言。他认为言是人思维表达的象征符号,具有暗示功能,可引导人去寻找"言外之意"。"荃者所以在鱼,得鱼而忘荃。蹄者

---

① (晋)顾恺之:《论画》,见《中国美学史资料选编》(上册),中华书局1982年版,第175页。
② (宋)苏轼:《答谢民师书》,见郭绍虞、王文生编《中国历代文论选》(四卷本),上海古籍出版社2001年版。
③ (宋)严羽:《沧浪诗话·诗辨》,见郭绍虞、王文生编《中国历代文论选》(四卷本),上海古籍出版社2001年版。
④ 《老子·第三十五章》。
⑤ 《老子·第六十三章》。
⑥ 《老子·第五十六章》。
⑦ 《老子·第八十一章》。
⑧ 《庄子·天道》。

所以在兔，得兔而忘蹄；言者所以在意，得意而忘言。"①"得意忘言"是庄子解决"言不尽意"而又必须用言完成的方法。这一认识启发了后人对言意关系的思考。魏晋时代经学家王弼结合《周易》"立象尽意"与庄子"得意忘言"思想，构建了言象意之间的逻辑关系，形成了中国古代重视"意在言外"的话语传统，成为诸多文论家认知文学的依据，也形成了意象、意境说诸种理论的基础。

徐复观认为，"说老庄的所谓的道，尤其是说庄子的所谓'道'，本质上是最高的艺术精神"，②"他们由功夫所达到的人生境界，本无心于艺术，却不期然而然地回归于今日之所谓艺术精神之上。"③ 可以发现，道家文化的历史构建选择了生命自然与精神自由之间的平衡，老庄并不认为诗书礼乐具有合理性，而认为一切人为的文化与制度都是有害的，人类的文化的创造与构建充满了历史的悖论。所以，老子说"天地不仁"，在"天"之上提出"道"，它"可以为天下母"，"衣养万物而不为主"，赋予"道"以形而上的意义，而天地万物之生必有其得以生之"道"。韩非子解释老子之"道"说："道者，万物之所以然也，万理之所以稽也。理者，成物之文也。道者，万物之所以成也。故曰：道，理之者也。物有理不可以相薄。……万物各异理，而道尽稽万物之理；故不得不化。故不得不化，故无常操。"④ 因此，道家的诗学话语知识形态是一种诗意生命的构建，一种审美自由的创造。

三、禅宗文论话语的知识形态

禅学渊源在印度，繁兴在中国。汉末佛教东传，佛教禅也传到中国，佛理的精微影响，革新了中国人的思想与方法。佛教在中土发展中，既融合吸收中国传统思想文化，又渗透到中国传统思想文化中，最终成为华夏文化的重要组成部分。"禅"为梵文"Dhyana"音译"禅那"的略称，意为"静虑"。它源于古印度的瑜伽术，是佛教的一种修行方式。禅的思想与方法可追溯到印度古代的吠陀书和奥义书，它们是印度最古老的宗教历史文献和文学作品总集，其内容是对神的赞歌颂词和祭词咒语，据说都来自于神的启

---

① 《庄子·外物》。
② 徐复观：《中国艺术精神》，华东师范大学出版社 2001 年版，第 34 页。
③ 徐复观：《中国艺术精神》，华东师范大学出版社 2001 年版，第 30 页。
④ 《韩非子·解老》。

示。"吠陀"本义为"知识",特别是宗教知识。对"吠陀"的解释说明形成梵书、森林书和奥义书等"吠陀文献"。"奥义书"本义为"近坐",引申为"师生对坐所传的秘密教义",也称为"吠檀多",意为"吠陀的终结"。奥义书以思辨的方式说明并发挥吠陀经典的思想,其中心是"梵我同一"与"轮回解脱",为断灭轮回、亲证梵我同一以实现生命的解脱,就须采用瑜伽等相应的修行方法。而"瑜伽"是梵文"yoga"一种音译,意思是"结合""相应",即通过静坐、调息用以控制自己的心理活动,使人的精神专注,最终达到人神相应的冥合之境(既个体意识和宇宙精神的自然合一)。它与老子"虚静"、庄子"坐忘"等具有许多相通之处,并与儒家诚心明义等有相互补充之需。因此,禅宗始终与中国传统文化相互融合,并不断中国化,成为中国文论话语的重要组成部分。

禅在印度有外道禅与佛教禅之区分,佛教禅有大小乘之别。佛教禅就其本义看,包含两层含义,一是使心绪意念宁静下来,与"止""定"相近。二是正审思虑,如实了知所对之境,与"观""慧"相近。中国佛教多将"禅""定"并称,是为"禅定",而中国禅又以禅命宗,提倡"定慧等学",使禅具有更为广泛的意义。① 一般认为中国禅宗初创于道信,完成于弘忍,发展于慧能南宗和神秀北宗。慧能南宗的持续性发展,代表了中国禅宗的主流,绵延至近代。历史上,佛教传至唐代已逐步中国化,唐文化开放的大背景,促成儒、道、释的兼容并用。唐玄宗亲注《道德经》,也注佛籍《金刚经》,虽有唐武宗"会昌灭佛"之举,但其并非取缔,随后佛教思想传播更为广泛,在唐及以后中国文化留下深刻印痕。禅宗在盛唐成熟后,成为最具中国特色的佛学,特别是它以人为本而力求天人合一的终极倾向,立足现实而否定虚无缥缈的彼岸世界,重视体验和直觉领悟的思维方式,提倡知行合一的实践精神等都体现出中国人的传统风格。禅宗提倡"即心即佛""无着无住",随缘任运等,反对食古不化的诵经,束缚人性的清规戒律和坐禅仪式等,影响了诸多士人、僧人兼及文艺和佛学的可能。

诗学实践推动了禅学诗学化与诗学禅学化的相互影响。随禅宗发展,许多诗人学禅,如王维山水田园诗善将禅意融入诗心,使诗境与禅境合一,故其诗歌多含蓄深远,韵味无穷。宋代禅宗有了更大发展,文人学禅更为普

---

① 洪修平:《中国禅学思想史纲》,南京大学出版社1996年版,第1页。

遍。俗世文人旁涉佛典，多与僧徒禅客交往，从中汲取营养，获取灵感，创造出具有佛禅空灵的作品。如苏轼、黄庭坚均为禅宗居士，并列入禅宗法嗣。在诗歌理论探讨中，诗僧皎然、贾岛、灵澈、刘禹锡等人讨论诗歌意境，均与禅境相关联，并将自己的禅学体验贯穿到艺术实践中，创造了新话语，开拓了诗学新境界。佛禅的概念、理论等也不断深化传统诗学，构建了中国文论话语的新空间。如王昌龄《诗格》中以佛学之"境"论诗，提出"物境""情境"和"意境"。皎然《诗式》中提出"思与境偕""取境"等概念，以"正性"，即"悟"的方式品诗等。这些观念的出现和流行，标志着中国诗学理论的新发展，开启了"以禅喻诗"的新风气，后经宋人发挥，特别是严羽的创造，使之成为中国文论话语的一大门宗。

"诗境"之话语创造。"境"本字为"竟"，从音从儿，原为一首乐曲之终了。《说文》"乐曲尽为竟"，后来引申为土地的边界。《周礼·夏官·掌故》曰："凡国都之竟。"汉代郑玄注释："竟，界也。"因"竟"指土地边界，人们就给它加了土字旁，成为"境"。后"境"转义为特定领域。《吕氏春秋·怀宠》："兵入于敌之境。"边界本无法入，可入的是边界之中的土地。佛学传入中国后，人们便借用"境"的领域内涵，特指人的意识、感受能力所及的范围或领域。于此有了佛教的六境、六根、六识，它们统称为"十八界"，又称为"境"或"境界"。丁福保在《佛学大辞典》中解释"境界"为"自家势力所及之境土"，认为"境"为"心之所游履攀援者谓之境"，也指人感受所及的范围或领域。"境"含义的流变转化给诗人的创作提供了认知理解的新领域，他们将"境"概念移入诗学领域，创造了诗学理论新话语。王昌龄《诗格》："诗有三境。一曰物境"，"二曰情境"，"三曰意境"。殷璠《河岳英灵集》也用"常境"论诗。更多诗人，特别是山水田园诗人、边塞诗人的诗学实践，推动了"诗境"的话语创造。皎然本为诗僧，对"境"更进一步的阐释，发明了诗歌创造中"境"与"情"的关系。"缘境不尽曰情"，诗情源自于诗人创造的诗境。又说"诗情缘境发，法性寄荃空"，诗情的表达缘于诗境的创造。于此，皎然提出"取境"。"取境"概念缘于佛学，《大乘义章》"取执境界，说名为取"，原指对某一感受对象的偏爱。其《诗式》中之"取境"则转向诗人创作构思时的艺术想象。这与王昌龄《诗格》中的"取思"相同。其解释曰："搜求于象，心入于境，神会于物，因心而得。"所以皎然说："取境偏高，则一首举体便高；

取境偏逸，则一首举体便逸。"可以认为，皎然《诗式》在总结唐以前诗歌创作经验的同时，探索了诗歌内部的艺术规律，开创了以禅论诗的先河。

"以禅喻诗"的诗学理论建构。北宋时代，诗人受禅宗影响，在诗中已表现出禅思、禅趣和禅理，"以禅喻诗"的风气也逐渐流行。韩驹《赠赵伯鱼》说："学诗当如初学禅，未悟且遍参诸方。一朝悟罢正法眼，信手拈出皆成章。"苏轼《送参寥师》说："欲令诗语妙，无厌空且静。"其后陈师道、吕本中等论诗皆好引用禅语，禅学思想不断渗入诗学理论，及至严羽，构建了中国最为系统的禅学文论知识话语。严羽说："以禅喻诗，莫此亲切。是自家实证实悟者，是自家闭门凿破此片田地……"① 钱钟书评价严羽诗学成就时说："沧浪别开生面……别拈出成诗后之境界，妙悟而外，尚有神韵。不仅以学诗之事，比诸学禅之事，并以诗成有神，言尽而味无穷之妙，比于禅理之超绝语言文字。他人不过较诗于禅，沧浪遂欲通禅于诗。"② 严羽用禅语说诗，用以禅理说诗，将禅宗话语作为诗学言说的方式，将禅宗理论作为诗学构建的重要基础，实现"以禅喻诗"的诗学构建。

"妙悟"的诗话概念转化。"妙悟"本佛家用语，东晋僧肇在《肇论·涅槃无名论·妙存》中说："然则玄道在于妙悟，妙悟在于即真。"其"妙悟"是对佛教玄奥之道的妙解彻悟。《佛学大辞典》："殊妙之觉悟。"禅宗"妙悟"的特点是以心传心，不可言喻，如人喝水，冷暖自知。严羽《沧浪诗话·诗辨》："大抵禅道惟在妙悟，诗道亦在妙悟。且孟浩然学力下韩退之远甚，而其诗独出退之之上着，一味妙悟而已。惟悟乃为当行，乃为本色。"其诗与禅之"妙悟"相通，一是学诗与学禅在途径上具有相通性，重在"妙悟"，以获取诗道与禅道。二是诗与禅的道理是相通的，均需通过"妙悟"领会，才能把握诗与禅的内在道理。"本色"见于陈师道《后山诗话》："退之以文为诗，子瞻以诗为词，如教坊雷大使之舞，虽极天下之工，要非本色。""本色"是为诗词的正宗，即本来面目。严羽以"本色"肯定以"悟"论诗的合理性。于此，"妙悟"概念就被提升到诗学的正宗范畴，成为衍生其他诗学概念、范畴、原理的基元。

"妙悟"之透彻之悟与路径构建。"诗有别才""诗有别趣"之说是严羽

---

① （宋）严羽：《答出继叔临安吴景仙书》。
② 钱钟书：《谈艺录》（补订本），中华书局1984年版，第258页。

诗学理论的出发点，他力图用学禅的道理比喻学诗的道理，强调"别才""别趣"，以区别于以前儒家或道家诗论。六祖慧能云："我于弘忍和尚处，一闻言下大悟，顿见真如本性。是故将此教法流行于后代，令学道者顿悟菩提，令自本性顿悟。"① 其"悟入"的途径即为"顿悟"，"谓之直截根源，谓之顿门，谓之单刀之入"。但于诗来讲，"悟"有程度上的差异，《诗辨》云，"然悟有浅深，有分限，有透彻之悟，有但得一知半解之悟"。又"盛唐诸人惟在兴趣，羚羊挂角，无迹可求。故其妙处，透彻玲珑，不可凑泊。如空中之音，相中之色，水中之月，镜中之象，言有尽而意无穷。"其"水中之月，镜中之象"的诗境描述与唐唐司空图引戴叔伦的话，"蓝田日暖，良玉生烟，可望而不可置于眉睫之前"有相似之处。但《说无垢经·声闻品》中记载有"一切法性皆虚妄见，如梦如焰；所起影象，如水中月，如镜中象"，可见严羽是以禅语说诗境。《诗法》云，"学诗有三节：其初不识好恶，连篇累牍，肆笔而成；既识羞愧，始生畏缩，成之极难；及其透彻，则七纵八横，信手拈来，头头是道矣。"可见"透彻之悟"是对诗歌创作妙谛的一种彻底领悟，它已达到对诗歌创作规律豁然贯通的境界。要达到这种"透彻之悟"，需要通过"识""辨""参"，才能达到"悟"。《诗辨》："夫学诗者以识为主，入门须正，立志须高。"《诗法》："辨家数如辨苍白方可言诗。""识""辨"是"悟"的前提和基础，而"参"是"悟"的根本途径。若不能悟入，"则是见诗之不广，参诗之不熟"。"参""悟"本禅宗术语，指参禅者要不断研读佛教经典，仔细揣摩体味，发见其中真谛。严羽提倡"熟参"，就是对前代诸家好诗不断研读、揣摩，发见其中秘密，在融会贯通中豁然开朗。"熟参""须参活句，勿参死句。"《五灯会元》记载缘密圆明禅师语："但参活句，莫参死句。"吴可在《学诗诗》中说："学诗浑似参禅，竹榻蒲团不记年。直待自己都了得，等闲拈出便超然。"是要熟参诸家诗，后则自然悟入，才能信手写出。黄庭坚提"夺胎换骨""点铁成金"之妙悟。曾几《读吕居仁旧诗有怀诗》云："学诗如参禅，慎勿参死句。"《师友诗传续录》记录王士禛说："严仪卿所谓如镜如花，如水中月，如水中盐味，如羚羊挂角，无迹可求，皆以禅理喻诗，内典所云不即不离，不黏不脱，曹洞宗所云参活句是也。"可见，参禅悟诗在当时是一种普遍现象，以禅语解诗语，以

---

① 郭鹏校释：《坛经校释》，中华书局1983年版，第59页。

诗语通禅语是诗话发展的必然。严羽借用禅家话语，强调学诗不要拘泥于字句本身之意，而要不断延展发明言外之意，体悟艺术创造的奥妙。

严羽"以禅喻诗"，用禅宗话语进行诗学的言说与创造，将禅理、禅语、禅境等融入其诗学体系中，提出"别才""别趣""妙悟""兴趣""盛唐气象""气象浑厚""格力雄壮"等诸多概念，对"诗境"的开拓，对"意境"的形象描述等，创造性的构建了富有禅宗色彩的诗学体系，对中国后世诗学理论的发展产生了久远的影响。如清王士禛的"神韵"说，王国维的"境界"说等。因此，禅宗诗学话语是一种心境与诗境的合一构建，"以禅喻诗"创造"参悟""妙悟"的诗学新空间，它有别于儒家以政治伦理为本位的社会"教化"，也不同于道家以自然自由为本位的生命"回归"，而是生命的"洞悟"，以发明日常生活中的生命真谛。

我们认为，周朝文化制度与体系构成奠定了中国后世文化的基本框架，周公"制礼作乐"既是一种政治制度建设，也是一种文化建设，特别是春秋战国时代的百家争鸣，构建了中国后世文化的基元。随自然历史的社会变革，儒家思想成为中国封建社会的主流，形成中国"文以载道"的话语秩序，文学和文学理论被视为社会政治、伦理教化的主要工具，体现出极明显的实用色彩。道家以自然立论，与儒家文论话语相互补充，发掘文学活动中的"内部规律"，创造了传统文论的诸多话语，特别是对审美心胸，自然之道的发挥等，体现出无功利性的审美色彩。禅宗是佛学中国化的产物，它在自身发展中逐渐进入中国诗学领域，"以禅喻诗"实现了中国诗学话语的新创造，为中国文论话语创造注入新生命，构建了中国诗学话语新体系。凡此都为当代文论话语创新提供了资源和借鉴。

1983 年，王元化在《文心雕龙创作论》（第二版）"跋"中提出传统文论的研究需要三结合，古今结合、中外结合和文史哲结合的思路。知识形态研究可以从宏观文化视野和知识范畴发现文学理论话语间的关联性和整体性，将文学理论的命题研究放置在多种知识所构架体系中，避免纯粹的"外部研究"或"内部研究"，实现历史语境的现代话语转换，用现代学术思想与方法引导对文学理论知识的阐释，发掘文论话语的意蕴，厘清它的原始发生、思维特征、形态呈现和审美价值等相关知识的构成和作用。[①] 由于

---

① 权雅宁：《中国文学理论知识形态研究》，中国社会科学出版社 2014 版，第 18 页。

我国历史上学科意识淡薄，没有从严格意义上进行梳理、发现和研究中国文学理论的知识形态。我们还没有找到真正符合文艺学学科身份规定的本土思想根基，文艺学知识形态的转换过于频繁，放弃过快，沉淀、积累和吸收又过少。① 因此，对中国传统文论知识形态的发掘，不失为古为今用的重要途径。在新世纪，由于多元知识的介入，文学理论的学科知识构成也面临着重要的转型②，我们更需要审视和研究自己的文学理论形态，实现中国传统文论知识话语的当代转换和价值实现。

第三节　中国传统文论话语的现代变革

20 世纪是中西文化剧烈冲突与碰撞时期，"西学东渐"形成西方文化中心论，中国文论在学习借鉴西方知识思想话语过程中，传统文论话语所承载的人文价值不断被消解。人们习惯借用西方概念、原理等对中国现象、中国文论知识进行评价、判断和推理，并以西方价值观对其进行现代性解释、阐释，等到 20 世纪 90 年代"失语症"③ 和"古代文论的现代转换"④ 等概念、命题的提出，标志着中国学人对中国文论知识话语的全面性反思。

---

① 李西建：《文化转向与文艺学知识形态的构建》，《文学评论》2007 年第 5 期。

② 李春青：《在审美与意识形态之间——中国当代文学理论研究反思》，北京大学出版社 2006 年版，第 261 页。

③ 1996 年，四川大学曹顺庆先生在《文艺争鸣》第 2 期发表《文论失语症与文化病态》一文，率先提出中国文论"失语症"。他认为我们文论目前发展的情形是根本没有一套自己的文论话语，也没有一套自己特有的表达、沟通和解读的学术规则，一旦离开西方文论话语，我们就成为一个活生生的学术哑巴。"失语症"提法得到同行认可并发生了历史共鸣，为此文学研究者不断自我反思，总结 20 世纪中国文论发展历史及现状，从不同角度对"失语症"现象进行各种方式的考证与辨识，无论支持或反对"失语症"，都肯定了一个客观的事实，中国文学理论的发展与现实语境有明显疏离与脱节。在中国文学理论知识构成中，多默认和接受了西方文学理论话语中的诸多概念、范畴、命题，甚至思考、推理和言说方式等基本原则，中国传统文学理论所承载的文化价值几乎被消解或遮蔽。文学理论研究者希望重建中国文学理论话语，而"话语重建"一词也源于西方文学理论知识。随后中国传统文论话语的现代阐释等问题不断被提出讨论，直到现在，这一问题仍没有得到根本性解决。中国传统文学理论话语的连续性和时代性问题依然需要更多学人的努力和探索，才可能实现中国古代文学理论话语的现代意义阐释并走向世界。

④ 1996 年 10 月在西安召开了"中国古代文论的现代转换"学术会议，它随之成为学界关注的焦点，一直持续到现在。一部分学者认为转换可能，如钱中文、曹顺庆；一部分学者表示怀疑，如胡明；一部分学者认为不可能，如陈良运。我们认为"现代转换"应该是中国文化不断延续的历史过程，它是民族传统在现代社会碰撞后的历史继续，也是民族文化自我调节的历史必然。

一、20 世纪初中国文论话语的历史变革

人类学术的基本性质是追求学术解释力的普遍性、必然性与系统性。中国文学理论的发生发展是关于不同时代社会思想及文学实践的话语解释与理论构建，历史上诸多文学理论知识多是关于文学经验知识的话语表达，和西方文论家不同，中国文论家多没有构筑起自己的理论体系，没有形成较为完整的文学理论体系。像刘勰《文心雕龙》、钟嵘《诗品》、叶燮《原诗》那样的理论著作凤毛麟角，多数理论家不满足于职业的理论家或批评家，不会将其作为其终生的事业。其理论多以诗话、注疏、笔记、序跋、点评等形式出现，渗透着个人的思想与观念等，如用今天的理论标准衡量，它们算不上严格的文学理论知识话语。由于近代特殊的历史原因，中国传统学术知识、理论概念等不断沦落为西方文论话语的补充和例证，其固有的文化价值也被不断消解和遮蔽。朱自清在 20 世纪初就指出，"现在学术界的趋势，往往以西方观念（如文学批评）为范围去选择中国的文学问题"[1]。它体现了中国文化在近代的不自信。中国学人在追求自强和学习借鉴西方先进文化的大语境中，多以西方的理论价值审视和重构中国理论话语体系，它在 20 世纪大致形成了三种元理论话语体系，即科学主义、意识形态与人文科学三种元理论。它们发生在不同历史阶段，影响了中国现当代的文学理论知识话语生产与建设。[2]

19 世纪末 20 世纪初，中国文学的现代性革命推动了中国语言的现代性变革，陈旧的古代汉语，特别是文言文或书面语已不能适应时代需要，不能准确生动地反映和表现社会生活的内容，而语言变革是文学进化的关键。它改变了人们对文学的认知与理解，形成具有时代特色的社会知识话语。胡适受欧美语言观影响，在《文学改良刍议》中直接提出"语言革命"，要言之有物，不摹仿古人，要讲求文法，不作无病呻吟，要务去滥调套语，不用典，不讲对仗，要不避俗字俗语等八点主张，借以表达现代人"耳目所见所闻所亲身阅历之事物"，并"以今世历史进化的眼光观之，则白话文学之为中国文学之正宗，又为将来文学必用之利器，可断言也……今日作文作

---

① 朱自清：《朱自清古典文学论文集》，上海古籍出版社 1981 年版，第 540 页。
② 尤西林：《中国百年文学理论嬗变》，《文学评论》2013 年第 2 期。

诗，宜采用俗语俗字。与其用三千年前之死字……不如用二十世纪之活字；与其作不能行远不能普及之秦汉六朝文字，不如尊家喻户晓之《水浒》《西游》文字也。"白话文的普遍推广和传播，推动了中国文论知识话语的新变，在西方学术知识话语引导下，中国文论知识话语先后经历了三次元理论的创新变化，形成中国20世纪文论知识话语的主流。

　　20世纪上半叶，在西方"德先生（民主）"与"赛先生（科学）"学术话语影响下，"科学"成为中国现代性的重要标志，科学主义文论也随之成为中国文论的主流和具有支配性的话语范型。[①] 学人以"科学"标准重新审视和整理中国传统文论知识话语，奠定并构建了中国现代文学理论最基本的知识话语体系。在"科学"话语引领下，传统"文章"学在学科概念的支配与规范下，被划分并形成不同门类知识话语内容；文学理论被认为是具有普遍性和必然性的文学规律，而传统"文章"学的相关经验与知识技巧都可以转化和上升为科学的方法，人们可以用这种方法进行理论的逻辑体系构建，用一系列概念、范畴、原理和命题创造出具有涵盖性的"文学概论"。文学之外的相关科学知识也可以用来论证文学理论的合理性与科学性，文学的本质属性构成需要依据美学、哲学等元理论的支撑，而这种元理论就是科学知识话语。文学理论的"科学化"保证了文学理论知识话语体系的整体性，人们可以用一定的价值（科学）标准选择相应的知识内容，形成具有体系性、逻辑性的知识话语，它与自然科学的结构具有同构性，可以被用作解释不同文学现象的依据。在科学主义知识话语覆盖下，中国传统文学理论所关注的文学价值在新的社会变革中依然表现出强有力的影响，表现出对传统文化的现代性继承与改造。可以看到，五四新文学观念的主要意义重在变革社会道德，文学是社会改良的主要工具，用以唤醒"沉睡的人们"，引导他们进入新时代，借以创造新时代的新文化。文学研究会提倡"为人生的艺术"，学衡派提出的"整理国故，保存国粹"，创造社倡导"为艺术而艺术"等，都内蕴了与科学主义话语相区分的民族价值倾向，表达了对中国传统文学社会功能的有意识倾向。鲁迅《文化偏至论》中说："外之既不后于世界之思潮，内之仍弗失固有之血脉，取今复古，别立新宗。"[②] 周作人

---

①　程正民、程凯：《中国现代文学理论知识体系的建构》（上编），北京大学出版社2005年版。
②　《鲁迅全集·文化偏至论》（第1卷），人民文学出版社1981年版，第56页。

在《意义暨使命》中提出"盖精神为物，不可自见，必有所附丽而后见，凡诸文化，无不然矣，而在文章为特著"。因此，20世纪初的学人在移植"科学"精神的同时，还重视发掘本土古老文明，努力激活民族文化的内在精神，借以推动民族在现代化发展。

在"科学"知识话语指导下，中国文学理论走向了学科知识化建设，奠定了中国文学理论知识话语的基本模式，成为传承文化和传播知识的重要工具。按民国时期教育部公布的"大学规程"，要求凡属文学门的都应该设置"文学概论"课程，"文学概论"是关于文学原理的系统研究。田汉编写的《文学概论》大致能够代表当时中国文学理论知识话语的体系构成。他在借鉴日本学者本田久雄文学理论框架的基础上，整合了中国传统文论、西方文论、苏俄文论、日本文论以及当时中国文论等多种资源，以"科学"方法整理中国文论知识话语，探索了从传统走向现代的知识创新路径，在凸显民族文学精神中建立了具有现代意义的文学理论学科模式。

二、新中国成立以来中国文论话语的现代转换

新中国成立初期，由于特殊的历史原因，民国时期的"科学主义"已无法实现对社会中多元性思想意识的统一，统一国家的话语建设需要有统一的意识形态，于此，近代唯科学主义将自身所无法统摄的人文价值还原为科学的因果关系，借以达到对知识与价值的合一性占有与支配，它表现为绝对权威的"意识形态"标准。中国文论形成以意识形态为元理论的知识话语模式，它将文学本质看作意识形态，上层建筑是经济基础的反映，而文学的意识形态所内蕴的思想性、党性、阶级性等则需要以典型的文学形象塑造为主要表现形式，实现意识形态理论的普遍化传播。这种文学意识形态的统一性表现为对苏联文学理论知识话语的大量移植，实现中国文论知识话语的意识形态价值构建。苏联文学的语言观对中国文学界产生了缓慢而决定性的影响。"语言把我们的一切印象、感情和思想固定下来，它是文学的基本材料。文学就是用语言来表达的造型艺术。"① 而"文学是语言的艺术"命题对中国现代文学发展产生了启蒙作用，更多作家将语言看作文学表达的工具，语言是一个有固定意义的形体，它忽视了语言本身所具有的文化意义。

---

① ［苏联］高尔基：《论散文》，见《论文学》（续集），人民文学出版社1979年版，第337页。

人们用语言表达思想与观念，在具体文学中呈现为文学形象的典型性与形象性等，而汉语所内蕴的文化价值被掩盖和遮蔽，成为塑造文学形象纯粹的、单一的语言工具。苏联文学理论知识话语的大量移入，成为指导和评价当时中国文学活动的依据。特殊时代的政治因素，形成了对苏联文学艺术接受的一种特殊心理图式，大量苏联文学理论知识话语也随之成为中国文学理论知识话语建设的重要资源，中国传统文论知识话语的价值意义进一步被消解，一种新的文论知识话语模式，即意识形态知识话语覆盖了整个艺术领域，它随之衍生了如社会意识形态、社会主义现实主义、反映论、阶级性、党性、形象思维、典型性、形式主义、上层建筑、经济基础等概念，人们进行广泛的接受和传播，它开启了一个以意识形态为中心的知识话语时代，即"一种超级思想体系的一统天下"①。它对中国的文学实践与文学理论知识构建产生了重要影响。以群主编的《文学的基本原理》和蔡仪主编的《文学概论》是这一时期文论知识话语构成的典型，他们在借鉴苏联文论体系基础上，结合中国实际，渗透了党性、阶级性、人民性和斗争性的基本原则，而这里面没有了"西方"的学术思想，也与当时苏联文学理论内容拉开了相当距离，文学的审美属性得到比较深入的研究，其语言表达具有了明显的中国化色彩，②凡此都体现出了明显的中国马克思主义精神。

科学主义模式奠定了中国现代文学理论的学科知识，但其人文价值的缺失导致了专制意识形态对文学理论的政治化构建，"形象思维"则是连接科学主义模式与意识形态专制的美学基础，当代两次"形象思维"论战后，人文科学逐渐取代了意识形态元理论的历史地位，中国文论开始转为现代人文科学的重要内容，一直持续到现在。

改革开放以来，文学理论扮演了"引领时代潮流"的角色，欧美文学理论知识的大量移入，实现了从一家专制式的独语而转为"百家争鸣"式的对话，从政治话语转为学科学术话语，文学理论话语也从非常态中心话语转为自主发展的常态话语。③在对接西方学术思潮中，人文科学概念及学理意识在这一时期逐渐进入中国学术界，马克思人文主义"手稿热"成为学

---

① ［美］郭颖颐：《中国现代思想中的唯科学主义（1900—1950）》，雷颐译，江苏人民出版社1989年版，第172页。

② 杨福生：《1960年代两部全国统编教材得失论》，《巢湖学院学报》2003年第6期。

③ 童庆炳：《新时期文学理论转型概说》，《江西社会科学》2005年第10期。

术讨论的重要内容。马克思人文主义美学开始成为中国文学理论生成的元理论知识话语，形成"以人为本"的新意识形态，它逐渐取代了权威意识形态语言观，中国学界开始进入觉醒与反思苏联文学观的历史得失。苏联文论家沃罗夫斯基说："如果说政治的意识形态已经具有了完全符合工人运动的意义、方向和任务的明确的形式（马克思主义），那么，对于审美的意识形态，就还不能这么说。人类创作的这个领域，其实质是对生活作出诗意的反映……具有一定阶级特征的艺术创作，只有在这个阶级本身已经显著的成长起来，并意识到自己的独立性的时候，才会产生出来。"① 随后，苏联美学家布罗夫也认为存在着"审美意识形态"，所谓"纯意识形态，它在原则上是不存在的"，而它"只有在各种具体的表现中……才会现实地存在"。② 中国学界在苏联"审美意识形态"影响下，开启了以马克思人文主义美学——文艺学美学为学术依托的文学审美转向，童庆炳提出"审美"是文学区别于一般意识形态的基本特征。③ 相继又提出"文学审美特征论"，"审美反映论"等概念；④ 钱中文直接提出"文学审美意识形态论"概念，⑤ 着力解决对马克思主义中国化成果的历史继承，对民族文论知识的改造以及对西方"语言论转向"的挑战。学人将"审美意识形态"与 20 世纪 60 年代以来盛行的"话语"和中国传统文论知识话语中的"蕴藉"概念相融合，创造了新的"话语蕴藉"概念，借以表达对人价值的观照和对民族文论知识话语的现代创新。

三、20 世纪中国文论话语建构的历史经验

"语言是思想的直接现实……无论思想或语言都不能独自组成特殊的王国，它们只是现实生活的表现。"⑥ 这意味着，语言不需要借助其他中间事物，就可以直接显现自身，而生活中别的东西正是借助语言才得以显现自身

---

① ［苏联］沃罗夫斯基：《马克西姆·高尔基》，袁维昭译，见《沃罗夫斯基论文学》，人民文学出版社 1981 年版，第 271 页。

② ［苏联］阿·布罗夫：《美学：问题和论争》，凌继尧译，上海译文出版社 1987 年版，第 41 页。

③ 童庆炳：《关于文学特征问题的思考》，《北京师范大学学报》（社会科学版）1981 年第 6 期。

④ 童庆炳：《文学审美特征论》，华中师范大学出版社 2000 年版，第 20—44 页。

⑤ 钱中文：《文学是审美意识形态论》，见《新理性精神文学论》，华中师范大学出版社 2000 年版，第 136 页。

⑥ 《德意志意识形态》（节选本），人民出版社 2003 年版，第 121 页。

的特殊价值，语言是思想的直接表达，"每一个语言本身都是一种集体的表达艺术。其中隐藏着一些审美因素——语音的、节奏的、象征的、形态——是不能和任何别的语言全部共有的……艺术家必须利用自己本土语言的美的资源"①。我们认为，语言是"美的资源"，民族的语言能够显示它独特的魅力，话语创新需要通过语言实现，对语言的资源性与创造性认知是构建现代文论知识话语的重要途径。"中国作家现在很重视语言。……语言不只是一种形式，一种手段，应该提到内容的高度来认识……语言不是外部的东西。……它是和内容（思想）同时存在，不可剥离的。……世界上没有没有语言的思想，也没有没有思想的语言。……"② 人们已突破了对语言的纯粹性工具看法，而赋予语言以思想的内容，语言不仅是修饰，它与思想同在，语言的"第一要素"作用已成为人们关注的重心。

　　1995 年，国家教委制定实施了"高等教育面向 21 世纪教学内容和课程体系改革计划"，北京师范大学教授童庆炳主编的《文学理论教程》（相继有 1992 年版、1998 年版、2004 年版、2008 年版、2015 年版）已明确"文学是一种审美意识形态"和"文学是人的一种活动"的命题，它突出了文学的审美属性和人学特质，西方工具理性与中国经验也得到了较好结合，经过 4 次修订后，文学理论的学科标准、学理问题以及话语构成等逐渐高度统一，这是 20 世纪以来中国文论知识话语创新的最好成果。百年文学理论的嬗变，形成了对科学主义文论知识话语、意识形态文论知识话语的不断扬弃，最终在人文科学的文论知识话语中实现了价值与知识的现代性统一。中国文论的知识性在于对传统文论知识的系统性整理与归纳，对西方文论知识有意识的选择和引进，文学理论的价值在于它的人文关怀与历史观照，以及对真善美的追求。我们可以看到，学人在对西方文论知识话语的移植与假借中，也创造了诸多新概念、新名词，它们已逐渐融入中国文论知识话语，是现代科技广泛应用的意识形态反映，也是对接世界文学理论知识话语的现实需要。

　　中国传统文论话语的历史流变是在"天不变，道亦不变"的文化背景

---

　　① ［美］萨丕尔：《语言论》，陆卓元译，商务印书馆 1985 年版，第 201—202 页。
　　② 汪曾祺：《中国文学的语言问题》，见《汪曾祺文集·文论卷》，江苏文艺出版社 1993 年版，第 1—2 页。

下不断阐释和发明，它形成以注疏、诗话、词话、点评、序跋等为主要形式的知识话语。它在文学理论的知识构成、意义建构和价值选择上具有历史的连续性与差异性，能够集中体现华夏民族的精神品格，能为传统文论的现代价值转换提供丰富的资源。近代西方新语词与新话语的输入，能为传统文论知识话语的现代阐释与体系构建提供新视角与新方法。我们对传统文论话语的现代性价值转换是以接续传统，发挥传统思想的现代作用，以构建具有民族特色的中国文论知识话语。克罗齐认为"一切历史都是当代史"。"失语症"象征着 20 世纪以来中国学人面对西方文论覆盖与中国文论话语价值缺失的一种"基本焦虑"。① 从近代洋务派"中体西用"到国粹派"中西会通"，从新儒家"中西互为体用"到当前"古代文论的现代转换"等，都可认为是中国学人不断努力却没有得到最终解决的"焦虑"表现，但它也隐含学人对中国传统文论现代转换的一种历史期望。

中国文论的历史变革和当下建设离不开全球化，经过几代学人的不断努力，中国文学理论已构建了自己的学科体系与话语逻辑，积累了许多重要经验。有学者提出未来中国文学理论发展是最宽泛意义上的"话语理论"；② 或是在借鉴西方文论经验基础上，未来文学理论将走向阐释。③ 也有学者提出未来文论是重建意义的走向，让中国文论回归人文价值并有效地接续传统等。④ 凡此，为中国传统文论话语的现代转换提供了经验基础和未来建设路径。

第四节　中国传统文论话语的现代转换

"现代"以"现代化"作为文明基础，而以"现代性"作为心理文化引导的"现代"，它包含了与其对应区分的"古代"之比较，拥有更为丰富的价值优越感和文化心理内容。在"现代"社会中，它蕴含着有区别于古代自然时间下缓慢循环发展的社会构成，是一种指向未来，而不再回返过去的一种矢量时间，同时，它也包含着一种从低级走向高级形态的进步信念与历

---

① 李壮鹰、李春青主编：《中国古代文论教程》，高等教育出版社 2010 年版，第 2 页。
② 张俊：《当代文学理论的两次跨界变迁》，《厦门大学学报》（哲学社会科学版）2013 年第 4 期。
③ 毛宣国：《走向阐释的文学理论》，《华中师范大学学报》（人文社会科学版）2013 年第 7 期。
④ 吴兴明：《重建意义论的文学理论》，《文艺研究》2016 年第 3 期。

史依托。但"现代"并不是一个含糊的概念，它有特定的时代精神（现代性）与社会政治经济（现代化）指标，[①] 它是历史的延续，是通向未来的必然。

我们认为，中国古代文学思想及知识生成和当时人们对自然、社会的认知理解水平相关联，和社会的整体性生产模式相一致，人的思维能力和表达方式以及文学活动在当时社会中的地位也都密切相关。也就是说，中国传统文论的思想方法与知识话语生产是社会多因素合力的结果，特别是新的文学观念、文学实践推动了中国文学、中国文论知识话语的变革。比较可见，中国"原道"的文学观历久弥新，文学是文化的载体，文学的社会实践功能，伦理本位的社会"教化"观以及具有民族特征的审美心理等构成了中国传统文论知识话语创新生产的基本要素。

一、中国传统文论话语的"文""道"生产场

"天不变，道亦不变"是中国人根深蒂固的观念，"道"包含了儒家之"仁"道，道家之"物"道，禅宗之"心"道。"道"本身具有多义性和流变性，它也使自己具有很大的兼容性。历代哲学家、思想家对"道"的解释各不相同，却又相通，他们都没有否定"道"的根源性与衍生性作用。道家的自然之道，儒家的社会之道，佛家的心灵之道等随历史变革而不断被赋予新的价值与意义，文学的教化功能、抒情特征、审美本性等都能在"道"的基本原则下有条不紊地推进，"文以载道"的观念引导了不同时代作家对社会生活与心灵世界的刻画。"人法地，地法天，天法道，道法自然"的观念深入人心，"道"生万物，但它看不见，摸不着，却又无时无刻不发生作用。刘勰《文心雕龙》"笼罩群言"，以儒家思想为主，兼容道家与佛家，以"原道"为核心，构建了"体大而周虑"的文章学观念，提出"道沿圣以垂文，圣因文而明道"的基本观念，奠定了中国传统文论知识话语生产的开放性理论体系。刘勰在总结历史经验的基础上，"本乎道、师乎圣，体乎经，酌乎纬，变乎骚"，以此为枢纽，论文笔之区分，"原始以表末，释名以章义，选文以定篇，敷理以举统"，发明了诸多文体的历史流变，又"剖情析采，笼圈条贯：摛神性，图风势，苞会通，阅声字，崇替

---

① 尤西林：《人文精神与现代性》，陕西人民出版社 2006 年版，第 13—14 页。

于《时序》，褒贬于《才略》，怊怅于《知音》，耿介于《程器》，长怀《序志》"。① 刘勰以"道"为核心，构建了具有民族特色的文学理论知识话语体系，使"道"成为民族文论知识话语生产的基元。

宋人孙复道说："夫文者，道之用也，道者，教之本也。故文之作也，必得之于心而成之于言。得之于心者，明诸内者也；成之于言者，见诸外者也。明诸内者，故可以适其用；见诸外者，故可以张其教。是故《诗》《书》《礼》《乐》《易》《春秋》皆文也，总而谓之经者也，以其终于孔子之手，尊而异之尔。斯圣人之文也。后人力薄不克以嗣，但当作佑名教，夹辅圣人而已。或则列圣人之微旨，或则名诸子之异端，或则发千古之未寤，或则正一时之得失，或则陈仁义之大经，或则斥功利之末术，或则扬圣人之声烈，或则写下民之愤叹，或则陈天人之去就，或则述国家之安危，必皆临事樴实，有感而作，为论、为议、为书、疏、歌、诗、赞、颂、箴、解、铭、说之类；虽其名目甚多，同归于道，皆谓之文也。"② 这一认知基本能代表中国古人对"道"与"文"的认知与理解，不同文体创造或文辞表达都是"道"的形式显现。在没有纯粹文学意识之下，"文以载道"，文以传道，文以显道，"文"也就具有很大的兼容性。

"文之为德也大矣，与天地并生者何哉？"③ 中国古代"文"的本义在甲骨文中显示为人的纹身形貌。许慎《说文解字》解释为"文，错画也，象交文"，这种交错刻画的图形具有纹饰的功能。《周易·系辞》记载说："物相杂，故曰文。"宇宙万物相互交织构成"文"。《国语·郑语》记载史伯说"物一无文"，它强调了社会生活事物的多样性、丰富性。而"章"与"文"有类似的意义，《周礼·考工记》说："画绘之事，杂五色。……青与赤谓之文，赤与白谓之章。""文章"就是一种有意识的图案纹饰。章炳麟《国故论衡》曰："文学者，以有文字著于竹帛，故谓之文；论其法式，谓之文学。"④ 可以看出，"文"或"文章"可以兼指对一切人类劳动创造的对象，而文学仅是其中的一种。在泛文化概念下，"文学"被视为一切口头与书面语言行为的作品，它包括了政治、哲学、宗教、历史等一般意义上的

---

① 周振甫：《文心雕龙今译》，中华书局2005年版，第456页。
② 孙复道：《答张洞书》。
③ 周振甫：《文心雕龙今译》，中华书局2005年版，第9页。
④ （清）章炳麟：《文学总略》，见《国故论衡》（中卷），汉文书屋1933年版，第83页。

文化形态，是文化的载体。最初人们也没有将诗、乐看作纯粹的艺术品，而是将其作为政治、伦理、道德修养的主要方式。《左传·僖公二十七年》记载说："《诗》《书》，义之府也；《礼》《乐》，德之则也。"这种泛化的文学观念包含了强烈的功利性意识，表现为兼容性很强的文学理论知识话语。其"文"或"文学"概念包括了一切可以诉诸语言文字的东西。如孔门四科之一的"文学"指的是"文章"与"博学"。刘勰《文心雕龙·情采》还具体将"文"分为三类："立文之道，其理有三：一曰形文，五色是也；二曰声文，五音是也；三曰情文，五性是也。五色杂而成黼黻，五音比而成韶夏，五情发而成辞章，神理之数也。"其"神理"就是"道"，天文、地文、人文，或是形文、声文、情文等，它们都是"道"之"文"。

随着文学实践领域的扩大，古人在"文学"之后又开拓出"文章"概念，用"文章"特指辞赋一类富有文采的语言作品，而用"文学"专指儒学或是学术研究著作。在美文与实用文间划出相对明晰的界限，而魏晋南北朝时期的"文笔之争"就是关于文学本质特征的重要讨论。曹丕、陆机对"文"的认知与理解则代表了当时两类性质完全不同的"文"的观念，一类是以形象思维为主，具有明显的想象与虚构特点的艺术作品，如诗、赋；一类以抽象理论思维为主，重在说理和实用的非艺术性文章，如奏、议。这一时期对文学领域中"文""笔"的自觉性探索，标志着人们对"文学"认知的深入。刘勰《文心雕龙·总术》说："今之常言，有文有笔，以为无韵者笔也，有韵者文也。""有韵"和"无韵"是当时区分"文学"与"非文学"的普遍观点，但它不够科学，仅反映了文学形式上的差异。颜延之还将"笔"进一步区分为"言"和"笔"，以经典为"言"，传记为"笔"。南朝萧统在《文选序》中提出选"文"，即具有艺术特色的文学标准，"事出于沉思，义归乎翰藻"，① 其"沉思"是作家创作过程中的想象、联想活动，它与刘勰"神思"相类似，"翰藻"是文学作品语言所具有的文采华丽特色，它不同于应用文章或一般理论文章。萧统的认识还不能准确表达出文学所具有的艺术思维特点，其"文"与曹丕、陆机的"文"观念差不多。梁元帝萧绎在《金楼子·立言》提出："古之学者有二，今之学者有四。夫

---

① （南朝）萧统：《文选序》，见《中国美学史资料选编》（上编），中华书局 1982 年版，第 219 页。

子门徒，转相师受，通圣人之经者，谓之儒。屈原、宋玉、枚乘、长卿之徒，止于辞赋，则谓之文。今之儒，博穷子史，但能识其事，不能通其理者，谓之学。至如不便为诗如阎纂，善为章奏如伯松，若此之流，泛谓之笔。吟咏风谣，留恋哀思者，谓之文。而学者率多不便属辞，守其章句，迟于通变，质于心用。学者不能定礼乐之是非，辩经教之宗旨，徒能扬榷前言，抵掌多识，然而挹源之流，亦足可贵。笔退则非谓成篇，进则不云取义，神其巧惠，笔端而已。至如文者，唯须绮縠纷披，宫徵靡曼，唇吻遒会，情灵摇荡。而古之文笔，今之文笔，其源又异。"萧绎在区分学术与文学不同的同时指出感情充沛、音韵流畅、辞采华美是"文"的主要标志。唐代之后，文笔之分逐渐为诗笔之分与文笔之分所取代，在诗与文之间有了一个明晰界限。这种观念的变革，推动了中国文论知识话语生产的新变，但"文章""文学"依然是"道"的显现。

"观乎天文以察时变，观乎人文以化成天下"，"人文"是宇宙自然与天地万物的比附与延伸，构建以伦理道德为本位的社会秩序，它是天地自然之道在社会生活领域的形式显现，呈现为以礼、乐、刑、政为核心的社会意识形态结构。"礼乐刑政，其极一也，所以同民心而出治道也。"① 文学是社会生活的反映，它是自然之道、社会之道、人生之道和艺术之道的交融，直接或间接参与了社会秩序的建设。魏曹丕说："文章者，经国之大业，不朽之盛事。"② 晋陆机说："伊兹文之为用，固众理之所因，恢万里而无阂，通亿载而为津。俯贻则于来叶，仰观象乎古人。济文武于将坠，宣风声于不泯。途无远而不弥，理无微而不纶。配霑润于云雨，象变化乎鬼神。被金石而德广，流管弦而日新。"③ 清顾炎武在《日知录》中说："文须有益于天下"，认为"文之不可绝于天地间者，曰明道也，纪政事也，察隐也，乐道人之善也。若此者，有益于天下，有益于将来，多一篇多一篇之益也。"清李渔认为戏曲的功能在于劝善惩恶，"借优人说法，与大众其听"，是以艺传道

① （先秦）《乐记·乐本》，见《中国美学史资料选编》（上编），中华书局1982年版，第59页。
② （魏）曹丕：《典论·论文》，见郭绍虞、王文生主编《中国历代文论选》（四卷本），上海古籍出版社2001年版。
③ （西晋）陆机：《文赋》，见郭绍虞、王文生主编《中国历代文论选》（四卷本），上海古籍出版社2001年版。

的重要途径。梁启超认为小说有"熏、浸、刺、提"① 的力量，具有社会改造的重要功能，还可以看出作者的用心。可以认为，文学是存在之"道"的创造表达，具有包孕天地自然的力量，"文变染乎世情，兴废几乎时序"，它随时代的变革而不断新变，在反映社会生活历史的同时，也记录了人类社会的心路历程，它是一个与时代同时出现的"秩序"，是人类历史的"活化石"。它连接了过去、现在和未来，不同时代的"文"，显示了不同时代的"道"，它们具有历史绵延性和差异性。

马克思主义认为，"思想、观念、意识的生产最初是直接与人们的物质活动，与人们的物质交往、与现实生活的语言交织在一起。人们的想象、思维、精神交往在这里还是人们物质行动的直接产物。""人们是自己的观念、思想等等的生产者……意识在任何时候都只能是被意识到了的存在，而人们的存在就是他们的实际生活过程。"同时，"……人们头脑中的模糊幻象也是他们的可以通过经验来确认的、与物质前提相联系的物质生活过程的必然升华物。""……而发展着自己的物质生产和物质交往的人们，在改变自己的这个现实的同时也改变着自己的思维和思维的产物。不是意识决定生活，而是生活决定意识。"② 因此，中国文学与中国社会的发展，文化的构成，知识的创造，话语的表达等具有同构性，是人类的历史创造，也是不同时代社会生产的有机组成部分。

中国传统文论知识话语的生产多是对概念命题的时代性阐释，在不改变概念的情况下，不断延展概念的内涵与外延，使之具有时代的历史印痕。如"诗言志"最早作者以诗言志，表达个人的思想、观念、意识等，它们通过《诗》的文辞呈现出来。但在春秋"赋诗言志"的文化环境中，"诗以言志"成为一个理论概念，它以"断章取义"的方式，借用或引申《诗》中某些篇章，以之暗示自己的某种政教怀抱，其言在此而意在彼。进入战国时期，"诗言志"已成为一个具有普遍性的学术话语，认为诗是诗人思想、情感、意志的表达，其"志"主要指政治上的理想抱负。③ 汉代在"诗言志"之外，《毛诗序》又补充了"情动于中而形于言"与"吟咏性情"的时代

---

① （清）梁启超：《论小说与群治之关系》，见郭绍虞、王文生主编《中国历代文论选》（四卷本），上海古籍出版社 2001 年版。

② 《马克思恩格斯文集》第 1 卷，人民出版社 2009 年版，第 524—525 页。

③ 张少康：《中国文学理论批评史教程》，北京大学出版社 2003 年版，第 11—12 页。

意识，它在"志"之外别立"性情"。魏晋时代，文学进入自觉时代，陆机说"诗缘情而绮靡"，"志""情"连文并举，如"伫中区以玄览，颐情志于典坟"，"情""志"具有共同性。刘勰《文心雕龙·明诗》说："人禀七情，应物斯感；感物吟志，莫非自然"，将"志"和人之"七情"看作同一内容。可以看出，时代发展使"诗言志"概念不断被发明解释，以适应时代的需要，文学创作则是这一新观念的具体落实。唐代孔颖达则明确将"情""志"统一起来，"在己为情，情动为志，情志一也"。[①] 他在《毛诗正义卷一》中对"情动为志"进一步说明，"诗者，人志意之所之适也。所有所适，犹未发口，蕴藏在心，谓之为志，发见于言，乃名为诗。言作诗者所以舒心志愤懑而卒成于歌咏。故《虞书》谓之'诗言志'也。包管万虑，其名曰'心'。感物而动，乃乎为'志'。'志'之所适，外物感焉。言悦豫之志，则和乐兴而颂声作，忧愁之志，则哀伤起而怨刺生。《艺文志》云，哀乐之情感，歌咏之声发，此之谓也。正经与变同名曰'诗'，以其俱是'志'之所之故也。"孔颖达认为诗产生于情感的抒发，而情感产生于外物对人心的感动，人心中所产生的哀乐之情感就是"志"，将这种情感抒发出来就是"诗"。这样，孔颖达在理论上实现了"情""志"的统一，扩展了"诗言志"的内涵。闻一多说："志与诗原来是一个字。志有三个意义：一记忆，二记录，三怀抱，这三个意义正代表了诗的发展途径上的三个主要阶段。"[②] 在文字产生之前，人们是口耳相传的记忆，等发展到文字语言，则是一种文字记录，等到了诗歌创作阶段，它就成为情志的表达，这三个意义大约能够显示出诗歌发展的历史印痕。可以看出，中国传统文论知识话语是一个不断变化的过程，它自身并不过分创造特别的新概念，更多是"旧语新说"，赋予同一概念以更多的时代意义，使之成为连接和贯穿文化历史的"标志"。

　　文学理论是文学实践的经验总结，理论家总依据历史传统与特定时代需要，不断发挥旧知识的新意义，充实旧话语的新内涵，实现知识话语的新变革，在保存旧意义的同时又有了新的创造，体现出这一时代的总体价值取向。而中国传统文论知识话语的生成与构成多具有明显的时代特征与历史意

---

① 《春秋左传正义》卷五十一，昭公二十五年。
② 闻一多：《神话与诗·歌与诗》，见《闻一多全集》（第1册），三联书店1982年版，第185页。

味，这种"时代特征"表现为文学对人类社会生活的当下性呈现，其"历史意味"则表现出对传统文化的继承与改造。刘勰说："时运交移，质文代变，古今情理，如可言乎！"历史的自然性变革，会自然推动社会生活的新变，创造出新的人们，新的认知，新的观念等。"故知歌谣文理，与世推移，风动于上，而波震于下者也。"文学知识话语作为意识形态存在，表现了对社会生活的有意识加工和改造，创造出能够体现时代特色的话语内容，但它们呈现的依然是"文""道"的辩证关系，以及由此而生产的新知识话语。所以，刘勰说："文变染乎世情，兴废几乎时序，原始以要终，虽百世可知也。"①

二、中国传统文论话语的现代转换

传统能否延续一般有赖于四个基本因素：一是共同生活的地域，没有"故乡"的民族很少能够发明自己的传统；二是共同的信仰，没有信仰的民族就失去了维系传统的力量；三是共同的语言，"乡音"是传统能够相互认同的重要基础，它代表了共同的价值取向；四是共同的历史记忆，"寻根"是构建民族传统的重要途径。② 1895 年之后的中国地域没有发生大变化，依然用汉语进行表达和交流，固有的历史事实没有改变，但现实改变了人们对历史的认识。人们总是在历史的发明中创造自己的传统，构建民族共同的文化信仰。因此，近代历史改变了人们对传统文化认知的固有观念，共同信仰等，即旧文化，特别是以儒家精神为主体的社会文化开始被西洋新知所动摇，历史记忆在新知的传播中逐渐消退，中国人传统的宇宙观、价值观、人生观在西洋新知的面前开始变得不坚定，不自信，他们试图在新时代中创造新知识，以适应社会变革的需要。由于近代中国文化历史的特殊性，在引进西方新思想、新方法、新语词的同时，也有意无意地遮蔽了传统文论概念、范畴、原理的文化价值。

如果将言说主体的精神世界看作一个多层次、多侧面的价值系统，每一种价值都可以转化落实为一种具体的文学价值，那么人的价值与文学的价值就会形成一种自然的契合关系。文学价值象征着人的价值，人的价值在文学

① 周振甫：《文心雕龙今译·时序》，中华书局 2005 年版，第 394—408 页。
② 葛兆光：《中国思想史》，复旦大学出版社 2002 年版，第 544 页。

的价值中得到体现。如中国古代"太上立德，其次立功，其次立言"。"立言"是人生价值实现的一种重要途径，因"文章者，经国之大业，不朽之盛事"，它"不托飞驰之势，而声名自传于后"。"文以载道"的观念已渗透在不同时代人们的心中，它也是中国传统文论知识话语的核心内容。历史经验显示中国古人从不将诗文看作纯粹的认识对象，而多将其作为体验对象，涵泳其间，以发明主体的精神和生命的价值。因此，中国传统文论的价值本质是人的价值创造与实现问题。

"文学是一个与时代同时出现的秩序……"① 而这个"秩序"除包含了文学理论、文学史、文学批评外，它还包括产生这一现象的诸多外部社会环境，如政治、经济、文化、习俗、社会心理等，文学及其理论是社会多因素合力的结果，文学创作具有多元性，文论知识话语的生产也具有多样性。中国传统文论知识话语是历史的产物，在相对封闭的文化环境中，它具有前后的连续性与差异性，虽有不同时代外来文化的影响，如东汉末年佛教传入，唐代诸多外来思想融入，明朝基督教的传播等，在多种文化的相互碰撞与融合中，中国传统文化依然表现出强大的兼容性与改造性，呈现出具有民族特色的中国化色彩，显示了强大的生命力。美国当代学者艾布拉姆斯在《镜与灯——浪漫主义文论及批评传统》提出文学活动"四要素"，即作者、作家、世界和读者，人们在不同时期关注的重点虽有差异，但人类文学活动都以这四要素及其相互之间的关系为核心。② 这为中国学人研究中国文论知识构成与话语表达提供了学科专业概念，使之成为中国现代文学学科知识构建的主要框架，并被普遍接受和传播。③ 它在学科专业的规范性中选取中西方所共有的文学理论知识，建立起了具有普遍性的文学理论知识话语。而这与中国传统文学理论知识话语的生产构建并不十分吻合。但近代"西学东渐"

---

① ［美］韦勒克、沃伦：《文学理论》，三联书店1984年版，第31页。

② ［美］艾布拉姆斯：《镜与灯——浪漫主义文论及批评传统》，郦稚牛等译，北京大学出版社1989年版，第5—6页。

③ 20世纪以来高校文学理论教材的编写从田汉的《文学概论》，到新中国成立初以群主编的《文学的基本原理》、蔡仪主编的《文学概论》，到改革开放以来童庆炳主编的《文学理论教程》（1992年版、1998年版、2004年版、2008年版、2015年版），基本上形成了文学本质论、文学创作论、文学作品论、文学接受论以及文学活动论五部分内容，它与艾布拉姆斯提出"文学四要素"所规定的文学理论任务与对象一致，《文学理论教程》被教育部确定为"面向21世纪课程教材"，是目前中国高校文科普遍选择和使用的文学理论教材。

的持续性影响，引导了中国学人思想观念的改变，并以此创造了具有系统性的中国文论知识话语，但它并没有改变中国传统文化的价值本质，而是多种西方学说在历史流变中不断融入中国文化，并逐渐成为中国文化不可或缺的一部分。在全球化时代，中国政治、经济、文化等日益强大的现实中，中国文学、中国色彩、中国声音、中国艺术、中国理论等成为构建中国特色的重要组成部分。回归传统、接续传统，进行价值与意义的现代性转化，让历史文化在历史变革中继续发挥作用，让中国固有的概念、范畴、原理、命题在实践中发挥新作用，创造新意义，实现具有民族特色的中国文论知识话语新发展。

历史的经验值得借鉴和吸收。刘勰认为前人诸作，或"各照隅隙，鲜观衢路"，或"泛论文意，往往间出，并未能振叶以寻根，观澜而索源"。[1] 刘勰以儒家为主，兼综道家与佛家，实现了自然之"道"，伦理之"道"，心灵之"道"的合理转换，形成了中国古代独具特色的文学之"道"。"盖《文心》之作也，本乎道，师乎圣，体乎经，酌乎纬，变乎骚，文之枢纽，亦云极矣。"[2] 刘勰有意识的选择与创造，用五十篇文章构成一个完整体系，形成原道、宗经、征圣三位一体的文学观，它具有明显的"复古性质和经学色彩"。[3] 提出"文之为德也大矣，与天地并生者何哉？""道沿圣以垂文，圣因文而明道，旁通而无滞，日用而不匮"[4] 的基本观点。刘勰"文源于道"哲学观点是对中国古代哲学思想理论的总结与转换。他启发了中国后世文论知识的生产方式与路径，或"文以载道"，或"文以明道"，这种道不离器，道因器显的观念成为贯穿中国文论知识话语生产的基本线索，文辞之所以能"鼓天下而动者，乃道之文也"。

而 20 世纪以来对西方学术思想及知识话语的移植和假借，推动了中国学术的现代转变，逐步走向现代，从世纪初"科学主义"，到新中国成立初"意识形态"化，直到改革开放以来的"人文科学"等，多种西方学术概念、范畴、原理、命题的引进及新视角、新方法的介入，推动了中国文论知识话语的大发展，但过分地借鉴和使用，也造成了中国传统文化"文"

---

① 周振甫：《文心雕龙今译·序志》，中华书局 1986 年版，第 454 页。
② 周振甫：《文心雕龙今译·序志》，中华书局 1986 年版，第 456 页。
③ 李壮鹰主编：《中国古代文论教程》，高等教育出版社 2005 年版，第 144 页。
④ 周振甫：《文心雕龙今译·原道》，中华书局 1986 年版，第 14 页。

"道"知识话语价值的消解。历史上出现的"桐城谬种，选学妖孽""打倒孔家店""破四旧""批林批孔"等现象能反映传统文化近现代以来的基本命运。而"师夷长技以制夷""中学为体，西学为用""拿来主义""全盘西化""失语症"等概念也大致能反映西方思想在中国的影响。比较可见，这些现象能集中反映近代以来中国文化发展的基本过程与建设的基本路径，它以西方文化价值为中心，不断调整和适应世界发展的要求，却使中国固有的传统文化在不断消退，形成此消彼长的文化建设模式。在借鉴西方学科划分标准的基础上，中国传统文学理论史研究，中国传统文学理论范畴研究以及中国传统文学理论体系研究也都取得了丰富成果。直至新世纪，中国传统文论知识话语的现代化转换问题依然没有解决，而历史证明，"任何体系和中心都不是绝对的，不可更改的"①。在世界"文化转型"期，世界将走向多元化，中国也将走向世界，重新思考和构建民族知识话语，建立中国文学学派，从传统文化中汲取资源，重回经典，重视本土经验，发挥汉字的文化功能等，以文化阐释的方式创新中国文论知识话语，构建具有民族特色的文论知识话语体系，实现人的价值的现代性创造。

三、中国传统文论话语流变的现代启示

和西方文学理论"显体系"比较，中国传统文论则是一种"潜体系"，它将"道"作为元理论，不断进行知识的生产与创新。中国传统文论有深邃的思想、丰富的内容、多样的形式，但它没有被明确组织在某一具体理论话语体系中，更多文论知识表现出很强的感性特征，但缺乏系统性、逻辑性的话语表达，许多作家或文论家也多是一种文学经验的描述，并没有给自己使用概念以明确规定，表现出很大的随意性，给人以零散与片断的感觉。但从传统文论知识之间的相互关系看，它们都有内在的关联性，都以"道"为基础，根据不同时代文学实践需要，生产出与之相适应的文学理论知识话语，且它们也都具有前后的连续性。只是近代社会大变革，中国传统文化出现了断裂，在"西学东渐"大环境下，逐渐地丧失了话语表达的权力，出现了"失语症"现象，但它也给传统文论的现代价值转换提供了新启示。

第一，要重视对"原典"的文化阐释。"原典"的当代阐释是接续传

---

① 转引自乐黛云《文化转型与中西对话》，《世纪风》1993年第2期。

统，回归传统，并创造新传统的基础。历史已经实证，中国传统文论的新知识、新思想与新概念生产，多是各种文化原典在不同时代的新发掘，以《周易》《老子》《论语》等为基础的各种文化原典为当代文论知识话语的发生提供了基元，不同时代思想家、文论家的阐释发明创造了原典意义生发的具体方式。他们既是古人对宇宙自然、社会生活的体验认知，他们也包蕴了后世诸多丰富思想产生的要素，是民族智慧的"活化石"，具有强大的生命力和创造力，是人们解释宇宙，阐释社会，发明生活的重要依据。如《周易·系辞》："易者，象也，象者也，像也。"由此而构建的文化创造原则，今天依然是人们认知理解社会生活的一种重要依据。而"易象"内蕴的文化原理，则被不同时代的思想家发掘阐释，创造了民族知识话语生产的重要内容，成为中国"尚象"文化传统绵延发展的基础。《老子》说："执大象，天下往"，使之成为"道"的显现。庄子使之扩展为生活万象，成为有无相生的连接点。刘勰"意象"理论则实现了诗学形"象"的理论体系建设，使之成为中国诗学理论的基元。而后世文学实践，创造了如"兴象""象外之象""境外之象""象外之意"等概念、命题，它们都是先秦经典"象"范畴的自然延展和文化扩容。现代文学创造仍以社会生活为主要对象，以汉字为主要表达工具，在不同文学作品创造出具有普遍性的文学形象。因此，以中国传统文化"原典"为基础，整理、发掘并承接五四新文化运动以来的中国文化，汲取不同民族的文学经验，才能创造出具有民族特色的中国文论知识话语体系。

第二，要重视对中国传统文学实践所创造的概念、范畴、原理及命题等具有民族特色的知识话语进行当代性价值发掘。它们既是当代中国文论知识话语创新的重要资源，也是播撒民族文化价值的重要工具，在当代理论建设方面依然具有强大生命力，且它们自身的价值与意义流变对突破当代中国文论建设困境也具有启示作用。如"兴"作为中国学术思想史中的重要范畴，在中国文论发展史上创造了具有民族特色的知识话语群。"兴"本是远古时期的巫术活动，后逐渐扩展到诗学领域，在坚持心物相互作用的条件下，东汉郑众释为"托物于事"；郑玄释为"见今之美，嫌于媚谀，取善事以喻劝之"；刘勰释为"比者，附也。兴者，起也。附理者切类以指事，起情者依微以拟议"；钟嵘释为"文已尽而意有余"。唐陈子昂提出"兴寄"概念，推崇"兴发于此而义归于彼"，赞美"风雅比兴"等，形成讽喻寄托传统。

宋朝李仲蒙解释"触物以起情，谓之'兴'，物动情也"；朱熹解释为"兴者，先言他物以引起所咏之词也"。今人朱自清则认为"兴"有两个意义，即发端与譬喻，它们合在一起才是"兴"。当代学者叶嘉莹也认为"兴"有感发兴起之意，它是因一事物之触发而引出所要叙写之事物的一种表达方法等。可以看到，历代阐释者都能从时代出发，进行知识话语的意义阐释与知识构建，它形成了"兴"话语的思想史与知识史。可以看出，在"兴"概念的历史构造中，它本身没有形式的改变，更多是增加了合理性的意义，提供了人们认知理解的新角度。因此，德国伽达默尔提出的"视界融合"和"效果历史"依然具有合理的借鉴意义，发挥传统文论概念的新意，使它们在历史的阐释中创造当代的新思想与新知识。

第三，要重视对具有民族属性的汉字进行文化阐释与意义发明，以构建和落实中国文论知识话语的创新发展。汉字以"象"为本，是中国人的生命符号，是中国文化的重要载体。汉字摹拟宇宙自然、社会生活，表现心灵，创造人类精神世界，构建并规范了汉民族的思维和表达方式。对汉字的认知和理解，就是对汉文化的认知和理解，而汉字也是从古代直至现在没有发生本质变化的文字符号，它所承载的文化价值具有历史的流变性，但在构建民族文化传统方面具有基础性功能。汉语文学是汉文字构型原理的扩展与落实，它内蕴了丰富的民族历史与多元的传统价值，重视汉字所蕴含的文化精神，就是对民族传统文化价值的发掘和利用。汉字创造了中国文论的概念、范畴、命题和原理，它不仅是儒家之"道"、道家之"道"、佛家之"道"文化理论的发生与落实，也是中国文论知识话语创新的重要工具。汉字是解读发现民族生命秘密的"钥匙"。汉字的意义与它的音、形都有密切关系，它随时代变化而不断创生新的"言外之意"、新的"象外之象"和新的"象外之意"等。① 为适应时代的需要，近代中国的文学发展经历了从文言文向白话文的历史转变，这一转变影响了传统文学固有的表达方式，借用西方现代创造技巧，创造了新文学，也改变了人们传统的文学观念，产生了新的文学概念、范畴等。在西方学科规范下，传统"文章"学就衍生分化出了具有现代性的多种文体，以适应时代发展的需要，使之成为传统向现代过渡的重要领域。虽然如此，但汉字表情达意，反映生活，创造形象的基本

---

① 胡朴安：《文字学常识》，中华书局 2010 年版，第 12—17 页。

功能没有变，且文学的创造本质没有发生变化。汉字的象形本质、表意功能、形象塑造功能没有变化，汉字承载的文化内涵并没有消失，汉字仍然是人们日常生活中交往与对话的重要工具，是社会知识话语生产的主要工具。因此，汉字可以启发人们在社会生活的世界中寻找生命创造价值的新思路和新方法。

第四，要重视对当代文学实践经验的理论总结，创新中国文学理论的话语表达方式。近代以来的文学理论"失语症"，更多是理论和实践之间的脱节。新时代的社会生活与文学实践是中国文论创新发展的重要基础。现代科技发展虽然不断改变人们的生活，但生命创造还是社会前进的重要动力，新的自然环境、物质生活、生产方式、生活模式等依然是文学创造的对象。现代科技对艺术实践的革命，提出时代需要解决的新问题，但它们仍是人类历史的自然延展。文学是文化的载体，是社会生活的反映，是语言的艺术等这些基本命题和基本观念没有发生本质变化，文学实践对生活问题发现的连续性没有发生变化，文学的审美创造以及对生命意义的发明依然是文学创造的重要使命，真善美依然是文学创造的最高要求。① 历史上，我国传统文论知识话语在演进中，继承多，革新少，"西学东渐"后，继承少，破坏多，传统与现代出现了明显的断裂，特别是不同时期的政治因素影响，造成中国传统文化价值的消解。学人在对西方理论的学习中，多表现为从一种模式转入另一种模式，从一种方法转为另一种方法，而多缺少本土语境的支撑，也就很难将其改造为民族的知识话语理论。比较可见，我国当代文学理论建设中，文学创造中的问题意识还整体单薄，理论建设也多随社会变革而转变，且多具有较浓的政治色彩，传统文学理论知识话语的学理价值容易在社会变革中被忽视，更多充当了西方诸多文学理论知识正确性的例证等。在很长时间内，我国当代文学理论知识不是我国本土文学经验的理论总结，也就不能有效地解释说明我国当代诸多文学现象，理论也就不能正确指导文学实践，造成理论和实践的脱节，使文学理论建设发展缓慢，而难以形成具有民族特色的文学理论体系。

从历史看，传统文论话语生产大约有五种基本模式，一是哲学思想的历史性转换。如道家老子、庄子关于"虚静""物化"的论述，"有无""形

---

① 童庆炳主编：《文学理论教程》，高等教育出版社 2015 年版，第 188—194 页。

神""言意"关系的论述，成为后世文艺创作理论知识话语的重要内容。二是政治教化的历史性需要。如儒家"仁政"学说生产了"与民同乐"的美学思想，为后世"风雅比兴"与"实录"原则奠定了基础。三是汉语文字创造中所蕴藏的文艺思想。如"文"的概念受原始绘画启发而生发出诸多思想，形成了中国画论、诗论、乐论、舞蹈等艺术间的相通性命题，并衍生了概念间的相互借用与意义扩展。四是文学家对创作经验的理论总结，形成了相关的话语。如殷璠的"兴象"论，司空图的"味外之味""象外之象"说，王夫之的"情景"论，王国维的"境界"说等。五是外来语词概念的中国化。如"意境"说就是佛教"境"概念的中国化，它与中国之"意"的结合，形成具有民族特色的"意境"知识话语。有学者提出，文学理论的现代性转化需要以平等对话的人文精神，融合中国古代文学理论与西方文学理论资源，重新接续民族传统，以适应中国文学理论的现代性要求。① 而中国文论知识话语也多表现了知识分子对知识与意义的双重关注，对历史与现实的双重思考，对人生与社会的双重理解，对自由与超越的双重认知。作为历史的阐释者和价值的发明者，不同时代的知识分子总是在坚持传统的基础上，不断超越，才能创造出富有时代精神的文化内容。因此，对传统文论话语的现代性解读和阐释，是接续传统，发明意义，创新文论知识话语的重要路径。

---

①　钱中文：《再谈文学理论的现代性问题》，《文学评论》1999 年第 2 期。

第五章 文学理论知识生产与创新的范式创造

　　1962 年，美国科学哲学家托马斯·库恩①基于对自然科学史的哲学思考，发表了《科学革命的结构》（*The Structure of Scientific Revolutions*，1962）一书，将"范式"与"常规科学"紧密联系，描述了一条从"前科学→常规科学→反常与危机→科学革命→新的常规科学……"的"科学革命的结构"的动态流动过程。该书因超越了对一般现象的描述和形态的总结，上升到了一种思想观念和方法论的高度，为我们提供了无限阐释的空间和多样应用的可能。作为一个具有科学哲学与知识社会学双重内涵和意义的概念，"范式"概念一经提出，其影响就迅速波及哲学、社会学、美学、文学和语言学等各个领域，并被各学科广泛地借鉴和使用，从而有力地推动了自然科学、社会科学以及人文科学的发展。

　　通过对"范式"概念及其相关理论的借鉴与运用，使得文学理论的研究获得了全新的视角和方法，有力地推动了文学理论的建设和发展。文学理论作为一种具有审美阐释属性和现实批评介入特点的人文性理论学科，范式创造是其知识生产与创新的核心要素之一。厘清"范式"及其相关概念的内涵和意义，进而援引"范式"概念的学理规定作为理论后援，系统地总结和反思我国文学理论发展现状，展望和描绘其未来走向，继而提出中国文

---

① 托马斯·库恩（Thomas S. Kuhn，1922—1996），美国物理学家、科学史家、科学哲学家，被理查德·罗蒂评为"第二次世界大战以后一位最具影响力的以英文写作的哲学家"。主要著作有：《哥白尼革命——西方思想发展中的行星天文学》（1957 年）、《科学革命的结构》（1962 年）、《必要的张力——科学的传统和变革论文选》（1977 年）、《黑体理论和量子的不连续性》（1978 年）等。

论范式创造形态与问题，显得格外重要，也极为迫切。

第一节　文学理论范式的内涵与演变

一、"范式"概念的内涵

"范式"概念一经提出就遭到了来自各方面诸多的误解和猛烈的批评。玛格丽特·马斯特曼就列举了形而上学范式、社会学范式和构成范式（人工范式）等三大类共 21 种"范式的本质"，[①] 以至于库恩本人也不得不出来加以澄清。库恩本人也曾承认，由于表述含混等原因，"范式"概念本身存在一定的模糊性。他指出存在着两个不同的库恩：库恩 I 和库恩 II。前者是《科学革命的结构》（1962 年）的作者，也是与包括玛格丽特·马斯特曼在内的其他批评者讨论过这本书的那个人；后者则是另一本同名著作的作者，这本著作在这里被卡尔波普尔、费耶阿尔德、拉卡托斯、图尔敏和沃特金斯等学者反复引用过。两本书不但同名，而且运用着同样的语言进行表述，甚至所提出的观点也经常有交叉重叠的地方。但是，他们所关心的核心通常是很不一样的。库恩 II 有时似乎推翻了库恩 I 所持的基本方面。[②] 很明显，库恩这里所要表明的是，包括对其批评在内的读者都不同程度地对自己著作的核心思想和主要概念（主要是"范式"及其相关概念）存在着不同程度的误读和曲解，以至于造成了概念的混淆和思想的不统一。那么，库恩所谓"范式"的内涵到底是什么呢？

库恩指出，范式是一个与"常规科学"密切相关的术语，凡是共有两个特征的成就，便可称之为"范式"。这两个特征是："空前地吸引一批坚定的拥护者，使他们脱离科学活动的其它竞争模式。同时，这些成就又足以

---

① ［英］玛格丽特·马斯特曼：《范式的本质》，见 ［英］伊姆雷·拉卡托斯、艾兰·马斯格雷夫编《批判与知识的增长》，周寄中译，华夏出版社 1987 年版，第 77—83 页。

② Thomas S. Kuhn, Reflections on My Critics, Imre Lakatos、Alan E. Musgrave, *Criticism and the Growth of Knowledge* (Cambridge：Cambridge University Press, 1970), pp. 231—278. 《对批评的答复》是作者对约翰·沃特金斯、斯蒂芬·图尔敏、L. 皮尔斯·威廉姆斯、卡尔·波普尔、玛格丽特·马斯特曼、伊姆雷·拉卡托斯和保罗·费耶阿本德批评的答复，完成于 1969 年。［英］伊姆雷·拉卡托斯、艾兰·马斯格雷夫编：《批判与知识的增长》，周寄中译，华夏出版社 1987 年版，第 311—312 页。

无限制地为重新组成的一批实践者留下有待解决的种种问题。"① 另一方面，库恩又指出，"我选择这个术语，意欲提示出某些实际科学实践的公认范例——他们包括定律、理论、应用和仪器在一起——为特定的连贯的科学研究的传统提供模型。"② 为了进一步澄清"范式"概念的内涵，从而避免对"范式"及其相关概念的误解和滥用，在 1969 年完成的《对范式的再思考》③ 一文中，库恩又用"专业基体"（disciplinary matrix，亦译作"学科基质"）这一术语来代替作为团体承诺集合的"范式"。他进一步解释道，称之为"'专业'，因为是一门专门学科的实际工作者所共同掌握的；'基体'，因为是由各种各样的条理化的因素所组成，而每一因素又需进一步说明的。"④ 而在《科学革命的结构》一书中称为一个范式、范式的组成部分或具有范式性的东西，以及大部分或全部科学共同体所承诺信奉的宗旨和价值等都是"专业基体"的组成成分，它们形成一个整体而共同起作用。

　　在《对范式的再思考》和其后的《科学革命的结构》第二版后记中，库恩总结了"专业基体"所具有的四个基本构成要素：

　　首先是"符号概括"（symbolic generalizations），这是"专业基体"的形式或易于形式化的部分，它指的是那些团体成员能无异议地、不加怀疑地使用的公式，而这些公式是科学共同体在研究中对原理或公理抽象总结出来的逻辑表达形式。符号概括为科学共同体的解谜事业提供强有力技巧发展的立足点，一门科学的力量也随着其研究者能使用的符号概括的数量的增加而增

---

① ［美］托马斯·库恩：《科学革命的结构》，金吾伦、胡新和译，北京大学出版社 2012 年版，第 8 页。

② ［美］托马斯·库恩：《科学革命的结构》，金吾伦、胡新和译，北京大学出版社 2012 年版，第 8 页。

③ Thomas S. Kuhn, Second Thoughts on Paradigm, Frederick Suppe, The Structure of Scientific Theories (Urbana: University of Illinois Press, 1974), pp. 459—82. 《对范式的再思考》是为 1969 年 3 月 26 至 29 日在美国伊利诺伊州厄巴纳举行的主题为"科学理论的结构"的科学哲学讨论会而准备。会议的论文、讨论记录和评论汇编成论文集《科学理论的结构》一书，该书第二部分第六节中心即为库恩《对范式的再思考》一文。据库恩介绍，文章完成后，库恩在伊姆雷·拉卡托斯和艾兰·马斯格雷夫主编的《批判与知识的增长》最后一章《回应我的批评者》一文中回顾了与本文某些类似的根据。最后，库恩在 1969 年又完成了《科学革命的结构》第二版后记。中译文收入 ［美］托马斯·库恩《必要的张力——科学的传统与变革论文选》，范岱年、纪树立译，北京大学出版社 2004 年版，第 287—311 页。

④ ［美］托马斯·库恩：《必要的张力——科学的传统与变革论文选》，范岱年、纪树立译，北京大学出版社 2004 年版，第 290 页。

加，同时，符号概括也会随着时间的变化而发生改变。其次是"模型"（models），也被库恩称之为"形而上学范式""范式的形而上学部分"，是指共同体成员所具有的共同的知识类型和思维方式，它为共同体成员在从事科学研究时认知对象提供了特定视角和基本框架。为了使"模型"概念的含义更为明确和清晰，库恩列举了常规科学研究中的一个较为典型的实例来说明模型的具体内容和规定。他说道："从一方面看，模型可以给人以启发：可以把电流回路看成是稳态动力学系统，或者把气体行为看成像微型台球那样的随机运动。从另一方面看，模型是形而上学承诺的对象：物体的热是它的构成粒子的功能，用更明显的形而上学来说：一切可感知现象都是虚空中的中性原子运动及其相互作用的结果。"[①] 可见，"模型"的种类虽然是多种多样的，既有启发性的、描述性的，也有本体性的，但它们都承担着类似的功能，即为共同体成员提供解释对象的基本方法和特定模式。模型既可用类比和隐喻的思维方式说明谜题所获得的解释及答案被接受的内在原因和机制，也能用形而上学的思维方式总结未解决谜题形成的原理及其在科学研究中的价值。第三是"价值"（values），[②] 指的是科学共同体成员对研究活动本身的内在要求和运行规则所形成的一种基本共识，它广泛地为科学共同体成员所拥有，并且为科学共同体成员的聚拢起到了巨大的作用。价值的种类是多种多样的。库恩列举了诸如与科学预言有关的最牢固持久的价值（预言的精确性、定性分析与定量分析的优劣、对于误差的允许范围等）；用以评价整体理论的价值（允许谜题的表达和谜题的解、理论本身应该简单、自信、自洽、其他理论相容等）；其他种类的价值（科学应该具有社会效益等）等等。科学共同体成员广泛地拥有一些价值，价值共识是凝聚科

---

① ［美］托马斯·库恩：《必要的张力——科学的传统与变革论文选》，范岱年、纪树立译，北京大学出版社 2004 年版，第 290 页。

② 《对范式的再思考》虽是为 1969 年 3 月 26 至 29 日在美国伊利诺伊州厄巴纳举行的主题为"科学理论的结构"的科学哲学讨论会而准备的论文，但是在收入汇编论文集《科学理论的结构》一书，并于 1974 年出版时，库恩只列举了"专业基体"的三种对群体认知运作都很根本的成分，即符号概括、模型和范例。而在《科学革命的结构》（第二版）后记（Postscript—1969）中，库恩则是加入了"价值"这一"专业基体"的成分，并对其做了系统的论述。参见 ［美］托马斯·库恩《必要的张力——科学的传统与变革论文选》，范岱年、纪树立译，北京大学出版社 2004 年版，第 290 页；同时参见 ［美］托马斯·库恩《科学革命的结构》（第四版），金吾伦、胡新和译，北京大学出版社 2012 年版，第 155—156 页。

学共同体成员的关键力量，也是某个科学共同体成员科学研究活动得以展开的基本前提。质言之，共有的价值观念和意识是团体行为的决定因素，通常也是支配共同体成员个人选择的重要依据。价值的应用受到共同体成员个性和经历等因素的影响，这种对价值的差异性应用往往对科学的发展起着必不可少的制约作用，也成为共同体用以分散风险并保证其事业长期成功的途径。① 第四是"范例"（exemplars），库恩指出，"我所谓的'范例'首先指的是学生们在他们的科学教育一开始就遇到的具体的问题解答，包括在实验室里、在考试中或在科学教科书每章结束时遇到的。此外，这些共有范例至少还得加上某些在期刊文献中常见的技术性问题解答，这些文献为科学家在毕业后的研究生涯中所必读，并通过实验示范他们的研究应该怎么做。"② 比起"专业基体"中的其他成分，各组范例之间的不同更能提供给共同体成员以科学的精细结构。可见，范例就是共同体的标准实例，是科学共同体在科学研究中所处理的具体谜题及其解答过程和解答成果所形成的综合体。作为一种科学研究活动的典型案例，范例本身包含了科学活动的基本原理和问题、思维方式和程序、解答过程和答案。范式的其他成分，如符号概括和模型在范例中得到了生动展示和应用，范式的价值成分也在范例的成功解谜中得到落实和验证。范例也因为成功地处理了一个或是一类科学谜题而被称为范本，从而被视为"学生们取得他那个专业群体的认知成就的过程所必不可少的部分"，因为科学的学习并非总是依靠文字作为媒介的，它需要文字的表述和具体的实例相结合，从不同范例的分析和理解中，区别出彼此间不同的地方，看出彼此间相似的情形，发现共有的科学规律。这种通过模仿实例从而获得"意会知识"（tacit knowledge）的过程，在科学研究的承传发展过程中显得极为重要。所以，如果没有范例，共同体成员很难学会这个群体所掌握的那些基本概念，更难以形成正确的科学思维和学术规范。范例是库恩所要着重强调的一个问题，他不但把范例看作是"专业基体"中的一个主要认知因素和结构，还把它看作是"范式"概念的第二种主要含义，从而同作为"专业基体"的范式并列，与其具有同一层级的位置和作用，

---

① ［美］托马斯·库恩：《科学革命的结构》，金吾伦、胡新和译，北京大学出版社 2012 年版，第 156 页。

② ［美］托马斯·库恩：《科学革命的结构》，金吾伦、胡新和译，北京大学出版社 2012 年版，第 156—157 页。

这一点在其以后关于范式的论述中进一步得到表达和论证。

在 1969 年为《科学革命的结构》第二版所完成的《后记》中，① 库恩对"范式"做了更加简洁、明晰的定义。他指出："'范式'一词有两种意义不同的使用方式：一方面，它代表着一个特定共同体的成员的信念、价值、技术等等构成的整体。另一方面，它指谓着那个整体的一种元素，即具体的谜题解答；把它们当做模型和范例，可以取代明确的规则以作为常规科学中其他谜题解答的基础。"② 概括起来，就是作为团体承诺集合的范式和作为共有范例的范式。通过对"范式"概念发生和发展历史轨迹的整理和分析，我们发现，范式其实存在两个基本的含义：专业基体和范例，二者具有包含与被包含的关系。一方面，范例是作为专业基体的一个组成因素而存在的；另一方面，范例又是作为一个独立的概念被分离出来，同专业基体并列，来单独加以讨论的。

20 世纪 80 年代以后，库恩继续坚持早期在《科学革命的结构》中所形成的基本观点，并对其有所增补和发展。一方面，他较为集中地捍卫、阐释和发展了"不可通约性"这一概念；另一方面，库恩加大了对科学革命结构中语言问题的重视，有学者将这一现象称作库恩的语言论转向。库恩说："如果我现在重写《科学革命的结构》，我会更多地强调语言变化，而减少对常规型/革命型区别的强调。"③ 库恩认为"科学革命的主要特征就在于它们改变了关于自然的知识，这种知识内在于语言本身，因而先于任何可完全表述为描述或概括的东西，科学的或日常生活的均如此"，并且"是否违反

---

① 《科学革命的结构》（第二版）后记（Postscript—1969）作于 1969 年。Thomas S. Kuhn, *The Structure of Scientific Revolutions*. 2*d revised editions*（Chicago and London：The University of Chicago Press，1970）.

② ［美］托马斯·库恩：《科学革命的结构》，金吾伦、胡新和译，北京大学出版社 2012 年版，第 147 页。

③ Thomas S. Kuhn, *Commensurability*, *Comparability*, *Communicability*. PSA 1982：Proceedings of the 1982 Biennial Meeting of the Philosophy of Science Association, volume 2, edited by Peter D. Asquith and Thomas Nickles（East Lansing, MI：the Philosophy of Science Association, 1983）. ［美］托马斯·库恩：《可通约性、可比较性、可交流性》，《结构之后的路》，邱慧译，北京大学出版社 2012 年版，第 49 页。

或曲解先前毫无问题的科学语言，是革命性变化的试金石"。① 为此，他专门引入和创造了"词典"（lexicon）和"言语共同体"等术语概念，并指出，如果要想理解过去科学信念的某些部分，人们就必须学习一种同本人现在所掌握的词典具有系统性差别的词典，"只有通过使用旧词典，他或她才能对那些经过严格审查而成为科学基础的特定陈述作出准确表述"②。库恩思想的转变，主要源于 20 世纪西方文化语境中哲学研究的语言论转向，哲学研究的中心议题由传统的本体论、认识论转向语言学研究，以及对"范式"概念诸多误解的澄清和对主流哲学界的各种批评的回应。根据金吾伦先生的概括，库恩所谓的"词典"，就其本质而言，实际上是我们认识世界的一种方式，世界同语言、时间和文化有着本源的联系，需要词典来描述和表达，从而与词典有着一种相互依赖的关系。就其结构而言，词典是由一套具有结构和内容的术语构成，诸术语构成一个互相联系的网络，也正是这一具有特定结构和内容的词汇网络决定了某一科学的存在样态和认知结构。就其功能而言，理论与词典相互不可分离互相捆绑在一起。理论所需的词典之项目只有与理论本身联在一起时才能获得。也就是说，不同理论需要用不同的词典才能理解，理论一旦改变，词典也需要而且必定要随之而改变。不同时改变词典，就不可能改变理论。就其历史而言，词典是一种历史的产物，不同时代的社会背景、不同的文化与不同的历史时期就会有不同的词典。但是相继的词典之间不完全重叠，它们之间有部分交叉，即有些术语是共同具有，有的则是某一词典所专有。这些专有的术语是不可通约的，或者说是不可翻译的。③ 可见，通过考察词典的变化就能理解科学发展中理论的变革。同一个言语共同体的成员也是共同文化和共同价值的成员，呈现在他们每一个人面前的应该是同一范围的对象和情况，拥有共同的词典是科学共

---

① Thomas S. Kuhn, *What Are Scientific Revolution*? The Probabilistic Revolution, volume Ⅰ: Ideas in History, edited by Lorenz Krüger, Lorraine J. Daston and Michael Heidel—berger（MA: MIT Press, 1987）文章完成于 1981 年。[美] 托马斯·库恩：《什么是科学革命》，《结构之后的路》，邱慧译，北京大学出版社 2012 年版，第 21—22 页。

② Thomas S. Kuhn, Possible Worlds in History of Science. In Possible Worlds in Humanities, Art and Sciences: Proceedings of Nobel Symposium 65, edited by Sture Allén.（Berlin: Walter de Gruyter, 1989）[美] 托马斯·库恩：《科学史中的可能世界》，《解构之后的路》，邱慧译，北京大学出版社 2012 年版，第 50 页。

③ 金吾伦：《托马斯·库恩的理论转向》，《自然辩证法通讯》1991 年第 1 期。

同体的本质特征。这就是说，一个科学家如果接受某个科学共同体的词典，就自然成为这个科学共同体的成员，如果接受另一个科学共同体的词典，就自然成为另一个科学共同体的成员。一个科学共同体抛弃原来持有的词典，就意味着这个科学共同体的解体。多个科学家共同接受另一部词典，就意味着一个新的科学共同体业已形成。① 同样，科学革命的过程也可以从对词典革命所表征的语言问题的考察中窥见奥义。对新术语的引入，并没有使库恩改变早期的观念和方法，反而是从语言这种人类基本的思维模式和认知角度来进一步澄清范式及其相关概念，从而对科学革命的进程和结构进行更加清晰的描述。库恩发现了语言革命在科学发展中的基础地位和对科学革命的巨大作用。通过与生物发展进程之间的对比，采用一种语义分析和理论阐释的方法，库恩避免了前期范式概念带来的混淆，也回应了来自各个方面的批评和责难。

正如美国社会学家肯尼斯·D. 贝利所总结的，"范式是研究人员通过它观看世界的思想之窗。一般情况下，研究者在社会世界中所看到的，是按他的概念、范畴、假定和偏好的范式所解释的客体存在的事物。因此，两位研究人员根据不同的范式描写相同的事物，就可能出现相当不同的看法"②。概括起来，范式首要意义是作为一个整体性概念的专业基体，它涵盖了科学活动得以开展的基本的思想观念和方法、重要的研究问题和解答、专门的表达术语和概念以及特有的操作技巧和工具等。它为科学共同体成员所共享，是科学共同体成员面对科学对象所进行的一切科学研究活动的总和。从这个角度上说，范式概念更接近于福柯所谓的"知识型"，即特定时代知识系统所赖以成立的更为根本的话语关联总体，正是这种关联总体为特定的知识系统的产生提供了背景、动因、框架和标准。不同之处在于，福柯从一开始就怀着批判的态度，侧重从话语角度分析知识产生的内在机制和权力对知识控制的内在逻辑，寻求的是一种不被统治的艺术，即主体通过反抗和反思及对权力的质疑，最终走向一种对屈从状态的解除，更多的具有文化政治的意味。库恩则是从科学发展史的角度切入，虽然具有建构主义的色彩和认识论

---

① 胡绵：《论库恩后期的不可通约性——从后期维特根斯坦的家族相似观来看》，《佛山科学技术学院学报》（社会科学版）2016 年第 2 期。

② ［美］肯尼斯·D. 贝利：《现代社会学研究方法》，许真译，上海出版社 1986 年版，第 32 页。

的功能，但其价值立场相对较为中立和客观。正如有学者所总结的，如果说福柯的"知识型"概念突出特定知识系统得以构成的由众多话语实践系统及其关系组成的那种非个人的或无意识的关联性根源的话，那么，库恩的"范式"概念则相当于注重建立在上述"知识型"基础上的特定知识系统与特定科学共同体成员的紧密联系。① 质言之，"知识型"相当于特定时代的具有话语生产能力的基本话语关联总体，而"范式"则相当于建立在它之上的有助于特定话语系统产生的话语系统模型。"知识型"好比绵延广阔的高原，而"范式"则宛如高原上隆起的一座座高地或高峰。科学研究中总是存在许多不同范式之间的相互竞争，但是科学研究总是在处于主导地位的范式内开展的。换句话说，占主导地位的范式规定了科学研究问题的范围和性质、给定了问题解答的程序和方式、提供了问题解答的概念和术语，甚至规定了问题研究预期所得到的成果和形式。不同的范式之间处在一种不可通约的关系之中，很难友好彻底地进行交流，而只有当主导范式不能很好地解答谜题时，新的范式才有可能出现并取代旧有范式，科学研究也只有在范式的不断创新革命中才会向前发展。但是，这个过程往往是漫长的，而且，科学发展的过程也常常不是渐进和累积的，一般都是跨越的和断裂的。范式的另外一个意义就是范例。范例是范式的所有成分和规则的成功运用、展示和落实，范式的所有内涵都在范例中得到了具体的内涵和切实的意义。也就是说，范式常常是以范例的形式存在的，而范例之所以显得重要也是因为其中所蕴含着的范式的基本原理和规则、重要问题和答案以及观念范畴和术语。可见，离开范例，范式就会显得空洞和抽象，也会难以理解和掌握。范式和范例互为表里，缺一不可，只有合理地将范式和范例结合起来，才能更好地运用于科学研究的解谜活动中。

二、文学理论范式的内涵及演变

从文学理论范式研究的历程来看，德国美学家尧斯是较早把"范式"及其相关概念引入到文学理论研究中的学者。通过对"范式"概念的借鉴和阐发，进而将之同文学史的研究相结合，他开辟了全新的研究领域，并形

---

① 王一川：《西方文论的知识型及其转向——兼谈中国文论的现代性转向》，《当代文坛》2007 年第 6 期。

成了巨大的影响。在完成于 1969 年的《文学学范式的改变》这篇论文中，尧斯就认为"文学研究并不是一个事实与证据日积月累的过程，也不是亟待接近对文学本质的认识或正确地理解个体文学作品的过程。反之，文学研究的发展特点恰恰在于质的飞跃，间断的和分离的创造。一种曾经指导过文学研究的范式，一旦不再能够满足研究作品的需要，就要被废弃，被一种新的范式，一种更适应于文学研究的、独立于旧范式的新范式取而代之，直到这种新范式也无法实现其对旧作品作出新解释的功能为止。每一种范式不仅解释批评家探讨文学——学院派内部'正统'的文学学——的既定的方法论程序，还对既定的文学原则加以解释。易言之，一个特定的范式既创造了阐释的技巧，也创造了被阐释的客体。"① 在这里，尧斯较早地引用了库恩范式的概念，并将之作为一种方法论资源运用到文学史和文学理论的研究中。尧斯的"范式"研究同时指向了文学活动中的文学作品和阐释活动两个方面：一则范式研究指向了对文学作品的研究，旨在发现文学作品本身所具有的规则、技巧和标准；二则范式研究指向了文学研究活动本身，是对阐释技巧和解释活动本身的反思与深化。通过对文学批评史及其发展现状的分析，尧斯发现文学研究存在着同科学革命相似的范式转换的过程。他概括了三种可资探讨的主要的文学研究范式：首先，对应文学学"前科学"阶段出现的是"古典主义——人文主义"研究范式，这种研究范式注重对文学作品与已有的古代经典著作之间的比较关系的研究；其次，随着前一种范式在 19 世纪的衰落，"历史主义——实证主义"成为新的研究范式，这种研究范式注重对文学研究及其发展的历史根源的研究；其三，"审美形式主义"的研究范式，这种研究范式注重对作品本身的研究，特别是语言技巧、文学布局、结构描述的研究。论文中，尧斯还隐含了将接受理论作为继"审美形式主义"研究范式之后的文学研究的第四种主要范式的意图，并提出了这种研究范式特殊的方法论要求。尧斯研究发现，新范式的出现并不是纯概念的推演和逻辑的延展，而是和文学批评及文学创作实践密切相关的，二者之间形成了一种良性的互动关系。每一种新范式的出现，都会对学术界造成重大的影响，形成新的研究格局和潮流。

---

① ［美］R. C. 霍拉勃：《接受理论》，见［德］汉斯·罗伯特·尧斯等《接受美学与接受理论》，周宁、金元浦译，辽宁人民出版社 1987 年版，第 275—276 页。

在《我的祸福史或：文学研究中的一场范例变化》一文中，尧斯仍然坚持了对范式理论的借用，并对其有所发展和创造。他承认自己"迄今一直使用库恩的模型"，指出，按照库恩的解释，"在本质上，科学家的活动就是一种在通行范例的不再有疑问的框架范围内进行精确定义的工作，这一框架保证有一个答案存在，又事先确定了哪些事实可能产生有助益的结果，从而消除在不能解决的问题上浪费时间的危险。"所以，在库恩看来，新东西只能从外部，通过一种不符合公认范例的异常现象的意外出现而出现这一事实，要求根据尚不为人知的前提作出解释，从而引起一场范例的变化。①但是，尧斯批评库恩的范式理论遮蔽了阐释学上一个明显的事实：即一种假定的客观意见，"必然要以一个（常已被人遗忘的）先行的问题这一初步根据为先决条件"。也就是说，一种新理论的发现，不能仅仅依靠新问题的发现等外部因素的影响而得到确立，更为关键的因素还有赖于理论自身的思维模式和研究方法的改变，"人们必须先改变探寻路线，然后才能换一个方式看问题或发现新问题"。相较而言，尧斯这里的研究明显更为深入和准确，他发现了库恩的弊端，进而将范式转型的探讨引向了思维模式和研究方法的改变，而非仅仅是对文学经验的分析和理论形态的总结，在思想和概念的层次上把握了文学研究范式转型的质的规定性。反映到文学理论和文学史上来，那个在库恩的模式中应该引起范式变化的破格现象，就应该是一个从未有人提出过的简单问题，即自"文艺复兴的人文主义时代，人文学科开始用科学方法考虑问题的时候起，人文学科的历史一直都被僵硬地理解成了文学作品同其作者的历史；结果，读者或曰大众这个第三方的问题，从未明确地提出过，或是被抛入了修辞学那个'非科学'的领域。"② 按照这个思路，尧斯提出了文学范式转换中，方法革新上两种不同的路径：其一是填补"研究空白"，即遵从既定的研究范式，找出并填补那些尚未被人"证明"的学术"空白"，对对象进行精确定义；其二是"重新提问"，即改变先前的范式，重新设计认识对象的理论框架，开辟一个迄今未被发现或久遭忽略

---

① ［德］汉斯·罗伯特·尧斯：《我的祸福史或：文学研究中的一场范例变化》，见［美］拉尔夫·科恩主编：《文学理论的未来》，程锡麟、王晓路等译，中国社会科学出版社1993年版，第138页。

② ［德］汉斯·罗伯特·尧斯：《我的祸福史或：文学研究中的一场范例变化》，见［美］拉尔夫·科恩主编：《文学理论的未来》，程锡麟、王晓路等译，中国社会科学出版社1993年版，第139—140页。

的领域。以尧斯为代表的读者反应批评即是一种通过重新提问的方式，发现历史上文学研究范式所长期忽视的问题和领域，通过对新的研究对象、研究框架和理论模型的探索和设定，确立的一种新的文学理论研究落式。尧斯对库恩范式理论的借用和创造及其对文学批评发展历史的总结和现状的分析，很大程度上是为其所提出的以对读者阅读活动为中心关注点的接受美学作哲学奠基和理论构型的。但是，他在文学理论范式研究方面所取得的成果也给我们进行文学理论范式研究提供了坚实的哲学基础和理论资源，具有一定程度上的奠基和示范作用。

金元浦是国内较早借鉴库恩的"范式"及其相关概念和尧斯对文学史进行范式研究的理论成果，对中国当代文艺学发展历程及其内在理路进行总结的学者。在什么是文学范式问题上，他总结道："文学范式是一定时期一定范围内从事文学创作和研究的文学共同体所一致遵循的一般理论原则、方法论规定、话语模型和应用范例。它不同于文学研究中某个批评家使用的独特方法或风格特色，而是对全部文学现象的总体关照，是一定时期内总的看问题的方式，规范着整个文学研究活动的整体框架。它以一定的哲学美学思想为其基础，又具有作为一门具体学科所固定的范围、层次和时域。"① 他认为，任何一种文学批评范式的发生、发展都是一定历史语境的产物。就20世纪中国文学理论发展史中的范式创造历程而言，"政治—社会批评"的文艺学范式是在我国五四以来尖锐复杂的阶级斗争、民族斗争社会历史背景中诞生、成长、发展起来的占主导地位的文艺学批评范式。而得益于语言论转向之滥觞，新时期文艺学批评冲破了"以阶级斗争为纲"的重重枷锁，从语言、文学的本质观到文艺学的核心范畴、概念系统、价值标准、语言文体、逻辑运演程序都深刻地改变了整个文艺学的思维方式。② 文艺学范式的转换或变革是具有继承性的，不是一种范式打倒另一种范式，或是新范式对旧范式的全盘否定，也不是线性的陈陈相因，而只是否定或抛弃旧范式中已为现实证明不合理的部分。"话语转型"在金元浦关于文学理论范式研究的论述中占有十分重要的位置，新的观念激发人们去创立新的概念体系和话语方式。质言之，范式的转换很大程度上是一种"话语的转型"，或者说，

---

① 金元浦：《当代文艺学范式的转换与话语重建》，《思想战线》1994年第4期。
② 金元浦：《论我国当代文艺学范式的转换》，《文学评论》1994年第1期。

"话语转型"表征了一种新的文学理论研究范式的兴起。金元浦对范式的理解综合了库恩范式理论前后阶段的成果，同时也结合文学理论作为人文科学的独特性，语言和话语问题突出抓住了文学理论范式转型的特点和关键，符合文学理论的学科特质。

事实上，所谓文学理论研究范式，本质上是文学理论知识体系中一种较为稳定的理论知识形态，它包含了某种特定的理论思维方式、概念范畴、研究方法、操作过程及与之相伴随的理论成果。具体而言，文学理论研究范式就是在一定的历史时期和一定的时空范围内从事文学创作和文学研究的共同体成员所一致遵守的基本思维方式、理论原则、方法规定、话语模型、技术原则和应用范例。它并不特指某个单一批评家个体在文学研究过程中所使用的独特的理论和方法及其所形成的风格和特色，而是包含了某一个理论共同体所有成员在文学研究中从对象选择、概念设定、批评展开以及话语构建等一系列的研究活动开展的全部过程。换言之，文学理论范式是以一定哲学、美学、文学等丰富学科思想群为基础，从特定角度入手的对文学现象全面的、整体的关照，是特定时空范围内总体的看待文学问题的方式。一方面，它规范着整个文学研究活动的整体框架；另一方面，它又具有作为一门具体学科所固定的范围、层次和时域。正如有学者指出的，如果结合福柯"知识型"概念来加以分析，我们可以把文学理论的范式创造理解为把某种具有构型性的观念内容与文本内涵有机结合，在一定思维方式的指导下，通过生成具有范导性的理论话语概念，从而创造出一种具有特定知识系统、方法论意义与阐释空间的话语模式。[①] 文学理论常规范式的出现和成熟，标识着特定时期文学理论的成熟。文学理论的范式转换，则是文学理论从一种规范体系到另一种规范体系，是一种从思维范式、理论观念到操作过程和理论成果的全面转换，此一过程蕴含着文学理论运动的各种内在机理，是文学理论知识系统的革命性转换和更新。同科学革命中的范式转换所不同的是，作为人文科学的文学理论范式转换具有继承性和关联性。文学理论的范式转换不是对旧有范式的全盘否定和遗弃，而是一种结合文学活动发展进程的合理扬弃和创造。由于作为人类文化活动中的特殊类别之一的文学活动的整体性质

---

① 李西建、畅广元：《追求与选择：全球化时代文学理论的价值思考》，商务印书馆 2010 年版，第 235—236 页。

是不曾改变的，所以，范式转换只是不同时代和地域的研究者从不同的角度和立场对文学活动的切入和言说，新范式的优势主要在于找到和抓住了旧有范式不曾重视或者有所忽视的问题进行理论探索和话语建构，进一步贴近文学活动的天然存在样态和质的规定性，从而保有思想的先进性和理论的创新性，但这并不表示旧有范式就是历史的尘埃应该尽数扫除，旧有范式的言说某种程度上仍是合理的，并且因为人文科学发展具有累积性和联系性的特点，从而也成为新的范式发展和前进的重要资源和基础。所以，文学理论的范式转换并不是一种范式全面替代另一种范式，而是某种范式主导下的多元范式共存和竞争。

第二节　范式创造是文学理论知识生产与创新的核心

一、文学理论范式创造的学理依据

在文学理论知识生产与创新研究中提出文学理论范式创造问题，并且将之作为文学理论知识生产与创新的核心问题之一，一方面是源自于文学理论基本的学科规定和学理依据，另一方面也根源于我们对文学理论这一以人文阐释为基本任务的学科的基本理解和认同。

从文学理论的知识属性及其与文学批评的关系来看，现代意义上的文学理论所产生的时间并不长，二战之后它才开始崭露头角，并对文本阐释这个人文科学的主要关注对象产生了相当大的影响，"文学理论使我们意识到解释是多种多样的，解释的有效性也在不停变化，从而一举改变了人文科学的解释实践"[①]。正如韦勒克所指出的，如果说文学是一种非实用的、创造性的艺术，它和人们的想象力以及语言有着无限亲近关系的话，那么文学研究，"如果称为科学不太确切的话，也应该说是一门知识或学问"[②]。"批评家不是艺术家，批评不是艺术（近代严格意义上的艺术）"。这是因为，批评并不像诗歌或者音乐等艺术形式一样，通过想象力的中介虚构一个理论的

---

① ［德］沃尔夫冈·伊瑟尔：《怎样做理论》，朱刚、谷婷婷等译，南京大学出版社 2008 年版，第1页。

② ［美］勒内·韦勒克、奥斯汀·沃伦：《文学理论》，刘象愚、邢培明等译，文化艺术出版社2010 年版，第3页。

世界。批评的目的在于一种"理智上的认知",是"概念上的认识,或以这样的认识为目的。它的终极目的,必然是有关文学的系统知识,是文学理论"。①质言之,不管文学理论彼此之间有多大的差异和分歧,它们有着基本的共同点,那就是通过批评的中介和实践,文学理论将艺术体验变成超验,将感知变成认识,将经验凝练成知识。因此,抽象性、概括性便成为文学理论的一个基本知识属性。

在对文学的不同观念和文学研究的主要分支进行了区分后,韦勒克指出存在两种不同的文学观:一种观点将文学视为一种共时序列;另一种观点将文学视为主要由一系列以时间排列的作品,及由有机部分组成的历史进程。然而,不论我们是持共时的文学观,还是历时的文学观,在对文学原理和文学标准的研究与对具体的文学作品的研究之间,都存在着进一步的区别。具体而言,"'文学理论'是对文学原理、文学范畴、文学标准的研究;而对具体的文学作品的研究,则要么是'文学批评'(主要是静态的探讨),要么是'文学史'。当然,在通常的用法中,'文学批评'往往包括文学理论。"②并且它们之间关系如此密切,以致很难想象没有文学批评和文学史怎能有文学理论;没有文学理论和文学史又怎能有文学批评;而没有文学理论和文学批评又怎能有文学史"。③透过韦勒克的分析,我们可以发现,作为一种具有阐释性的人文学科知识形态,文学理论是具有形而上学的理论品质的,文学批评原理的探索、批评范畴的创新、批评标准的设定以及批评话语的构建是其重要任务和存在价值。但是,这一目标的完成却是建立在同具体的文学作品的联系之上的,建立在具体的文学批评活动展开之中的。也就是说,文学理论的知识生产除了需要必要的以概念演绎和体系创造为基本内容的思辨活动以外,更需要以具体文学作品和文学活动的审美感受与经验提炼为逻辑起点和检验标准。文学活动需要文学理论的批评和引导,而文学理论更需要文学活动的丰富和充实。对文学作品的有效解读和文学活动的科学

---

① 〔美〕勒内·韦勒克:《批评的诸种概念》,罗钢、王馨钵等译,上海人民出版社 2015 年版,第 13 页。

② 〔美〕勒内·韦勒克:《批评的诸种概念》,罗钢、王馨钵等译,上海人民出版社 2015 年版,第 10 页。

③ 〔美〕勒内·韦勒克:《批评的诸种概念》,罗钢、王馨钵等译,上海人民出版社 2015 年版,第 10—11 页。

认识，有赖于科学的批评方法和有效的批评路径的形成，所以把批评方法的探求和批评模式的创新作为重要内容的批评范式的创造在文学理论的知识生产与创新中就显得极为重要。正如伊格尔顿对文学理论的方法论和实践性因素所强调的，"理论是将文学作品从'文明化的感受力'（civilized sensibility）对其的遏制中解放出来，并将其开放于一种至少原则上人人都能参加的分析的方法之一"①。文学理论和文学作品具有天然的亲缘和联系，正是通过与文学作品的联系和对文学作品的言说，文学获得了参与实践、构造理想和反思文明的能力，其本身也在这种现实指向和理论反思中逐渐地走向丰富和深化。

从现代文学理论的知识生产与创新所表现出来的理论特性来看，英国学者安纳·杰弗森、戴维·罗比研究指出，现代文学理论既有别于属于美学范畴的关于诗歌和文学的哲学思考，也有别于从事实践的作家对自己那门艺术的本质的思考，其特征是它不仅直接关系到文学的特殊性质，而且与实践性的文学批评和文学考证关系密切，其旨在既要阐明又要重新审查包括它自己在内的文学研究这一学科本身。"它首先是对于文学研究实践进行思考的一种方法，因此它所要表明的观点会经常向这种实践的诸种既定形式提出挑战。"② 作者较为集中地概括了现代西方文学理论中六种最为重要的文学理论流派：俄国形式主义、现代语言学、英美新批评、结构主义及后结构主义、现代精神分析批评和马克思主义文学理论。一方面，各种理论流派内部并不完全是整体统一的，而是存在许多相互对立甚至互相排斥的理论观念；另一方面，各种理论之间又是相互对话、相互汲取的，共同构成了现代西方文学理论多元化、开放性的特点。但是，尽管存在各种各样的分歧和对抗，现代西方文学理论还是存在某些方面的共同点：强调文学语言和文学形式在文学研究中的特殊地位；强调文学批评和文学理论的描述性和精确性。英国文学理论家拉曼·塞尔登等人概括了当代文学理论中包括后现代主义、后殖民主义和男同性恋、女同性恋与酷儿理论在内的十种主要的文学理论流派，作者认为，每个时代都有自己关于文学本质的一套理论界定，也有一套文学

---

① ［英］特雷·伊格尔顿：《二十世纪西方文学理论》（第二版序），伍晓明译，北京大学出版社 2007 年版，第 4 页。

② ［英］安纳·杰弗森、戴维·罗比等：《西方现代文学理论概述与比较》，包华富、陈昭全等编译，湖南文艺出版社 1986 年版，第 1—3 页。

批评与分析的理论原则。但是，自 1985 年以后，"文学理论"已经不再能够被看作一个有用的、不断进步地产生的、包含了一系列可以界定的时期或"运动"，也即包含了发送、批评、演进、重构等的著作体。这种变化明显地表现为单数的、大写的"理论"迅速地发展成了小写的、众多的"理论"，而这些理论常常相互搭接，相互生发，同时也大量地相互竞争。作者总结道："'理论转向时期'孵化出了大量的、多样的实践部落，或者说理论化的实践，它们对自己的课题有清醒的自我意识，同时又代表了至少在文化领域中政治行动的激进形式。"① 显然，作者所展示的是 20 世纪文学理论领域中的多元化样态，而其所概括的每一种文学理论则是一种特定的批评范式，所代表的是一种从特定角度入手对文学现象所作的有效的探究和解释。难能可贵的是，作者不但意识到了当代文学理论中的这些转变，更能够在这些广阔的文化史的变化中始终注意保持一个文学的焦点，始终保持理论与批评之间的对话。法国文学理论家让－伊夫·塔迪埃也指出，20 世纪里文学批评第一次试图与自己的分析对象文学作品平分秋色，批评在 20 世纪里无限地膨胀，艺术家的批评最终囊括了整个文学史，最终使得批评成为第二意义上的文学。当代文学作品的地位发生了深刻的变化，作品的解体使其失去昔日的神圣性和含义的单一性，阐释成为文本的重要组成部分，意义和形式的实现需要阐释者的参与才能完成。阐释属于作品、延续着作品，但是受相邻学科如语言学、精神分析学、社会学和哲学的影响，这种文化本身的对话又催生了种种的新方法，各个流派彼此对话，不同方法相互竞争，表明了描述某种文学体裁或某部文学作品的意义和形式的方式绝不止一种。② 通过将文学批评比喻为"亚力山大港的灯塔"，作者重申文学批评与文学作品之间的区别和联系，强调理解和阐释在文学作品意义的实现和价值的完成中的关键地位和重要作用，正是文学批评照亮了文学作品并主导着文学作品。从俄罗斯的形式主义到德意志的罗曼语文献学文学批评，从主体意识批评到客体意象批评，从精神分析批评到文学社会学，从以语言学转向为依托的风格学、修辞学文学批评到文学符号学，从诗学研究到生成批评的梳理和概括，

① ［英］拉曼·塞尔登等：《当代文学理论导读》，刘象愚译，北京大学出版社 2006 年版，第 2—9 页。

② ［法］让—伊夫·塔迪埃：《20 世纪的文学批评》（修订版），史忠义译，河南大学出版社 2009 年版，第 1—8 页。

作者总结了 20 世纪西方文学理论对作品的内在规律和外在规律执着的探讨和对形式、符号、技巧的重视的两大特征。① 作者的概括和总结无疑向我们展示了 20 世纪西方文学理论新思想、新方法、新理论层出不穷，多姿多彩、深刻全面、活跃强劲的特征。

如果我们细致地分析和总结就会发现，实际上 20 世纪西方文学理论所走过的正是一条批评化的道路，故而有学者将 20 世纪称为"批评的世纪"。这一论断是较为准确和恰当的。大量丰富多彩的文学理论在文学批评活动中彰显了其重要的作用和意义，而文学批评活动的深入展开和多元探索又拓展和丰富着文学理论知识生产的规模和理论的版图。一方面，文学批评方法不断地繁荣和创新，使得文学理论拉开了同文学实践之间的距离，从而形成了一种特殊的文体和写作模式，具有独立的品质和特色，构建了一种独特的知识形态和知识谱系，充分展现了文学理论诗与思相结合的特点和魅力；另一方面，奠基于跨学科综合和多元知识构型基础之上的文学批评方法及其在批评实践中的有效运用和充分展开，具备了文学理论范式创造的价值和意义。质言之，每一种文学理论既是一种在丰富的人文学科群支持下的知识生产与理论建构，具有形而上学的品质与思想的魅力，也是一种在批评实践中不断展开和完善的文学事件和文学活动，突出方法论的要求和现实的面相，特别是后一方面，批评范式的探索和创新构成了当代文学理论知识生产与创新最为核心的部分之一。

二、文学理论范式创造的表现

20 世纪同样也被部分学者概括为"理论帝国"（theory's empire）② 的时代，而作为其中最为耀眼的明星，文学理论的繁荣和兴盛成为其中最靓丽的景观之一。文学理论一方面不断地通过各种途径和方法拓展着自身内部的领

---

①　［法］让—伊夫·塔迪埃：《20 世纪的文学批评》（修订版），史忠义译，河南大学出版社 2009 年版，第 248 页。

②　如由 Daphne Patai and Will Corral 两位学者合力所编辑的《理论的帝国》一书，即收录了包括瓦伦丁·卡宁汉、勒内·韦勒克、理查德·弗雷德曼等在内的共计 40 余位理论家的不同文章，全书分为 8 个部分，较为全面地呈现了理论从兴起到繁盛的全部过程，理论之后的文学阅读和研究，以及理论内部不同派别的联系和斗争，为我们描绘了理论时代的知识全景图。参见 Daphne Patai and Will Corral. Theory's Empire：A Anthology of Dissent. New York：Columbia University Press，2005.

域，丰富着文学研究的对象和内容，完善着文学理论的结构和形态；另一方面也持续地征服着其他的知识领域和理论版图。甚至可以说，文学理论一时间引领风气之先，任何新生的理论思潮都会首先在文学理论中得到一定程度的操演和实验，进而再被其他学科所借鉴和吸收。文学理论本身独特的知识属性和理论特征及其所携带和包含的问题，反映了 20 世纪文学理论知识生产中范式创造和范式转型的诸多问题和特性，对我们理解文学理论范式具有重要的意义。

　　一般认为，20 世纪西方文学理论主要有四种批评范式，这四种批评范式的传承过程，构成西方文学批评发展的主要线索。第一种范式假设文学的意义内在于文本结构中；第二种范式以文学意义产生于阅读经验为前提而展开；第三种范式认为文学的意义是读者主观的派生品；第四种范式则主张文学的意义存在于历史权力的话语之中。① 如果按照美国文学理论家艾布拉姆斯关于文学和一般艺术批评理论的类型和取向（orientations）的概括：一般来说，批评家会把以下四者中的某一种作为首要批评要素，即或以外部世界，或以受众，或以诗人为艺术的起源、目的和衡量标准，或以诗歌是自足的实体，对之进行孤立的分析，② 这也就是我们常说的世界、读者、作者和文本四要素。反映到文学理论类型上来，就有着模仿说、实用说、表现说和客观说四大类型，也可称为四大批评范型。显然，这一理论模型既构建了一个文学活动各要素的逻辑结构系统，又清晰地演示了文学理论发展的内在逻辑路线及其不同的历史形态。据此，我们可以发现，20 世纪文学理论实际上发生了几次研究重心的转移，并深刻地改变了文学理论的知识景观和生产方式。首先是从以作者为中心的研究范式到以作品为中心的研究范式，即由从探究作者主体心理因素、身份背景和社会经历等外部因素来确定文学作品意义的研究模式，转移到以探究文本的词语含义、形式结构和修辞风格等内在因素来确定文学作品意义的研究模式，从而建构和确定了现代文学理论范式；其次是从 20 世纪 60 年代开始的从以文学作品为中心的研究范式，转移到以探究读者阅读经验、阅读心理和阅读活动为中心的研究模式，体现了文

---

　　① 周宁：《20 世纪西方文学批评的四种范式》，《厦门大学学报》（哲学社会科学版）2001 年第 2 期。

　　② ［美］M. H. 艾布拉姆斯：《批评理论的类型与取向》，见《以文行事：艾布拉姆斯精选集》，赵毅衡等译，译林出版社 2010 年版，第 3 页。

学理论研究从确定性向不确定性，从一元中心向多元共存阐释模式的形成，以及文学研究由具有本质主义色彩的对"是什么"追求到突破本质主义的对"做什么"关注的理论观念的转变，从而确定和构建了后现代主义文学理论范式。朱立元先生则以"两大主潮""两次转移"和"两个转向"对当代西方文学理论做概观。他认为，当代西方文学理论在研究重点上发生了两次重要的历史转移，第一次是从重点研究作家转移到重点研究作品文本，第二次则是从重点研究文本转移到重点研究读者和接受。研究重点的两次转移不只是研究对象或重点的偶然转向，而且反映了文学观念的历史性、根本性变化。每一次转移的结果，导致对前一种研究思路和格局的总体性扬弃，从而引发整个文学观念的全局性变革。①

　　就西方文学理论的致思路径和知识传统而言，有着神学路径、人学路径和语言学路径三条彼此独立、互不兼容的基本路径，构成了西方文学理论建构和知识讲述的思想基础。而正是从语言学路径开始，"语言"从神和人的操控中解脱出来，获得特殊的重视和地位。"语言"自身独立生命存在的肯定以及词语意义的复活催生了"文学科学"这一新的文学研究样式，② 也推动了文学理论研究的活跃与繁荣及现代文学理论研究的确定和发展。如果以具体的文学理论知识生产历史进程状况为例，有学者指出，"知识型"是指或明或暗地支配整个长时段的种种文论流派的更基本的知识系统总体，"范式"则是指受到其支配的具体文论流派或思潮。也就是说，如果把 20 世纪初以来以语言和语言论为中心的整个人文社会科学知识主流称为"知识型"，那么在它的总体氛围熏陶下成长的俄国形式主义文论、英美"新批评"和结构主义文论等都可称为"范式"。据此可见，西方文学理论大致经历过了五次重要的"知识型"转向：第一次转向是希腊时代的人学转向，在希腊哲学从此前的研究自然及其本原为重心转向研究人类社会道德与政治状况，从以探究自然规律为主转向探究人类及其心灵道德状况的"知识型"根基上，出现了以"模仿"说为代表的希腊文论和"寓教于乐"为特征的罗马文论；第二次转向为中世纪的神学转向，人学中心被神学中心所取代，

<hr>

① 朱立元主编：《当代西方文艺理论》（增订版），华东师范大学出版社 2005 年版，第4—5 页。
② 余虹：《理解文学的三大路径——兼谈中国文艺学知识建构的"一体化"冲动》，《文艺研究》2006 年第 10 期。

上帝的唯一性成为一切文学理论建构的知识型根基；第三次转向是 17 世纪以笛卡尔为代表的"认识论转向"，强调认识同人的理性息息相关，需要从人的理论角度来加以解释，"理性宇宙观"成为这一时期占主导地位的"知识型"；第四次转向为 19 世纪末、20 世纪初的"语言论转向"，语言、语言学模型、语言哲学等被视为知识领域中最重要的东西，派生出诸如俄国形式主义、英美"新批评"、结构主义及后结构主义等形形色色的，以语言研究为中心的文学理论流派；第五次转向为 20 世纪后期的"文化论转向"，在语言学模型的框架中更加专注文化及文化政治、文化经济、性别、大众文化、亚文化、视觉文化、网络文化等阐释，为此时期各种文论流派竞相追究文学的文化缘由提供了知识依据。① 这一归纳和概括是极具新颖性和启发性的，也是较为深刻和根本的。它从一个更为系统、更为全面的角度关照了西方文学理论的知识面貌，以及推动西方文学理论在漫长历史文化中不断发展变化和范式创造的内在思维能量、精神动力。由此，我们可以清理出一条西方文学理论发展的历史轨迹：从 19 世纪更为成熟完满的"认识论转向"开始，经过 20 世纪初的"语言论转向"和 20 世纪后半期的"文化论转向"，西方文学理论知识生产的重心分别表现为确立理性在文学理论知识构型中的基础地位；反驳、批判理性，恢复语言在文学理论建构中的地位和作用；突破语言论的局限，将文学活动置于更为广阔的文化系统中，重建文学理论的现实性品格，关注更为复杂的现实问题，拓展更为广阔的阐释空间。② 可以说，20 世纪西方文学理论的知识构型和范式创造中，既携带和继承了自古希腊以降的传统文学理论的历史基因，也经历和融合了多学科思想丰富性的杂糅与现实问题复杂性的挑战。在一种较为宽松和活跃的氛围中，异质文明与多元文化的交叉和膨胀的影响促成了西方文学理论变动不居、丰富多彩的局面，也形成了其不断求新、求变的理论品格。这一切都深深地影响着当代西方文学理论范式创造的面貌和格局。

　　法国文学理论家孔帕尼翁在其《理论的幽灵：文学与常识》一书中对"文学理论"这一概念的反思做了一种全新的解释，同时也为我们观察 20

---

　　① 王一川：《西方文论的知识型及其转向——兼谈中国文论的现代性转向》，《当代文坛》2007 年第 6 期。

　　② 李西建：《多元知识构型与批评范式的创造——20 世纪西方文学批评理论的知识学取向及其启示》，《文学评论》2009 年第 3 期。

世纪西方文学理论范式创造提供了一个全新的视角。他提出"文学理论"（théorie de la littlérature）和"文论"（théorie littéraire）两种文学理论形态以示区别。二者可视作分别对应英语中的"theory of literature"和"literary theory"。英语都译作"文学理论"，但它们的内涵是有严格区别的。"文学理论"（theory of literature），在韦勒克和沃伦的教材中（该书的英文名即《文学理论》，*Theory of Literature*，1949），通常被理解为普通比较文学的一个分支，理论是一种反思，对文学、文学批评和文学史状况的反思，一种对批评的批评或曰元批评。"文论"（literary theory），具有更强的反叛性，更多地体现为对某种意识形态的批判，包括对文学理论（theory of literature）的意识形态批判。① 由此可见，这是两种完全不同的理论传统和理论形态。作者进一步借保罗·德曼的思考指出，"当文学文本研究不再建立在非语言学（如历史或美学）思考的基础上时，当争论的对象不再是意义或价值的生成条件时，文论便来到了人间"。② 也就是说，在当代文学理论的理解中，文学理论更像是一种内涵丰富且包罗万象的综合性的理论，和历史、哲学或美学等具有基础性、根本性的理论学科更为接近和亲密，相较而言，文论则是以现代语言论哲学转向为依托，以现代语言学模型为基础的特定的现代文学理论。质言之，文学理论是综合性的、系统性的，有助于我们对一般观念、原则和标准进行反思，而文论则是分析性的、具体性的，是对良好的文学感知的批评，有助于我们批评文学常识和把握形式主义。孔帕尼翁的精彩分析至少对我们有如下两点启示：其一，对文学理论存在形态的理解。文学理论存在着不同的层级，其本身是可以根据理论抽象程度的不同来加以区别划分的，如果说文学理论是总体性的、抽象的，是对一般性问题的理解，更具哲学和美学的思辨意味，那么文论则是局部的、具体的，是对具体的方法的实践或运用，特别是指在语言学转向大潮中产生的形式主义以及英美"新批评"的文学理论研究方法。其二，对文学理论发展历程的理解。他也指出了 20 世纪文学理论批评范式创造和转换的契机和轨迹，即以语言学转向为背景，以形式主义为开端的关注文学活动本身的问题，重视批评的技巧

---

① ［法］安托万·孔帕尼翁：《理论的幽灵：文学与常识》，吴泓缈、汪捷宇译，南京大学出版社 2017 年版，第 16 页。

② Paul De Man. The Resistance to Theory（Minneapolis：University of Minneasota Press，1986），P7.

与方法以及强调反思与质疑的文学理论范式创造的时代的来临。如果我们仔细分析 20 世纪文学理论的发展历程，就可以发现存在三种不同的文学理论形态，即文学理论、理论和后理论。三种不同形态的文学理论范式之间的承接和转换同样从一个较为整体的角度反映了 20 世纪西方文学理论知识生产与创新中批评范式创造的内在学理规定和理论特质。

真正现代意义上的文学理论是在现代人文学科构架中形成的，是现代性学科分化和专业化的产物。换言之，现代人文学科的知识属性与分科特征是现代文学理论知识构型的重要基础。一方面，在发轫于 18 世纪启蒙运动并不断臻于完备的知识理性的支配下，现代文学理论努力突出自身的学科特性和学科品质，通过强调自身同自然科学、社会科学的区别，以保有其本身主要对人的心理、理想、需求和愿望等内在因素关注的人文学科属性，通过构建自身研究对象、研究方法、思想观念和核心范畴的特殊性从而确立自身在现代知识生产和教育体制内的合法地位和价值根基；另一方面，现代文学理论又努力地强调同其他人文学科、社会科学，乃至自然科学的联系。特别是在西方 20 世纪语言论转向的文化语境中，现代文学理论积极同语言学结盟。在文学观念上，突出文学理论研究中的语言本体地位和语言学方法论，通过对文学语言问题的重视和审美属性的凸显，以及对文学的"文学性"和纯粹性的守护，重点强调自身是关于文学的理论。在研究方法上，摒弃传统研究对作者心理以及历史背景的考察，文学作品词语、修辞、结构的彰显，把一切非文学的，或者更具体地说把一切非语言学模式的理论和方法从文学研究中驱逐出去。如俄国形式主义、英美"新批评"等都很重视文学文本的细读和语言的"陌生化"效果。

然而 20 世纪 60 年代以来，正如乔纳森·卡勒研究发现的，文学和文化研究中关于"理论"（theory）的探讨已经逐步地取代了关于"文学理论"（literary theory）的关注。作为一种新出现的书写方式，理论改变着文学研究的本质，它关注的是非文学领域的问题，采用的是非专为文学研究而设定的方法，是一种综合性的争辩。他概括了理论的特点：理论是跨学科的，是一种具有超出某一原始学科的作用的话语；理论是分析和推测，它试图找出我们称为性，或语言，或写作，或意义，或主体的东西中包含了些什么；理论是对常识的批评，是对被认定为自然的观念的批评；理论具有自反性，是关于思维的思维，我们用它向文学和其他话语实践中创造意义的范畴提出质疑。① 卡勒所发现的是 20 世纪 60 年代以后"理论时期"或"理论转向时期"文学理论的知识景观和范式特性。按照伊格尔顿的分析，"理论"之所以能够取代"文学理论"，主要有以下几个方面的原因：首先是作为现代文学理论构型基础的知识分门别类的经典分类方式由于种种的历史原因而失效，理论取代文学理论恰好传达了这一信息，也是这一领域的积极地重新安排和整合；其次是人文学科本身的不确定性取代了原有的分工或分类的确定性，其所安排的种种研究路径和方法已经不再有效，传统惯例难以为继，这也预示了文学理论作为其一个分支或部分的存在危机；其三是人文学科"普遍"价值信念的坍塌和中立观念的动摇，对"文化"重要性的过度强调和对价值物质性根据的忽视，培养了粗鲁的精英主义和虚假的平等主义信念。换言之，传统的人文学科正是建立在普遍价值基础之上的。当普遍价值陷入危机时，人文学科和文学理论必然陷入危机。② 具体而言，相较于文学理论，"理论"则要自由得多、直接得多、丰富得多。首先，其知识范式不再囿于语言学模式的束缚，而是超越文学理论的边界，贴近新鲜活泼、生生不息的社会生活和实践。通过多重理论资源的吸收和整合，理论甚至直接地介入和干预人们的实际生活，体现了其在实践性和行动性上的优越性。其次，其体现了一种由学术研究向"文化政治"转变的趋势。理论的兴起大大地拓展了文学理论的研究范围，缩短了学术研究与社会实践之间的天然距离，理论研究的成果很大程度上突破了文学思想、文化思潮的界限而转化为一种社会思潮，深入到对生产关系、社会制度、思想观念等方面的探讨和谋划，从而某种程度上充当了政治的角色。这一点我们可以从"理论时代"所培育和发展的理论流派及其研究中所甄别和确定的关键词中窥见一斑。就研究流派而言，诸如女性主义研究、后殖民主义研究、同性恋研究等，就关键词而言，诸如阶级、种族、性别、身份、霸权、意识形态、殖民主义、帝国主义等，都体现着浓烈的通向现实政治的意图，也正是在这个意义上，伊格尔顿才说，"现代文学理论的历史乃是我们时代的政治和意识形态的历史

---

① ［美］乔纳森·卡勒：《文学理论入门》，李平译，译林出版社 2013 年版，第 16 页。

② ［英］特雷·伊格尔顿：《二十世纪西方文学理论》，伍晓明译，北京大学出版社 2007 年版，第 243 页。

的一部分。"① 最后，"理论"突出了"文化"和"文化研究"的重要性。卡勒针对"什么是文化研究"提出了三个提议，其第二个提议即认为"文化研究就是，或者可以被视为，我们简称为理论的那些活动的总称"，"文化研究就是我们简称为理论的理论实践"。当然，将"理论"同文化研究等同起来的做法未免不太严谨，但是，他却为我们指出了这样一个现实，即在超越专业分工、挑战学科边界上，"理论"和"文化研究"具有相同的天性和共同的旨趣，在对于传统学科规训的消解和冲击上具有殊途同归的意向。正如卡勒概括的："理论绝非传统意义上的文学理论，如关于文学性质的叙述、文学语言的独特性等等"，"与文化研究类似，理论是广范围的、无定形的和跨学科的。只要方法得当，几乎任何事情都可置于理论框架之中。很难说任何一种特定话语在原则上就与理论格格不入，因为理论之所以成为理论，就在于它被领域之外的人们看成是有趣而又充满意蕴的东西"。② 文化研究的兴起和对文化问题的重视，不仅仅是一种研究方法和研究重点的转换，更是一种思想观念和行为方式的改变。

20 世纪 90 年代以来，"理论终结"的幽灵不断地徘徊于文学理论知识生产的领域中，一些列有关于"后理论"和"理论之后"的著作相继问世，使得对于这一问题的论争显得格外繁荣。按照伊格尔顿的看法，詹明信是最早发出理论终结"讣告"的预言家。在《德国批评传统》一文中，他曾不无感慨地指出，今天在理论上有所发现的英雄时代似乎已经结束了，其标志是下述的事件：巴特、拉康和雅各布森的死；马尔库塞的去世；阿尔都塞的沉默；尼柯、布朗特日和贝歇的自杀为标志的"第一代"法兰克福学派的终结；甚至还有更老一代的学者如萨特的谢世等。所有这些事件都从不同的角度表明，结构主义的有所发明的时代已经过去了。我们不能再指望能够在语言的领域里找到堪与 60 年代的地震图标转移或结构主义诞生所引起的震动相比拟的任何新发现。进而"我们应该去做些别的事了。因此，无论从何种角度，还是以不提伟大的'突破'之类的虚幻口号为好。"③ 可见，在

① ［英］特雷·伊格尔顿：《二十世纪西方文学理论》，伍晓明译，北京大学出版社 2007 年版，第 196 页。
② ［美］乔纳森·卡勒：《什么是文化研究？》，金莉、周铭译，《当代外国文学》2007 年第 4 期。
③ ［美］詹明信：《德国批评传统》，见《晚期资本主义的文化逻辑：詹明信批评理论文选》，陈清侨等译，三联书店 1997 年版，第 303—304 页。

詹明信的理解中，后理论已经明显的不同于理论时期所具有的时代氛围和学术环境了。也就是说，后理论是一种从生存方式、社会情境到理论观念和思维方式的彻底转变。我们可以将"后理论"看作是在"理论"消退后所出现的一种新的理论形态。质言之，所谓"理论之后"其实就是后现代理论范式之后的一种新的理论范式。

由于我们自身不可避免地仍处在"理论之后"的学术氛围和现实语境中，因而对于是否可以明确地将"后理论"看作是一种全新的理论范式还存在着较大的争议，需要探索和澄清的问题是非常复杂和深刻的。但是，就目力所及的范围，我们仍可以从其所依据的思想观念，所使用的研究方法，所凝练的学术问题和所针对的现实情境捕捉到"后理论"的部分身影和轨迹，"后理论"所呈现出来的研究意向、理论旨趣和学术构想，使其本身表现出某种范式的特征。首先，"后理论"延续了"理论"的某些特征，但却更加注重反思性和批判性。质言之，　"所谓'后——理论'之'后'（post-）指的就是对理论本身的反思意向或反思性距离"[1]。正如伊格尔顿分析指出的，如果所有的理论，就像有些人所怀疑的，天生就都是总体化的，那种种新型的理论就得是一些反理论（anti-theory）：局域性的（local）、部门性的（sectoral）、从主体出发的（subjective）、依赖个人经验的（anecdotal）、审美化的（aestheticised）、自传性的（autobiographical），而非客观主义的和全知性的。理论，在已经解构了其他一切之后，似乎现在终于也做到了把自己也给解构了。具有改造力的、自我决定的人类行动者这一观念被作为"人文主义的"而给打发掉了，代之者则将是那个流动的、不再居于中心的（decentred）主体。不再有任何连贯的系统或统一的历史让人去加以反对，而只有一批各自分立的权力、话语、实践、叙事。[2] 即如果说"理论"是大写的、单数的概念，偏于总体性、全局性，具有宏大叙事的特点的话，那么"后理论"则是小写的、复数的概念，偏于部分性、局域性，聚焦的往往是一些琐碎事情。"后理论"作为一种更为自觉、更为系统的知识生产模式，通过本身不断地自我反思和批评，逐渐认识并改变"理论"时期宏

---

① 余虹：《理论过剩与现代思想的命运》，《文艺研究》2005 年第 11 期。
② ［英］特雷·伊格尔顿：《二十世纪西方文学理论》，伍晓明译，北京大学出版社 2007 年版，第227 页。

大叙事的弊端和本质主义的局限，不断地调整知识生产的策略，探索新的研究领域，开拓新的研究空间。其次，"后理论"更重视行动、实践，讲究实用性、应用性。在"后理论"看来，"理论"的宏大叙事，体现了对于一元性、总体性、神圣性的追求，其实还是它所反对的"逻各斯中心主义"的阴魂不散，它通过对于琐细叙事的打压来取得自身的合法性，使人敬而远之、退避三舍，从而造成了它与生活实用的隔离，大大削弱了它对于生活实用的影响。[①] 质言之，某种程度上，"后理论"更像是一种行动，而非文本或立场观点。一方面，它将行动和实践引向日常生活和身边琐事；另一方面，对于那些理所当然的理论假设和观念提出批判性疑问，不论那些假设是关于社会机制、性机制还是经济关系的机制，也不论那些观念是主体的、文化的还是跨文化身份的。[②] 但是，我们也应该认识到，"后理论"在告别"大理论"的同时，也需要警惕把文学研究降低为某些无关大局的琐碎细节考量的倾向。最后，"后理论"研究中始终存在着对"文学理论"回归的呼唤和渴望。"后理论"是文学回归的某种表征，在关注大问题的同时，文学作为一种符号的社会建构，其审美感性经验的一面在理论的意识形态分析中消失了。审美通过展示出某种复杂化力量展开对意识形态的"复仇"，但是这一"复仇"并不是重归文学理论的语言学或形式主义范式，而是经过理论规训及其"终结"后在反思性基础上向审美回归。因此，"复仇"便不再是一种简单的否定和转向，而是一种经由反思而产生的螺旋上升，它呈现为各种复杂的形态。[③] 当代西方文学理论研究中，以布鲁姆为代表的重视文学经典审美传统的文化保守主义、以卡勒为代表的企图融合文化研究与文学研究的理论研究和以阿姆斯特朗等为代表的新审美主义思想，都对后理论时代审美问题进行了卓有成效的研究，反过来也成为我们警惕后理论时代文学理论知识生产的弊端和局限，分析和总结后理论时代文学理论范式创造内在机理和特质的重要维度。

如果我们进一步援引文学理论内部研究和外部研究来描述 20 世纪西方

---

① 姚文放：《从文学理论到理论——晚近文学理论变局的深层机理探究》，《文学评论》2009 年第 2 期。

② ［英］拉曼·塞尔登等：《当代文学理论导读》，刘象愚译，北京大学出版社 2006 年版，第 328 页。

③ 周宪：《文学理论、理论与后理论》，《文学评论》2008 年第 5 期。

文学理论批评范式创造历程，同样可以发现，以 20 世纪 60 年代和 80 年代为分界线，文学理论同样经历三个不同的发展阶段，体现了批评范式创造的学理内涵和理论特征：60 年代以前，以俄国形式主义和英美"新批评"为代表的形式主义诸流派是西方文学理论研究的主导范式，对文学作品语言、修辞、结构等问题的关注形成了文学理论的"内部研究"；60 年代开始，以后结构主义和后现代主义为代表的众多理论流派和思想学说成为西方文学理论研究的主导范式，"理论"的兴起，逐渐转向对文学以外的诸如性别、种族、文化政治等问题的关注，文学的"外部研究"特征突出；而到了 80 年代往后，"理论"式微，文学理论逐渐进入"后理论时代"，文化研究作为文学理论主要的研究范式崛起，并迅速地占据了文学理论知识生产的核心位置。当代西方文学理论范式创造和转型可作多类型的描述和多角度的解释，但是其背后始终存在着西方哲学在其思想奠基和知识构型中的重要影响，文学理论批评范式的形成和转变，同时也表征着西方哲学思潮的悄然变化和演进。当代西方哲学思潮大致分为人文主义和科学主义两大主潮。这两大主潮不仅在认识论方法论上各有不同，而且对于哲学的本质及其任务也完全各异。但是二者之间在对立、冲突的同时又不断地交错、融合，在思想基础、理论架构、研究方法等方面深刻地影响着文学理论。20 世纪所产生的表现主义文论、精神分析文论、直觉主义文论、现象学和存在主义文论以及西方马克思主义文论等，都深刻地受到人文主义的影响；而相应的形式主义文论、英美"新批评"、结构主义和解构主义文论等则都未超出科学主义的思潮。①20 世纪西方文学理论范式的转变，从思维方式看，是由文学理论的现代性范式向后现代性范式的转变。文学理论由奠基于启蒙理性精神之上的自由人文主义思想和普遍主义理念转向批评和质疑自由人文主义价值观，怀疑和颠覆主体性理论，突破本质主义和统一性逻辑，彰显多元文化和差异性逻辑，由确定性走向不确定性。从研究方法看，是由基于语言学的文学理论模式转向多学科或跨学科理论探索，文学理论不再局限于文学作品语言问题的探究，由封闭的文本世界走向更为广阔的文化视界，通过对多学科思想的吸收和多元方法的借鉴，文学理论走向对现实的关注，对生活的关注，对人自身问题的关注，突出问题性和实践性。从理论特质看，由纯粹的文学理论知

---

① 朱立元主编：《当代西方文艺理论》（增订版），华东师范大学出版社 2005 年版，第 4—5 页。

识向理论政治的转变，文学理论从关于文学活动的纯粹的文学知识走向一种关于文化的综合知识，从一种学术研究转向一种"学术政治"。①

三、文学理论范式创造的可能

文学理论批判范式创造的可能性是由当前文学理论的危机以及文学批评的实践性品格决定的。

法国艺术学家马里·舍费尔就当前艺术理论的危机和困境谈道："思辨的艺术理论广泛占据着 19 世纪与 20 世纪的艺术生活中心，理解了这一点，我们就能够理解这种传统对我们与艺术的关系的影响及后果。总的来说，我认为这些后果是负面的，我们思考艺术与接近艺术的方式必须进行深层的重新定位。"② 按照作者的理解，概括起来，思辨的艺术理论对我们目前艺术概念形成至少有三个方面的破坏性效果，且其影响是巨大的：首先，思辨的艺术理论造成了我们在艺术认知上的认识论混乱。传统的以评价手段为主的艺术认识范式禁止我们通向其他艺术传统，将复杂的艺术问题本身简单化。而对这种理论的扬弃，将会让我们拥有更多元、更丰富的论述作品的视角。其次，思辨的艺术理论模糊了美学领域与艺术领域的区别。将艺术约等于创造性样态，艺术作品被看作是人类创造性的产物，传统艺术理论让我们看到了审美对象领域和艺术产品领域的符合性特点，从而使我们打破艺术的封闭体系，将艺术作品与人类其他文化产品相结合，放在更为广阔的文化和历史语境中。但是，我们也应该认识到艺术本身的形式因素。最后，思辨的艺术理论忽视了艺术最基本的功能——快乐问题。传统艺术理论将艺术神圣的补偿功能与严厉的清教徒主义结合起来，导致我们将艺术作品与它所带来的喜悦分离开来。结果，我们忽略了艺术最为根本的功能——审美感受。而艺术行为本身也从最初的情感体验，转化为证明审美行为的逻辑方式。美国著名社会批判学家赖特·米尔斯同样指出，"宏大理论的基本起因是开始思考的层次太一般化，以至于它的实践者们无法合乎逻辑地回落到观察上来。"③

---

① 周宪：《文学理论范式：现代和后现代的转换》，《南京社会科学》2012 年第 1 期。
② ［法］让—马里·舍费尔：《现代艺术——18 世纪至今艺术的美学和哲学》，生安锋、宋丽丽译，商务印书馆 2012 年版，第 423 页。
③ ［美］C. 赖特·米尔斯：《社会学的想象力》，陈强、张永强译，三联书店 2016 年版，第 37—38 页。

也就是说，宏大理论家们对其所处的历史和现实缺乏深刻的体验和认知，从而难以形成一种普遍的问题意识，更没有能够踏实地深入到具体的历史性和结构性的情境之中。反映到研究著作上，宏大理论往往现实性不显著，迷恋于句法意义和对细枝末节的随意的、无休止的修饰；钟情于体系的分类和概念游戏，晦涩难懂的行文既不能增进我们的理解，也不能使我们的体验更易于感受。中国学者陶东风在谈到当前文学理论教学与研究存在的主要问题时，也指出：各种关于"文学"的本质主义思维方式严重束缚了文学理论研究的自我反思能力与知识创新能力，使之无法随着文艺活动具体形态及时空环境的变化保持不断创新的姿态。这直接导致了另一个严重的后果，即文学理论研究与公共领域、社会现实以及大众的实际文化活动、文艺实践、审美活动之间曾经拥有的积极而活跃的联系正在丧失。[1] 可见，中西学者普遍意识到当前文学和艺术理论存在的问题主要是理论叙述的太一般化、概念化和普遍化，从而丧失了自身应该关注的研究对象——文艺作品，及其核心问题——人的存在。由于同文学作品和现实生活的疏离，使得当前的文学理论既不能很好地就文学活动的本质进行有效的言说，也不能深刻地把握人的审美化生存，反而使自身陷入了学科的危机与困境中。

　　一般认为，"表述危机"是当代人文学科危机的一种集中体现，它主要源于 20 世纪后期以来理论反思意识的猛烈觉醒和对描述社会现实手段的充分怀疑，人文学科处于支配地位的观念正在被普遍的进行着重新评估。而知识的现状，与其说是分析它们本身的情况，还不如说是依据其所追随的事物来界定和解释的。质言之，"现时代的表述危机是一种理论的转变过程，它产生于一个特定的变幻时代，与范式或总体理论处于支配地位的时期让步于范式失却其合理性和权威性的时期、理论中心论让步于现实细节论这一过程有着密切的关系。其产生的前提在于，人们越来越发现大理论无法解释社会现实的细节"[2]。事实上，在当前的文学理论知识生产场域中，新的批评范式的创造显得十分的急切和重要。文学理论批评范式的创造并不是重新创造新的概念和范畴取代原有的存在，更不是对原有的理论体系的全盘否定与颠

---

① 陶东风：《文学理论基本问题》（修订版），北京大学出版社 2012 年版，第 2 页。

② ［美］乔治·E. 马尔库斯、米开尔·M. J. 费彻尔：《作为文化批评的人类学——一个人文学科的实验时代》，王铭铭、蓝达居译，三联书店 1998 年版，第 30 页。

覆，而是在一种面向现实生活、面向文学作品、面向审美经验、面向生命存在的基础上，发挥文学理论人文学科审美阐释的功能，使文学研究获得明晰清楚的思路、切实有效的方法和丰硕坚实的成果，其关键在于观念的改变和方法的创新。

然而，正如洪子诚先生所说："虽然我们都意识到社会生活与文化情景的重大变化，提出文学观念的调整。但在 80 年代确立的'文化心态'却没有跟着调整。这包括文学在那时对意识形态、公众社会心理、历史叙述、时期建构等的广泛承担，也包括作家、批评家在大众中的'文化英雄'的地位。文学在现阶段的力量，也许是在承认它的'无力'之后对其可能的力量的探索与确立。"① 当前，我们普遍地面临着一个"理论过剩"的时代，西方历史上几千年的文学理论资源，在中国短短几十年就有如走马灯一样，基本上通通操演了一遍。结果却是，理论的充裕反而造成了思想的游牧，方法的繁多更催生了批评的迷茫。背后问题的关键在于，我们在欣喜于古今中外多重理论资源整合中文学理论多样化言说的可能性时，难掩理论过剩背后所隐藏的理论的饥渴与贫乏，以及对于原创性文学理论的渴求和焦虑。学者们也在不同程度上意识到了解决当前文学理论危机的核心问题在于文学观念的转变与理论范式的创新，但是，观念的改变毕竟是一项系统而且艰巨的工程，更不是一朝一夕的事情。文学理论的长足发展既依赖于健全的学科制度和完善的理论体系，更有赖于奠基于文学文本阐释的有效的批评方法的探索和批评范式的创造。范式创造的关键即在于观念的革新和方法的探寻，显然需要一种批判性的价值立场和反思性的理论视角。也就是说，走出文学理论危机困境和创新文学理论知识生产模式的关键不在于我们生产了多少理论体系和理论模式，而在于建基于反思意识之上的文学观念的创新和理论的自觉。我们需要在一种合理的价值取向引导下克服文学研究中存在的随意性和个人性，明确文学研究的最终目的和价值归宿；在一种有效的问题意识指导下规避文学研究中存在的浅表化和浮躁化，树立文学研究把握文学生态与文学生产的敏锐性和恰当性，最终实现对当下文学理论多重理论资源的创新融合及对复杂文学经验的整体把握。

---

① 洪子诚：《不要轻言"终结"》，见《关于"文本分析"与"社会批评"（笔谈）》，《郑州大学学报》（哲学社会科学版）2004 年第 2 期。

第三节　文学理论范式创造的面相

"面相"主要是指某种事物由其内在本质所决定，从而外显出来的由某些根本特征构成的基本外貌。故此，文学理论范式创造的面相，则是指文学理论范式创造过程中所体现的基本构成和基本外貌，它反映的是文学理论范式创造过程中所应坚守的基本原则和基本要求。文学理论范式创造的面相是由文学理论的内在本质所奠基和决定的。

一、文学理论范式创造的科学性面相

正如韦勒克所说的，如果说文学是一种非实用的、创造性的艺术，它和人们的想象力以及语言有着无限亲近关系的话，那么文学研究，如果称为科学不太确切的话，也应该说是一门知识或学问。[①] 批评并不像诗歌或者音乐等艺术形式一样，通过想象力的中介虚构一个理论的世界。批评的目的在于一种理智上的认知，是概念上的认识，或以这样的认识为目的。它的终极目的，必然是有关文学的系统知识，是文学理论。[②] 尽管在文学理论是否是一种严格的科学这个问题上，韦勒克采取了较为审慎的态度，并持保留意见。因为在韦勒克看来，受英语和法语的影响，"科学"一词更多的指向自然科学这一知识领域及其所具有的知识特性和权力，而在德语中，科学的含义则要广泛得多，事实上它还包含有评价、批评和思考等含义。但是，从对其观点表述的分析中，我们仍可以发现其所透露出来的关于文学理论"科学性"的启示。"理智上的认知""概念上的认识""系统知识"等，都启发我们文学理论实际上是一种将研究者的文学经验转化成知性的形式，并将之同化为首尾一贯的合理的知识体系，这些实际上就构成了关于文学理论科学性的一般规定和表述。也就是说，就知识属性而言，文学理论是一种理智上的认知，它是人类理性思考的结果和概念构造的成果。同文学作品不一样，它不是根据想象力的中介虚构的，而是通过概念创造和范畴操作形成的首尾一贯

---

① ［美］勒内·韦勒克、奥斯汀·沃伦：《文学理论》，刘象愚、邢培明等译，文化艺术出版社2010年版，第3页。

② ［美］勒内·韦勒克：《批评的诸种概念》，罗钢、王馨钵等译，上海人民出版社2015年版，第13页。

的知识体系。就思维方式而言，直觉、灵感和潜意识等非理性元素以及顿悟、内省等神秘认知方式并不是文学理论的基本致思方式。诚然，文学理论固然是要处理关于直觉、灵感、潜意识等非理性的材料，但是通过价值判断、理性推理、逻辑演绎和概念构建等人类理性基本的思维方式来进行理论运思和知识讲述的，并最终将这些经验的材料转化为知性的形式，形成可供传授和言说的系统的知识。就知识形态而论，文学理论讲求知识的有效性、理论的完整性和逻辑的自洽性，它要求文学理论首尾一贯、体系完备、概念统一、论述一致，而不是相互之间存在矛盾对立和彼此解构。文学理论的知识构成有着严格的逻辑规定性，各种理论命题的随意堆积，各种结构要素的随机组合所形成的并不是严格意义上的文学理论。文学理论应具有凝聚性的结构，其各个部分在结构和功能上应该是相互依存、和谐统一的关系。

"科学性乃是文学理论学科的安身立命之所在"。文学理论知识生产的贫弱和混乱，很大程度上是因为我们对文学理论学科的科学性认识不足所造成的。① 这里关键的问题不在于我们是否承认文学理论的科学性品质，而在于我们应该突破传统的狭隘的科学观念认识，具备一种广义的科学理念。丹麦科学史家赫尔奇·克拉夫指出："我们今天持有的科学观本身是历史过程的产物，是斗争的产物，在这种斗争中仅仅只有得胜了的观点才幸存下来。"② 他分析了现代科学的诞生有着两个基本的动力源头：一是与欧洲人继承的"对知识的渴求"传统有关；二是直接与"反抗那些被看做是教会的压制权力的东西有关"。克拉夫的观点带给我们两个方面的重要启示：一方面是现代科学概念兴起的传统渊源和历史情境；另一方面则提醒我们科学并不是一个自明性的概念，对于科学概念的理解不能使用一种单一的角度和方法，而应该采取一种历史唯物主义的方式。质言之，我们既要在微观上，探索特定历史时期"科学"概念所表现出来的内涵和外延，以及在科学的名义下各个分支学科是如何进入科学领域，体现科学本质，并以之自身丰富的实践改变和完善着科学的观念，也要在宏观上考察科学概念在历史的演进中保留了哪些基本的精神、内涵，从而进入对科学认识的质的规定的把握。也就是说，我们不能采取一种僵化的思维模式，只将科学理解为一种具有普

---

① 董学文：《文学理论反思研究的科学性问题》，《郑州大学学报》2002 年第 6 期。

② ［丹麦］赫尔奇·克拉夫：《科学史学导论》，任定成译，北京大学出版社 2005 年版，第 26 页。

遍性、真理性和广泛性的知识形态，从而同自然科学等价，而应该深入思维方式、理论观念和研究方法等更为根本和基础的层面，从质的规定性上来把握科学的本质内涵。一般来说，我们可以从狭义和广义两个角度来理解科学概念。狭义的科学概念，主要是指自然科学，这种观念得益于西方自启蒙时代以来的知识理性和高度专业化、组织化的社会发展，将自然科学看作科学知识的唯一范型，将实证主义方法作为科学的主要思维方式，而将自然科学以外的知识或学问都视为是不科学或非科学的。广义的科学概念则是将科学看作是解释世界的系统的知识体系。正如康德对"科学"概念所做的总结："任何一种学说，如果它是一个体系，亦即是一个按照原则来整理的知识整体的话，那就叫做科学。"① 如果从这一角度来理解的话，那么，文学理论显然也是一门科学。文学理论的知识生产中固然存在着一定的感悟与体验的成分，具有主观性和个体性色彩，但是其知识的构型和理论的言说却必然遵循人类理性的基本法则和逻辑的一般规则。文学理论的知识并不是各种命题的随便组合，也不是各类要素的任意拼贴，其各个部分在结构和功能上相互依赖和制约，形成一种紧密联系的聚合性结构，表现为一种系统的知识形态。

有学者指出，"当今文学理论的种种危机，固然是多方面因素造成的，然而科学性的匮乏无疑是一个深层的原因。我们的文学理论，太习惯于印象式的、经验式的知识建构了，也太习惯于没有节制的叙述了，结果是文学理论成了个人文学观念、文学观点的试验场，成了高度主观化的知识生产。它固然带来了文学理论讲述及其存在形态的多样化，但也制造了文学理论内部不同话语之间的隔膜以及共识的难以达成，使得文学理论日益远离它的研究对象，陷入'解释的焦虑'当中，导致信任危机和合法性危机。因此，文学理论要强化自身的合法性身份，科学性建设是一个基本的维度。"② 文学理论的知识生产和范式创造中需要一个科学性的维度来约束和制约随意性和主观性，从而使得文学理论的知识生产变得更加规范和有效。具体而言，首先，文学理论范式创造要有相对明确的知识探求领域，也就是说要有自己较

---

① ［德］康德：《自然科学的形而上学初始根据》，见《康德著作全集》（第4卷），李秋零译，中国人民大学出版社2005年版，第476页。

② 邢建昌：《理论是什么——文学理论反思研究》，人民出版社2011年版，第110页。

为明确和集中的研究对象。这是因为一门科学只有在真正建立起自己的学科特性，并以此同其他学科相区别相对立时，才能成为真正的科学，其本身也才能获得存在的合理性和合法性。正如法国社会学家迪尔凯姆所说，一门科学之所以能成为特别的学科，最为关键的因素就是因为它所研究的对象是其他学科所不能研究的，而独特研究对象的确定既是科学的学科知识体系得以存在的基本前提，也是该学科研究方法上清晰以及知识讲述上一致的重要保证。[①] 文学理论之所以区别于自然科学和其他人文社会科学，就在于其研究对象——文学活动本身的独特性，以及由此引发的方法、原则等方面的差异。任何一部文学作品的产生都是在一定的时代、种族和环境的影响下产生的，因而从某一历史时期来看，文学活动的内容、特征和性质是具有相对的稳定性的，而从人类历史发展的长远来看，文学活动又是具有流变性的。作为对文学作品的解读和对文学活动的阐释，文学理论必然也会受到具体的历史文化条件的制约和影响，同样具有相对的稳定性和历史的局限性。一方面，我们可以对某一时期文学活动的性质和规律、文学批评的价值和标准、文学作品的内容和特征做出相对普遍和完备的知识讲述，并在此基础上形成对作为人类特殊精神文化活动的文学艺术活动的总体认知和评价，构建一种可供言说和传授的系统的知识体系；另一方面，受个人所处的具体的历史文化条件的制约和影响，我们对文学活动的理解必然会存在一定的历史局限性，对文学理论的知识讲述也会存在一定的误区和盲点，这也是不可回避的。此外，文学活动本身是建基于个人真切的生命体验和生活实践之上的，并且会随着实践的深入和生命的延续不断地走向丰富和深入，这就决定了我们可以立足于当前自我所处的历史时代，从不同的价值立场和理论视角，采取不同的思维模型和研究方法对文学活动进行理论言说，但是不可能有任何一种文学理论可以一劳永逸地将文学活动解说清楚，那种总体的、绝对的、一致的文学是不存在的。对象的复杂性、多样性和丰富性，恰恰对文学理论范式创造科学性提出了迫切的要求，文学理论永远处于探索的路上。其次，文学理论范式创造要有相对稳定的研究方法，要注重叙述的逻辑性和规范性。正如有学者指出，尽管文学事实是个别性的，但"为了描述和解释那些个别的事实，首先，文学理论就要提供一大批通用的或至少是一般的概

---

① ［法］迪尔凯姆：《社会学方法的规则》，胡伟译，华夏出版社1999年版，第120页。

念。我们虽然不能寻找出一切有关方面的总规律，但无疑地能够发现文学是由一些具有普遍性质的'关系'所决定的。创新与传统，形式与意义，虚构与现实，叙述者与接受者，材料的集合与挑选，都构成一定的关系。"①文学理论是一种建立在对具体文学作品的经验积累和现实生命活动的体验基础之上，通过概念提出和范畴创造而形成的对文学活动的理性认识的知识形式。文学理论有着自己相对稳定的研究方法及知识讲述的规范性和逻辑性，它虽是由感性体验生发，却逐步走向理性的认知，是一种有根据的言说，而非随意的主观性的臆说。最后，我们也要意识到文学理论"真理"的相对性和历史性。不同于自然科学理论的"真理性"那样具有跨时代、跨文化的普遍性，也不同于一般社会科学理论那样，对象与范畴具有明显的物质性和制度性。文学理论的研究对象带有更多的人文精神色彩，研究主体带有更多的意向成分和价值向度。严格来说，我们更应该把文学理论理解为一种"历史科学"，它所处理的材料大都是在人类的历史发展和生活实践中不断丰富和变化的，因而具有特殊性、具体性和易变性。但是，这并不阻隔对文学活动的"真实性"的探究，不妨碍对文学理论研究的"真理性"诉求，也并不意味着人们关于文学的言说没有任何普遍性和一般性可言。② 文学理论所要处理的正是真理与价值的问题，是关于真、善、美的一种系统化的探索和总体性的言说。正是因为这种特殊性的存在，最终规定了文学理论在对文学活动规律的探索和表述上具有其独特的真理性和客观性。

二、文学理论范式创造的人文性面相

何为人文主义？按照布洛克的说法，人文主义传统有着一些极为重要和始终不变的特点：第一，同神学观点和科学观点不同，"人文主义集中焦点在人的身上，从人的经验开始"③。也就是说，人文主义是以人的经验为基础展开思想的，它并不排除宗教信仰和科学研究，但是却把思想的根基和依据设定在人的经验之中。第二，"每个人在他或她自己的身上都是有价值的——我们仍用文艺复兴时期的话，叫做人的尊严——其他一切价值的根源

---

① ［荷兰］D. W. 佛克马、E. 贡内—易布思：《二十世纪文学理论》，林书武等译，三联书店1988年版，第10页。

② 董学文：《文学理论反思研究的科学性问题》，《郑州大学学报》2002年第6期。

③ ［英］阿伦·布洛克：《西方人文主义传统》，董乐山译，三联书店1997年版，第233页。

和人权的根源就是对此的尊重。这一尊重的基础是人的潜在能力（语言、艺术、科学、制度），观察自己，进行推测、想象和辩理能力。"① 人文主义是以尊重人的尊严为价值取向的，重视人的个人潜能及思辨能力，希望通过现代教育制度的建立和个人自由原则的设定来激发和解放人的这些能力。第三，"它始终对思想十分重视"。人文主义重视思想有其特殊性，表现在"它不信任哲学体系——不论是神学体系，形而上学体系，还是唯物主义体系——中关于抽象思想的缜密推敲。它重视理性，不是因为理性建立体系的能力，而是为了理性在具体人生经验中所遇到的问题——道德的、心理的、社会的、政治的问题——上的批判性和实用性的应用。"② 它重视历史的解释的方法，重视将人的经验及其所处的历史文化背景联系起来，尊重文化的多样性和丰富性，并不将自己的价值和象征强加于人。可见，人文主义是一种以人的自身价值为思考的核心，以人的现实实践为基础，同时反观人自身的理性的思考与批评活动。而所谓人文性，则是指以尊重和维护个人尊严和理性能力为价值取向，以人的生活经验和生存状态为思考基础，对人的现实实践和人的自身进行理性批判和自我反思的思维方式和理论特性。白璧德在概括"什么是人文主义"时也说道，"人是一种注定片面的造物，然而人之成为人文的，就在于他能够战胜自身本性中的这个命定之事；他所能达到的人文程度，完全取决于他调和自身相反德行的程度。"③ 卢梭也说道，"人性的首要法则，是要维护自身的生存，人性的首要关怀，是对于其自身所应有的关怀；而且，一个人一旦达到有理智的年龄，可以自行判断维护自身生存的适当方法时，他就从这时候成为自身的主宰。"④ 白璧德将"适度的法则"确定为人文主义的价值核心，并且在这种理念的支持下认为希腊或许是最人文的国家，这种观点固然是值得商榷的。但是，他将人文主义看作是超越人的矛盾性和片面性，融合自身相反德行从而超越动物性状态，同卢梭一样，强调人突破自身的有限和片面，成就全面而丰富的人，突出人的反思能力和主体意识，成为自我的主宰和支配者，却是人文主义的重要价值观念，也是

---

① ［英］阿伦·布洛克：《西方人文主义传统》，董乐山译，三联书店1997年版，第234页。
② ［英］阿伦·布洛克：《西方人文主义传统》，董乐山译，三联书店1997年版，第235页。
③ ［美］欧文·白璧德：《文学与美国的大学》，张沛、张源译，北京大学出版社2004年版，第17页。
④ ［法］卢梭：《社会契约论》（修订本），何兆武译，商务印书馆2005年版，第5页。

人文主义思维方式的意义所在。

就知识属性而言，文学理论是一门人文学科，具有人文价值取向。正如布洛克所言，"艺术与人文主义有着一种特殊的血缘关系，这除了适用于文学和戏剧以外，也适用于音乐、舞蹈以及其他非口头艺术如绘画、雕塑、陶瓷，因为它们有着越过不同语言的障碍进行交往的力量。""语言和通过谈话，通过文学、戏剧、演讲、歌曲进行交往的力量，是人文主义传统中核心的东西。"① 可见，在西方，文学艺术自文艺复兴以来尽管和科学、哲学、宗教等学科之间的关系不断地发生着变化，但是，其一直是被作为人文学科来看待的，而以文学艺术作为研究对象的文学理论必然继承这种人文价值取向。可以说，人文价值取向是文学理论发展中一种基本的学科依据与规定。从西方人文主义发展传统和人文学科演变历程来看，人文主义思想及其价值取向为文学理论知识生产奠定了坚实的基础和动力。

文学理论范式创造的人文性面相是由文学理论的研究对象、研究方法和研究目的决定的。巴赫金指出："人文科学的对象，是表现的和说话的存在。这个存在任何时候都不等同于自己，所以它的内涵和意义是不可穷尽的。"② 这里所说的"表现的和说话的存在"，按照巴赫金的解释是一种拥有自由心灵的个体的存在，一种向我们认识活动自由地展现开来的整体的存在。这个存在之所以不等同于自己，是因为在任何时候个体都不是孤立地存在着的，而是通过对话和交流与其他个体和事物共同存在的。在与其他个体和事物的对话关系中，个体不断地丰富和展现着自身的内涵和意义，并且由于世界的多样和时代的变化，这种展现始终是没有终点的，不可穷尽的。巴赫金认为，认识物和认识人是不相同的。物是纯粹死的东西，只为他人而存在的，能够被他人以单方面的行动完全彻底地揭示出来。揭示物的科学活动"要寻找那种在任何的变化之中（死物的变化或功能的变化）保持不变的东西"。而认识人，"就是在上帝面前思考上帝，是对话，是提问，是祈祷"。也就是说，无论何时何地，人之为人，就在于能够始终保持着一种自觉和批判的意识，不断地对自身、他人和世界提问。"人需要自由的自我坦露。这

---

① ［英］阿伦·布洛克：《西方人文主义传统》，董乐山译，三联书店1997年版，第237页。

② ［苏联］巴赫金：《论人文科学的哲学基础》，见《巴赫金全集》（第4卷），钱中文译，河北教育出版社2009年版，第2页。

里有着内在的吞不进吃不掉的核心，这里总保持着一定距离；对这个内核只可能采取绝对无私的态度；个人在向他人袒露自己的同时，又总是保留着自我。"① 人文科学的研究正是这样一种通过对话和提问来认识人的活动。具体就文学理论研究而言，文学理论的研究对象是文学活动，而作为人类的一种特殊的文化实践，文学活动则是以文学作品为中心环节，在作者、读者和广泛的社会文化语境之间建立起来的一种对话和交流关系。"文学是人学"，文学理论始终以作为主体的人为研究的出发点，关注人的精神、心理、心灵、理想、愿望和意义等更为内在的方面。将人作为有思想、有情感、有温度的感性存在，聚焦于人的内在心理世界，聚焦于人的审美化的生存和感悟。即使在面对自然现象时，文学理论也是采取一种人文主义的视角做出观照，发现一个有情感、有生命的拟人化了的充满生机的世界。

就研究方法而论，文学理论更多地采用的是一种评价而非事实判断的，一种体验与思辨并重，普遍与个别统一的方法。文学理论的研究方法是一种价值性的评价，具有理性阐释与情感体验的特征，是"诗"与"思"的完美结合，感性与理性的有效统一。其所考虑的是人的存在的价值和意义，所研究的目的是为了获得对人的存在的理解和把握。李凯尔特在谈及自然科学和文化科学之间的区别时指出，对"作为文化的科学来说，它们研究与普遍文化价值有关的对象；而作为历史的科学来说，它们则从对象的特殊性和个别性方面叙述对象的一次性发展。因此，文化事件的存在这个情况，既提供了哲学科学的历史方法，同时也提供了概念形成的原则，因为对于这些科学来说，只有那些在其个别特性方面对于作为指导原则的文化价值具有意义的事物，才是本质的。因此，这些科学以个别化的方法从现实中挑选出的东西，即'文化'，完全不同于自然科学在用普遍化方法把同一现实作为'自然'加以考察时所作的那样。"② 这里启示我们的是，同自然科学的研究不同，在人文科学的研究中，始终存在着一个人的基础地位和价值的理想维度，从而也影响了人文科学的研究对象和研究方法的选择。伊格尔顿也谈到"理性，或者理论，不需要被限制在小集团之内，神话或者意识形

---

① [苏联] 巴赫金：《论人文科学的哲学基础》，见《巴赫金全集》（第4卷），钱中文译，河北教育出版社2009年版，第1页。

② [德] H. 李凯尔特：《文化科学与自然科学》，涂纪亮译，商务印书馆1991年版，第88页。

态也绝非大众的垄断。阿尔都塞的左派理性主义没能认识到理论本身就产生于生活经验——至少在这个层面上，两个世界并非完全不同的。理性的根基在于人的身体。我们能够更加容易地看到理论是如何被日常存在所清楚说明的，如果我们承认后者毕竟就是前者的诞生之地。"① 两位理论家虽然论述的侧重点不一样，但是他们谈到了人文科学研究重要的特征：其一，人文科学研究的是与普遍文化价值有关的对象，它关注的是人的精神、心理、理想和意义等更为内在的部分；其二，人文科学在研究方法重视个体的独特性和差异性，特别是对人的生活经验和生活世界的关注。文学理论以文学活动为研究对象，作为一种知识讲述的文学理论必然要具备理性的魅力和科学的品行，体现出思辨的艺术和智慧的言说，要能够对丰富的文学活动作出科学的解释和说明，能够对悠久的文学实践作出合理的概括和总结，能够以一种合理自洽的知识姿态引导文学的发展。但是，任何对文学的研究，又必须是以对具有独特个性的文学作品的体认为起始点的。文学活动的中心是文学作品，每一部作品都是作者内心情感和生活经验的凝结，召唤着读者融入其所构造的丰富神秘的世界，文学理论的形成正是建立在对文学作品的充分阅读基础上的理论概括和升华。诚然，规律总结和事实陈述是文学理论作为一种知识形态的基本要求，但是却不是文学理论范式最终的旨归和目的。文学理论范式最终的目的是一种情感的投入和体悟，是一种从主体出发的对美好世界的憧憬和建构。

三、文学理论范式创造的实践性面相

一般认为，文艺学的三个分支：文学理论、文学批评和文学史的性质互不相同，功能各有分工。文学理论探讨的是文学活动中最为一般和根本的问题，带有普遍性和规律性，而文学批评和文学史则是针对特定文学作品的解读和分析，带有特殊性和个别性。有学者概括道：批评（criticism），或更具体地称之为文学批评，是研究有关界定、分类、分析、解释和评价文学作品的一个总的术语。理论批评是在普遍原则的基础上提出的明确的文学理论，并确立了一套用于鉴别和分析文学作品的术语、区分和分类的依据，以

---

① ［英］特里·伊格尔顿：《文化与上帝之死》，宋政超译，河南大学出版社 2016 年版，第 168 页。

及用于评价文学作品及其作者的标准（原则，或规范）。① 希利斯·米勒也说道，"文学理论的未来前景远大（引用马修·阿诺德的话），因为它是我所界定的、在未来的岁月中人文研究的两大任务的工具：档案记忆工具的一个基本工具，教授批评性阅读工作的一个基本工具，而批评性阅读的工作完全可以充当抗争语言现实与物质现实这种灾难性混淆（其名称之一是'意识形态'）的主要手段。"② 可见，文学理论和文学批评各自分担了文艺学研究的不同领域和职能，从而一起维护了文学研究的完整性和统一性。但是，文学理论和文学批评也不是截然分开、完全独立的，而是相互依赖，相互渗透和相互借鉴的。一方面，文学批评需要文学理论的指导和约束，"所有文学批评活动总是要有理论来支撑；不论是什么样的理论都代表了一种意识形态的——如果不是明显的政治的——立场；进行一种明晰的理论化的、而不是以自然的、毫无论证的假设为依据的实践如果不是更真诚的，至少是更有效的；这样的实践可以是战术的和战略的，而不是看起来哲学上绝对的；（大写的）'理论'不再显然是单一的、令人敬畏的（尽管依然是'困难的'）"③。文学批评的实现和完成，需要文学理论提供的思维方式和理论模型为保障和后盾。另一方面，文学理论的形成和建构也需要文学批评在对具体的文学作品解读中所积累的丰富的经验及其打下的坚实的基础。也就是说，文学理论是要在文学活动中被使用的、批评的，而不是为了理论自身而被抽象的研究的。理论将批评遮蔽在阴影中，使其成了一个不断质询的内化的伴侣，不管两者发生怎样明显的分离，它们之间的对话一直在进行。文学/批评理论的功能是揭示和争论关于文学形式、身份属性的种种假说，阐明批评模式所依据并由批评过程规定和证实的美学、道德和社会价值的内在标准。④ 文学理论和文学批评的这种先天的紧密联系，注定了我们在进行文学理论范式创造的时候，必须要注意文学理论范式创造的实践性面相，既要看

---

① ［美］M. H. 艾布拉姆斯、杰弗里·高尔特·哈珀姆编：《文学术语词典》（中英对照），吴松江、路雁等译，北京大学出版社 2014 年版，第 67 页。

② ［美］J. 希利斯·米勒：《重申解构主义》，郭英剑等译，中国社会科学出版社 2000 年版，第 250 页。

③ ［英］拉曼·塞尔登等：《当代文学理论导读》，刘象愚译，北京大学出版社 2006 年版，第 10 页。

④ ［英］拉曼·塞尔登等：《当代文学理论导读》，刘象愚译，北京大学出版社 2006 年版，第 11 页。

到文学理论作为一种理论知识形态所具有的形而上学品质，也要看到文学理论作为一种人文学科也必然是"及物"的，同样需要能够对丰富多彩的文学活动和文学作品，乃至文学研究活动本身进行有效的解释和说明。文学理论既要以其深刻的思考、精炼的概括、完善的体系和自洽的逻辑彰显其作为理论知识的特色，也要以敏锐的问题意识、独特的分析技巧和有效的阐释模式来对文学活动及文学理论研究本身进行说明和反思，显示其实践性的能力和作用。

自笛卡尔以来，西方理性主义逐步地取得了统治地位，相应的以抽象思维和形上概括见长的理论作为最能体现理性主义思辨性、概括性和普遍性的知识形式逐步地占据了知识生产的中心位置。文学理论的知识生产也产生了相应的变化。文学理论更加脱离具体的文学活动和文学作品而趋向于哲学、美学等人文学科，重视概念的创造和体系的构建，从而丧失了理论的实践性和批评性。瑞恰慈在谈到当前批评理论的混乱时总结道："既然诸门艺术提供的经验唾手可得，那些杰出的智者在思索上述问题时又有什么收获呢？我们现在回顾一下，便会发现空话连篇。其中有三言两语的揣测，应有尽有的忠告，或许尖锐而不连贯的意见，一些堂而皇之的臆说，大量辞藻华丽教人作诗的诗歌，没完没了莫名其妙的言论，不计其数的教条框框，无所不有的偏见和奇想怪论，滔滔不绝的玄虚之谈，或许名副其实的思辨，一鳞半爪的灵感，启发人意的点拨和浮光掠影的管见，可以毫不夸张地说，诸如此类的东西构成了现有的批评理论。"他进一步指出，"以上种种就是登峰造极的批评理论，就是历代杰出的思想家力求说明诸门艺术的价值时所达到的高度。有些见地——实际上许多看法，都是可提供反思的有益起点。但不论汇总来看，或个别而论，乃至参合起来，它们都未提供人们需要的答案。"[①]瑞恰慈的言论难免有些偏激，但是他充分地看到了文学理论和文学活动、文学作品相分离所产生的严重弊端和危害，肯定了文学批评和文学作品在文学理论建构中的基础地位和作用，希望能够在充分吸收前人有益的理论研究成果的基础上，结合现有文学活动经验建立全新的文学理论的思想则是值得我们借鉴和学习的。

---

① ［英］艾·阿·瑞恰慈：《文学批评原理》，杨自伍译，百花洲文艺出版社1992年版，第2—3页。

　　20 世纪被称为"批评的世纪",其中在文学理论的知识生产中重要的一个转向便是批评理论(criticaltheory)的兴起。按照国内一些学者的研究,批评理论大约从 20 世纪 60 年代起就在欧美形成并逐渐流行开来,它指的是文学理论与文学批评交叉互渗而形成的一种新的理论形态。从事批评理论的学者既不再被称为理论家(theorist),也不再被称为批评家(critic),而是被合称为批评理论家(criticaltheorist)。这个变化突出地表明了文学理论与文学批评互渗为批评理论的新变化。批评理论并不是文学批评与文学理论之间简单相加的结果,而是当文学批评与文学理论的关系发生历史性变迁时才逐渐出现的一个新概念、一种新形式。具体来说,批评理论是一种在具体的文本分析中探索文学的普遍问题的文学研究方式。这意味着,批评理论既是一种对于具体文学文本的批评,同时又是一种对于普遍性文学问题的理论建构。① 作者还总结了批评理论所具有的跨学科性、文本修辞性、意义开放性、自反性、元评论性和修辞实践性六个方面的特性。这一综合性的概括充分体现了批评理论既依赖于文学文本,将文学文本作为批评对象的学科独立意识和理论建构自觉,又重视读者对于文本意义的参与性,追求文本意义的开放性和不确定性。在文本中开放出丰富而复杂的社会意义,既重视以文本修辞性研究为主要方法的传统文学批评范式,又重视对哲学、历史、心理、政治和语言学等理论资源的借鉴和整合,形成文学研究的跨学科综合研究范式;既坚持文学理论的元评论性和反思性,质疑和挑战任何常识和陈规,对理论生成的历史条件不断进行重新质询和确认,也重视通过文学文本的细读,透视社会现实,积极介入社会生活。

　　批评理论兴起得益于 20 世纪 60 年代以来,以利奥塔、福柯、德里达等为代表的后现代解构主义思想家对传统理论宏大叙事发起的挑战和解构。随着欧洲结构主义向后结构主义、解构主义的转变、英美"新批评"被以耶鲁学派为代表的解构批评所替代,诠释学、接受理论、解构主义、女性主义、后现代主义、后殖民主义、新历史主义等文学理论学派和批评思潮的兴起,那种认为文学理论和文学批评相互分离,肯定文学理论对文学批评的指导和规范的思想日益受到普遍的怀疑和反对。保罗·德曼指出,20 世纪 60 年代以前,北美文学批评占主导地位的倾向并非不屑理论,且把理论理解为

---

① 王一川:《理论的批评化——在走向批评理论中重构兴辞诗学》,《文艺争鸣》2005 年第 2 期。

在某种概念普遍性系统中，来确立文学阐释和评估。这一时期即使是对理论最有节制的学者，也都会有一种使用着的理论和概念。然而到了 60 年代以后，情况就发生了变化。这一时期很少有如之前一样的理论家，这不仅体现在理论家们的著作和学术旨趣的变化，而且评定和阐释文学的规则也发生了变化。"文学环境的规范原则是文化的、意识形态的，而不是理论的，其取向与其说是理论所要求的非人格的一以贯之，毋宁说是社会的和历史的自我完善。"① 显然，学者们更加注重文学理论和文学批评之间的联系，希望通过弥合文学理论和文学批评之间的鸿沟，通过二者的沟通和融合来彰显文学理论实践性的品质，从而激发文学理论对现实问题的捕捉能力和阐释活力，进一步凸显文学理论实践性面相。

　　具体而言，20 世纪文学理论范式创造实践性面相，首次表现在对文学"文本"的关注。以对文学文本的解读为基础形成和建立了多个文学理论思潮和理论流派，并提炼和生成一系列具有重要影响的概念和范畴。就理论学派而言，无论是俄国形式主义、布拉格学派、英美"新批评"，还是结构主义和叙事学、符号学研究，它们都强调文学文本的独特性和优先性，都将理论的基石奠定在对作品阐释的基础之上。就理论概念和范畴而言，无论是反映文学本体论理解的文学性、陌生化概念，还是作为文学史观念的审美规范与文学史、文学传统、透视主义与文学史、互文性概念，还是作为文学批评方法的细读、意图谬见、感受谬见、期待视野、隐含读者和召唤结构等，都蕴含了文学理论范式实践性丰富的意蕴和内涵。其次，对语言和意义的关注。由于不再迷恋于理论建构的兴奋和狂热，且得益于"语言论转向"的影响，文学理论范式的实践性面相还表现在以对语言和意义的关注取代了对理性和感性的中心位置。理性和感性的二元对立结构转化为语言和意义的对等结构。前者强调等级秩序、命令与服膺，后者则突出相互协调和依存。对于批评化的美学理论来说，倘研究语言，就须考察使意义产生的符码系统；同理，要追究对象的意义，则应分析对象与特定语言符码系统的联系，即把对象当作表意的语言——符号。这样，语言与意义就成为相互阐释、互为存在条件的范畴。如此，美学就不再给自己提出普遍理论概括问题，而更多地关心具体文本批评问题：在具体文本批评中探讨语言与意义。接受美学、读

---

① ［美］保罗·德曼：《解构之图》，李自修等译，中国社会科学出版社 1998 年版，第 96—97 页。

者反应批评、后结构主义、新历史主义和文化唯物主义等正是如此。① 第三，文学理论范式的实践性面相还表现在其跨学科性。当前文学理论的知识生产已经突破了单一的理论模式，而体现出了多学科综合的知识构型特点。任何一种文学理论思潮和批评范式的形成，都不是在单一学科思想的影响和作用下形成的，而是在多学科群支持下对多种理论资源的吸收和融合。第四，文学理论范式的实践性面相还体现在对现实的关注和问题意识的突出。我们这个时代已经不知不觉地进入康德所说的"游牧民族"时代。海德格尔总结当前时代的两大困境，一是价值虚无，"上帝死了"之后人类精神生活的无根基状态；其二是技术困境，西方现代技术飞速发展从而造成工具理论泛滥，技术对人的主宰和奴役。施太格缪勒也认为，今天人类精神生活中存在着两大"分裂"：一是形而上学的欲望和怀疑的基本态度之间的对立；二是一方面生活不安定和不知道生活的最终意义，另一方面又必须做出明确的实际决定之间的矛盾。② 具体到文学理论上来，当前我们面临的主要问题有日常生活审美化与人的价值空虚、消费时代来临与人的信仰缺失、媒介技术普及与人的存在意义、生态危机加剧与人的发展前景等问题。这些都需要文学理论从哲学反思的高度予以关注和解答，发挥人文科学在价值奠基和意义发掘中的基础作用。通过一种"审美介入"的提倡，在充分尊重审美的人和人的审美经验的基础上，将文学理论研究同人的连续性的审美经验相联系，同人的存在的现实语境相联系，在一种多元、平等的观念中守持文化的健康发展和精神的完满圆融。当然，我们也很高兴看到当前文学理论范式，无论是女性主义批评、后现代主义、后结构主义、后殖民主义还是生态批评、同性恋研究等，都不同程度地体现了实践性的理论品质。正如沃尔弗雷斯在《21 世纪批评述介》中所选取的五个主题或母题（身份、对话、空间和地点、批评的声音、物质性和非物质性），它们都或多或少地以间接的方式提及近年来涌现的某些批评热点，这些热点继续为人文学科提供着不同的认识论观点，而这一切在很大程度上又是批评和文化研究日益具有跨学科性质的结果，③ 更是当前我们时代所面临的最为迫切的问题和困境。对这些问

---

① 王一川：《文艺理论的批评化》，《文艺争鸣》1993 年第 4 期。

② ［德］施太格缪勒：《当代哲学主流》，王炳文、燕宏远等译，商务印书馆 1986 年版，第 25 页。

③ ［美］朱利安·沃尔弗雷斯主编：《21 世纪批评述介》，张琼、张冲译，南京大学出版社 2009 年版，第 5 页。

题的选取和分析及对其深入的研究和理解，同样也是文学理论批评范式创造实践性面相的体现和表征。

第四节　建立中国化的文学理论审美阐释范式

一、中国化的文学理论审美阐释范式建立的文化语境

当前，在文艺学研究的论域中关注和讨论较多的是文艺学的学科危机和理论困境问题，特别是关于文学理论的研究范式和话语更新的问题。早在1994 年国内有学者就指出，我国文学进入了世纪之交的稳步发展期，文学不再具有社会意识形态中心的超载地位，失去了轰动效应，离散了大量"文学同路人"。甚至在当代日益走向商品化的文化之中，文学也无力居于主导地位，从而逐渐沦落，让位于大量通俗艺术。同时文学自身也急剧分化，"纯文学"与严肃文学举步艰难，而通俗娱乐文学则方兴未艾。"新的历史条件、新的人文环境和新的文学现实，要求文学重新面对范式转换和话语重建的历史任务。"[1] 就文艺学如何实现话语重建，进而完成范式转换来说，就要改变旧有的研是究思维、研究视野，关注新论域、凝练新问题，创造新的概念和范畴，扩大文艺学的研究范围，重新考虑并确定新的研究对象。具体而言，要做到中西方文学理论资源视域融合，中国传统文化与当代文化的视野融合，当代科学主义与人文主义视界融合，以及当代通俗市民文化与严肃高雅文化（精英文化）的视界融合。[2] 陶东风也认为当前我国文艺学学科无论是在知识生产还是理论传授上都存在普遍的危机，其主要原因是受本质主义思维方式的影响。大学文艺学教科书常常不是在特定的语境中提出并讨论文学理论的具体问题，而是先验地假定了问题及其"答案"，把文学艺术理解为具有"普遍规律""固有本质"的实体，热衷于生产"普遍有效"的文艺学"绝对真理"。文学理论既丧失了学科的自我反思能力又无法回应日新月异的文艺实践提出的问题。[3] 要解决文艺学学科的这种危机，就

---

① 金元浦：《当代文艺学范式的转换与话语重建》，《思想战线》1994 年第 4 期。
② 金元浦：《论我国当代文艺学范式的转换》，《文学评论》1994 年第 1 期。
③ 陶东风：《大学文艺学的学科反思》，《文学评论》2001 年第 5 期。

要打破本质主义思维范式的先验本质设定和文学艺术自主性自明性的观念，将文学艺术的自主性理解为一种社会与历史化的现象，充分肯定其历史意义和现实合理性，紧密关注日常生活中新出现的文化、艺术活动方式，及时地调整、拓宽自己的研究对象和研究方法，创造性地建立中国的文化研究、文化批评范式。上述两位学者都关注到了随着社会经济发展和历史文化语境的演进所带来的文学艺术存在方式的变化，及其对文学理论研究所提出的挑战和机遇。他们都主张立足于现实文化情境，正视文艺学学科本身局限，通过文学理论研究范式和话语的革新，构建具有中国特色的文学批评╱文化研究范式来应对学科危机和理论困境，促进文学理论的长足发展和进步。

事实上，自20世纪70年代末80年代初改革开放作为我国的基本国策并在全国范围内积极践行以来，经过几代人的努力和拼搏，我们的社会发生了天翻地覆的变化。一方面，新的经济制度、经济政策的制定和落实，使得社会经济得到了飞速发展，老百姓的物质生活得到了极大的丰富和满足；另一方面，伴随着社会经济的繁荣、思想观念的改变和对外开放的深入，文化也得到了充分的繁荣和发展，老百姓的精神生活变得更加多样和充实。但是我们在享受物质文化和精神文化丰富充实，并为之欢欣鼓舞的同时，也在悄然感受着它给我们带来的弊端和危机，并且在不知不觉中从行为方式到思想观念上都潜移默化地受其影响和制约。文学艺术也在这种影响中，深刻地改变着其在人们精神生活中的地位和作用。所以，文学理论范式的建立，更应该正视这种历史文化语境变化带来的问题，并以此为基础探索文学理论发展的新契机。

一般认为，当前我们所面临的最主要、影响最为深刻的历史文化语境是后现代主义消费社会的存在，消费文化的凸显以及消费意识形态的确立。中国社会在精神领域内最为显著的变化，是一种具有社会普遍性的消费意识形态的生成与发展，它广泛渗透于当代人的日常生活，悄然改变着社会的存在结构，引起国民内在心理的深刻变化。消费社会的到来已经成为不争的事实。按照鲍德里亚研究指出，"今天，在我们的周围，存在着一种由不断增长的物、服务和物质财富所构成的惊人的消费和丰盛现象。它构成了人类自然环境中的一种根本变化。恰当地说，富裕的人们不再像过去那样受到人的包围，而是受到物（OBJETS）的包围。"可以说，我们生活在一个物的时代，"我们根据它们的节奏和不断替代的现实而生活着。在以往所有的文明中，能够在一代一代人之后存在下来的是物，是经久不衰的工具或建筑物，而今天，看到物的产生、完善和消亡的却是我们自己。"① "我们处在'消费'控制着整个生活的这样一种境地。"② 尽管鲍德里亚这里所分析和描述的是当代西方资本主义社会生产方式由商品生产主导型向消费主导型转变的过程，但是他所把握问题的敏锐性，分析的独特性及其所体现的文化含义具有十分重要的启示和意义，并且随着全球化现代化进程的不断加深而日益显得极为重要和深刻。正如鲍德里亚所说，消费的真相在于它并非一种享受功能，而是一种生产功能，它和物质生产一样并非一种个体功能，而是即时且全面的集体功能。"消费是一个系统，它维护着符号秩序和组织完整：因此它既是一种道德（一种理想价值体系）也是一种沟通体系、一种交换结构。"它和语言一样，是一种含义秩序。③ 时至今日，无论是在西方还是在中国，在我们享受着物质文化充盈带来的便利和满足的同时，消费文化正在无孔不入潜移默化地影响着我们的思维习惯、行为方式和价值观念。反映到社会生活和人的精神文化中，重要的表现就是日常生活审美化和审美的日常生活化的兴起。

　　日常生活审美化兴起的原因是复杂的，其中，很重要的原因应归功于消费社会存在所引起的经济产业结构、大众消费观念、新兴传媒技术和消费意识形态的建立。随着科学技术的快速发展和经济全球化的逐渐加深，到 20 世纪后半叶开始，世界经济生产方式和产业结构也在悄然地发生着变化。由于生产力的提升和商品的丰盛，市场逐渐由以生产者为主导向以消费者为主导转变，消费需求成为决定生产走向的重要指向。经济产业结构也随之调整，以服务业为主的第三产业逐步成为发达国家经济的主要支柱，也成为有心进入现代化进程的发展中国家产业结构调整的标准和方向。文化产业作为一种综合性产业类型，占据着第三产业中极为重要的份额，它极为重视产品的精神内容和文化含量，具有非物质性、非实体性、非实用性的特征，对商品本身的文化性的占有代替了实用性的获得，符号经济代替了实体经济，因而，更加重视对商品做审美化的包装和阐发。由于技术的进步和商品的丰

---

① ［法］鲍德里亚：《消费社会》，刘成富、全志钢译，南京大学出版社 2014 年版，第 1—2 页。
② ［法］鲍德里亚：《消费社会》，刘成富、全志钢译，南京大学出版社 2014 年版，第 5 页。
③ ［法］鲍德里亚：《消费社会》，刘成富、全志钢译，南京大学出版社 2014 年版，第 60 页。

盈，极大地提高了生产效率，并且解放了劳动力，使得劳动者在有了对商品更多选择的同时，也有了更多的闲暇和充裕时间，从而也提升了消费者的消费水平和要求。消费者不再仅仅满足于对商品实用性的获得，转而将商品的有用性指向一种价值的寻求、身份的满足和文化的占有，商品本身的形式、符号、趣味等审美性的因素更加得到突出和强调。文化工业、身体美学、娱乐产业等经济部门和产品盛行，选择一种商品，其实也就是选择一种生活方式。新兴大众传媒技术既是消费社会日常生活审美化兴起的重要动力和支持，其本身也成为消费社会的重要表征和标识。新兴大众传媒技术首先改变了商品的生产方式，机械复制成为当今商品生产的主要方式和重要特征，一方面促使大规模的工业化生产成为可能，另一方面也造成了商品原创性的缺失和"光晕"的消散。其次，它改变了当前文化的存在方式，技术上的保障使大规模的复制成为可能，从而弥补了高雅文化和大众文化之间的鸿沟，精英文化与通俗文化、主导文化与边缘文化统一被熔铸于消费文化之中，传统的符号等级秩序和文化隔离被颠覆，文学、艺术和审美"民主化"。再次，它改变了大众的思维习惯和认知方式。我们进入的是一个被称作"景观社会""读图时代""浅阅读"时代的符号和图像泛滥的时代，我们的认知是通过符号和图像等"超真实"幻觉影像构成的空间，在个体感性知觉得到极大的解放和满足的同时，也在不断地进入"对现实的审美幻觉"之中。总之，今天的审美活动已经超出了传统的纯文学和艺术的范围，超越了传统审美经验和日常生活经验的范围渗透到日常生活的方方面面。生产活动、生活活动、文化活动和审美活动不存在严格意义上的区分，文学艺术与商业经济、审美与产业、精神与物质的界限也在逐渐地缩小。正如韦尔施所认为的，后现代语境中，日常生活的审美化只是浅表化的，真正深刻的是"认识论的审美化"，即思维方式的审美化。这就意味着"审美化"不仅是作为一种对当前社会存在的现象描述，其本身也被推进到知识和真理的层次，成为知识生产和思考的基点和核心。

　　具体到文学理论上来，有学者概括了当前中国文学理论的问题与偏失，主要表现在：学科独立性日益丧失，没有自己明确的研究对象和相对稳定的研究方法和基本问题，反而是寄生于其他学科中；理论原创性稀薄，往往是跟着原有文学理论家的思想接着说，缺乏敏锐的问题意识和深度的思考，更不可能创造有效的文学理论范式；理论系统性缺乏，往往不能够从一个逻辑起点入手，对文学问题进行系统的论说，做到逻辑的自洽和完整；历史维度的缺位，没有能够充分地尊重历史事实，主观臆想较为严重，理论建构基础虚浮；中国语境薄弱，过于热衷追求西方的文学理论，忽视了中国本身所具有的审美和文化传统，以及中国文学理论特有的问题；面对现实，理论的独白与阐释危机，照搬西方话语体系，醉心概念创造和术语引介，理论显得晦涩和生僻，可通约性不强，很难做到不同文学理论之间的对话以及理论与文学的对话。① 透过作者分析，我们可以发现，其所体现的对文学理论的历史观念、中国语境、问题意识等的强调，对文学理论捕捉和说明当前历史文化语境中的丰富文学艺术的要求，对文学理论分析和阐释当前历史文化语境中的复杂审美文化现象的重视，以及对文学理论理解和护持当前历史文化语境中的美好价值观念的肯定。换言之，面对日常生活审美化和审美的日常生活化这一历史语境，文学理论必须对其作出理解和说明，以保持文学理论本身存在的合理性和合法性。就文学理论本身而言，也应随着所面临由文化语境变迁所带来的研究对象和学科界限的危机而做出相应的改变和调整，以保持文学理论本身的实践性和有效性。当前文学理论主要的学科危机和理论困境主要来自于文化研究对文学研究的挑战和侵蚀，不少学者认为面对消费社会"泛文学性"的时代景观和文化格局，文化研究的包容性、灵活性和积极性更能适应文学研究的内在要求和实践品格，从而提出以活跃多元的文化研究来替代举步维艰的文学研究的转型方案。通过文化研究积极的姿态、活跃的思想、多元的方法和丰富的学科支持为文学研究打开一扇明亮的窗户，提供一种全新的可能。但是，我们也应该认识到，无论如何，远离文学这个研究对象的文学研究终究不是完全意义上的文学理论研究，走上这条不归路也不可能预示着文学理论的远大前程和光明未来。文学理论固然应该积极地关注当前的大众文化和审美泛化现象，但是其本身不可能丧失自身的学科性和独立性，而关键问题在于对审美阐释的坚持和对学科的自我反思和调适。文艺学的自我调适不单纯是守界与越界的问题，而是通过范式转换更好地切近当前愈益复杂的文学现实和文学对象。可以说，文学理论范式创造不单单是一个理论问题，更是一个实践问题。"新范式生成于'文学性'的守护与'文学场'的拓展之间，既有世界眼光又有本土的现实关怀，它既要有现实操

---

① 金永兵：《后理论时代的中国文论》，文化艺术出版社 2014 年版，第 60—75 页。

作性，也要有担当追问终极意义的理想诉求。当前正在进行中的范式转换既是对坚持文艺审美自律论的突破，也是对文学的文化研究过泛的反思，它不是一种简单的折衷和调和，而是在一种承续、坚守和借鉴基础上的创造性生成。"① 在文学理论范式的创造中思维观念的拓展和研究方法的创新极为重要，我们应该积极地汲取多学科资源优势，推动文学理论学科边界的移动和研究视野的拓展，重构文学理论和日常生活的联系，关注日常生活中的文学艺术、审美文化，并对其作出有效的阐释和说明。文学理论范式创造，也就是要在一种历史意识、问题意识基础上，通过文学与文化对话、文学与生活对话、文学与心灵的对话，建构一种审美阐释理论范式，发挥文学理论作为一门人文科学守护人文价值、塑造完美人性的价值使命。

二、审美回归：文学理论审美阐释范式建立的中西资源

后理论时代文学理论的知识生产与创新中，文学审美论的回归是一个值得充分注意和细致探讨的现象。2011 年，美国学者乔纳森·卡勒来华演讲，他剖析了当今文学理论发展的六个新趋势（即叙事学、解构主义、理论伦理学、生态批评、后人类学理论以及审美回归）。在演讲中，卡勒首先厘清"理论"这一特殊文类的所指及其构成，以及与文学理论密切相关的学科对文学理论的影响后，作者再次回到关于文学本质的审美研究上来。② 差不多同一时间，英国学者彼得·巴里总结当前文学理论思想景观的四个变化时，也指出：与之前相比，理论在思想诉求面前表现得更为谨慎小心，更注重审查其经验层次上的材料，当前理论具有的一大特色就是刻意收缩急剧膨胀的理论版图；理论正在偏离以英国的文化唯物主义和美国的新历史主义为代表的主流，偏向种种"精神方面"，以表征比物质现实更真实、更深刻，也更为基础的世界。③ 可见，在对当前文学理论的发展和演变的长期关注和分析中，学者们不约而同地发现了文学审美论的悄然回归及其对当前文学理论发展的影响。而在这之前，卡勒和凯洛尔就已经对"理论"君临天下的现实

---

① 范玉刚：《文艺学的境遇及其范式转换》，黑龙江人民出版社 2008 年版，第 22—23 页。

② ［美］乔纳森·卡勒：《当今文学理论》（Literary Theory Today），《文艺理论研究》2012 年第 4 期。

③ ［英］彼得·巴里：《理论入门：文学与文化理论导论》，杨建国译，南京大学出版社 2014 年版，第 286—288 页。

状况发表过不满，指出，倘若文学经典的现状受到质疑，倘若文学、艺术和一般文本证据已经形成的完整性被内在矛盾、边缘性和不确定性等观念驱逐，倘若客观事实被叙事结构的观念取代，倘若阅读主体规范性的统一性遭到质疑，那就必然是，很可能根本与文学无关的"理论"在捣乱。[①] 卡勒认为理论的侵袭忽视了文学和文学性的东西，文学的显著标志被种族、性、性别的种种规范、律条所遮蔽。文学研究失掉了自身的研究特色和核心问题，和文学全然没有半点关系，从而变成了一种"症候式解读"的文化研究。文学被拓展得太远了，从而变成了自觉虚构的后现代文化的共同语，结果只能是模糊文学的特征，丧失批评的锋芒。因此，卡勒呼吁"也许应该是在文学中重新奠定文学性根基的时候了"，适时地提出回归诗学，回到被理论"抛入外圈黑暗之中"的文本细读的传统。

其实，早在 1964 年，苏珊·桑塔格就以一种激进的姿态和怀疑的立场，通过对"新感受力"的提倡，率先发起了对阐释的抵制。她强调文学研究应该拒斥抽象的理论化，回归到对感性经验的重视上来。"当今时代，阐释行为大体上是反动的和僵化的。像汽车和重工业的废气污染城市空气一样，艺术阐释的散发物也在毒害我们的感受力。就一种业已陷入丧失活力和感受力为代价的智力过度膨胀的古老困境中的文化而言，阐释是智力对艺术的报复。"[②] 阐释是对艺术作品的驯服，通过对艺术作品内容和形式的分离，对内容的极端重视，从而使艺术变得可被控制，成为一个可用的、可被纳入心理范畴模式的物品。但是，阐释并不总是奏效的，甚至是不可靠的。去阐释，就是去使世界贫瘠，使世界枯竭——为的是另建一个"意义"的影子世界。桑塔格希望通过更多的关注艺术中的形式，进而建立一套描述性的、为形式配套的词汇，把对内容的关注转化为对形式关注的批评，回归艺术作品的感性表面，回归我们自身的体验。为取代艺术阐释学，她建议建立一门艺术色情学以对抗阐释模式在艺术批评中无孔不入的现状的极端策略。韦勒克在谈到比较文学的危机时，也指出了当前文学研究的弊端。文学研究的概念被无限制地扩大，以至于同整个人类的文化史等同起来。文学研究者对文

---

①　[英] 拉曼·塞尔登等：《当代文学理论导读》，刘象愚译，北京大学出版社 2006 年版，第 326 页。

②　[美] 苏珊·桑塔格：《反对阐释》，程巍译，上海译文出版社 2003 年版，第 9 页。

学本身并不感兴趣，反而转向舆论史、旅行报告和民族志等外在的研究。文学研究模糊了文学活动和其他人类活动与产物的区别，因而是不会取得任何进展和成就的。真正的文学研究关注的不是死板的事实，而应该是价值和质量。所以，文学研究的首要任务就是要确定研究的课题和中心问题，而这个中心议题和必要焦点就是文学作品。"我们应该正视'文学性'的问题，它是美学的中心问题，是文学和艺术的本质。"① 拉曼·塞尔登等所著的《当代文学理论导读》在介绍当前文学理论的主要派别后，也分析总结了当代文学理论发生的动荡和变化。其中很重要的一个变化就是单数的、大写的理论迅速地发展成为小写的、众多的，彼此之间相互衔接、相互生发、相互竞争的理论。也就是说"'理论转向时期'孵化出了大量的、多样的实践部落，或者说理论化的实践，它们对自己的课程有清醒的认识，同时又代表了至少在文化领域中政治行为的激进形式"。文化研究正是这些实践部落中最为抢眼的一个，它颠覆业已形成的文学和文学批评观念，将传统经典以外的文学及文学产品带入文学批评领域，从而使得文化理论成了学术领域笼罩一切的话语。但是，即便是这种后现代的理论裂变已成为不争的事实，"某些地区仍然出现了一种表面上更为传统的立场和偏好的转向"。因为在一些人看来，强制人们参阅理论经典或"最新的事物"可能是对文学研究正业的一种偏离，一种令人畏惧的、受到挫折的偏离，或者是一种时髦的偏离。他们希望为讨论文学文本、阅读经验和评论文本找到一条道路。② 塞尔登等在充分认识到这些新变和理论新形式的同时，"始终注意在广阔多变的文化史进程中保持一个文学的焦点"。在众多的文学理论流派中，塞尔登发现了"新审美主义""版本目录学"和"发生学研究"等几种文学审美思潮的复兴。

　　与西方学者对文学审美回归的关注和实践相呼应，中国学者在对西方文化研究所带来的弊端做反思和总结的同时，也注意到了文学理论审美回归的理论路径和价值取向，并对这一问题做了研究和论述。朱立元先生指出，20世纪90年代以来，西方文化研究思潮的引入，拓展了理论视野，丰富了研

---

　　① ［美］勒内·韦勒克：《批评的诸种概念》，罗钢等译，上海人民出版社2015年版，第270页。

　　② ［英］拉曼·塞尔登等：《当代文学理论导读》，刘象愚译，北京大学出版社2006年版，第9页。

究方法，生产了学术问题，创新了研究思路。但是，"文化"对审美、艺术乃至人文界限的突破，造成了文学研究边界的模糊，以及文学批评和研究中文学的缺席。文化研究对大众文化以及日常生活的关注，排斥文学经典的研究，最后落脚到文化政治的方向，不但造成了文学地盘的日益萎缩，更造成了理论自身的逐渐衰落。所以，是时候需要反思了。"对中外文学经典仍然要从时代、现实出发，加大研究力度，给予富有时代气息和新意的阐释，使经典在人民的文化生活中获得历久不衰的生命力。"① 阎嘉指出，在后现代之后，在"理论高峰"过去之后，对既往的总体性理论或形而上学理论的根本性解构和向着新的方向寻求理论建构的努力，自然会招来进一步的反思、批评和反驳，比如再次强调回到"文学"本身，回到形式或"审美"这种"纯粹性"之上。"反对理论的理论把理论的抽象和概念化看作是生活世界、艺术世界、感性、不可为理性把握之物的对立面。理论是活生生的生活世界和艺术世界的牢笼。"② 高玉指出，中国当代文学主要存在社会文化批评、审美批评和现代批评三种主要批评模式。社会文化批评是文学批评的主流和主体。审美批评的地位和作用广为人知，但是在实际的文学批评实践中却受重视不高，从而影响力有限，正是这种审美批评的缺失和混乱，造成中国当代文学批评总体上的不成熟。文学最为重要的特性就是"文学性"（审美性），那么对于作为首要批评的审美批评的重建就显得尤为重要和迫切。③ 因此，作者提出要从学习古今中外审美批评经验和整合、发展形成新的审美批评体系两个方面来重构中国当代的文学理论审美批评。

可见，在一个"理论的终结""理论之后"或"后理论"之声不绝于耳的理论转向时代，无论是在西方还是中国，都出现了文学理论的审美回归。各种"后理论"在习惯了对性别、种族、阶级等宏大问题的关注和研究之后，日益认识到文学艺术作为一种审美符号构型的独特意义和价值，以及对其审美性经验的阐释在文学研究中的重要地位和作用。文学理论研究作为一种与文本相关联的诗性（审美性）阐释理论，应该始终保持着审美阐释的功能和价值判断的向度，将美从日常生活与文艺作品中发掘和凝练出来，以

---

① 朱立元：《反思西方泛文化理论的影响》，《中国社会科学报》2016 年 8 月 4 日，第 1 版。
② 阎嘉：《"理论之后"的理论与文学理论》，《厦门大学学报》（哲学社会科学版）2009 年第 1 期。
③ 高玉：《重建当代文学审美批评》，《社会科学》2012 年第 1 期。

超越人类的日常经验和社会生活的具体形态。审美文论重新回归文学理论知识生产的版图，参与文学理论的知识构型和范式创造是有着深刻的历史和现实因素的。正如李欧梵先生所总结的："不论是后现代、后结构，或是文化研究理论，对于文学研究者而言，都会带来一个问题：到底文学作品的'文学性'怎么办，难道就不谈文学了吗？美国学界不少名人（包括兰特里夏在内），又开始'转向'了——转回到作品的'文学性'，而反对所有这些'政治化'或'政治正确化'的新潮流。"① 值得注意的是，文学理论的审美回归并不是要我们回到中西历史上存在过的，诸如形式主义、英美"新批评"，甚至是部分结构主义者所标榜的传统的审美文论上去。事实上，固执地保有传统和简单地理论回溯并不足以使我们应对当前学科危机，走出理论困境，而且，就目前文学理论范式创造的理论情境和现实要求来讲，中西审美文论资源的思想启示性更多于理论实践性和可行性。故而，我们应该在承继和保有传统的基础上，更加注重资源的整理、问题的凝练和批评的实践。遗憾的是，尽管理论界出现了各种的审美思想和理论，就目力所及的范围内考察，中西方文学理论审美回归思潮仍然是较为零碎的、分散的，并不具有系统性、普遍性，当然当下更谈不上将之视作一种新的理论范式。但是，中西这些关于对文学理论审美回归的阐发和论述，却为我们建立中国化的文学理论审美阐释范式提供了丰富的理论资源和坚实的基础。

三、中国化文学理论审美阐释范式建立的可能路径

多元知识构型与批评范式创造是当前文学理论知识生产与创新的重要特点和理论取向，它具体表现为建立阐释性的话语系统，以"语言""文化"等核心要素构建具有观念意义的批评理论和范畴，通过与文本的深度融合，从而创造出具有一定的方法规导与可操作性的批评形态和模式。文化诗学是一种近年来我们建构中国化文学理论审美阐释范式值得充分学习和借鉴的重要思想资源和可能实现的理论路径，也是一种需要我们结合中西理论资源，立足现实文化情境继续深入探究的文学理论研究范式，因而在当前我国文学理论知识生产与创新中具有文学理论范式创造的"范例"意义。

---

① 李欧梵：《西方现代批评经典译丛总序》，见［美］勒内·韦勒克、奥斯汀·沃伦《文学理论》，刘象愚等译，江苏教育出版社 2005 年版，第 7 页。

　　"文化诗学"这一概念，最早是由美国新历史主义代表人物斯蒂芬·葛林伯雷（Stephen Greenblatt）于 1986 年在一篇题为《通向一种文化诗学》①的演讲中提出来的。他主张用"文化诗学"来代替他过去所使用的"新历史主义"概念。从此"文化诗学"就开始作为一种理论资源被文学理论研究所关注和借鉴，并作为一种研究范式进入到文学理论知识生产的中心位置。葛林伯雷在进行文艺复兴文学及莎士比亚研究时，突破英美"新批评"传统专注于文学文本内部研究的弊端，将文学艺术同具体的社会历史文化语境相联系，透过对文本的"症候式"阅读和分析，发现隐藏在其后的特定社会的政治、阶级、种族、性别、身份和权力等关系。他将文学文本扩大到文化中，关注文学文本背后的文化、权力和政治等问题。与此相同，苏联文学理论家巴赫金的诗学思想在中国的译介和传播，对中国文化诗学的形成也具有重要的作用。巴赫金认为不能脱离开时代的整个文化语境来研究文学问题，而是要力求在一个时代整个文化的有区分的统一体中来理解文学现象。也就是说，文学和文化是不可分割的，对文学的理解应该放到形成它的特定的文化语境中来加以理解。与这种文化整体观念相联系，巴赫金强调鲜明的文化语境意识。他说"文艺学应与文化史建立更紧密的联系。文学是文化不可分割的一部分，脱离了那个时代整个文化的完整语境，是无法理解的。不应该把文学同其余的文化割裂开来，也不应像通常所做的那样，越过文化把文学直接与社会经济因素联系起来。这些因素作用于文化，只是通过文化并与文化一起作用于文学。"②故此，巴赫金提倡一种对话的理论，一种建立于文化在"某种内涵上的相通之处"基础上的不同主体之间的相互可通约性。这些理论资源都直接影响和促生了中国文化诗学的形成和发展。童庆炳先生是国内较早关注和提倡文化诗学研究的学者，他指出，"文化诗学的基本诉求是通过对文学文本和文学现象的文化解析，提倡深度的精神文化，提倡人文关怀，提倡诗意的追求，批判社会文化中一切浅薄、庸俗、丑恶、不顾廉耻和反文化的东西。深度的精神文化，应该是本民族的优秀的传统文化与世界的优秀文化的一种交融的产物，它追求意义和价值。这种深度的精

---

　　① ［美］斯蒂芬·葛林伯雷：《通向一种文化诗学》，见张京媛主编《新历史主义与文学批评》，北京大学出版社 1993 年版，第 1—16 页。

　　② ［苏联］巴赫金：《答〈新世界〉编辑部问》，见《巴赫金全集》（第 4 卷），钱中文译，河北教育出版社 2009 年版，第 404 页。

神文化的主要特征是它的人文的品格，即以人为本，尊重人，关心人，爱护人，保证人的心理的健康，关怀人的情感的世界，促进人的感性、知性和理性的全面的发展。"[①] 童先生将文化诗学作为应对当前文学理论危机和文化研究挑战的一种文学理论范式的新的构想。

具体而言，文化诗学是一种开放的结构：一方面，它始终围绕着一个中心，即文学作品的审美特性。它将文学作品的审美特性作为研究重点，把"审美"检验作为结构的中心，强调文学审美活动中情感评价的实现和自由状态的彰显，突出文学作品真正的审美价值和积极的社会意义。另一方面，文化诗学也始终坚持两个基本点，既坚持文学文本的细读分析，也注重将文学文本推入历史文化领域，并把这两者结合起来。文化诗学始终坚持对文学的"文学性"特点和"审美性"特质的探索和言说，重视修辞、语言、形式、结构等因素在文学活动中情感表达、意义传播及文学世界构建的重要地位和基础作用，通过一种要求对文学文本进行"细读"和分析的研究方法，实现对文学文本的理解和阐发，进而实现对文学活动的认识和概括。在文学理论和文学本文、文学认识和文学想象、文学阐释和文学创造的结合中，文化诗学力图实现文学审美情感体验和文学知识理论概括的完美融合。文化诗学也始终保持着一个文化的视野和维度，它并不将文学看作是仅仅依靠虚构中介而成的理想的乌托邦，或者通过想象搭建而成的完美的梦幻世界，而是积极地将文学作品推入到具体的历史文化语境中，将文学作品落实到生活世界中，将文学活动奠基人类实践上，为文学活动搭建生活的根基和现实的平台，进而发现文学文本背后隐含的政治、阶级、性别、种族和身份等文化和权力问题，开拓文学研究的视野和方法，从而保有了文学作品的活力性和文学活动的丰富性。可以说，中国文化诗学作为一种新的文学理论形态和批评范式，它突破了文学理论内部研究和外部研究的局限，将文化视角引入文学研究，实现二者恰当的融合和合理的统一；它重视文学研究的历史文化语境和人类学本体论基础，将文学研究建立在牢固的现实基础和人类丰富的文化实践上；它重视文化传统和理论资源，凸显民族文化身份和面对西方文学理论浪潮自觉意识，这些都为文学理论的发展带来了观念的变革和理论的创

---

① 童庆炳：《"文化诗学"作为文学理论的新构想》，《陕西师范大学学报》（哲学社会科学版）2006 年第 1 期。

新，从而找到了应对文学理论学科危机和理论困境的有效途径。文化诗学本身所彰显的批评实践作用和理论自觉意识，也具有较强的示范性意义，是构建中国文学理论审美阐释范式可资借鉴的重要路径。当然，我们也不能简单地认为文化诗学就是建立中国文学理论审美阐释范式的唯一途径，从而一叶障目，成为井底之蛙。事实上，早就有学者从不同的角度，采用不同的方法对构建中国文学理论审美阐释范式这一问题进行了探究，并且取得了丰硕的成果。诸如，王国维对意境问题的摸索，徐复观对中国艺术精神的追求，方东美对中国美学生命意识的探索，宗白华对艺术欣赏中审美空间问题的阐发，以及以叶朗、朱良志、杜卫等为代表的一批当代学者在中西结合的语境中对中国文学理论审美问题的研究。这些都是值得我们充分关注和加以利用的宝贵资源。但是，就学术影响力度和理论完备程度而言，文化诗学中西资源整合的理论特质，指向当下和未来的问题意识，凝聚相应的学术共同体和成果的学术感染力，显然更具有一定的优势，也彰显了其未来发展的空间和潜力。文化诗学也为我们在中国文学理论范式创造中，如何合理地将丰富的学科资源与现实的文学问题，形上的理论建构与经验的事实变异，以及有效的范式演进与复杂的当代视野等课题结合提供了丰富的理论思考和研究视角，值得我们在一种开放的意识和空间中，不断地深化和拓展文化诗学研究，进而以此启发，探索和扩展其他的有效的文学理论范式。

第六章　文学理论知识生产与创新的空间拓展

　　20世纪中后期西方学术语境发生了诸多重大变革，这些研究论域的调整代表着意识形态构建及理论思考方式的转向，其中包括语言学转向、文化转向、身体转向等。理论图景和话语策略的嬗变体现了崇尚生存和人性进化最普遍的趋向，这些转向中，尤其引人瞩目的当属"空间"的异军突起。在相当长的一段时间内，空间仅仅被视为物质运动与社会关系的基本存在方式，而社会和文化领域内空间问题的缺席直接抹杀了空间研究的广阔前景。20世纪中后期以来的空间转向，以空间作为社会理论的思想资源和逻辑基石，为反思当代人文社会科学提供了现实价值和思考深度，激发了人文社会学科整体学术范型的优化、调整和改变。这标志着一种空间化的研究范式正在形成，它所蕴藉的文化价值意义也将逐渐发展为一种直接影响和改变文学理论观念模式和价值尺度的重要力量。

　　随着人类实践能力的深化和发展，人们对于空间的认识得到进一步升华，而且空间从未像如今这般密切牵连着经济、政治以及文化领域内的实践活动。从现实直观层面上而言，空间需求层次更加丰富完整，空间需求范围更加广泛突出，不同群体或不同行为在空间中的演化机制日益呈现出多样化的特征。尤其在当下全球一体化特有的体制转型和诸多改革并存的阶段，可以明确感受到空间活动的类型、频率以及相互作用关系对于个体或群体的重要性。空间对日常生活领域的贴近为人文学术界空间研究带来新的课题，具体表现为一种朝向"文学研究的空间位移"：有关空间的理论思考摆脱了传统文化地理学、城市社会学等学科的局限，开始参与到文化政治、社会关系以及理论的建构之中。20世纪中后期，"空间"作为西方学界趋之若鹜的热门话题，成为诸多学者探赜文化、文学、社会学、美学等领域的独特视角。西方资本主义自20世纪中晚期开始进入"跨国或晚期资本主义阶段"，它直接塑造了后现代主义空间，詹姆逊对此有过如下陈述："我们所称的后现代（或者称为跨国性）的空间绝不仅是一种文化意识形态或者文化幻象，而是有确切的历史（以及社会经济）现实根据的——它是资本主义全球性发展史上的第三次大规模扩张。"[①] 晚期资本主义通过空间关系不断生产和再生产来增加资本积累，资本积累模式在这一时期的发展造成的直接后果是以时间为主导的有节奏的规模生产开始朝向以空间维度为支撑的灵活积累。时间连续性的解构和失落，造成现在同过去以及未来的联系被分离开来，与此相适应，原有的文化范式、价值体系和文化权威在很大程度上遭受动摇和冲击，并日益具备了不稳定且短暂的特质。正是资本主义社会"空间化"逐渐加剧并成为一种不可逆转的趋势，才带来了西方学术研究的"空间转向"。各种学术领域内的空间观正是在资本主义转变过程中逐步形成和完善的，"空间转向"本质上诉诸西方社会现实中空间问题的批判抽象，空间问题化的过程使学界在揭示生存奥秘的过程中对空间保持了高度敏感和关注的状态。由是言之，空间作为新的思想谱系能够在西方社会科学的各种繁杂理论转向中脱颖而出，既源自社会实践的革新，又是理论自身生长的需求。

第一节　空间问题的提出及其论域的建构

时间和空间作为人类把握物质运动和社会发展的重要维度，同时也是同哲学核心问题息息相关的根源性发问方式。在原始思维中，时间和空间给人类提供了神话式的权威想象，并成为使现实生活得以延续的基础性神秘力量，亦为人类生存提供着合法性说明。人类真正摆脱神话思维，转而从理性认知的角度探求时空，则是对纷繁复杂的历史实践和历史经验反思总结的结果，是思维理性化的产物。在这种转变中，人类对时空的体验逐渐上升为观念，而一种新观念的建构必然依赖于概念的表述。因此，以时空角度为始介

---

① ［美］詹明信：《晚期资本主义的文化逻辑：詹明信批评理论文选》，张旭东编，陈清侨等译，三联书店1997年版，第506—507页。

入有关哲学话语生产，并由此引发一种高度概括的抽象思辨，成为长期统治西方学界的经典学说。开掘时间和空间在人类经验范畴中的特殊意义，是自然科学乃至人文科学学术研究奠基性和启发性的观念方法。时间和空间存在密切的关联性和转换关系，时空研究对于认识阐释和价值判断具有同等重要的应用意义。然而，鉴于人类不同的主体发展尺度、需求及价值意向，学界在时间问题和空间问题的探索上采取了截然不同的态度。诸多学者认为20世纪中期以前，西方大部分学科更加重视时间问题，因此，以"时间—历史"维度为支撑的观念体系始终盘踞人文社会科学研究的主流位置。在历史经验叙述和生存进程的思考中，时间必然不可或缺。西方理论界自17世纪以来，以笛卡尔思想为代表的理性主义作为意识形态领域的主流叙述，指导和驾驭着理论的价值导向和知识构成。时间在对必然性的构建之中获得了感知历史理性的权力，并且凭借这种牢靠的逻辑基点来实现对于理性主义的寻求，继而成为表达"大写主体"阐释策略的核心。"沉湎于历史"的知识传统不可避免地影响了空间话语的伸张，这种现象在19世纪突出的历史决定论中达至顶峰。空间长期以来被视为僵死的、刻板的、非辩证的和静止的存在，这种传统认识论下的空间观往往将空间视为某种抽象物抑或是没有内容的"空盒子"，空间研究惯于从空间的物理属性和自然属性层面来解读和剖析。空间以这种方式不断地被切割重塑，并逐渐凝定为一种僵化的形态，其社会性内质也被主导性的历史叙事所遮蔽。米歇尔·福柯由是言之："从康德以来，哲学家们思考的是时间。黑格尔，柏格森，海德格尔。与此相应，空间遭到贬值，因为它站在阐释、分析、概念、死亡、固定、还有惰性的一边。"① 将空间作为一种思维方式对多数知识分子而言并不易于接受，由于历史决定论根深蒂固的影响，空间向度在人文社科领域没有受到足够重视，时间性话语表现出较强的控制力，以致严重妨碍了空间话语的正常发展。这一现象的成因主要有理论和社会现实两方面因素。从理论角度看，黑格尔、克罗齐、汤因比、科林伍德等人的历史哲学占据研究领域的核心地位；生物学等新的自然科学理论中引入了"进化""节奏""发展"等时间概念……沉湎于历史的想象，缺乏空间想象，成为社会科学中理论模式和实

---

① 包亚明主编：《权力的眼睛——福柯访谈录》，严锋译，上海人民出版社1997年版，第152—153页。

证主义方法论固有的弊端。从社会现实角度看，时间在现代化主流方向上成为人类生存论基础，借助现代劳动时间衡量生命，是现代历史对人类心性结构最深刻的塑造之一。而自 20 世纪中期开始，人们开始意识到这些理论过度倚重时间而忽视了空间。或许是出于对理论和现实反思与批判的自觉性，当代西方学界在空间问题上形成越来越强烈的兴趣，并由此引发了西方哲学社会科学整体性的"空间转向"。

一、空间问题的提出

"上下四方为宇，古往今来为宙"。作为宇宙的一分子，人既是时间的存在，也是空间的存在。从现实直观层面来看，我们可以明显感受到空间对于个体和群体的重要性：作为一种空间生产活动，建房筑屋不仅为生存体提供遮蔽之需，而且也满足了人类心理归属之需。空间内蕴的是不同群体之间公平享有的平等居住权，以及相对自由地进行空间生产和消费的权利。就一个民族国家而言，"空间"最为突出的问题便是围绕领土、领海、领空管辖权而进行的较量竞争。而伴随资本全球化的推进，国家实力的诸多竞争也日益演化为空间生产的隐形竞争。尤其在当代文化条件下，空间话语重构和当代现实背景有着千丝万缕的粘连。空间价值的凸显使得生活于其中的人类能深切而强烈地感知并体验着空间。英国著名小说家和文学评论家戴维·洛奇（David Lodge）对后现代空间状况的真实写照就蕴含着当代都市人生存空间的切身体验：

> 这套公寓，或者说居住单元，像一间塞得满满的、豪华的单人囚室，大约只有四米长、三米宽、一米五高。墙、地板和天花板都用柔软的合成纤维地毯衬衣、得毫无缝隙。沿着墙的一边摆着一溜低矮的、稍往里凹的隔板，白天充当沙发、晚上当床。它的顶上还叠着一些搁板和小橱柜。对面墙上凹进或齐墙装着不锈钢洗脸水池、冰箱、微波炉、电热壶、彩电、高保真收录机和电话。一张矮脚桌立在窗前。那是个大大的、双层玻璃的舷窗，通向外面空荡荡、雾蒙蒙的天空；不过，如果走近斜眼往下看，也会看到下面街道上人车如流，时而汇聚、时而相交、时而分开，室内有空调、温控器和隔音设备。四百个一模一样的这种小屋互相连接，堆砌起来，像一座鸡蛋盒垒成的高塔。这是适应市场需要

新开发的一种公寓，是"太空密封舱"旅馆的翻版，一般坐落在靠近铁路干线终点站的地方，近几年在日本工人中间非常流行。

　　还有一面墙上有一个小门，通向一个无窗的小浴室，里面有一个椅子形的澡盆，大小刚够人坐进去；另有一个厕所，它只能以蹲的姿势使用，反正这也是日本男人的习惯。……他（指坂埼章，在小说里是一个日本的英语教师——引者注）对自己的住房十分满意，它以紧凑便利的方式为他提供了所有现代化的舒适享受，使他能最大限度地省下时间去工作。人们从一个房间走到另一个房间不知要浪费多少时间——尤其在西方！空间就是时间。①

　　作为一种"合目的性"的空间形态，居住空间是资本主义社会物质空间的常态，成为生存的基本形式。人对生存空间的体验虽然蕴含在貌似自由而理想的生活方式之中，但是必须以不断地工作为代价，从而在追逐物质生产高峰化中寻求更加舒适宽敞的生存空间。"空间就是时间"，作为由大工业普遍竞争所孕育的现代资本，以其不断扩张的内在属性决定了要将不断征服空间、占有空间、突破空间作为欲望满足的必要条件。空间不再是内生性的、在地性的发展，而关联着全球经济、政治、文化之间的互动，并且成为资本主义发展以及全球化进程中的核心问题。空间资本化的过程使空间由"场所"变成了"商品"，资本运行于城市空间之中，一方面加速生产与消费，获取剩余价值；另一方面也造成了在空间享有上贫富分化的加剧。

　　在西方文化思想界兴起的"空间转向"潮流中，人类实践能力的强化和发展促使人们对空间认识进一步升华：对空间问题的切身体验和理论思考摆脱了传统文化地理学、城市社会学的学科束缚，转而以"面向生活世界"为基点，将哲学思考从抽象的本体论层面回归感性直观的生活世界。特别是20世纪六七十年代以来，学界更多从社会关系的视域来界定空间。西方当代空间理论的思想先驱是法国哲学家亨利·列斐伏尔（Henri Lefebvre）和米歇尔·福柯（Michel Foucault）。虽然此二人对空间塑造各有千秋，但是他们之间的共通性都毫无例外地将空间概念的阐释指向各种社会关系、社会权力、矛盾冲突的领域，都反对从形而上学的抽象角度解析空间。质言之，

---

　　①　[英] 戴维·洛奇：《小世界》，赵光育译，作家出版社 1992 年版，第 126—127 页。

他们认为空间频繁而广泛地影响和改变着当代人的生存体验形式，并逐渐发展成为一种直接影响社会关系运作的力量。亨利·列斐伏尔在 1974 年出版的著述《空间的生产》（*The Production of Space*）中试图扭转传统社会政治理论对空间简单化的误读。自然空间作为承载人类活动的基本形式，囊括人类生活所需的基本物质生活资料。列斐伏尔敏锐地意识到空间在现代生活中日益重要的作用，并适时提出：空间内在事物的生产已经转变为空间本身的生产。自然空间在空间生产力的高速发展中不可避免地让位于社会空间，空间生产力在发展过程中形塑着纷繁复杂的社会关系，空间生产成为生产力自身发展以及空间对物质生产介入的产物。列斐伏尔由是言之："空间已经达到如此显著的位置，它是某种'行走在大地上'的现实，即在某种被生产出的社会空间之中的现实，是社会关系的生产和再生产……"[①] 空间作为一个整体，介入了资本主义的生产流程，它被用来生产剩余价值。福柯对当代空间理论的贡献得益于他对权力问题的关注，他率先指出，当今的时代是空间崛起的时代："目前这一时代也许将会超越以往任何的空间时代。我们处于同存性的时代：我们处于并置的时代，是近与远的时代，是肩并肩的时代，是事物消散的时代。我相信，我们处于这样一个时刻：我们对世界的体验是，对在时间过程中成长起来的漫长生命的经验比不上对联系各个点并与其自身的线索交叉在一起的网络的经验。人们或许会说，推动今日辩论的某些意识形态冲突，对峙于虔诚的时间后代和坚定的空间居民。"[②] 在福柯看来，空间的重要性会伴随着人类实践能力的加深和社会发展的日趋进步而突显，20 世纪以后不再是时间占据话语权的时代，而是空间由幕后走到台前的时代。从一般意义上而言，空间的物理学意义往往成为理论思考的重点，而福柯独辟蹊径转而从空间的社会意义入手，分析了空间同权力运作的内在关系。他将自己的分析范围扩张到整个城市空间之中，尤其是包括监狱、学校、工厂、军队等在内的权力扩散最为严密的场所。这些建筑空间是权力获得"合法性"的场所，权力借助资本在空间中增量获得了现代性的合法基础，用以增加国家财富，改善民生，保证政治稳定。福柯考察了建筑空间中

---

① ［法］亨利·列斐伏尔：《〈空间的生产〉新版序言（1986）》，见张一兵编《社会批判理论纪事》第 1 辑，中央编译出版社 2006 年版，第 180 页。

② ［法］米歇尔·福柯：《不同空间的正文与上下文》，引自［美］爱德华·W. 苏贾《后现代地理学——重申批判社会理论中的空间》，王文斌译，商务印书馆 2004 年版，第 15 页。

权力运作在不同历史时期所具备的不同特点，他的空间理论为其后的思想家剖析资本对劳动的剥削压迫、城市空间中的不平衡发展、空间非正义现象提供了理论依据和思考逻辑。另外，诸如，曼纽尔·卡斯特尔（Manuel Castells）、弗雷德里克·詹姆逊（Fredric Jameson）、戴维·哈维（David Harvey）、爱德华·索亚（Edward W. Soja）等人将社会批判理论、都市研究、地理学、后现代主义等诸多西方主流理论同空间问题紧密联系起来，力图将人文社会科学思维模式同空间分析进行糅合创新。空间研究领域中不同学科出现了交叉互融的发展趋势，空间反思为学界研究和阐释世界以及人类生存之谜提供了崭新的思维方式和广阔的学术视野。空间问题是当代人文社会学科必须认真对待的重大问题，一方面，空间问题以风靡之势成为当代学术知识推陈出新的重要阵地；另一方面，"空间转向"从根本上是同西方学术体系中其他研究范式的转向互动合作的，而对空间的关注则是西方学术总体跨学科趋势形成和发展的关键一环。正如麦克尔·迪尔（Michael J. Dear）所述："后现代思想的兴起，极大地推动了思想家们重新思考空间在社会理论和构建日常生活过程中所起的作用。空间意义重大已成普遍共识。"① 随着全球化时代的勃兴，全球化对人类文化发展的规约已成为客观存在，全球性与地域性间的文化往来愈加频繁，正是这种文化互动迫使人们在关注自身文化发展的同时，不能不考虑全球关系交往与发展的态势，因此，地理环境与人类社会的关系已经成为需要被切实关注的重要问题。随着空间化思维的展开，空间问题不仅对于指导宏观层面社会制度的变革具有方法论指导意义，而且也是个体和群体日常社会行为的分析工具。对"空间"问题的关注成为当代学术思想体系在全球化时代思考人类命运及全球文化的关键。

二、面向文学理论研究领域的空间转向

围绕空间话题已经形成不同学科间交叉互融的趋向，这自然也加速了西方当代文学理论迅速跻身学科重组的规划之中。长期以来，空间被视为僵死的、固定的、静止的、非辩证的；而时间却被认为是鲜活的、丰富的、多产的、辩证的。"对于那些把历史与旧式的进化生存的连续性、有机发展、意

---

①　［美］迈尔·迪尔：《后现代血统：从列斐伏尔到詹姆逊》，见包亚明主编《现代性与空间的生产》，上海教育出版社 2003 年版，第 84 页。

识的进步或者说存在的规划混为一谈的人，对空间术语的使用似乎具有一种反历史的味道。如果我们用空间的术语来谈论历史，这就意味着我们对时间充满敌意。"① 以现代劳动时间度量生命，是现代化历史最为突出的特征。促使现代时间加速前进的资本生产以占有利润为目的，一切商品的价值由凝聚一定量的劳动时间来体现，一种普遍持续的现代时间在永不停滞的追求资本利润的机制下成为生命的组织秩序形式与意义定向。重时间轻空间的现象，显然同现代性的历史时间观念密切相关。现代时间的内在结构不仅提供了深层认识现代性的角度，而且也为现代化处境中空间的压缩积蓄了反弹的力量。指向未来且不可逆的直线矢量时间必然要求一个进步主义的历史观，现代性历史时间以强调线性的、逻辑的、因果律的、必然的历史决定论为主导，并且构成一种以"历史主义"为根基的现代性意识形态。随着当代空间化思维的深广驱动，诸多学者表现出了对现代性历史时间观念日益加深的批判性介入。他们的学术成就在对社会空间的探索与书写中创造了一个抵抗的空间，这些空间想象已经影响到传统历史学的理论观念及叙事方式。20世纪中后期以来空间理论和文学理论开始呈现出互动性关联：一方面，空间转向作为20世纪后半叶社会生活、文化政治、学术思想领域中举足轻重的事件之一为当代文学理论的创新发展提供了新的逻辑向度；另一方面，当代文学理论和文学研究本身也参与到当代空间理论的建构发展之中，延伸和深化了空间反思批判的层面。诸如法兰克福学派代表人物瓦尔特·本雅明（Walter Benjamin）就曾敏感地捕捉到现代主义文学艺术同城市景观之间的内在联系，立足空间维度特别是都市空间维度开展其文学艺术批评，以此确定了空间批评的美学向度。其代表作《拱廊街计划》摒弃了以时间为主线的再现形式，代之以寓言式空间批评，通过巴黎商业步行街这样一个资本主义社会的微缩空间来透视现代性奥秘。非连续性的时间观以及将时间空间化的倾向使本雅明借助辩证意象分析，在都市空间中展开他的现代性批判："对时间进行了富有成效的'空间化'，用文本实践取代了叙事编码式的历史。它打破了历史编纂学的链条，在这根链条上，各种环节要素仿佛磁铁一

---

① 包亚明主编：《权力的眼睛——福柯访谈录》，严锋译，上海人民出版社1997年版，第206页。

样紧紧地吸附在一起。"① 本雅明的都市空间批评独具特色且影响深远。布朗肖（Maurice Blanchot）在《文学空间》中以马拉美、卡夫卡、里尔克、陀思妥耶夫斯基等现代主义作家的文本为阐释对象，对其中体现的文学空间采用了生存哲学意蕴分析。"死亡"是布朗肖理论重要的构成部分，文学空间就是作者进行创作的空间，也可以称为"死亡空间"。文学空间并非是见证时间在场的外在景观或场景，而是一种"投身到时间不在场的诱惑中去"②，并且源自孤独、内在、深层的体验空间。这种将空间指向生存体验的观点，打破了以主客二分为基础的将空间视为外部空间和内部空间的局限，空间成为人类生存体验的内在形式，文学空间也从传统时间在场见证的境遇中解脱出来。巴什拉（Gaston Bachelard）的《空间诗学》致力于现象学与精神分析的相互融合，从精神心理层面探赜空间蕴藉的诗性体验。他认为，空间并非填充着物体的容器，而是人类意识的居所，空间中暗含着生命的无意识和存在的奥秘。巴什拉推崇空间，他认为艺术只有从时间趋附中脱离出来，才有可能进入更为广阔且充满想象的诗意空间，从而让生存远离喧器杂芜的圈限，栖居于广袤虚静的诗意空间。巴什拉借助空间想象反拨了冰冷的抽象形式主义和科技实证主义，自其以降，当代空间诗学以其丰富的学术话语和理论资源，超越和突破了长期占据主导地位的时间化文学理论传统。

　　本雅明、布朗肖、巴什拉等人关于空间理论的探讨也许代表着空间转向已经拓展到了文学理论的研究领域，而文化地理学和后现代地理学等前沿学科领域的出现则意味着空间转向在文学理论领域的价值和意义正在被越来越多的学者所认同。文化地理学作为人文地理学的一个研究分支，旨在研究人类文化的空间组合，也就是说，研究文化是如何影响人类日常生活空间的："文化地理学主要研究的是经历了不同形成过程的文化是如何汇集到一个特定的地方，这些地方又是怎样对其民居产生意义的……文化地理学研究人类生活的多样性和差异性，研究人们如何阐释和利用地理空间，即研究与地理环境有关的人文活动，研究这些空间和地点是怎样保留了产生于斯的文

---

① ［美］索亚：《第三空间：去往洛杉矶和其他真实和想象地方的旅程》，陆扬等译，上海教育出版社 2005 年版，第 224 页。

② ［法］布朗肖：《文学空间》，顾嘉琛译，商务印书馆 2005 年版，第 12 页。

化……"① 从地理角度研究文化,简言之,就是探询现实生活的特定空间场域下人类社会的文化定型活动;将文化视野伸向地理研究,就是要审视文化对于空间的影响及其作用,剖析文化在空间发展演变过程中的特殊意义。与传统地理学一维的、单向的、片面的研究有所不同,文化地理学倡导多维的、多学科交叉的、动态的研究思路,研究各种文化现象的地域特点及其差异,注重某种文化在空间场域内的起源变迁,并致力于描述文化景观取代自然景观的流变历程。文化地理学的风格如何在当前学术界寻求自身生长点,而这种生长点能不能通过学人研究揭示出来,并且规避单一或片面的解读,对这一问题的解答需要依仗大量的实证研究,更需借助理论上的研讨和总结来完成。

美国芝加哥学派的城市社会学研究就曾对文化地理学发展产生过举足轻重的影响。20 世纪初叶堪称都市社会学研究的"黄金时代",当我们进入新千年时,空间研究领域在城市研究的学术法则和主题的多样性上从未像现在这般显得如此繁荣旺盛,有如此众多的新理念及新方法,密切地同我们所在的时代产生着碰撞互动。当空间问题与文化问题如此亲密地缠绕在一起时,如果说曾经主流的社会科学视野已经忽视了空间特殊的解码潜力,那么现在则到了要把这种隐性的、暗藏的空间规律带回话语场域的时候了。人类从根本上而言是空间性的存在者,总是忙于进行场所、区域、疆域、居住环境等空间的生产,人类因此也总是被裹挟在同周围环境的复杂关系之中。人类主体本身就可被视为一种独特的空间性单元:一方面人所在的空间依托人类行为和思想而不断获得价值;另一方面,人类自身心理与精神气质则是以这些空间环境或空间条件为基础的。由是言之,在空间生产过程中,将空间与形塑人类思想文化观念紧密联系为一体的思考方式,无疑已经成为当代空间理论发展的独特视角与研究方法。芝加哥学派对都市空间发展的动力以及都市对社会生活的影响具有极为浓厚的兴趣,并以此路径为主导做了大量细致具体的研究工作。1915 年到 1940 年期间,进行城市社会学研究的芝加哥学派推出了大量研究成果,并提出了城市社会政策与政治政策等一系列基本问题。虽然各人文学科有其自身发展规律与迫切需要关注的问题,但都市研究与文化研究以其独特的理论张力和阐释潜力几乎已经被视为当代人文社会科

---

① 〔英〕迈克·克朗:《文化地理学》,杨淑华、宋慧敏译,南京大学出版社 2003 年版,第 4 页。

学构成的关键。1915 年芝加哥学派主要代表人物之一的罗伯特·E. 帕克（Robert Ezra Park）在其论文《城市：对于开展城市环境中人类行为研究的几点意见》中提到："城市，绝不仅仅是许多单个人的集合体，也不是各种社会设施——诸如街道、建筑物、电灯、电车、电话等——的聚合体；城市也不只是各种服务部门和管理机构，如法庭、医院、学校、警察和各种民政机构人员等的简单聚集。城市，它是一种心理状态，是各种礼俗和传统构成的整体，是这些礼俗中所包含，并随传统而流传的那些统一思想和感情所构成的整体。换言之，城市绝非简单的物质现象，绝非简单的人工构筑物。城市已同其居民们的各种重要活动密切地联系在一起，它是自然的产物，而尤其是人类属性的产物。"① 虽然关于城市的概念目前学界尚未达成统一认识，但是帕克的这篇文章却明确指出了社会学意义上的城市与行政建制意义上的城市有所不同，他强调的"人类属性"最显著的就是个体文化与价值传统，或言"文化属性"，那么这种文化属性是如何被反映的呢？帕克认为，这就要从与市民息息相关的生存空间入手。这种将城市与人类精神密切关联的思考方式正是芝加哥学派研究城市人类属性的最好出发点。除此之外芝加哥学派的另一位主要代表人物路易斯·沃斯（Louis Wirth）1938 年在《美国社会学杂志》第 44 期上发表了《作为一种生活方式的都市生活》，探讨了都市与现代文明、都市与现代生活、都市与现代人等具有现实意义的城市社会学问题。这是一篇具有重要影响力的研究文献，它为之后文学空间理论研究提供了有益的启示和借鉴。都市空间研究的关注点已经不再囿于全球范围内都市人口膨胀问题，或者都市进程深广度问题，转而投向全球化进程中都市空间的生产问题。城市已经成为全球化矛盾的聚焦中心，成为都市问题与隐性文化问题的汇聚之所。可以说，全球化已经成为替代"现代化"的文化趋势和社会想象，它使都市空间生产获得深化与细致化。因而，一种具有明显后现代特色的批判人文地理学正在形成，一种新兴并充满活力的论辩已被提上理论和政治的议事日程，这就是后现代地理学。它将历史构建与社会空间生产紧密结合在一起，"试图解构和重构刻板的历史叙事，从时间的语言牢房里解脱出来，摆脱传统批判理论类乎于监狱式的历史决定论的羁绊，借

---

① ［美］帕克等：《城市社会学——芝加哥学派城市研究文集》，宋俊岭、吴建华、王登斌译，华夏出版社 1987 年版，第 1 页。

此给阐释性人文地理学的深刻思想（一种空间解释学）留下空间"①。

在西方文化思想界兴起的"空间转向"潮流中，学界对空间问题的体验感悟摆脱了传统地理学或传统空间理论的束缚，转而从文化行为入手分析其在社会生产中所承载的意义与功能，并以此为契机挖掘出空间背后涵摄的意识形态立场。描述分析空间在人类经验中呈现的特殊品性对于人文学科而言具有极强的吸引力，而后现代语境下的空间理论就是要反拨有关传统空间客观的、单一的意义观念，转而发掘其在人类实践活动中的建构作用。

第二节　空间转向与当代文学理论思维方式的变革

对于所有的思想模式而言，空间都是一种不可或缺的思想出场的原初语境，它连同时间将一个基本的构序系统隐匿于人类的思想框架中。时间和空间有着密切的关联性和转换关系，人类文明在时空交互共融的语境中得到不断维系、创新、嬗变。20世纪中期以前，学界就"历史"成为一种时代精神以及一种占主导地位的思维方式而达成一致，黑格尔、克罗齐、汤因比、科林伍德等人的历史哲学雄踞理论阐释和话语表述的舞台，而空间则隐匿在时间霸权的背后。时至20世纪中后期，西方文化思想领域开始出现大规模话语转型趋势，各种传统终结论和对变革转向的标榜此消彼长。学界逐渐意识到过往诸种理论在时空问题考量方面的失衡，对时间的推崇以及对空间的忽略刺激着新时期理论论域内的反思性情绪。进入21世纪，地理流动性愈加成为塑造人类生活的核心要素，地点、方位、景观、环境、家园、领土等概念日益强化着人类与生俱来的空间性。空间从来没有像今天这般如此深切关联着经济、政治、文化领域的实践活动：物流、能量流、人流、资金流、信息流形成的空间网络成为同人类产生密切纠葛的重要推动力量。无论是各国有意应对全球范围内头绪纷繁的地理政治冲突，还是试图理解以空间为基础的城镇化与城市发展、城市空间社会现象。人们对空间或争夺或关注，但绝不再是冷漠视之，有关空间拓展与重组、空间资源配置、空间行为规律及其特点等正朝向一个更加人本化、社会化、微观化的领域延伸。综而论之，

---

① ［美］爱德华·W.苏贾：《后现代地理学——重申批判社会理论中的空间》，王文斌译，商务印书馆2004年版，第2页。

赋予各种人类活动和制度安排的"空间"使人类生存充满着生命力,生活空间、意向空间、生产关系空间、制度空间等多维度空间模式不断丰富着人们对空间的理解,继而也发展出空间研究的相关理论。在学科发展整体转向的语境下,空间研究也经历了深刻转型,这种深刻"转型"就在于"空间"已成为人类现实生存中的重大符码,而空间的问题化使学界必须在对人类理想化生存的思考中给予空间前所未有的理性筹划。所谓"空间转向"并不意味着空间研究的开始,而是一场旨在重申空间重要性的潮流,这一思想潮流是对西方自 20 世纪中后期陆续出现的各种空间危机的理论回应。

一、空间转向的基本路径

空间转向的实现有赖于法国在 20 世纪后半叶对于空间问题的研究。首先,亨利·列斐伏尔关于空间与社会的观点为自然的空间向社会的空间思想的转变提供了逻辑前提和理论基础。在 1974 年出版的《空间的生产》中,列斐伏尔更是敏锐地意识到空间在现代生活中日益显著的作用,并以此展开了对传统认识论空间观的批判,驳斥了单纯将空间形式和物质内容相联系的观点,转而强调空间生产在社会生活中的地位和作用。米歇尔·福柯关于"空间崛起"富有前瞻性的预言,同样已经触碰到空间与全球化问题的核心:在漫长时间历史中形成的生命经验已经让位于自身与不同空间相互缠绕而成的空间网状经验。他紧紧围绕空间与权力的关系进行了深入探讨,在进行研究的过程中,福柯借助大量实体空间:学校、军队、监狱、工厂、疯人院等,发掘这些空间背后潜在的权力关系。这些空间同经济、政治、制度紧密交织,最终凭借自身空间构造和布局成为权力机制繁衍的温床。以列斐伏尔、福柯为代表的思想家从社会视角去分析空间和揭示空间,时间在人文社科领域长期的主导和决定地位遭到反拨,由此带来了 20 世纪中后期西方理论界不同程度的空间转向。作为新的理论范式,"空间转向"不仅意味着方法论和认识论的转向,也意味着知识学立场的转向("空间和时间并置"替代了"空间依附于时间")。空间理论作为空间问题化抽象的展开方式,其实质是立足于西方社会现实中空间问题的分析批判而生成的,它隐含着对人类现实生存空间的深刻体悟,也标示着社会文化研究方式的修正革新。

从时间历史话语霸权下发掘空间的本体地位是西方当代空间理论的重要目标,而此目标的实现一方面建立在对西方当代现实语境空间化分析的基础上，另一方面则借助西方当代文化—意识形态的空间化来体现。爱德华·索亚（Edward W. Soja）将空间化的推动总结为三条不同路径之间一种富有创造性的交汇："后历史决定论""后福特主义""后现代主义"。"后历史决定论"的途径"植根于对社会存在的本质和概念化进行一种根本性的重新阐述，这实质上是一场本体论方面的斗争，乞求重新平衡历史、地理和社会三者之间可以阐释的交互作用"①。这条路径从本体论角度寻求了当代西方现实语境和哲学观念内的空间转向，反拨以时间历史为主导的过分膨胀的话语霸权，致力于建构空间——时间——存在在本体论上的三位一体。空间作为一个纷繁复杂的多元文化冲突流动和碰撞的场域，为人文科学研究创造了富于自由的学术环境。西方当代思想或哲学语境的空间化使单一且非辩证的学术研究范型被打破，以空间理论为方法论的研究路径与研究理念正使多元且辩证的知识生产方式焕发新的生命力。"后福特主义"的途径则直接同物质世界的政治经济学关联，它本质上是从政治经济学角度对战后持续性经济繁荣之后所产生的现实问题进行的理论分析，易言之，对资本主义"第四次现代化"进行政治经济学的空间追问。"后现代主义"的途径则"寓于文化和意识形态的重新变革、对现代性的经验性意义进行不断更新的界定、空间和时间的一种全新的后现代文化的崛起。"② 此途径的空间化主要指西方当代文化—意识形态领域的空间化。爱德华·索亚关于空间转向途径的描述从"后历史决定论""后福特主义""后现代主义"三个层面做了理性陈述，这三条相互交织的途径共同构成当代西方空间理论的总体风貌。同时，前两种途径在一定意义上又构成第三种途径的思想语境和现实语境；第三种途径又是前两种途径意识形态的彰显。索亚为学界进一步挖掘"空间转向"提供了重要借鉴，并大体勾勒出包括他本人在内的西方当代空间理论生成的总体风貌。空间自此摆脱了传统本体论的掣肘，开始广泛聚焦人类生存实践问题，并且化身为当代语境下理论实现批判功能的异质性场所，西方传统空间观念的各种悖论和形而上学色彩得以扭转。

---

① ［美］爱德华·W. 苏贾：《后现代地理学——重申批判社会理论中的空间》，王文斌译，商务印书馆 2004 年版，第 94 页。

② ［美］爱德华·W. 苏贾：《后现代地理学——重申批判社会理论中的空间》，王文斌译，商务印书馆 2004 年版，第 95 页。

二、空间转向与文学理论研究范式的当代转换

文学作为人类价值观念和意识形态输出的重要方式之一，对生存的洞察是其恒久不变的母题之一。而空间理论的发展轨迹，从不同方面对当代文化和当代人类生存困境表示了极为深刻的审视和反省。因此，在当代西方空间转向潮流之中，关于文学理论和文化研究领域的转型和变化也构成了当代空间转向的重要景观。随着空间理论的引进和文化结构形态的转换，整个人文学科的研究模式受到不断渗透和改型，开始呈现多元、灵活、复杂的发展机制。任何事件或事物的存在必定基于时间维度和空间维度，如果仅强调前者而忽略后者，无疑是对真实性的分解和遮蔽。作为文学作品而言，也必然涉及一段具体时间和某一个（或几个）具体的空间。正如法国学者让·伊夫·塔迪埃所述："小说既是空间结构也是时间结构。说它是空间结构是因为在它展开的书页中出现了在我们的目光下静止不动的形式的组织和体系；说它是时间结构是因为不存在瞬间阅读，因为一生的经历总是在时间中展开的。"① 约瑟夫·弗兰克（Joseph Frank）曾在《现代小说中的空间形式》（1945 年）一文中建构了可能是迄今为止最早的"文学空间形式"的命题，关于空间问题的讨论建立在现实主义文学作品之中，空间形式的凸显导致叙事时间流序列性和因果性的瓦解。虽说在当时语境下，学术界对弗兰克的观点基本无法接受，质疑之声不绝于耳。但这篇原创性的论文的确引发了学界对文学作品空间形式问题的关注，为文学空间理论深层意义的探索奠定了逻辑基础。法国文学批评家莫里斯·布朗肖（Maurice Blanchot）在其著作《文学空间》中将生存体验的深度空间同文学空间融为一体。在他看来，文学空间并非是一种外在的生存立基之地，也并非是见证时间在场的定位之所，它源自作者对于生存的内在体验。文学空间可以被描述为由意义和情感组成的领域，而写作就是要"投身到时间不在场的诱惑中去"②，真正的作家应该摆脱时间链条的束缚，投身于具备体验深度的生存空间之内。以生存论为研究视域所塑造的文学空间，瓦解了传统空间认识论中内外空间对立分

---

① ［法］让·伊夫·塔迪埃：《普鲁斯特和小说》，桂裕芳、王森译，上海译文出版社 1992 年版，第 224 页。

② ［法］莫里斯·布朗肖：《文学空间》，顾佳琛译，商务印书馆 2005 年版，第 12 页。

裂的弊端，成为外部空间和内部空间进行自由交流的产物。总之，将生存蕴藉纳入空间之中，不仅更加切近文学空间的内在本质，而且也使空间的深层特征得到进一步解放和拓展。法国哲学家加斯东·巴什拉（Gaston Bachelard）在《空间的诗学》中借助空间化诗学理论为空间的审美超越提供了内在条件。他的空间诗学观念在现象学和象征主义的影响下获得了某种神秘气息。从审美意义来理解，巴什拉主张真正的艺术不应当囿于时间历史封闭单一的需要，而有必要遁入追求意象且充盈无限丰富想象的诗意空间之中。此种空间化的诗学理论表现为对感性生存状态的思考，成为同人类生存方式息息相关的价值论探求。这种超越世俗空间涵盖生存论意蕴和本体论意义的审美性想象空间的塑造，是空间理论日趋丰富的重要标志。巴什拉空间化诗学理论的提出意味着一种感性文化动力的生成，借助人的心灵和精神力量进一步完善了空间的生存结构和功能状态，新型空间感觉经验对长期以来时间占据主导位置的文学理论传统进行了颠覆性挑战。

　　以上诸位学者空间化的文学理论研究表明，学界已经在有关空间或空间性问题的研究领域做出了反应，并逐渐把以前给予时间的青睐纷纷转移到空间上来。而关于空间转向下文学理论研究的提出，则表明空间对时间性权威垄断现象的反拨，一场重新阐释空间的思想潮流破除了时空二元对立的思维方式，为文艺发展开启了更为深远的理论视野。其他学者诸如瓦尔特·本雅明（Walter Benjamin）、皮埃尔·布迪厄（Pierre Bourdieu）、弗雷德里克·詹姆逊（Fredric Jameson）等也为文学理论的空间化突破做出了杰出贡献，空间在上述学者的研究中亦获得新的阐释。从现实层面上来看，人类在不断更新自身生存方式的过程中，其生存状态与空间实践是内在契合的，所以空间需要从人的生理本能层次进入心理与精神的活动层次，以便使人能够在一种更为广阔的范围中获得对生存的观照。由是言之，空间背后所潜藏的文化实践功能在人类生存活动中的功能是不容忽视的。从外在形态看，人类按照自身发展的目的意象，在实践活动中把握占有空间中那些能"满足需要"的客观属性；而从内在实质看，空间又反过来影响和限定人的心理结构、情感方式等同感性生活相关的精神结构的建立和完善。而空间在文学理论研究领域的活跃展示着一种新型文论研究的变化，这一变化深刻地改变了当代文论的内在机制，也有力地牵动着当代文论的纵深拓展。在本体论层面，空间化思维试图颠覆以历史主义为核心理念的研究惯例；在方法论层面，空间化思维试图解构方法论中的本质主义和整体主义。空间理论发展的总体状态和发展趋势表明，空间所呈现的是开放、多元、异质的文化样态，在空间转向背景下文学理论面临被重新塑造、界定与建构的可能性。这也意味着一种感性文化动力的生成，为扑朔迷离文化现象的理论言说提供了逻辑根据。

首先，"空间转向"对传统文学理论中文学与外部世界的关系进行了隐喻性的重构。就目前实际情况而言，空间在文学研究中的重要性是毋庸置疑的。作为社会生产的空间与文学存在怎样的互动关系？有学者以小说为例曾指出："空间场景的意义不仅在于它作为小说情节结构要素之必不可少，而且其本身往往也具有特殊的意味。在小说艺术走向成熟以后，小说中的空间场景已远远脱离了客观真实而多为作家的虚拟。在一定意义上，这种虚拟的空间场景也是作家艺术创造力的表征。"① 一方面，空间为文学创作提供了场景支持和情节展开平台，在文学作品中或多或少都能轻易感受到人与地理空间之间充满生动性与感染性的关系；另一方面，文学除了将空间视为行动和意识的定位之所外，也成为空间深层意义传达的出口。时间的序列性和事件的因果律被空间的同时性和事件的"偶合律"（荣格语）所取代，作品呈现为由不同线索所勾连的一张密闭的网，借助它可以构建起整个文学空间的意义结构。综而论之，"文学时代世界的描绘，是人对世界的一种认识和把握方式，而作为文学探讨对象的世界是有其空间的世界。文学作品所反映的现象世界不能脱离空间存在自不必说，它试图穿透、表现甚至创造的精神世界，也是物质世界的投射，同样无法脱离空间。在当代文学作品对现实的反思中，也包含了对空间的反思。"②

其次，空间转向运用时空交叉和时空并置的叙述方法，打破了文学传统的单一时间顺序，展露出追求空间化效果的趋势。作为文学理论中较为活跃的话语体系，文学叙事历来是西语学界普遍关注的话题。在传统的叙事学研究中，人们都只对叙述的时间性倾注了过多热情，而空间却被视为时间性叙事演变的呆板场所。这一点，基本已经得到国内外叙事学研究者的公认。亚里士多德也曾在《诗学》中针对文学叙事给出自己的看法：好的故事一定要由开头、中间、结局组成，故事之所以给人以愉悦正是因为这种有节律的

---

① 李芳民：《唐五代佛寺辑考》，商务印书馆 2006 年版，第 396 页。
② 吴冶平：《空间理论与文学的再现》，甘肃人民出版社 2008 年版，第 3 页。

编排。这种着眼于叙事时序的阐释方法对后世文学叙事影响深远。客观而言，叙事是一种语言行为，而语言则是线性的、时间性的，这就决定了叙事与时间的关系颇为密切。莱辛在《拉奥孔》中就曾把以画为代表的造型艺术称为空间艺术，而把以诗为代表的文学称为时间艺术。按照此种分类法，叙事作品当然被划分进时间艺术的范畴之内。语言文字的线性表现方式和时间性特点暗合，线性的时间性媒介在叙事中以其天然优势长期盘踞主流位置。而人类的创造性冲动之一，就是要突破媒介的天然缺陷，用时间性叙事策略去表现空间，或者用空间性媒介去表现线性展开的时间。20世纪初叶，伴随现代主义文学的异军突起，传统时间叙事模式遭到驳斥，叙事的空间化效果得以提升。现代主义文学叙事的出现颠覆性地扭转了传统历史学叙事方式，苏贾由是言之："解构和重构刻板的历史叙事，从时间的语言牢房里解脱出来，摆脱传统批判理论类似于监狱式的历史决定论的羁绊，借此给阐释性人文地理学的深刻思想（一种空间阐释学）留下空间。"①

再次，空间转向作为解构式的理论转向活动，赋予了文学中文本互文性空间结构以批判立场。从宏观背景分析，当代中国文化建设和新的理论塑造都亟须深度变革，而文学理论作为一门人文学科，正是受特定时代所生成文化的不断渗透影响才逐渐得到创生和发展。随着20世纪后期人类发展过程中多元文化格局及其价值取向出现，以及人类共同的社会文化问题日益增多，在推动文论研究领域发展的同时，应重视理论与批评实践的关系。而在"空间转向"的语境之下，对空间的关注已经吸收了诸如女性主义、少数族裔批评、生态批评等后现代文化理论，空间转向所带来的全新文学研究观念开始呈现出多元性、异质性、互文性的特点，文学对社会现实批判力量亦会借由空间理论而实现对文本的多重阐释。

第三节　空间理论的辩证性思考

时间与空间作为物质固有的存在方式，人类总是以时空为基点构建着生产及生活的各项行为。然而，空间作为一种不定性的存在又承载着"多义

---

① ［美］爱德华·W.苏贾：《后现代地理学：重申批判社会理论中的空间》，王文斌译，商务印书馆2004年版，第2页。

性"的表征特质，使得对其领悟与理解大都乏善可陈。空间的辩证性思考是历史上不同空间理论反思的辩证融合，亦是对前人思想结晶的综合扬弃。空间问题的思考必然受制于特定时代的认知局限，站在不同时代哲学思维立场上对空间进行反思和调准，是空间理论形成价值理性和实用理性的逻辑支撑。因此，当代空间理论的复杂性不仅需要分散到不同时代哲思领域中给予研究，更需要将其置于整体性的理论视域中思考分析，以便对空间问题和空间本质给予学理支持。不同时代的空间理论思考大致可划分为：以本体论哲学为基础的空间认识论、以实践论为基础的空间生产论、以后现代哲学为基础的空间权力论。

一、以本体论哲学为基础的空间认识论

空间概念作为对空间特有属性的概括和总结，是人们在长期生活实践中，通过对空间的诸多体验后，剥离抽取其特有属性而形成的理论集合体。它的出现标志着人们对于空间的认知已从普遍的空间经验转化为空间的理性识知。空间经验和空间概念是不可等同的。每个人都可能有空间经验，但并不能说明每个人都具有能将其抽象概括为空间概念的能力。人类对于空间经验的表达相差甚小，然而空间概念的生成却呈现差异性和丰富性的特征。不同社会文化环境、不同历史时期下的空间概念可能千差万别。有关空间的探究首先可以追溯至希腊文化。在希腊空间概念史上，空间同时包括物理学与宇宙论双重含义：前者致力于阐明空间存在与否，并旨在说明空间为何物；后者意在建构科学的宇宙观，解读"宇宙空间"的结构特征。毕达哥拉斯学派（Pythagorean School）、早期原子论者（The Atomits）、柏拉图（Plato）、亚里士多德（Aristotle），作为里程碑式的节点，构成了希腊空间思想的砥柱。古希腊早期的毕达哥拉斯学派和米利都学派一样，都将宇宙视为一个球状结构，因为球形具有高度对称型和最大包容性。而这一球体的本源在于"数"，维系生命的是包围着它的"气"。毕达哥拉斯学派首次提出了虚空问题，并且将虚空与气混同，他们认为虚空就是不可被看见的"气"，这反映了空间概念最初源自视觉经验。正如亚里士多德所言："毕达哥拉斯学派也是，主张虚空存在，并且主张它是自己由无限的嘘气（apeiron pneuma）被吸进宇宙的。正是虚空把自然物区分开来，就像它分离和区别了一个系列的

诸项。这首先表现在数中，因为虚空区分了它们的本性。"① 这说明，毕达哥拉斯学派不仅明确了虚空的存在，而且还将其作为区分事物的重要元素。所以说毕达哥拉斯学派将"数"作为万物本源，而将"虚空"作为区别万物的旨归。而主张"虚空"存在的早期原子论者则坚持"原子"乃万物本源，而虚空则是原子与原子之间的空隙。德谟克利特在自然科学中最重要的贡献是他继承和发展了留基伯（Leucippus）的原子学说。留基伯是古希腊米利都学派中的著名学者，原子论的奠基人之一。原子论者认为世间万物都起源于原子，原子无穷无尽，既不能再生，也不能毁灭，宇宙间的原子在虚空中永远运动以构成万物。德谟克利特作为留基伯的学生，继承并发扬了留基伯的原子学说，他认为作为万物始基的原子，是不可分割的最小物质微粒，而虚空则是原子运动的场所。原子是"存在"，而虚空是"非存在"，但是"非存在"并不表明就不存在，所谓"非存在"只是说明这种存在缺乏存在所具有的"充实性"。原子作为世界的本体，而虚空又为原子的运动保留了场地。若虚空不存在，原子的运动就无法实现，作为世界得以存在的根本基础便无法成立。德谟克利特哲学本体论的"原子—虚空"理论是西方哲学史上首次较为清晰提出的"空间概念"。

在古希腊罗马哲学中，本体论的研究主要致力于探究世界的本原或基质。各派哲学家力图把空间的存在归结为某种物质的、精神的实体或某个抽象原则。如果说本体论哲学所关注的首要问题是"存在是什么"，那么，近代哲学所关注的首要问题则是"认识如何可能"。空间认识论的初期研究建立在以主客二分为基础的传统认识论哲学基础之上，认为存在着一个与人无关的纯粹客观实在世界，人凭借主观意识来反映和认识客观外在世界。无论是依仗理性逻辑来认识世界，还是依仗经验感觉来认识世界，关于空间的哲思已经同人类理性认知和感官经验密切关联，由此形成了以牛顿为代表的绝对空间观和以黑格尔为代表的古典主义空间观。

牛顿（Isaac Newton）"绝对空间"观是近代有关空间论述最为典型的理论。他有关空间的系统表达主要体现在 1687 年出版的《自然哲学之数学原理》（*Philosophiae Naturalis Principia Mathematica*）一书中。在开篇处牛顿就绝对空间与相对空间给出了解释，他的观点可拆解为以下三点：1. 绝对空

---

① 吴国盛：《希腊空间概念》，中国人民大学出版社 2010 年版，第 12 页。

间自成一体，独立存在，它的存在与外界物体及其运动无关；2. 绝对空间是均质的，因为自身的绝对均匀，所以是纯粹的"虚空"；3. 绝对空间是处于绝对的静止状态，反之，相对空间作为一个小整体可以在绝对空间中移动，也可以成为度量绝对空间的工具。我们对于相对空间的感知可以借助它与物体位置之间的关系来判断。相对空间自身一般不能移动，它是相对于一个具体空间而存在的。牛顿绝对空间的概念一经发表，顿时引起不少同时代学者的反驳。以德国哲学家、数学家莱布尼兹（Gottfried Wilhelm Von Leibniz）最为典型。莱布尼兹从单子论出发与牛顿的绝对空间观展开了激烈的论辩，并提出自己关于空间的观点，他将世界与物质的基本构成元素描绘成不生不灭的单子，同时，他又将单子解释为精神的力，自然界以及人类世界中的一切即是源自人类心灵内部，并非是一种外在存在。而空间作为与事物并存的规律和秩序，属于事物之间纯粹相对的关系，而并非牛顿所阐释的独立存在的实体。牛顿的时空观也获得了一些哲学家的认可，以德国哲学家康德（Immanuel Kant）为例。康德认为时间和空间属于人类思维的先天纯粹直观形式，根本区别在于一切来自外界的感觉都存于空间里，来自意识的感觉则存于时间内。当然，外感官的任何表象都是被主体知觉的，所以空间是外来观念的先天条件，而时间既是内在观念的先天条件，又是外来观念的先天条件，因此时间相对空间而言具有优先性。由是言之，康德时空观是关于空间和时间形而上学的阐明，并且将它们视为人类理解力的先验范畴。

黑格尔的空间规则是对牛顿、莱布尼兹以及康德的批判和扬弃。黑格尔在其《自然哲学》一书中，通过对前人空间观进行批判和吸收的过程中提出了自己的空间观，他从其哲学的"绝对理念"来讨论空间问题。在《自然哲学》第一章"力学"中，着重阐述了空间和时间的本性及其与物质运动间的关系。黑格尔在对空间概念思辨的过程中首先廓清了空间的本性概念："己外存在直接分裂为两种形式：首先作为肯定的形式，它是空间……""自然界最初的或直接的规定性是其己外存在的抽象普遍性，是这种存在的没有中介的无差别性，这就是空间"，空间是人们在对外在事物分解和抽象后得到的认识。作为"己外存在"的空间，实质上是一种观念性的东西，即绝对观念外在化的存在。此种阐述空间的方式还是掺杂了客观唯心主义。此外，黑格尔还批判了牛顿、莱布尼兹、康德的空间观，并在此基础上提出了自己的观点："空间本身究竟是实在的，还只是事物的属性，这在过去是形而上学的一个首要问题。假如人们说空间是某种独立的实体性的东西，那么它必然是像一个箱子，即使其中一无所有，它也仍然不失为某种独立的特殊东西。可是，空间是绝对柔软的，完全不能做出什么抵抗；而我们向某种实在的东西所要求的，却是这种东西能对另外的东西不相容。人们决不能指出任何空间是独立不依地存在的空间，相反地，空间总是充实的空间，决不能和充实于其中的东西分离开。"① 黑格尔认为空间依赖于物质存在，脱离客观事物而作为独立实体存在的空间是不成立的，他更看重的是相对空间："相对空间是某种更高的东西；因为它是任何一个物体的特定空间。"② 对一个具体物体而言，它所处的空间就是对它与其他众多事物的位置关系的反映，这样的空间才是物体真正内在的空间。黑格尔提出的实体空间从根本上不过是"理念"的外化，或者说绝对理念的感性呈现形式之一，所以，他的空间观是调和经验与先验，感性与理性的产物。

应该可以肯定的是，空间认识论研究从感性与理性、客观与主观相互作用的角度求解空间之谜，揭示了空间的认识属性，提供了空间的认识论基础，对于其后的空间研究具有重要的理论意义。但是，空间的认识论研究由于并没有克服本体论研究所遭遇到的空间悖论，因此其缺陷与不足也十分明显。

二、以实践论为基础的空间生产论

本体论或认识论哲学的形而上学特性，使空间成为一种空洞的、神秘的、不可想象的东西，真实的空间只能成为运动着的物质的存在方式。正因为如此，人类自诞生之初便致力于空间、场所、疆域、环境、居所等的建构生产，马克思用"现实的、有形体的、站在稳固的地球上的呼吸着一切自然力的人"来形容人类生存的空间性。人类赖以生存的空间在形态上首先表现为"自然空间"，它也是马克思建构空间思想的起点。马克思所言及的自然空间包含两个维度：第一个是独立于人类实践活动之外的自然，它虽然未进入人类实践视域，但仍然是具备无限扩张可能性的"自在的自然空间"；第二个则是已经被纳入人类改造计划之内的空间，成为被人类实践活

① ［德］黑格尔：《自然哲学》，梁志学等译，商务印书馆1986年版，第41—42页。

② ［德］黑格尔：《自然哲学》，梁志学等译，商务印书馆1986年版，第41页。

动所形塑的"人化自然空间"。早在《1844年经济学哲学手稿》时期，马克思就已经指出："动物和自己的生命活动是直接同一的。动物不把自己同自己的生命活动区别开来。它就是自己的生命活动。人则使自己的生命活动本身变成自己意志的和自己意识的对象。他具有有意识的生命活动。"① 从"有意识的生命活动"出发，决定了人类有别于其他生物的特性：不会让周围环境同化自己，而是主动地在外在空间中打上"属人"的烙印。"正是在改造对象世界中，人才真正地证明自己是类存在物。这种生产是人的能动的类生活。通过这种生产，自然界才表现为他的作品和他的现实。"② 人类由此创造了一个区别于"自在的自然"的"人化的自然"，在这个意义上，人类的物质生产实践活动就是一种空间建构，转换和重组的过程。虽然马克思的实践观早已成为人文社会科学研究的哲学基础，但对于空间研究而言，如何挣脱传统认识论的掣肘，将实践论和空间和谐地结合为一个统一的程序，则成为空间转向亟须解决的问题。作为西方马克思主义的代表人物，列斐伏尔率先将城市革命作为现代性研究的切入点，并将马克思的实践引入空间研究的论域之内，建构了关于"空间生产"的元哲学方案。

1974年列斐伏尔在出版的《空间的生产》中，在关于空间思想方面最独特的贡献在于否定片面的从物理属性和自然属性角度来解读空间。列斐伏尔一再声称空间产生于有目的的社会实践，是资本主义条件下社会关系至关重要的一环。"空间里到处弥漫着社会关系，它不仅被社会关系支持，也生产社会关系和被社会关系所生产"③，各种社会关系同各种空间关系间具备不可分割的联系，各种生产关系既生产空间，同时它的发展又受制于空间。列斐伏尔的空间生产理论属于近期城市急遽扩张、社会普遍都市化后的产物。二战后，现代化狂飙突进进程所激发的剧烈社会变动，尤其是以城市爆炸性扩张为主所引发充满冲突的语境里，关于空间规划和空间实践的理念就此诞生。何谓空间生产？"空间生产不是指的在空间内部的物质生产，而是

① 《1844年经济学哲学手稿》，见《马克思恩格斯文集》第1卷，人民出版社2009年版，第162页。
② 《1844年经济学哲学手稿》，见《马克思恩格斯文集》第1卷，人民出版社2009年版，第163页。
③ ［法］亨利·列斐伏尔：《空间：社会产物与使用价值》，载薛毅主编《西方都市文化研究读本》第三卷，广西师范大学出版社2008年版，第25页。

指空间本身的生产，也就是说，空间自身直接和生产相关，生产，是将空间作为对象。即是说，空间中的生产（production in space）现在转变为空间生产（production of space）。"① 自然环境（气候、地貌）、先前的历史、生产力的增长都不足以说明一个地方的社会空间生产，"社会空间包容着大量的客体多样性，既有自然的亦有社会的，包括便于物质对象和信息交流的网络系统和交通系统。作为客体，不仅是物质存在更代表着一种关系。它们拥有可辨别的特性，轮廓和形式。社会劳动力将其转型，在时空结构内重新安置它们，而不会影响其物质性，及其自然状态（例如一座岛屿，海湾，河流或山川）"②。社会形式并非直接烙印在既存空间中，而是随着生产力的发展转变为另一种社会形式，一种新的空间被生产出来，随着新空间的诞生，相应的社会关系也随之生成。在历史的沿袭中，空间呈现出复杂的动态特性，每一种社会形式或生产方式都会建构相应的空间模式。从空间生产的角度切入，就能指向形态各异的都市建造、设计和规划现象。对空间生产的剖析在当代承载着重要意义：现代资本主义经济规划将空间作为生产剩余价值的中介和手段，空间在社会实践中产生，成为社会关系的衍生物，蜕变为利益争夺的主战场，"空间作为一个整体，进入了现代资本主义的生产模式：它被用来生产剩余价值。土地、地底、空中、甚至光线，都纳入生产力与产物之中"③。列斐伏尔提出的空间生产将传统意义上被符号化的空间从生产过程中解放出来，空间不同的生产范式瓦解了单一逻辑中物质性空间，为空间的多元化阐释提供了更多可能性。马克思实践论的确是列斐伏尔空间生产理论的关键方法论基础，实践性的空间决定了空间的社会实践属性，空间的生产给资本集团带来了客观的利润，也成就了作为城市规划者的官僚和技术专家的权力统治。在这里，空间形式已经成为资本主义生产方式的产物，"空间一向是被各种历史的、自然的元素模塑铸造，但这个过程是一个政治过程。空间是政治的、意识形态的。它真正是一种充斥着各种意识形态的产物"④。

列斐伏尔作为"空间转向"当之无愧的开拓者，他有着较为坚定的马

---

① 汪民安：《身体、空间与后现代性》，江苏人民出版社 2005 年版，第 101 页。

② Henri Lefebvre, The Production of Space, Translated by Donald Nicholson—Smith, Blackwell Publishing, 1991, pp. 77.

③ 汪民安：《身体、空间与后现代性》，江苏人民出版社 2005 年版，第 101 页。

④ 包亚明主编：《现代性与空间的生产》，上海教育出版社 2003 年版，第 62 页。

克思主义立场："正是在目前更甚以往，我们除非在马克思主义的基本范畴的光照下，将其修正以应用到特殊情境，否则无法分析世界的种种现象。"①马克思生活在工业化迅猛发展的时代，他将城市作为资产阶级社会的解剖场，而列斐伏尔亦认为，战后资本主义发展的一个重要变革就是"空间的重组"，而这种空间重组并非无意识的偶然行为，而是当代资本主义谋求转嫁危机的必然之道，成为资本主义发展的重要砝码和维系资本主义生产关系再生产的重要方式。资本通过对空间的支配、转让、消费来生产剩余价值，继而维护和巩固着资本主义生产关系体系。

三、以后现代哲学为基础的空间权力论

1976 年，继列斐伏尔《空间的生产》发表后的两年，法国思想家米歇尔·福柯（Michel Foucault）同样触碰到了空间在西方思想史中的命运。然而，福柯关于后现代地理学空间理论的建构并没有获得足够的重视，其原因在于他有关空间的理论主要集中在一些讲稿和访谈录中。福柯关于空间理论的重大建树集中体现为他对空间和权力关系独到的论述。福柯指出："这是起始于柏格森还是更早时候？空间在以往被当作是僵死的、刻板的、非辩证的和静止的东西。相反，时间却是丰富的、多产的、有生命力的、辩证的。"② 19 世纪是由时间所主宰的时代，而 20 世纪则意味着是一个空间崛起的时代："我们处于同时的时代，处于并列的时代，邻近的和遥远的时代，并肩的时代，被传播的时代。我们处于这样一个时刻，在这个时刻，我相信，世界更多的是能感觉到自己像一个连接一些点和使它的线束交织在一起的网，而非像一个经过时间成长起来的伟大生命。"③ 福柯已经将空间纳入理论关注的重点领域，随后他发现并开拓出空间与权力的某种可能性关联。在这一尝试中，福柯从大量的实体空间，诸如监狱、学校、军队、工厂等挖掘出蕴含其内的权力关系，并进一步剖析了这些权力运作的规律走向及其在人类现实生存实践的重大影响。

---

① ［法］亨利·列斐伏尔：《空间：社会产物与使用价值》，载薛毅主编《西方都市文化研究读本》第 3 卷，广西师范大学出版社 2008 年版，第 30 页。

② ［美］爱德华·W. 苏贾：《后现代地理学——重申批判社会理论中的空间》，王文斌译，商务印书馆 2004 年版，第 15 页。

③ ［法］米歇尔·福柯：《另类空间》，王喆译，《世界哲学》2006 年第 6 期。

依福柯所见，空间构成人类生存的基本场所，不可避免地成为权力滋生的温床，同时，空间中蕴藉纷繁复杂的社会关系，都构成某个特殊群体或阶级利益压迫控制另一些群体和阶级的一部分。因此，建筑空间为把握和理解权力提供了最佳例证。福柯具体考察了建筑空间内权力形式的运作情况，而此种运作方式则在不同历史时期下呈现出多变的特点。他以18世纪作为历史的分界点，即象征着从封建王权时代向资本主义时代的转变。在封建帝制时期，纪念性建筑的可视性和诸如公共广场一类的仪典场所都被深深地打上了权力的烙印。《规训与惩罚》一开头就向读者展示了一副不堪入目的刑罚场面，这种公开进行的酷刑是对王权的展示和对真理的披露。但仅仅就权力运作形式而言，这种公开处决则是展现暴虐专横权力的一种仪式，作为公共景观的惩罚为王权和群众之间的暴力较量提供了展示空间。后来，随着工业革命和资产阶级的兴起，一切就有所不同了。民众开始拒斥公开酷刑和公开处决的刑罚仪式，"在人们看来，这种惩罚方式，其野蛮程度不亚于，甚至超过犯罪本身，它使观众习惯于本来想让他们厌恶的暴行。它经常地向他们展示犯罪，使刽子手变得像罪犯，使法官变得像谋杀犯，从而在最后一刻调换了各种角色，使受刑的罪犯变成怜悯或赞颂的对象。"① 19世纪作为规训社会，确切说是从18世纪末期发展而来。"由于出现了新的资本积累方式，新的生产关系和新的合法财产状况，所有非法行使权利的民间活动，不论是静悄悄的受到容忍的日常活动，还是暴力活动，都被强行归结为对财产的非法占有。"② 公开酷刑或公开处决随着资本主义社会的发展而被改造，刑罚改革与其说是出于"人道"和"仁慈"，不如说是精心计算的惩罚权力经济学和权力技术学。惩罚权力不再针对肉体，而是运用于灵魂，其目的在于"使惩罚更具有普遍性和必要性；使惩罚权力更深地嵌入社会本身"③。这些微观权力在大量的地方性空间领域中生效，资产阶级社会的意识形态和规训技术在塑造主体的过程中，借由建筑空间将价值标准内化于普通人群中。这种权力模式借助的是不断扩张的社会制度复合体，最典型的载体就是教养所、监狱、军队、学校等空间。社会规训成为对时间和空间进行控制的技

① ［法］米歇尔·福柯：《规训与惩罚》，刘北成、杨远婴译，三联书店2003年版，第9页。
② ［法］米歇尔·福柯：《规训与惩罚》，刘北成、杨远婴译，三联书店2003年版，第96页。
③ ［法］米歇尔·福柯：《规训与惩罚》，刘北成、杨远婴译，三联书店2003年版，第91页。

术，这种规训机制以微观形式渗入并且殖民化了个人和公共空间，被卷入权力网络中的个人或社会单位，在维持其自身独立性和主动性的同时，却无法摆脱权力全面化的控制。空间设计服务于使权力获得最大功效的目的，所有的一切都最终确保高效能的资本积累财富空间的形成。由此，城市化的深度亦代表着权力属性的演化过程。

对于福柯而言，权力运作在不同的时间经由大量个体、机构和组织、以大量不同的形式，在各种不同的空间发生。《规训与惩罚》中，权力成功的关键在于使用了巧妙的规训方案，包括层级监视、规范化裁决和检查，而这些规训方案首先建立在对人进行的空间分配和控制的基础上，"每一个人都有自己的位置，而每一个位置都有一个人"。将人员分配在一个既能隔离又能组合的空间中，"其目的是确定在场者和缺席者，了解在何处和如何安置人员，建立有用的联系，打断其他的联系，以便每时每刻监督每个人的表现，给予评估和裁决，统计其性质和功过。"① 福柯认为，边沁（Bentham）设计的全景敞视建筑（panopticon）应该被视为空间和权力交织的典范性例证，"四周是一个环形建筑，中心是一座瞭望塔。瞭望塔有一圈大窗户，对着环形建筑。环形建筑被分成许多小囚室，每个囚室都贯穿建筑物的横切面。各囚室都有两个窗户，一个对着里面，与塔的窗户相对，另一个对着外面，能使光亮从囚室的一端照到另一端。然后，所需要做的就是在中心瞭望塔安排一名监督者，在每个囚室里关进一个疯人或一个病人、一个罪犯、一个工人、一个学生。"全景敞视建筑机制在安排空间单位时，使规训对象处于被随时观看和一眼辨认的状态下，此种建筑空间的职能可以扩展到政治领域的所有层面，亦可被纳入医疗、教育、生产、惩戒等职能领域之内，"全景敞视模式没有自生自灭，也没有被磨损掉任何基本特征，而是注定要传遍整个社会机体。它的使命就是变成一种普遍功能"② 。以全景敞视建筑为代表的规训与惩罚体制，成为资本主义机械化生产关键性组成成分，亦是发展工业经济所需要的劳动分工中权力运作的基本机制。

福柯对空间与权力关系的把握有其独到之处，他从"微观权力"对个体或组织的掌控切入空间权力化问题的本质，依福柯所见，"现代权力关系

---

① ［法］米歇尔·福柯：《规训与惩罚》，刘北成、杨远婴译，三联书店 2003 年版，第 162 页。
② ［法］米歇尔·福柯：《规训与惩罚》，刘北成、杨远婴译，三联书店 2003 年版，第 233 页。

是一个没有绝对中心的不断变化的力量对立的网络，在这个网络中没有特殊
身份的人可以站在这个网络之外，每个人都被安置在这个网络的某个位置
上，并在一些位置上流动，这些位置与位置的关系构成了一种权力关系，而
每个位置都不属于任何人"。现代权力诡谲之处在于"权力运作与人的分
离"，此类与人相分离的权力不再是一种可以被交付给某人的东西，它根本
就不能被称为是东西，而是一种随着全景敞视机构应运而生的、广泛遍布于
整个社会的规训技巧，作为社会中的个体，无论他是施展权力的抑或是被权
力控制的，都笼罩在权力的大网之内。而身体存在于空间里，而且空间必须
服从于规训的内在化、日常化、普遍化的运行机制，所以，"对福柯来说，
空间是一个权力场所或权力容器的隐喻，它通常会抑制但有时也会解放
'形成'的过程"①。福柯虽然没有建立系统的空间理论，然而他的空间思想
却强化着列斐伏尔的断言，即需要将空间审视为当代人类社会新的生长点，
并将其视作现代资本主义社会权力话语体系的基础性环节。

第四节　空间的生存性及其文学表征

20 世纪以来，西方文学理论逐步转向空间的同时，空间理论也日益重
视空间与存在之间的关系，以空间——存在为理论基础讨论文学理论空间转
向的问题，具有哲学方法论意义。首先，此种思考路径摆脱了传统形而上学
的本质主义研究进路，以辩证方式开展"空间是什么"的追问，将空间视
为充满矛盾多元的复杂集合体。其次，应该意识到，今天空间思维延伸到诸
多新的领域，这恰恰让空间与其传统意义上的概念及研究区分开来，不再是
形而上学的超验本体和自然科学的纯粹客体。面对世界的偶然性、瞬时性、
碎片化和无序感，人的存在与空间之间产生空前紧密而复杂的联系。从感性
实践的生存境遇出发，作为人类生产实践建构产物的空间，也不断地把人类
诸多新的文化经验包容进自身体系内，从而蜕变为社会性、物质性、精神性
的多重辩证场域。

---

① ［美］大卫·哈维：《后现代的状况——对文化变迁之缘起的探究》，商务印书馆 2003 年版，第
268 页。

一、空间的生存性在文学书写中的运用

法国文学批评家莫里斯·布朗肖（Maurice Blanchot）在其著作《文学空间》中将生存体验的深度空间同文学空间融为一体。在他看来，文学空间并非是一种外在的生存立基之地，也并非是见证时间在场的定位之所，它源自作者对于生存的内在体验。文学空间可以被描述为由意义和情感组成的领域，而写作正是要"投身到时间不在场的诱惑中去"①，用于对体验式的文学空间给予关注和赞赏。为此，他以马拉美、卡夫卡、里尔克、陀思妥耶夫斯基等现代主义文本为分析对象，对文学的空间性进行了生存哲学意蕴的分析。许多优秀的中外作家同样没有留恋文学艺术中时间性的权威，转而探赜生存空间触发的体验深度，空间形式文学在中西方得到长足发展，并出现了一大批以追求空间化效果为创作理念的文学作家。同时，诸多文学批评家也从不同角度对这一理论作了充实和深化，将其运用至现代小说或者更早的一些文学批评中。正如福柯所指出的："我们对世界的体验是，对在时间过程中成长起来的漫长生命的经验比不上对联系各个点并与其自身的线索交叉在一起的网络的经验。人们或许会说，推动今日辩论的某些意识形态冲突，对峙于虔诚的时间后代和坚定的空间居民。"② 具体到中国当代文学六十年表现出的更是一种现代性的空间生存焦虑。正如有学者分析，"建国后十七年文学的焦虑来自于东西方'冷战'而形成的空间对立，其政治化想象、权力的集中与话语的统一、社会主义话语与民族主体性话语统一的追求，体现了与西方文学对立抗衡的姿态。1980年代中期的寻根文学，是全球文化的综合趋势与各民族文化独立发展冲突的产物，在文化问题超越了政治问题的语境中，寻根文学表现出一种民族现代性的文化身份焦虑，'寻根'的空间焦虑陷入现代性的时间尴尬境地。1990年代以来，在相对主义的语境中，现代性从历史进程中被提取，呈现为一种空间结构性的存在，文学的'现在进行时'状态，透露出失却历史价值支撑的焦虑与无奈。"③

---

① ［法］莫里斯·布朗肖：《文学空间》，顾嘉琛译，商务印书馆2003年版，第12页。

② ［美］爱德华·W. 苏贾：《后现代地理学——重申批判社会理论中的空间》，王文斌译，商务印书馆2004年版，第15页。

③ 朱水涌：《现代性的空间焦虑——中国当代文学六十年的一种精神状态》，《厦门大学学报》（哲学社会科学版）2009年第6期。

　　空间，是人类文明集聚之地；空间文学，是反映人类生活与心态的载体。加斯东·巴什拉在《空间的诗学》中，从现象学和心理学角度，对"家屋"等空间意象进行了场所分析和原型分析。巴什拉认为，家屋、阁楼、地窖、抽屉、匣盒、橱柜、介壳、窝巢、角落等，都属于一系列空间原型意象，它们都具有某种私密感、浩瀚感、巨大感、内外感、圆整感，跟空间体验息息相关。巴什拉所开辟的空间原型现象学诗学分析，对文学理论的研究启示良多。诸多文学作家也在其文本之内借助形状各异的空间意象，隐喻了特定意识形态和社会文化心理表征。亨利·列斐伏尔"把他对空间、社会和历史之间关系的总括性理论把握，建立在根本上是都市问题的、充满张力而且常常备受争议的政治行为的空间性动态和框架之上。"① 在此视域之下，诸多作家将都市空间的动态生产和再生产更直接地同当下人们所熟悉的社会生活联系起来，文学在社会化的空间构造及私人化的体验空间中表征出现代性特有的生存焦虑。除此之外，爱德华·索亚所提出的"第三空间"思想，为思考人类多元化的空间性提供了别样视角。第三空间既不同于物质空间拥有可以被标识分析的特性，又区别于精神空间富含意义表征的观念形态，它既是真实的又是想象化的，既是事实的又是虚构的，从而呈现出极具包容性和开放性的姿态。作为差异文化建构的生产性第三空间，对于探讨充满反抗色彩的后现代文化政治提供助益，也有利于及时关注那些因种族、阶级、性别、性取向等被边缘化的群体。"生存空间"并非简单意义上的居所，而是通过"权力"以一系列表征性符号为媒介所建构的"主体想象物"。福柯如是说："我们所居住的空间，把我们从自身中抽出，我们生命、时代与历史的融蚀均在其中发生，这个紧抓着我们的空间，本身也是异质的。换句话说，我们并非生活在一个我们得以安置个体与事物的虚空（void）中，我们并非生活在一个被光线变幻之阴影渲染的虚空中，而是生活在一组关系中。"② 福柯对空间问题的理性把握首次将空间推向后现代层面。

---

　　① 包亚明主编：《后大都市与文化研究》，上海教育出版社 2005 年版，第 10 页。
　　② ［法］米歇尔·福柯、［美］保罗·雷比诺：《空间、知识、权力——福柯访谈录》，载包亚明主编《后现代性与地理学的政治》，上海教育出版社 2001 年版，第 21 页。

二、"第三空间"文本样态下空间生存性的呈现

我们对"殖民主义"一词并不陌生，它是帝国主义的产物。在资本主义时期，资本主义强国通过海外殖民、物资掠夺，奴隶贩卖，对欠发达国家或地区进行压迫、统治、奴役、剥削。"后殖民"则有两种含义：一种是时间角度上指代殖民控制已经结束；另一种含义则富含争议：如果说殖民主义是维持不平等政治和经济权力的话，那么我们所处的时代仍然没有摆脱殖民主义。西方殖民扩张和殖民侵略激起民族解放运动的蓬勃发展，使亚非拉大批殖民地半殖民地国家相继摆脱了殖民统治。然而，殖民者的离开并不代表殖民主义的彻底完结，它在今天变得更为活跃：帝国主义对第三世界国家在经济上实行资本垄断、在意识形态领域进行"西化"渗透，从而弱化瓦解当地居民的民族意识。正是在此情形之下，后殖民理论开始为学界所重视。后殖民理论所关注的一个重要问题就是"族裔散居"，族裔散居指某个种族出于外界力量或自我选择而分散聚居在世界各地的情况（通俗来说就是"移民"）。散居的族裔身在海外，生活在所居住的社会文化空间之内，但他们对故乡时空依然残存着集体记忆，"从何处来"和"身在何处"这两者之间的矛盾实质是后殖民主流文化势力影响的结果。小说作为意识形态表达的重要载体，最为明显地呈现了这一复杂性。当代西方批评家芭芭拉·哈罗（Barbara Harlow）将后殖民文学/小说指涉为这样一种文学现象："搜寻家园"（location）或"误置家园"（dislocation）的政治、经历成为作品主要叙事方式的文学样式。约瑟夫·康拉德（Joseph Conrad），这位从波兰贵族家庭走出的小说家，小时候就跟随富于浪漫情调的父亲开始漫长的浪迹天涯之旅。他时常是一个"暂居的外乡人"，家园在他反思性极强的书写世界中得以建构。一般公认《黑暗的心》是最能代表康拉德思想与艺术特点的作品。非洲大陆在地图上呈现的形状很像一颗心形，而这块心状大陆从 19 世纪到20 世纪正处在有史以来最为艰难和黑暗的时期，穷凶极恶的欧洲殖民者在非洲的黑暗行径可谓是登峰造极。因此，象征主义手法在《黑暗之心》中处处可见：黑与白、黑人与白人、光明与黑暗之对比不断出现，整个文本字里行间无不透露着殖民主义空间和"他者空间"的对立冲突。黑色的原始丛林以及生活在那里的土著黑人在当时欧洲白人眼中意味着野蛮和愚昧。白人们是"文明使者"，他们以播撒文明的种子为理由来到非洲。就像马洛的

姨母所说的，"一定要让那几百万无知的人慢慢戒掉他们那些可怕的习俗"。
传播文明成了白人对黑人进行殖民统治的幌子，文明的虚伪性在黑与白的对
比中得到了很好的展现。康拉德通过选取发达地域外来势力入侵落后的原始
边缘空间作为故事展开的主要情节，呈现了性别、种族、阶层、文化的二元
对立，带领读者进入一个因黑人与白人的差异而形成的多种因素共存的矛盾
空间。黑人和白人生活的区域交织混杂在一起，彼此间关系的复杂化使这样
的空间具备更强的政治优势，因为这样的空间为身份的转变和新空间的生产
提供了可能，也意味着白人的霸权统治面临着分崩离析的可能。这正是索亚
所提出的第三空间的特征——"用多样性、复杂性和异质性来摧毁整一性
和均质性，用具象、具体和特殊来否定抽象、一般和普遍，通过强调偶然、
临时、可变、暂时、变异来实现历史化、语境化和复数化……"①　差异民族
以及所代表的不同文化造就了生存空间的多样性，对后现代和后殖民文学而
言，对抗意识都是在特定政治、社会、文化的权力不平衡关系或生存空间压
迫中形成的，当下生存空间压迫具有前所未有的复杂性和隐蔽性，这给对抗
性批判带来了机遇，也带来了困难。探索"第三空间"差异性特质在充分
阐释第三空间的特性上做了有益的尝试，差异导致的冲突为产生新的生存空
间提供了张力，因而也为颠覆和抵抗留出空间。

　　性别是社会关系的重要构成要素，也是呈现权力关系的关键方式。在语
言中，社会性别一词被解释为一种分类方法和一种约定俗成的表达方式，而
不是对其内在特征的客观描述。性别理论兴起于 20 世纪 80 年代后期，它旨
在对传统社会所论及的性别和性征进行重新定义和反思，在质疑纯生理学意
义上男女概念的同时，强调他们在具体时空中拥有某种具体的意义，进而强
调其与社会文化的密切关联。"空间女性主义批判"是一种将性别理论同空
间理论碰撞融合生成的文化批评，借助具有时代张力的空间话语，性别成为
破译意义、剖析纷繁复杂社会关系的一种方法。空间是否具有性别？传统父
权制意识形态遗留下来的等级森严的二元对立体现了"男性/女性"之间的
对立，这种思维模式总是和空间形式及其表征的社会结构相关联，揭示了两
性在生存空间中所占据的地位，而男性气概和女性气质的风格界定也成为空

---

　　① ［美］索亚：《第三空间：去往洛杉矶和其他真实和想象地方的旅程》，陆扬等译，上海教育出
版社 2005 年版，第 105 页。

间建筑理论中的关键性趋向。对于传统地理学而言，它发展了以男性为主导的知识体系和价值尺度，使男性主体的生命存在得到充分展开。女性常常受缚于男性空间，男性话语逐渐掌握公共空间主流话语权，女性连同其发声权利被公共空间驱逐或规范，最终成为男性意识形态权威垄断性的附属品。空间女性主义批判朝向的正是这种男权本质的"逻各斯中心"，要求重新审视空间性别的平等性和差异性。英国女哲学家纪丽安·露丝（Gillian Rose）在《女权主义与地理学：地理知识的局限》中提出了一种规划："我要探讨那样一种空间的可能性，它不再排斥'同一'和'他者'。我考察一种能够承认他者之间差异的空间性，那是一些女权主义者们想象出来的……"① 即使男性群体意识表现出较强的规范性和支配力，但是通过纪丽安的论述，也使公众看到女性主义批判同空间相结合所迸发出的自身特有价值。它的出现意味着新的文化转型正在出现，男性话语与女性话语之间一反简单粗暴的政治伦理对立批判，一种更为开放的空间开始成为女性自我意识展现的阵地。

女性主义批判力求在写作上表现出具有"第三空间"性质的表达策略，在叙述语言上避免采用激烈的口号性言辞，而借助充满感性色彩的文学性语言去表达对空间的理性思考。弗吉尼亚·伍尔夫（Virginia Woolf）是一位具有巨大影响力的女性主义思想家和作家。伍尔夫的作品《一间自己的房间》（A Room of One's Own）可被视为女性写作关注空间维度的肇始。《一间自己的房间》中所蕴含的地理空间对女性生存的影响，直到空间批评的介入后才得以被揭示。空间批评认为，传统地理学迎合父权制持续的物质现实性，私人空间/家庭空间/公共空间的清晰界限反映出父权制下男性中心主义得以维持的主要原因。西方现代城市空间中，城市/郊区，人造环境/自然空间，秩序空间/无序空间，工作场所/家庭空间，公共空间/私密空间等场所处处都同男性/女性二元对立画上等号。男性作为英雄般的征服者成为改造环境的主角，他们所流露出的价值观被镌刻在生存空间的物质形态中。自希腊社会以来，西方政治学理论几乎都围绕着作为公共空间的城市和作为私密空间的家居之间的分离，身为自由公民的男性属于城市公共空间，而女性则蜷缩在了家居生活的住宅空间里。这种空间的二元主义及性别分工观念不仅使公

---

① ［美］索亚：《第三空间：去往洛杉矶和其他真实和想象地方的旅程》，陆扬等译，上海教育出版社 2005 年版，第 158 页。

共空间中广泛的经验之门对妇女关闭，而且法律及风俗的束缚也合法化地剥削着妇女的权益，使女性的存在不断面临着被抹除和被挪用的威胁。《一间自己的房间》中，空间化想象不仅寓寄于文本之中，也等量地寓寄于阅读过程之中。伍尔夫在"年收入 500 英镑"和"一间自己的房间"这两个隐喻中，用来喻指女作家为了能够自由写作而在物质上和精神上的需求。她们渴望一个能摆脱干扰与家庭义务的现实空间，强调了经济独立和私人空间对女性创造力的激发。伍尔夫在此篇散文中用风趣幽默的语言和细腻灵动的情感以及睿智开阔的视域畅想了在传统男性中心主义的社会中女性的可能性出路，从娓娓道来的平实笔触中揭示出女性思想的光辉。在十月的一个好天气里，作者化身为一位名叫玛丽的女性，坐在河边沉思妇女与小说的演讲主题。她欣赏河边风景的同时又陷入了思想的湍流中，不知不觉就健步如飞地踏进了一块草坪。顷刻之间，就遭到一个学监模样人的阻拦，因为"只有研究员和学者可以踏上这里"。而当她试图进入"牛桥大学"的图书馆时，又再次遭到拒绝。作为男权主义支配下的女性遭到公共空间的排斥，属于她们自己的空间反而成为禁锢自我、分裂自我的流放地，而伍尔夫试图通过逾越空间界限来唤醒女性边缘身份隐含的颠覆潜能。私人空间与公共空间所表征的女性空间与男性空间的纷争与冲突始终是伍尔夫文学实践的主要关注焦点。在男性主导的社会氛围之中，女性的精神权利及法律权利无法得到保障，作为身份的一种情境标志，空间的重要性支撑起身份的塑造，空间促成性别划分及相应身份话语的生成。在《三枚旧金币》中，伍尔夫写道："我们也能离开家门，登上那些台阶，穿过那些大门，戴假发穿披风，赚钞票主持正义。"这段极具反抗性的话语蕴藉着强烈的反叛精神，而空间的争夺实际上表征着话语权的争夺。她鼓励女性要向公共空间领域的纵深方向发展，仅拥有"一间自己的房间"是远远不够的，还要在走出私人空间的同时，在公共空间占有一席之地。在伍尔夫看来，男性因性别而享有建构社会空间的权利，他们不仅肯定了某种男性的性别共性、共同的男性立场，同时也限制着女性的空间。伍尔夫批判以性别作为划分空间的依据以及相伴而生的无休无止的空间差异性行为方式，作为对这些现象的反动，她明确提出"雌雄同体"的观念，即"让每个人都被两种力量所主宰，一种是男性的，一种是女性的……只有合二为一，头脑才会变成沃土，而各种才能才会发挥得淋漓尽致。"这在某一程度上可视为对男性中心单一标准的对抗和对性别二元对立解构的初步尝试，同时为女性批评实践奠定了理论基础。

关于空间意义上的女性主义，蓓尔·瑚克斯在其作品《黑色美学：陌生与对抗》中曾做过充分的阐释，她详细描写了祖母巴巴的私人空间，将巴巴生活的"屋子"视为黑人女性反抗男性霸权和白人统治的第三空间，也进一步指出了私人空间对于黑人女性发挥主体性的意义所在。她写道：

> 这是一个屋子的故事。许多人在这个屋子里住过。我的祖母巴巴以此作为她生活的空间，她认定我们的生活方式是由各种实物以及我们看待、摆布这些实物的方式所决定的，她肯定地说我们是空间的产物。从她那里我认识到美，认识到对美的渴望乃是因为心有所困，这使我们的情绪显得很真实。……在她的屋子里我学习观察事物，学习如何在空间里悠闲自在。在挤满各种家什杂物的屋子里，我学习认识我自己。……①

作为一个黑人女性，祖母巴巴的私人空间历来是被世人所忽略的，但是这却是她释放精神需求和空间想象的全部世界，她在自己的私密空间中完成了自我身份的建设。瑚克斯写道："在挤满各种家什杂物的屋子里，我学习认识我自己。"这句话实质上蕴藉着女性自我身份认知的觉醒，亦暗示着认知视角的转换："认识自己"完成于从外部空间朝向内部空间的转移中。瑚克斯显然将私人空间视为对抗公共空间的载体，女性在反拨公共空间的过程中身份得到了短暂的确认，公共空间中那些"被视为至关重要的种族和性别问题在私人空间强大的空间主题面前隐退得无影无踪"②。

女性主义与空间理论的结合是以空间为切入点来解码性别话语的实践，它一方面是一种以女性为中心的批评模式；另一方面又主张超越男女的固有界限，挣脱被设置的女性形象，实现个体身份的塑造，从而获得反抗父权统治的生存空间。索亚第三空间理论在空间女性主义批判中的运用，使空间挣脱了传统被动存在的束缚，开始展现多维的动态活力，成为一种隐喻和象征，并且打上了性别书写的印记。通过生存空间的占有以及物理空间意识形

---

① 转引自［美］索亚《第三空间：去往洛杉矶和其他真实和想象地方的旅程》，陆扬等译，上海教育出版社 2005 年版，第 131 页。

② 包亚明主编：《现代性与都市文化理论》，上海教育出版社 2008 年版，第 175 页。

态化的过程诉诸现实，蕴藉性别话语的空间结构成为边缘群体表达和实践身份立场的媒介和手段。当下女性空间书写的发展和演变深化了空间批评对性别文化言说的张力，空间即话语，话语物化于空间。女性话语与空间理论耦合的综合性作用将成为具备异质性、抗争性、协商性的表达方式，为变革空间秩序提供某种可行且更具想象力的途径，亦为女性理性批判精神的强化和自身意识的伸展寻求了可能性。

结语：新时代与文学理论的知识创新

　　综上所述，本书思考和探讨文学理论知识生产与创新所秉承的基本原则是守持与创造。所谓守持与创造，是指对人类文明与文化发展中那些具有奠基性和思想性含量的价值要素的继承和创新，这似乎已构成文化进步与思想创造的辩证法及基本原则。事实上，人类文明和文化的演化，总是会积淀和保留下来若干具有根基性和价值主导作用的思想、理论和观念，这些东西作为维系人类精神的重要载体和纽带，特别需要人类自身不断地守持、传承和依据社会境况变化所进行的深层变革与创造。本书的基本宗旨正在于坚持把关涉人文价值取向、马克思主义文艺思想及中国传统美学与文论中最具价值性和影响力的东西，作为文学理论知识生产与创新需要守持和不断创造发展的基本内容。毋庸置疑，历史进程中文化、思想与理论发展的内在规律是穷变通久，"时代是思想之母，实践是理论之源"，随着人类生存实践及文化语境的变化，文学理论的知识生产和创新也面临新的生存环境及选择。正是在这样一种背景下，本书把范式创造和空间转向作为当前文学理论的知识生产与创新特别需要关注的重要维度和面向，前者是一种关涉理论创造更为基础和内在的规律及原则，中国化的文学理论话语体系的形成，似乎更应找到属于自己的理论范式；而后者则是对当代人文社会科学话语转向中具有前沿性和热点性问题的回应，从某种意义看，空间转向不仅构成较长时期内西方学界人文研究的重要话题和论域，也极大地推动了当代中国学术研究的深化与变革，甚至标示出一种文学理论知识生产和创造的新的方向和领域。理论是对历史事件的反思和凝结。当代中国的改革开放已走过了 40 年的光辉历程，40 年来中国的经济社会与思想文化领域不仅发生了巨大的变化，也极大地推动了文学艺术的创造和文学理论的发展。随着中国特色社会主义进入新时代及新时代特定语境的形成，以文学理论的知识生产与创新为焦点和问题导向，深入思考和探讨新时代文论发展的中国化和本土化方向，已成为文学理论研究的重大问题和首要任务。

　　新时代与文学理论的知识创新，是一个在承前启后基础上面向中国文艺发展未来的重要研究命题。提出这一问题的目的，不仅是为了深刻发现和把握文学理论在知识生产和创新方面所取得的成果，认识和总结中国文学理论的经验、气派和风格，以及自我生成和建构知识话语能力的重要性；更为重要的是，它有助于我们在一种古今相连、中西汇通的背景下，系统地认识和理解文学理论发展的实绩与经验，在借鉴西方多元理论、吸收中国传统智慧的基础上，对丰富新时代文学理论的知识谱系提出具有重要促进作用的学科价值。所以说，立足于新时代的文化需求和价值选择，思考新时代文学理论发展的中国问题与承担的历史任务，明确文学理论在新时代所面临的历史机遇与挑战，寻求文学理论进行范式转型的可能路径，是本课题永无止境的研究任务。

　　习近平总书记在党的十九大报告中指出："经过长期的努力，中国特色社会主义思想进入了新时代，这是我国发展新的历史方位。"这一重大政治判断，赋予我国文化建设和思想创造以新的目标任务和时代内涵，也为探讨文学理论的知识生产与创新提供了时代坐标和科学依据。依照我们的理解，"新时代"作为一个标示出当代中国社会整体性转型的重要概念，它具有含蕴深刻、意义重大及内容丰富等诸多特点，也为今后一个相当长的时期中文化和思想的发展以及文学理论的知识生产和创新提供了一种思想基石的意义及价值引领的作用。新时代所呈现的价值选择取向具有更为宏阔和更为突出的"人类命运共同体"的目标和视域，是在更高层次上对多元文化价值的汇通与融合，不仅包含了优秀传统文化复兴中如何继承优秀传统文论资源、传承中华美学精神；也包含了如何自觉吸收马克思主义文艺理论中国化、时代化的先进成果，如何批判性借鉴西方文论的优秀成果。更为重要的是，"新时代"确立了坚定文化自信的理念和主张，文化自信源于坚实的文化根基，与民族文化复兴的愿景和伟业以及革命文化的结晶息息相关，是一种建立在民族文化自觉基础上的强大动能和创造的力量，文化自信将从更为内在和更为根本的方面推动文学理论的知识生产和创新；"新时代"提出了文艺

"以人民为中心"的价值目标，并在此基础上着力凸显"中华性"和"民族性"，构建具有本土特征的文论话语体系，以达到弘扬中国精神、传播中国价值、凝聚中国力量的目的；"新时代"还明确了"创造性转化和创新性发展"的重要发展原则，它是对人类文化传承经验和人类思想创造规律的高度总结和凝练，能够促进新时代文学理论范式转型的变革与构建。

"新时代"作为一种具有中国特色与人类文化普遍属性的语境，不仅表现为独特的"中国问题"场域及实践品性，也呈现出人类命运共同体视域下的主导价值选择。正是基于这种特定观念的支配，我们期待对文学理论知识生产与创新问题的探讨，能够以中国经验、中国问题、中国境况为基点，在坚守中华文化本体立场、传承中华文化基因、展现中华审美风范的基础上构建具有中国思想和文化特质的文学理论话语形态和价值体系，以促进文学理论范式转型和创新的积极实现。

"新时代"刚刚开启，中国文学理论的知识生产和创新也在召唤和期待着。

参考文献

（一）著作类

1. 中文著作

（汉）许慎：《说文解字》，中华书局 1962 年版。

（汉）郑玄，（唐）孔颖达：《礼记正义》，上海古籍出版社 2008 年版。

（宋）程颢，程颐：《二程集》，王孝鱼点校，中华书局 1981 年版。

（宋）朱熹，吕祖谦，撰：《近思录》，斯彦莉译注，中华书局 2015 年版。

（宋）朱熹：《四书章句集注》，上海古籍出版社 1983 年版。

（宋）张载：《张载集》，章锡琛点校，中华书局 1978 年版。

（清）王先慎撰：《韩非子集解》，中华书局 2013 年版。

（清）顾炎武：《日知录》，周苏平、陈国庆点注，甘肃民族出版社 1997 年版。

（清）戴震：《孟子字义疏证》，中华书局 2012 年版。

（清）王夫之：《日知录集释》，黄汝成释，上海古籍出版社 1984 年版。

（清）梁启超：《中国近三百年学术史》，中国华侨出版社 2008 年版。

（清）梁启超：《清代学术概论》，上海古籍出版社 1998 年版。

（清）王国维：《人间词话》，上海古籍出版社 1998 年版。

杨伯峻编著：《孟子译注》，中华书局 2009 年版。

章诗同：《荀子简注》，上海人民出版社 1974 年版。

北京大学哲学系美学教研室编：《中国美学史资料选编》（上、下册），中华书局 1980 年版。

北京大学哲学系：《西方美学家论美和美感》，商务印书馆 1980 年版。

周振甫：《文心雕龙注释》，人民文学出版社 1981 年版。

王世舜：《尚书译注》，四川人民出版社 1982 年版。

陆梅林：《马克思恩格斯论文学艺术》，人民文学出版社 1982 年版。

钱钟书：《谈艺录》，中华书局1984年版。

陈鼓应：《老子注译及评价》，中华书局1984年版。

陈鼓应：《庄子注译及评价》，中华书局1984年版。

徐震堮：《世说新语校笺》，中华书局1984年版。

程俊英：《诗经译注》，上海古籍出版社1985年版。

周振甫：《文心雕龙今译》，中华书局1986年版。

陆梅林：《西方马克思主义美学文选》，漓江出版社1988年版。

深圳大学国学研究所：《中国文化与中国哲学》，生活·读书·新知三联书店1988年版。

张岱年：《中国古代哲学概念范畴要论》，中国社会科学出版社1989年版。

张立文：《中国哲学范畴发展史（天道篇）》，中国人民大学出版社1989年版。

程树德：《论语集释》，中华书局1990年版。

杨伯峻编著：《春秋左传注》（修订本），中华书局1990年版。

郑家栋编：《道德理想主义的重建——牟宗三新儒学论著辑要》，中央广播电视出版社，1992年版。

周来祥、陈炎：《中西比较美学大纲》，安徽文艺出版社1992年版。

王岳川：《后现代主义文化理论》，北京大学出版社1992年版。

方东美著：《生命理想与文化类型——方东美新儒学论著揖要》，中国广播电视出版社1992年版。

张京媛主编：《新历史主义与文学批评》，北京大学出版社1993年。

朱自清：《诗言志辨》，华东师范大学出版社1996年版。

孙周兴选编：《海德格尔选集》（下卷），上海三联书店，1996年版。

刘小枫主编：《人类困境中的审美精神——诗人、哲人论美文选》，东方出版中心1996年版。

周宪：《超越文学——文学的文化哲学思考》，生活·读书·新知三联书店上海分店1997年版。

包亚明主编：《权力的眼睛——福柯访谈录》，严锋译，上海人民出版社1997年版。

曹顺庆，李清良，傅勇林，李思屈著：《中国古代文论话语》，巴蜀书社2001年版。

俞可平：《全球化时代的"马克思主义"》，中央编译出版社1998年版。

陈学明：《二十世纪哲学经典文本》（西方马克思主义卷），复旦大学出版社1999年版。

毛泽东：《毛泽东文集》，人民出版社1999年版。

成中英：《本体与诠释》，生活·读书·新知三联书店2000年版。

曹顺庆：《中国古代文论话语》，巴蜀书社2001年版。

高楠：《艺术的生存意蕴》，辽海出版社2001年版。

王岳川：《本体反思与文化批评》，辽宁人民出版社2001年版。

杜书瀛：《艺术的哲学思考》，辽宁人民出版社 2001 年版。

郭绍虞、王文生主编：《中国历代文论选》（四卷本），上海古籍出版社 2001 年版。

徐复观：《中国艺术精神》，华东师范大学出版社 2001 年版。

葛兆光：《中国古代思想史》，复旦大学出版社 2001 年版。

王岳川：《发现东方——西方中心主义走向终结和中国形象的文化重建》，北京图书馆出版社 2003 年版。

李泽厚：《中国古代思想史》，天津社会科学院出版社 2003 年版。

陈良运：《中国古代诗学体系》，中国社会科学出版社 2003 年版。

包亚明主编：《现代性与空间的生产》，上海教育出版社 2003 年版。

陈鼓应：《老子今注今译》，商务印书馆 2003 年版。

董学文：《文学理论学导论》，北京大学出版社 2004 年版。

成复旺：《走向自然生命—中国文化精神的再生》，中国人民大学出版社 2004 年版。

冯友兰：《中国哲学史》（上下册），华东师范大学出版社 2005 年版。

童庆炳：马新国主编：文学理论学习参考资料新编（上、中、下册），北京大学出版社 2005 年版。

汪民安：《身体、空间与后现代性》，江苏人民出版社 2005 年版。

朱立元主编：《当代西方文艺理论》，华东师范大学出版社 2005 年版。

蒋述卓：《文化诗学：理论与实践》，人民文学出版社 2005 年版。

赵一凡等主编：《西方文论关键词》，外语教学与研究出版社 2006 年版。

朱良志：《中国艺术的生命精神》，安徽教育出版社 2006 年版。

宗白华：《美学散步》，上海人民出版社 2007 年版。

刘纲纪：《马克思主义美学在当代》，《马克思主义美学》第 10 辑，中央编译出版社 2007 年版。

吴冶平：《空间理论与文学的再现》，甘肃人民出版社 2008 年版。

范玉刚：《文艺学的境遇及其范式转换》，黑龙江人民出版社 2008 年版。

宫留记：《布迪厄的社会实践理论》，河南大学出版社，2009 年版。

党圣元：《在传统与现代之间——古代文论的现代遭际》，山东教育出版社 2009 年版。

杨伯峻：《春秋左传注》，中华书局 2009 年版。

王宁著：《"后理论时代"的文学与文化研究》，北京大学出版社 2009 年版。

吴国盛：《希腊空间概念》，中国人民大学出版社 2010 年版。

宋伟著：《后理论时代的来临——当代社会转型中的批评理论重构》，文化艺术出版社 2010 年版。

李西建、畅广元：《追求与选择——全球化时代文学理论的价值思考》，商务印书馆 2010 年版。

白庆祥、李宇红：《文化创意学》，中国经济出版社 2010 年版。

夏学理主编：《文化创意产业概论》，（台湾）五南图书出版社公司 2011 年版。

赖声川：《赖声川的创意学》，广西师范大学出版社 2011 年版。

邢建昌：《理论是什么——文学理论反思研究》，人民出版社 2011 年版。

李勇著：《中国当代文艺学的范式转型》，北京大学出版社 2012 年版。

黄寿祺、张善文撰：《周易译注》，上海古籍出版社 2012 年版。

费孝通、方李莉《全球化与文化自觉——费孝通晚年文选》，外语教学与研究出版社，2013 年版。

陆扬：《后现代文化景观》，新星出版社 2014 年版。

2. 汉译著作

［德］黑格尔：《美学》（1—3 卷），商务印书馆 1979 年版。

［英］柏拉威尔：《马克思与世界文学》，梅绍武译，三联书店 1980 年版。

［美］马尔库塞等：《工业社会和新左派》，任立译，商务印书馆 1982 年版。

［苏］里夫希茨：《马克思论艺术与社会理想》，吴元迈等译，人民文学出版社 1883 年版。

［苏联］斯托洛维奇：《现实中和艺术中的审美》，三联书店 1985 年版。

［德］恩斯特·卡西尔：《人论》，甘阳译，上海译文出版社 1985 年版。

［英］鲍桑葵：《美学史》，张今译，商务印书馆 1985 年版。

［德］黑格尔：《自然哲学》，梁志学等译，商务印书馆 1986 年版。

［英］特里·伊格尔顿：《马克思主义与文学批评》，文宝译，人民文学出版社 1986 年版。

［美］赫伯特·马尔库塞：《现代美学析疑》，文化艺术出版社 1987 年版。

［德］海德格尔：《存在与时间》，陈嘉映、王节庆译，三联书店 1987 年版。

［日］笠元仲二：《古代中国人的美意识》，北京大学出版社 1987 年版。

［英］戴维·莱恩：《马克思主义的艺术理论》，艾晓明等译，湖南人民出版社 1987 年版。

［美］帕克等：《城市社会学——芝加哥学派城市研究文集》，宋俊岭、吴建华、王登斌译，华夏出版社 1987 年版。

［德］施密特：《马克思的自然概念》，欧力同等译，商务印书馆 1988 年版。

［英］贡布里希：《理想与偶像——价值在历史和艺术中的地位》，上海人民美术出版社，1989 年版。

［德］卡尔·柯尔施：《马克思主义和哲学》，王南湜、荣新海译，重庆出版社 1989 年版。

［意］葛兰西：《实践哲学》，徐崇温译，重庆出版社 1990 年版。

［美］约瑟夫·弗兰克等：《现代小说中的空间形式》，秦林芳编译，北京大学出版社 1991 年版。

［英］戴维·洛奇：《小世界》，赵光育译，作家出版社 1992 年版。

［匈］卢卡奇：《历史与阶级意识》，杜章智等译，商务印书馆 1992 年版。

［英］拉尔夫·科恩等：《文学理论的未来》，中国社会科学出版社 1993 年版。

［英］威廉姆·奥斯威特：《哈贝马斯》，沈亚生译，黑龙江人民出版社，1993 年版。

［德］汉斯·格奥尔格·伽达默尔：《哲学解释学》，夏镇平、宋建平译，上海译文出版社 1994 年版。

［日］大江健三朗：《个人的体验》，中国文联出版公司 1995 年版。

［德］马克思、恩格斯：《马克思恩格斯选集》，人民出版社 1995 年版。

［美］阿尔文·托夫勒：《未来的冲击》，孟广均译，新华出版社 1996 年版。

［美］詹明信：《晚期资本主义的文化逻辑：詹明信批评理论文选》，陈清侨等译，三联书店 1997 年版。

［美］詹姆逊：《后现代主义与文化理论》，唐小兵译，北京大学出版社 1997 年版。

［法］米歇尔·福柯：《权力的阐释》，见《权力的眼睛：福柯访谈录》，亚锋译，上海人民出版社 1997 年版。

［法］米歇尔·福柯：《米歇尔·福柯访谈录》，见杜小真编选《福柯集》，上海远东出版社 1998 年版。

［法］皮埃尔·布迪厄、华康德：《实践与反思——反思社会学导引》，李猛、李康译，中央编译出版社 1998 年版。

［美］马尔库斯，费彻尔：《作为文化批评的人类学：一个人文学科的实验时代》，王铭铭、蓝达居译，三联书店 1998 年版。

［美］弗雷德里克·詹姆逊：《快感：文化与政治》，王逢振译，中国社会科学出版社 1998 年版。

［德］阿多诺：《美学理论》，王柯平译，四川人民出版社 1998 年版。

［法］米歇尔·福柯：《知识考古学》，谢强、马月译，三联书店 1998 年版

［德］汉斯·格奥尔格·伽达默尔：《真理与方法》（上卷），洪汉鼎译，上海译文出版社 1999 年版，

［德］马克斯·舍勒：《知识社会学问题》，艾彦译，华夏出版社 1999 年版。

［英］特里·伊格尔顿：《历史中的政治、哲学、爱欲》，马海良译，中国社会科学出版社 1999 年版。

［美］弗里德里克·杰姆逊：《文化转向》，中国社会科学出版社 2000 年版。

［美］理查德·沃林：《文化批评的观念》，张国清译，商务印书馆 2000 年版。

［德］马克思：《1844 年经济学哲学手稿》，人民出版社 2000 年版。

［英］特里·伊格尔顿：《后现代主义的幻象》，华明译，商务印书馆 2000 年版。

［美］弗雷德里克·詹姆逊：《文化转向：后现代论文选》，胡亚敏等译，中国社会科学出版社 2000 年版。

［德］沃尔夫冈·韦尔施：《重构美学》，陆扬、张岩冰译，上海译文出版社 2002 年版。

［古希腊］柏拉图：《柏拉图全集》，王晓朝译，人民出版社 2002 年版。

［德］康德：《判断力批判》，邓晓芒译，人民出版社 2002 年版。

［英］弗·马尔赫恩：《当代西方马克思主义文学批评》，刘象愚等译，北京大学出版社 2002 年版。

［日］野家启一：《库恩 – 范式》，毕小辉译，河北教育出版社 2002 年版。

［英］斯图尔特·霍尔：《表征——文化表象与意指实践》，徐亮、陆兴华译，商务印书馆 2003 年版。

［法］米歇尔·福柯：《规训与惩罚》，刘北成、杨远婴译，北京：生活·读书·新知三联书店 2003 年版。

［英］迈克·克朗：《文化地理学》，杨淑华、宋慧敏译，南京大学出版社 2003 年版

［美］戴维·哈维：《后现代的状况》，阎嘉译，商务印书馆 2003 年版。

［美］爱德华·W. 苏贾：《后现代地理学——重申批判社会理论中的空间》，王文斌译，商务印书馆 2004 年版。

［法］布朗肖：《文学空间》，顾嘉琛译，商务印书馆 2005 年版。

［美］索亚：《第三空间：去往洛杉矶和其他真实和想象地方的旅程》，陆扬等译，上海教育出版社 2005 年版。

［古希腊］亚里士多德：《诗学》，陈中梅译注，商务印书馆 2005 年版。

［英］彼得·威德森：《现代西方文学观念简史》，钱竟、张欣译，北京大学出版社 2006 年版。

［法］阿尔都塞：《保卫马克思》，顾良译，商务印书馆 2006 年版。

［英］拉曼·塞尔登等：《当代文学理论导读》，刘象愚译，北京大学出版社 2006 年版。

［德］伽德默尔：《真理与方法》，洪汉鼎译，商务印书馆 2007 年版。

［英］特雷·伊格尔顿：《二十世纪西方文学理论》，伍晓明译，北京大学出版社 2007 年版。

［法］汤姆·洛克曼：《马克思主义之后的马克思》，杨学功等译，东方出版社 2008 年版。

［德］沃尔夫冈·伊瑟尔：《怎样做理论》，朱刚、谷婷婷等译，南京大学出版社 2008 年版。

［英］特里·伊格尔顿：《理论之后》，商正译，商务印书馆 2009 年版。

［英］迈克·费瑟斯通：《消解文化——全球化、后现代主义与认同》，杨渝东译，北京大学出版社 2009 年版。

［英］沃尔弗雷斯编：《21 世纪批评述介》，张琼、张冲译，南京大学出版社 2009 年版。

［美］M. H. 艾布拉姆斯：《以文行事：艾布拉姆斯精选集》，赵毅衡、周劲松译，译

林出版社 2010 年版。

　　［美］勒内·韦勒克、奥斯汀·沃伦：《文学理论》，刘象愚、刑培明等译，文化艺术出版社 2010 年版。

　　［英］斯图亚特·西姆：《后马克思主义思想史》，吕增奎译，江苏人民出版社 2011年版。

　　［德］魏因斯·海默：《哲学诠释学与文学理论》，郑鹏译，中国人民大学出版社 2011年版。

　　［美］托马斯·库恩：《科学革命的结构》，金吾伦、胡新和译，北京大学出版社 2012年版。

　　［美］托马斯·库恩著：《解构之后的路》，邱慧译，北京大学出版社 2012 年版。

　　［美］弗吉尼亚·波斯特莱尔《美学的经济——美国社会变迁的 32 个微型观察》，马林海译，中信出版社 2013 年版。

　　［美］乔纳森·卡勒：《文学理论入门》，李平译，译林出版社 2013 年版。

　　［英］彼得·巴里：《理论入门：文学与文化理论导论》，杨建国译，南京大学出版社2014 年版。

　　［法］让·鲍德里亚：《消费社会》，刘成富、全志钢译，南京大学出版社 2014 年版。

　　［美］弗兰克·伦特里奇亚：《新批评之后》，王丽明、王翔敏等译，南京大学出版社2017 年版。

3. 外文著作

Thomas S. Kuhn, *The Structure of Scientific Revolutions. 2d revised editions*. Chicago and London：The University of Chicago Press，1970.

Imre Lakatos, Alan E. Musgrave, *Criticism and the Growth of Knowledge*. Cambridge：Cambridge University Press，1970.

Frederick Suppe, *The Structure of Scientific Theories*. Urbana：University of Illinois Press，1974.

Terry Eagleton. *Criticism and Ideology*. London：Verson，1978.

Tony Bennet. *Formalism and Marcism*. London and New York：Methuen，1979.

Jonathan Culler. *The Pursuit of Sings：Semiotics，Literature，Deconstruction*. London：Routledge and Kegen，1981.

Thomas S. Kuhn, *Commensurability，Comparability，Communicability*. PSA 1982：Proceedings of the 1982 Biennial Meeting of the Philosophy of Science Association，volume 2，edited by Peter D. Asquith and Thomas Nickles. East Lansing，MI：the Philosophy of Science Association，1983.

Martin Jay. *Marxist and Totality：The Adventure of a Concept from Lucacs to Habermas*. Berkeley and Los Angeles：University of California Press，1984.

Henri Lefebvre. *Everday Life in the Modern World*. New Brunswick & London：Transaction Publishers，1984.

Leo Lowenthal. *Literature and Mass Culture*. New Jersey：New Brunswick，1984.

Thomas S. Kuhn，*What Are Scientific Revolution*? The Probabilistic Revolution，volume I：Ideas in History，edited by Lorenz Krüger，Lorraine J. Daston and Michael Heidel-berger. MA：MIT Press，1987.

Alan Carter. *Marx：A Radical Critique*. Brighton：Wheatsheaf Book Ltd. 1988.

Thomas S. Kuhn，*Possible Worlds in History of Science*. In Possible Worlds in Humanities，Art and Sciences：Proceedings of Nobel Symposium 65，edited by Sture Allén. Berlin：Walter de Gruyter，1989.

Terry Eagleton. *Ideology：An Introduction*. London：Verso，1991.

Henri Lefebvre. *TheProduction of Space*，Translated by Donald Nicholson-Smith，Blackwell Publishing1991.

Theodor W. Adorno. *The Culture Industry：Selected Essays on Mass Culture*. J. M. Bernstein，ed. London and New Nork：Routledge，1991.

Theodor W. Adorno. *Notes To Literature*. Rolf Tiedemann，ed. New York：Columbia University Press 1992.

Terry Eagleton. *Drew Milne. Marxist Literary Theory：A Reader*. Oxford：Blackwell Publishers Ltd，1996.

Moyra Haslett. Marxit Literaty and Cultural Theories. London：Macmillan Press，2000.

Walter Benjamin. *Selected Writings：1913 – 1926*. London：Harvard University Press，2002.

John J. Jougbin，Simon Malpas. *The new Aestheticism*. Manchester and New York：Manchester University Press，2003.

Daphne Patai and Will Corral. *Theory's Empire：A Anthology of Dissent*. New York：Columbia University Press，2005.

Arif Dirlik，Paul Healy&Nick Knight. *Critical Perspectives on Mao Zedong's Thought*. New Jersey：Humanities Press，2006.

（二）论文类

胡晓明：《传统诗歌与农业社会》，《文学遗产》1987 年第 2 期。

张岱年：《论价值的层次》，《中国社会科学》1990 年第 2 期。

张岱年：《论中国哲学发展的前景》，《传统文化与现代化》1994 年第 3 期。

黄卓越：《传统文论的研究，途径与规范》，《文艺争鸣》1996 年第 4 期。

党圣元：《中国古代文论的范畴和体系》，《文学评论》1997 年第 1 期。

栾梅健：《中国新文学的理性原则与人文精神》，《文学评论》1997 年第 6 期。

胡晓明：《二十世纪中国诗学研究的五个传统》，《文艺理论研究》1998 年第 2 期。

詹福瑞：《中古文学理论范畴的形成及其特点》，《文学评论》2000 年第 1 期。

徐碧辉：《21 世纪马克思主义美学的构想》，《哲学动态》2002 年第 1 期。

金元浦：《文艺学的问题意识与文化转向》，《中国人民大学学报》2003 年第 6 期。

旷三平：《马克思哲学：思维方式变革与本体论重建》，《新华文摘》2003 年第 7 期。

陶东风：《日常生活的审美化与文艺学的学科反思》，《天津社会科学》2004 年第 4 期。

金元浦：《当代文学艺术的边界的移动》，《河北学刊》2004 年第 4 期。

周来祥：《论哲学、美学中主客观二元对立思维模式的产生、发展及其辩证解决》，《文艺研究》2005 年第 4 期。

胡晓明：《中国文论的正名—近年中国文学理论研究的"去西方中心主义"思潮》，《西北大学学报》（哲学社会科学版）2005 年第 5 期。

朱立元：《关于当前文艺学学科反思和建设的几点思考》，《文学评论》2006 年第 3 期。

曹顺庆：《中国文论话语及中西文论对话》，《浙江大学学报》（人文社会科学版）2008 年第 1 期。

李西建：《文化转向与文艺学知识形态的构建》，《文学评论》2007 年第 5 期。

范玉刚：《文艺学的理论之厄与范式转换》，《中国文化研究》2008 年第 4 期。

周宪：《文学理论、理论与后理论》，《文学评论》2008 年第 5 期。

邢建昌：《大众传播语境下文学理论的知识生产》，《文艺研究》2008 年第 9 期。

邢建昌：《后现代语境下文学理论知识生产的三个维度》，《浙江大学学报》（人文社会科学版）2009 年第 1 期。

范玉刚：《文艺学范式的重构及其文化阐释》，《求是学刊》2009 年第 3 期。

李西建：《多元知识构型与批评范式的创造——20 世纪西方文学批评理论的知识学取向及其启示》，《文学评论》2009 年第 3 期。

朱水涌：《现代性的空间焦虑——中国当代文学六十年的一种精神状态》，《厦门大学学报》（哲学社会科学版）2009 年第 6 期。

周宪：《从同一性逻辑到差异性逻辑——20 世纪文学理论的范式转型》，《清华大学学报》（哲学社会科学版）2010 年第 2 期。

季水河：《从过程思维看马克思主义文论范畴的当代扩展》，《文学评论》2010 年第 5 期。

周宪：《"吾语言之疆界乃吾世界之疆界"——从语言学转向看当代文论范式的建构》《学术月刊》2010 年第 9 期。

陶东风：《文学理论：为何与何为》，《文艺研究》2010 年第 9 期。

邢建昌：《文学理论的自觉：走向反思》，《中国人民大学学报》2011 年第 1 期。

南帆：《"跨界"的半径与圆心———谈鲁枢元的文学跨界研究》，《文艺理论研究》2011 年第 2 期。

周宪：《文学理论范式：现代和后现代的转换》，《南京社会科学》2012 年第 1 期。

李西建、贺卫东:《理论之后:文学理论的知识图景与知识生产》,《陕西师范大学学报》(哲学社会科学版) 2012 年第 2 期。

杨俊蕾:《中国当代文论话语的西化焦虑与进阶分析》,《南京社会科学》2013 年第 1 期。

姚文放:《文学经典之争向文学研究回归的迹象》,《文艺理论研究》2013 年第 3 期。

张俊:《当代文学理论的两次跨界变迁》,《厦门大学学报》(哲学社会科学版) 2013 年第 4 期。

胡大平:《政治经济学批判的话语性质》,《江苏社会科学》2013 年第 6 期。

胡晓明:《略论后五四时代建设性的中国文论》,《文学遗产》2014 年第 2 期。

朱国华:《漫长的革命:西学的中国化与中国学术原创的未来》,《天津社会科学》2014 年第 3 期。

皮特·V. 齐马:《文本社会化和文学语言的体制化》,《文艺理论与研究》2014 年第 5 期。

姚文放:《文学理论的范式转换与话语更新》,《文艺理论研究》2014 年第 5 期。

后　记

本书是我 2012 年获批的国家社科基金项目"当前文学理论的知识生产与创新研究"的最终成果，历经 5 年多的读书、思考和研讨，终于在新时代的开启声中顺利完稿。本书之所以定名为"守持与创造——文学理论的知识生产与创新"，意在延续 2010 年出版的另一部著作《追求与选择——全球化时代文学理论的价值思考》时使用的一个想法，它是畅广元先生当时的一个提议，命名就是一种理论的创构，理论著作应诗性、朴实一些，当然应更精练、醒目一些。感谢先生的点拨和引导，如果我和学生们还有下一部书的合作，我们还将沿着这一让人若有所思的致思路径走下去。

本书是我和我的学生第一次合作研究的成果，从课题立项到最终完成，它记录下我们无数次的读书、学习和研讨。李立是硕士和博士后阶段随我学习的学生，现任西北大学文学院副教授，撰写本书第三章第 2、3 节；徐军义获文艺学专业博士学位，现任渭南师范学院文学院副教授，撰写本书第四章全部内容；谭诗民目前仍为陕西师范大学文艺学专业在读博士，撰写本书第 5 章全部内容，为本书的校对、审核及编排付出了大量的时间及心血；谢欣然 2017 年夏季已答辩毕业，现在陕西师范大学民族教育学院任教，撰写本书第六章全部内容。客观地讲，这些学生的积极介入和参与，为本书的写作增添了热情与活力，也使我从他们身上学到了许多令人意外和难忘的东西。

本项目的研究历时 5 年，虽然时间拖的略长了点，却使我们体验到了一种充分研讨和写作的快乐，也同时收获了较为丰硕的阶段性成果，这期间课题组共发表了 18 篇学术论文，并刊登于《文艺理论研究》《中国文学批评》

《人文杂志》《文艺争鸣》《甘肃社会科学》《兰州学刊》《陕西师范大学学报》《深圳大学学报》等重要期刊，其中多篇成果被《中国人民大学报刊复印资料》《高等学校文科学术文摘》《中国社会科学文摘》等多次转载和介绍，产生了较好的社会反响。本书虽为学术研究的阶段性成果，但无疑渗透和凝聚着我们长期思考和探索的结果。

本书的顺利出版得到陕西师范大学优秀出版基金及陕西文化资源开发协同创新中心研究等的资助，也凝结着人民出版社王萍女士的大量心血，在此一并表示我们最真挚的感谢。

责任编辑:宫　共

封面设计:徐　晖

图书在版编目(CIP)数据

守持与创造:文学理论的知识生产与创新/李西建 等著.—北京:人民出版社,
　2018.8
ISBN 978-7-01-019559-9

Ⅰ.①守…　Ⅱ.①李…　Ⅲ.①中国文学—当代文学—文学理论—研究
　Ⅳ.①I206.7

中国版本图书馆 CIP 数据核字(2018)第 160575 号

守持与创造

SHOUCHI YU CHUANGZAO

——文学理论的知识生产与创新

李西建 等　著

人民出版社出版发行

(100706 北京市东城区隆福寺街 99 号)

北京墨阁印刷有限公司印刷　新华书店经销

2018 年 8 月第 1 版　2018 年 8 月北京第 1 次印刷

开本:710 毫米×1000 毫米 1/16　印张:21.25　字数:359 千字

ISBN 978-7-01-019559-9　定价:59.00 元

邮购地址:100706　北京市东城区隆福寺街 99 号

人民东方图书销售中心　电话(010)65250042　65289539